SHADOW CAPTAIN
暗影巡空

ALASTAIR
REYNOLDS

[英]阿拉斯泰尔·雷诺兹 著　忻慧之 译

SHADOW CAPTAIN by ALASTAIR REYNOLDS
Copyright © Dendrocopos Ltd 2019
This edition arranged with THE ORION PUBLISHING GROUP
Through BIG APPLE AGENCY, INC., LABUAN, MALAYSIA.
Simplified Chinese edition copyright:
2023 China South Booky Culture Media Co., Ltd
All rights reserved.

© 中南博集天卷文化传媒有限公司。本书版权受法律保护。未经版权利人许可，任何人不得以任何方式使用本书包括正文、插图、封面、版式等任何部分内容，违者将受到法律制裁。

著作权合同登记号：18-2023-078

图书在版编目（CIP）数据

暗影巡空 /（英）阿拉斯泰尔·雷诺兹
（Alastair Reynolds）著；忻慧之译 . -- 长沙：湖南文艺出版社，2023.5
　书名原文：shadow captain
　ISBN 978-7-5726-0053-1

Ⅰ. ①暗… Ⅱ. ①阿… ②忻… Ⅲ. ①幻想小说—英国—现代 Ⅳ. ① I561.45

中国国家版本馆 CIP 数据核字（2023）第 026651 号

上架建议：畅销·科幻

ANYING XUN KONG
暗影巡空

著　　者：	[英]阿拉斯泰尔·雷诺兹（Alastair Reynolds）
译　　者：	忻慧之
责任编辑：	吕苗莉
监　　制：	董晓磊
特约策划：	公瑞凝
特约编辑：	紫　盈
营销编辑：	张　烁
版权支持：	王媛媛
版式设计：	李　洁
封面设计：	尚燕平
内文排版：	百朗文化
出　　版：	湖南文艺出版社
	（长沙市雨花区东二环一段 508 号　邮编：410014）
网　　址：	www.hnwy.net
印　　刷：	北京嘉业印刷厂
经　　销：	新华书店
开　　本：	680 mm×955 mm　1/16
字　　数：	377 千字
印　　张：	24
版　　次：	2023 年 5 月第 1 版
印　　次：	2023 年 5 月第 1 次印刷
书　　号：	ISBN 978-7-5726-0053-1
定　　价：	68.00 元

若有质量问题，请致电质量监督电话：010-59096394
团购电话：010-59320018

暗 影 巡 空

目 录
Contents

第一章 /001　　第十一章 /159　　第二十一章 /300

第二章 /014　　第十二章 /170　　第二十二章 /314

第三章 /032　　第十三章 /187　　第二十三章 /334

第四章 /043　　第十四章 /204　　第二十四章 /345

第五章 /059　　第十五章 /216　　第二十五章 /355

第六章 /071　　第十六章 /234　　致　谢 /379

第七章 /089　　第十七章 /252

第八章 /104　　第十八章 /267

第九章 /120　　第十九章 /282

第十章 /143　　第二十章 /290

第一章

"跟我说说，你觉得自己看到的是什么？"

"肯定有东西。"观察室里，苏桐坐在相邻的座位上，紧挨着我，"早知道你妹妹听到以后反应会这么大，我就不说了。"

"不用去担心阿拉芙拉。如果你看到了什么异常的东西，确实应该告诉我们所有人。"

"但如果真有另一艘飞船在外面飘着，难道我们不是早就应该在扫描仪上看见它了吗？"

"扫描仪也并非绝对可靠，苏桐，所以我们才要留心帆闪。条件良好的话，能观测到帆闪的距离范围要比扫描仪远，如果借助了望远镜，效果就会更好。你那时候就是在用高倍镜筒进行观察，对吗？"

苏桐面露尴尬之色："我当时完全没有去寻找其他飞船的意思，只不过是看看外面的世界，心里想着，如果可以瞥见家乡的影子就好了。芙拉不会冲我发火吧？"

"当然不会。"我一面轻轻答道，一面调整瞄准轮，"我们都做过差不多的事情，没什么可害羞的。一点点乡愁完全不会破坏我们队员之间的承诺。"

"我眯起眼睛想找，可也许连看的地方都不对。我从来做不到像大家那样，把所有的海图和表格烂熟于心。我的脑子里只能装得下各种机器，对数字真的是一窍不通。"

"不必太难过。我们大家记那些表格都不容易。当然，帕拉丁可能是个例外。"

她垂下脑袋，沉默了一会儿。

"你望过星空吗，安德瑞娜？"

我明白她的意思，点了点头。"你是指遥望家乡，对吧？嗯，时不时会看看。但我觉得，我也大概从未真正看见过，所以并不会为了看它一眼而赌上性命。"

"墨珅陵？"

"没错。"

"听起来应该是个很漂亮的地方吧？"

"其实并不怎么漂亮。不过是块褐中带点绿的大石头，暗沉沉、破糟糟，毫无光辉，稍微离得远一些就完全找不到了。父母没钱住临曦族那种好的地方，我们才搬到了那里。我猜，我父母从来没在那里找到家的感觉。"

"你父母回去了吗？"

"没有……确切来说，是没能两个人一起回去。我母亲很早就过世了。她在那场席卷全世界的疫情中不幸染上了病，我们没钱去请好的医生或者求助外星人。或许那些人也救不了她……"

"那你父亲呢？"苏桐突然打断我，她的问题似乎带着锋芒，刺破了我的沉思。

我的心紧绷起来，就像索具拉着鼓满风的船帆一般紧张。自从我们接手这艘飞船以来，我和妹妹都不得不处理一些难以应付的变化。我俩各自变成自己希望的样子，这还真得"谢谢"我在"仁心室"里所遭遇的一切痛苦。大多数情况下，我们会各自摆好架子，开诚布公地讨论这些事，至少在私底下是这样的。我想起自己曾拿刀顶着她的喉咙，这样看来，谈话或许是重建童年时期那种互相信任的唯一途径。毕竟，刀枪相向这种事情都已经干过了。

但即使所有真心诚意的交谈都在有序稳定地推进，"父亲"还是我永远不敢企及的话题。

"你发现帆闪的时候，用的是哪个镜筒？"

苏桐眨了眨眼，算是对我的答非所问做出了回应。她很聪明，没有紧盯着这个话题穷追不舍。"用的是这个，安德瑞娜。"她说着把其中一个镜筒转了过来，摁开目镜盖。

"感觉是说得通的。这边所有光学仪器都属一流，反光镜上的镀银也非常漂亮。而且，她一定是在近期重新进行校准了。我敢打赌，就算把圣公会所有飞船的观测仪器都拉出来比一比，这个镜筒也必定榜上有名。"

"可惜，她完全想不出能用它做什么有意思的事情，除了到处杀人。"

"她确实有点性格缺陷。"我轻描淡写地回了一句，微微一笑，暗示她我就是在讽刺，"但至少在仪器设备方面，她确实是行家。"

不久前，这艘飞船的主人还是一个叫博萨·森奈的女人。博萨将其命名为"猩红女士"，但她的敌人早就给它取了另一个名字——"夜叉"，这个名字几乎已经成了官方称号。这两个字不仅生动描绘了船体、船帆浑身漆黑的特点，还含沙射影地指出，它总在各个星球之外的黑暗地区阴魂不散。博萨驾驶着这艘飞船肆意追杀，窃取战果，大多数人惨遭杀害，只有少数一部分被她留作己用。这种行径的时间之长，早就不是普通人的一生所能包含的了，因为博萨·森奈不仅仅是一个人，她还是一个灵魂——可以从一个个体转移到另一个个体身上，辗转迭代，永世流传。也不知是灵魂利用了肉体，还是肉体利用了灵魂。

不到一年前，博萨犯了人生中的第一个严重错误。她盯上了一艘船——"莫内塔之哀"号，我和妹妹当时正在上面服役。这是我们第一次离开墨珅陵，也是我们第一次体验飞船生活。阿拉芙拉逃了出去，但我没成功。因为我有读骨的能力，博萨决定不杀我，而是好好利用。她把我带上了"夜叉"号，用尽心理调教、化学毒药和电击酷刑折磨我，强迫我，重塑我的性格。

几个月后，她犯了第二个错误，也是她生命中的最后一个。她去追杀另一艘飞船，试图拿下它，殊不知这是我妹妹阿拉芙拉设下的圈套。妹妹的计划残酷却很聪明，成功救下了我，抓获了博萨。于是我们获得了"夜叉"号的控制权，带领着博萨之前的成员，组建了自己的船队。

得给飞船起一个新的名字，于是我们想了一个：

"复仇者"号

我们掌管这艘飞船已经三个月了，漫长的三个月过后，我们迎来了新的一年。去年是 1799 年，因此今年是 1800 年——意思是说，从有记载以来，今年是第 13 朝成立的第 1800 年——那次新年如帽针般闪耀，在此刻开启新事业，大家都感到恰逢其时，信心满满。我们立志有所作为，不甘沦为刽子手或星际海盗，而是想成为讲诚信的私掠船队伍——至少，我们这辈子都想待在这里，保持这个身份，而不是想回家。谁具体要干什么，这些还没最后确定下来，也没有来得及多谈。但不管我们集体或是个人的决定如何，想再装作无事发生，跳跳华尔兹，重新混进圣公会忙忙碌碌的商业圈已经是不可能的了。

一经发现，我们就会被射成碎片。

我们很清楚自己的身份，也知道飞船已经发生了本质上的改变，但问题就在于，别人对此一无所知。其他飞船队伍、船长、资助大型探险活动的富饶星球、联合企业和银行机构肯定都以为博萨·森奈还活着，而且依然作恶多端。找到有效途径来澄清现状固然重要，可单单这样对我们来说还远远不够。博萨此人两面三刀的性格早已尽人皆知，这样一来，事情就变得更加复杂了。

所以，三个月来，我们只得东躲西藏，别无选择。

事实上，这些时间花得也不是毫无意义。首先，我们必须学习如何操作"复仇者"号，这就要耗费几个星期——确切来说，应该是很多很多个星期。其次，要把老家的导师留给我们的东西接入飞船中枢，让帕拉丁这个机器人逐步控制巡航、帆具和武器装备。之后，还必须保证燃料等基本消耗材料库存充足，这就意味着要破开一些容易进入的荧石，挖出尚未发掘的宝藏。这些事情都已经做好了。事实证明，我们有能力操控这艘飞船，全体成员也能团结协作、同心协力。但每次从荧石乘着子舰飞回去的时候，我们都会情不自禁想，这艘飞船在别人眼中是怎样恐怖的存在！

它永远是个侵略者。

一个黑壳黑帆的怪物，僵硬的轮廓中透着残酷，一眼就知道是臭名昭著的"夜叉"号，想认错都没有机会。我们发誓要改变它给人的印象，但这需要时间，切不可急于求成。如果有人偶然发现我们并决定发动攻击，即使是在这黑暗遥远的轨道上，我们也可能需要动用目前所有可用的武器，但仅仅是为了自卫。

为此，我们恨透了博萨，但与此同时，我们又为她留下的高端配置而心怀感激。多么讽刺啊！

她的远程望远镜可以与墨珅陵任何一所博物馆里的藏品媲美，"莫内塔之哀"号上的光学仪器和它们比起来，就更不知被甩了几条街，而其实，"莫内塔之哀"号的装备本身并不差。这些仪器有人精心看护，各个镜筒上都雕刻有漂亮的花纹，皮革外套仍旧黑得发亮，可移动垫圈紧紧贴合，保持真空，润滑也做得很好。正是在这些点位上，我们的视线能穿透观察室的玻璃圆房，望穿星空。还有不少其他镜筒簇拥在一起，目镜对准我们，宛如行刑队的点阵式枪口。

苏桐小心翼翼地问道："你真觉得那是帆闪吗？"

"极有可能。"我把眼睛贴近镜头，转动对焦盘，"如果有别的飞船在跟踪我们或者企图接近荧石，先我们一步去抢宝藏，那对方船长必然会竭尽所能控制船帆与古日的相对位置，避免朝我们的方向投射光线。但有时这是避免不了的。"我用望远镜扫视了很宽的范围，捕捉到了我们现在环绕的那颗荧石所发出的红色闪光。我曾想到过这样一种可能：光学仪器捕捉到了那一部分闪光，导致错误的光影投射到目镜上，使得苏桐产生了误会。但后来想想，可能性不大。飞船上的光学仪器运作良好，如果真想发现任何红晕，苏桐必须几乎直勾勾地盯着那颗荧石。

我深信答案就藏在别处，于是沿着一段较窄的弧线来回扫视，在苏桐说看见帆闪的区域仔细巡视。"有没有可能是其他东西？比如太空垃圾之类的，或是飘离商路主干道的流氓导航镜发出的闪光？什么都有可能，但那些都不重要。"

"记录闪光位置的时候，我要是再努力一些就好了。"

"你已经尽力了，苏桐。最重要的是让我注意到这件事。就这点来说，你已经做得很好了。"

"安德瑞娜，你永远对我这么宽容。"

"我们所有人都只是在尽力而为。"

"我懂，而且我相信芙拉肯定也懂。但我要是犯了错，她就会对我很严厉。"

"别放在心上。"我又调了调观测角度，"没有你的话，我们肯定还在埋头尝试帮帕拉丁恢复语言功能，想都别想驾驶这艘飞船。阿拉芙拉很清楚这一点。"

"你觉得，她会不会更乐意我叫全'阿拉芙拉'这四个字？我只是以为她会更喜欢'芙拉'两个字，所以才这么叫的。"

"你想得没错。我猜她会觉得自己更适合现在这个称呼。短促刚毅。"

"就像博萨一样。"苏桐说道，对这个联想沾沾自喜。

"错！"我斩钉截铁地回道，"一点都不一样，也**永远**不会一样。"

"我没有冒犯的意思，安德瑞娜。唉，又来了，我又做错事了。看来我还是牢牢闭嘴为好，也不要碰纸和笔，你看我写的都是什么乱七八糟的，一团鬼画符！"

"你是在为整个队伍服务，苏桐，而且做得很好。"

我发过誓，不会因为她没能记下观察结果而对她过于苛责。毕竟不久前，苏桐还完全不会读书写字，用钢笔和日志的习惯也尚未养成。检查她的观测表时，我发现上面四处都是刮刮画画、涂涂改改，写满了不完整的条目。

但在日复一日的练习下，她越发得心应手，我都不必再去敦促责备。再说，我们也几乎没有多余的人手了。

"你有什么发现吗？"苏桐看到我切换目镜，满脸期待地问道。

"什么都没有。"我回答的时候，手里扫描的动作也没停，"我完全相信你的观测，一秒都没有怀疑过。但或许没有必要因为一个闪光点就去找芙拉。"我故意叫了妹妹的简称，希望能让苏桐别那么紧张，并且心里暗暗决定，以后要从她的角度出发看待我妹妹。"等我们搞定荧石，开始讨论下一步行动的时候，我再跟她顺便提一下这件事情好了。不过别误会，我没有任何对你的工作成果不屑一顾的意思。"

"还是现在就说吧。她只是刀子嘴豆腐心而已，我真的不会挂在心上……哎，那些都是说说而已。真正可怕的是她隐藏的阴暗面，我可绝不想看到。"

"谁都不会想的。"我轻轻附和了一句，声音低得像蚊子。

*

一阵颠簸过后，子舰弹离了舱架，从"复仇者"号大嘴般的出入口处"哧溜"一下滑出上下开合的齿状舱门,直冲入一望无垠的宇宙。透过传送门,我远远望着舱门铰链在红灯频闪的对接舱上关闭,那或许是数百万里格[1]范围内唯一的闪光与色彩,黑暗中仿佛有一张恐怖的鬼脸露出龇牙咧嘴的狞笑。芙拉启动喷射装置,火箭推进器喷出一股冲击波,黄铜色的灯光下船体被照得通体透亮,这才结束了一切。

我们的化学燃料储备告急,她很清楚,所以没过一会儿就把火箭关了。我默默地在控制位后面的座位上凝望她,对她感到又爱又钦佩。自从雷卡摩尔船长架不住我的怂恿,第一次开着子舰带我们飞上天空以来,她经历了很多,也进步了很多。

"你确定在我们来之前没有人把这片区域清空过一遍?"她在座位上稍稍动了一下身子,问完又把注意力重新集中到控制台上。

"百分百确定。"普洛卓尔回答,她坐在我对面,一手抓着笔记本——上面密密麻麻的全是荧石地图、各种预测,还有一些备忘录——一手拿着一块非常昂贵的袖珍天文表,拇指在启动键和停止键上来来回回摁,仿佛总在担心表坏了,需要反复确认。"雷卡[2]经常出入这块荧石,除了他就完全没有人在意这个地方。主要是,这边实在捞不到什么有价值的东西,至少浅层部分没有,而深层部分又没时间去挖掘。大部分人就算想随便玩玩也不会选择这里的,我们要不是迫不得已,也肯定不会来。"

荧石缓缓向我们靠近,在子舰的前侧窗户外转了一下,虽然距离我们只有不到 20 里格,但仍然很难看清。力场在不断上升,笼罩住了那块蕴藏着宝藏的石头,但和我们之前所见皆不同,它薄如蝉翼,昏暗无光,宛若一层烟雾附在岩石表面。

"有件事我百思不得其解。"斯特兰布莉开口问道,"除了雷卡摩尔以外,没人对这个地方感兴趣。既然如此,它对我们来说有什么价值呢?你刚刚也说

---

[1] 里格:陆地及海洋的古老的测量单位,1 里格=3.18 海里(1 海里=1.852 千米),但在海洋中通常取 3 海里,相当于 5.556 千米。——编者注(以下若无特殊说明,均为编者注)
[2] 雷卡:雷卡摩尔的简称。

了，里面没有宝藏。"她捏着一个由弹簧和金属制成的小玩意儿，训练着手指力量。

"那就要看你对宝藏的定义是什么了。"芙拉扭头看了看斯特兰布莉，"在我的字典里，凡是此时此刻我们最需要的东西都可称为'宝藏'。不管它的历史有一百万年之长，还是只有短短一个月，眼下能发挥什么样的价值才是最重要的。对那些病入膏肓、苟延残喘的人来说，圣公会里所有的金子都毫无意义。虽然说我们还没有沦落到这种地步，但燃料的确是目前迫切需要的东西。"

"雷卡把这边当作补给站。"普洛卓尔环顾四周，用目光扫了一遍其他人，却故意避开了芙拉，所以其实也就只是看了一眼我和斯特兰布莉。苏桐和秦杜夫留在了母舰上，因此若要去寻宝，人员就不能再少了。我觉得帕拉丁也勉强可以算作船员，但对此大家多多少少总是觉得别扭。"雷卡在里面藏了子舰的推进燃料，库存量可观。他的理念是要驾驶一艘轻型飞船，装甲和武器装备都是越小越好，船员人数也得精简。这样拿到了战利品，每个人都能多分到一点。他不想拖着满满一船火箭燃料跑来跑去，所以'莫内塔之哀'号每次出去执行任务，携带的燃料总是刚好够用。他永远很笃定，需要补充营养的时候可以随时回到沉啸石。"

"这么说来，我们消耗这些金贵的燃料，只为获得更多燃料。"斯特兰布莉眉头紧锁，她那张本来就不怎么对称的脸更加不对称了。

"哟，脑子转过来了啊。"芙拉向我们这位开拓员投去一个意味深长的微笑，压制着自己的愤怒，"这样做就好比把一枚圜钱存进银行，到时候就能取出两枚。"

普洛卓尔忍不住了："别提银行了，我可真是谢谢您。"她在1799年的经济大崩溃中失去了所有积蓄，一逮到机会就要和大家哭诉一遍。

"真要把最后一枚圜钱存进去的话，你得对银行抱有绝对的信心。"斯特兰布莉低声嘟哝了一句，"现在子舰里的燃料对我们来讲，就是这最后一枚圜钱。"

"倒也不是。"芙拉说，"现实情况下，我们的回报率或许高不到哪里去。但我们确实需要更多燃料。如果不得不先烧掉一点才能拿到雷卡的库存，那也只能这么干了。"她将自己闪着荧光的脸转向我和普洛卓尔,"另外得提醒你们,现在那些可都是我们的库存了,不是吗?我们是雷卡最后一批队员,所以,似乎没有任何人比我们更有理由占领这片地方。"

"应该是没有了……"我答道。

"我们很快就能到了。"还没等我说完,她就抢过了话,手上同时还在操作控制各种设备,带我们靠近荧石,"我们需要多少就拿多少,别多带。雷卡的理念对我们也适用。你说呢,普洛卓尔?"

"啊,对对对。"普洛卓尔回答,这是她标志性的模棱两可的答案。她"啪"的一声合上手里有关荧石的书,郑重其事地扣上花哨的扣子,仿佛在古日湮灭之前都没打算再解开。"照我的理解,就是说,这趟出行回报率一般?"

"不管雷卡吹得有多神乎其神,都别去理他。"芙拉说。

"不管怎么说,雷卡有他自己的优势。"普洛卓尔说。如果我够了解她,这话的意思应该是说,雷卡的船员是他自己亲手挑的,而不是像我们这样在突发事件后东拼西凑组成的团队。但她没有点破,巧妙地把后半句话咽了下去。"回报率再一般,不抓住时机的话,它也会进一步流失。大家快把航天服穿好吧。"她眯起眼看了看天文表,"还有5分钟就要到降落点了。"

到目前为止,我们效率还挺高,真空航天服已经差不多穿好了,就差戴上头盔和做好最后的连接了。我们接手的这艘飞船非常厉害,装备精良,但我们这群人却穿得乱七八糟,根本体现不出飞船本身的先进。我们的航天服是东拿一点零件、西拿一点材料拼凑而成的,用棕色和铁锈色的合金小心翼翼地切割焊接在一起,完全没有考虑成品的美观问题。穿上以后每个人都又难看又笨重,就像旧货店里的垃圾被扔在一起,恰好堆出了一个人形。你问我们为什么不用博萨留下的漂亮航天服?可不就是因为完全没有嘛!或者说没有适合这种工作的衣服。博萨不想弄脏自己的手,所以从没花过力气去翻弄那些荧石,而是让其他船员"享受这种乐趣",然后直接把他们辛苦挑选出的成果抢来。博萨确实给我们留下了一些漂亮的黑色真空航天服,但那些是用来登上其他飞船去掠夺扫荡的,所以我们只好从特鲁斯科船长的"绯红皇后"号上东找西找,凑齐了这几套"杂交"装备。

我们互相检查衣服，锁好头盔，拧紧面罩，确保所有的软管和密封圈都安全就位，随后开始摆动胳膊和腿，做做下蹲，拍拍身体。斯特兰布莉拿着弹性注油器来回走动，把油滴到活动部件上。我工作的时候一直戴着手套，到后来手指都磨破流血了。我们查了下对接航天服的传呼机，普洛卓尔的那台一直吱吱作响，我在她头盔边上敲了一下才好。芙拉还在操作驾驶系统，但任由我们去座位那边帮着处理点小事，她伸出一条手臂，像一位等待吻手礼的女王。这次她伸出的是右手，这条手臂从前臂一直到指尖都是机械的，左手则戴着普通的压力护手。右手肘部有一只密闭袖套，这样她的机械臂就不会受到任何束缚，在真空中也能极为灵敏地触摸和感知外物，轻松辨别。袖套很难戴，自己调整不了，所以是斯特兰布莉在检查压力的完善性。

普洛卓尔复查了一遍计时器："还有一分钟。"这回她的声音是从传呼机里传来的，子舰里的空气还没抽空，所以她的声音听起来似乎近在咫尺，却又仿佛远在千里。

芙拉减速了，在完成最后的接近。脚下的景色宛如一片黑漆漆的大海，浊浪排空，笼罩着底下的世界。这片地区力场变幻不定，在有些地方渐渐变得脆弱。部分地表裸露出来，嶙峋直立的岩层带着根根尖刺，仿佛铠甲动物的棘。

"还有30秒。"普洛卓尔说道，"保持下降速度。"

"怎么感觉我们好像还没有完全准备好？"斯特兰布莉斗胆说了一句。

"到时候会好的。"我很清楚，普洛卓尔的预测极少出错。

在最后的15秒或20秒里，力场似乎在颤抖，而且速度不断加快，就像桌子上旋转的硬币在彻底倒下前的高频起伏振动。那是力场唱响的死亡之歌，它消逝得干脆，丝毫不拖泥带水，眨眼间灰飞烟灭。现在，脚下只剩暴露的岩石，每一根石柱上都布满尖刺。

四周一片昏暗。一面是太虚之境，一面是古日遥照。我们距离圣公会外围轨道至少1000万里格，古日之光挤过数千个星球——当然，更有可能是数百万个星球——之间的缝隙，奋勇开辟出一条道路，其间，每掉转一次方向，阳光都会减弱一分。当那束阳光像位疲惫不堪的旅人一样，终于扑倒在荧石上时，它能做的也只不过是在这些石棘上浅浅涂上一抹红紫色的亮点，仿佛在暗示来者，在石柱根部埋藏着阴暗的秘密。而另一方向上，太虚之境实在远得难以想象，即使是对我们这些已经冒险来到特雷文萨河界的人来说，也是不可思议的——那里唯一可靠的光源是远在天边的恒星。荧石几乎和"复仇者"号的船帆一般黑。

"你认得出什么东西吗？"芙拉问普洛卓尔。

普洛卓尔早已启动了计时器上的一个秒表盘，从下降那一刻起开始测量时间。"向北飘移。把那边的一丛尖刺算作一个地标。"

"这些东西看起来不都一样吗？"斯特兰布莉说。

"在我眼里可不一样。"普洛卓尔回道。

芙拉把我们拉到石棘顶端，位置刚刚好。我越过她穿着金属衣的肩膀看了看燃料表，每次她为了防止我们靠得太近，在紧急情况下使用推力脉冲的时候，表里的针头都会剧烈抖动。普洛卓尔之前就告诉过我们，沉啸石上有一个吞噬兽，这就让任务难上加难，更何况我们还要拖出大量燃料。

"说下去，普洛卓尔。"芙拉说。

"再飞低点。从那边的两丛石棘之间抄近路。"

"空隙有点小。"

"也不需要多大。我们这艘子舰并不比雷卡用的那艘大，他每次都能成功挤过去。"

"行，相信你。"虽然我只能看到芙拉戴着头盔的后脑勺，但是可以想象她在努力集中注意力时咬着自己舌头的样子。

我们在石棘之间滑翔，倾斜而下。天色渐暗，阴影纵横交错，直到驱赶走了最后一丝微弱的阳光。芙拉打开了子舰的照明灯，黄色的光束穿透真空地带，在石棘隆起的根部翩翩起舞。

"找到着陆区了。"普洛卓尔说，"就在正前方。保持这个速度下降就行。"

"话说回来，这里为什么叫沉啸石？"斯特兰布莉忍不住问。

"安德瑞娜，"芙拉转向我，"麻烦报下高度。"

"为什么……好吧。"说着，我走到控制台边，去读高度表上缓慢变化的数字。这台仪器和"复仇者"号扫描仪的工作原理类似，只不过它不会在各个方向上旋转，而是直接向地面发射脉冲，测量反弹时差。"100个跨度①。"我凑整报数，"90。80。"

控制台突然开始嗡嗡作响，红灯闪烁。芙拉不耐烦地怒吼起来。

我认得那个灯，是燃料警报。

"可别告诉我你一点余量都没有留。"我低声抱怨。

"找不到雷卡的库存，回去也没有任何意义。"芙拉回道，声音同样低沉。

"我简直不敢相信——"

"姐，接着报数。"

明明是个请求，却说得和命令一样。我本想顶她一句，但毕竟我俩都不想坠机，所以只得屈尊，接着报数。

"60。"

"侧向飘移。"普洛卓尔指挥道。

芙拉点点头："正在调整。"

"50个跨度。"我已经口干舌燥，"40。"

芙拉又操作一次，子舰的腹部传来丁零哐啷的声响，伸出细若蛛足的支撑腿，风呼啸而过。支撑腿的设计过分精巧繁复，险些打不开。引擎的轰鸣声逐渐唤醒了四周的世界，旁边的石棘巍巍耸立，宛如童话森林里的巨型石化木。

"反冲。"芙拉发令，"过渡到着陆喷射流。"

"别慌，稳住。"普洛卓尔说。

"20个跨度。"我仍在报数，"10……5……"

着陆区随即映入我们的眼帘，是一块被炸平的石盘，烧成焦黑，不知遭受了多少子舰的火箭尾气。支撑腿首先弹出去接触石面，起到缓冲作用。

"着陆灯！"芙拉喊道。与此同时，又一指示灯亮起。"马达停了。"

子舰成功着陆，支撑腿放稳，机腹朝下。引擎的轰鸣声渐悄，只剩下子舰苟延残喘的咝咝喷气声，还有皮风箱开合的吱吱声。

---

① 跨度：长度单位，英文为 span，1 跨度=9 英寸，中文里找不到对应的表达，后文进行了换算。——译者注

燃料警报灯还在闪个不停。现在我们完全降停了，芙拉这才伸出手指弹了弹，把它关掉。

"指示灯出问题了。"她转过身来，脸上现出一抹狡黠的笑，"你不会真的以为我会把事情做绝吧？"

通过面罩的桶状窗口，我回了她一个硬邦邦的微笑。"有时候我还真就是这么怀疑的。"

"过去多少时间了，普洛卓尔？"

普洛卓尔低下头盔看了眼计时器："6 小时 11 分钟。"

芙拉推开座椅从控制台站起来："那么就别愣在这里浪费时间了，各位？"

我们帮芙拉完成最后一次航天服检查，拿齐装备。斯特兰布莉带了用于清障撬门的特殊工具箱，其他人也都各自带了点东西。随后，我们两人一组通过子舰的气闸，这已经是闸门大小的上限了。

四个人出去以后站在子舰旁，戴着头盔灯转来转去，试图寻找更好的视野。子舰正好塞进着陆区，其下被石棘根部紧紧包住，其上是无尽的黑暗。我们脚下的平地还比较新，也就是说，它们仅形成了不过几个世纪，比起这一整颗围绕古日运行、已有上百万岁的荧石来说，简直是小巫见大巫。这块平地是其他船长特意放在此处的，以便出入。

"怎么回事？"斯特兰布莉问道。

其实大家都有所察觉——脚下的地面出现了轻微震动，但在我们反应过来之前，震感就消失得无影无踪。

"就是因为这个，大家才将这块荧石命名为'沉啸'。"芙拉说，"据可靠消息称，刚刚是某种深层地质活动，但我们不必去管这种闲事。对吧，普洛卓尔？"

"确实。我们待在浅层就够了，用不着去关心下面的事情。有人说，这是吞噬兽在电磁摇篮里变得日益狂躁。"

"我这辈子已经很完整了，不必特意去近距离观察吞噬兽。"斯特兰布莉打了个趣。

没人对这种怪物抱有好奇之心，尤其是普洛卓尔。

第二章

出发！

着陆区的一端是一个陡峭的斜坡，通往荧石表面，尽头有扇门。之前提到的吞噬兽向表面释放出半吉引力，在一生都活在墨珅陵、灰莞滩、梅瑟岭这类文明星球的人眼里，这点引力简直微不足道。所以，或许有人会以为，我们在这边行动应是像小狗一样蹦蹦跳跳，几乎感觉不到航天服的重量。

事实并非如此。

在驾驶"复仇者"号的这三个月里，我们只是踏出过飞船，远远观望那些荧石，而吞噬兽只存在于少部分荧石之上。在其余时间，我们就一直在母舰里飘着，轻若羽毛。即使扬起了帆或者全速前进，"复仇者"号里的引力也从未超过几百分之一吉，只会稍稍造成不便，完全不会对骨骼和肌肉带来任何挑战。而我们中间只有苏桐熟悉药柜的陈列，知道里面有哪些药品可以帮人保持心率或是强筋健骨，以防骨头脆得跟陈年饼干一样，稍稍一碰就碎了。但糟糕的是，她留在了母舰上，与我们相隔千里。

子舰火箭确实能带来类似的压力感，但我们待在里面的时间太短了，根本算不上是在为地面行动做准备。当一行人怨声载道、跌跌撞撞走到坡道底部时，我早已汗如雨下。但我们甚至连门都没有进去！

令人欣慰的是，普洛卓尔的包票没打错，进入荧石的门敞开着。门框是沉重的石色金属拱形的，表面画着黑色符号，上下两侧的凹槽中安装着控制装置和指示器。我对这些符号一窍不通。到目前为止，圣公会应该已经经历了13代统治时期——也就是说，宇宙大分裂以来，人们在圣公会里四下散开，分布在各个星球，建立起了家园，这样的事情至今共有13次。但其中一些文明延续了数千年，时间之久，足以使无数语言在某一个朝代中花开花落、去留无痕。

按照惯例，了解古代语言和古代文字属于评估员的工作，但我们目前缺少这样一个人来全职负责此事，这就意味着这一重任落在了我们的荧石研究员（或称扫描员）普洛卓尔身上。她游历各个星球已经很久了，经验丰富，能在紧要关头兼任评估员和开拓员的工作。

"是第8朝的文字。"普洛卓尔得出了结论，"应该是双头王子时代，一个绝对动荡不安的乱世。那时荧石乍破，宝藏四迸，人人争权夺利，肆意凌驾于法律之上。罪恶无数、战争不止、革命四起，短短一个朝代之内，风起云涌。"

"所以我们就……走过去，就完了？"斯特兰布莉忍不住问道。还没人敢跨过那道漆黑的门槛，她却跃跃欲试，把手伸向门缝。

"等一下！"普洛卓尔伸手去摸左边门框上的东西。

"怎么了？"芙拉问。

"没什么，检查一下这个东西是不是还在原地而已。看来没什么问题。"她指间仿佛在捏着什么，但太小了，我看不清，"雷卡在门上拉了一条线，由上至下交错排列。你们有没有注意到这一点？"

"完全没有。"斯特兰布莉听起来已经有点不耐烦了。

"这就是我在想的事情。如果不小心弄断了，我们自己可能不会注意到，但雷卡绝对会发现。"

"然后他就会发现，在自己离开的这段时间里有人闯进来过。"我点点头，觉得博萨也应该喜欢这种把戏，只不过如果是她来安排的话，线应该还能触发炸弹或武器——毕竟当过她一段时间的"门生"，我总归还是学到了点东西的。

在荧石上，再事无巨细也不为过。

"雷卡会不会还给我们留了点什么小礼物？"我边问边随着队伍进门。

"没了，就这一个——我还差点给忘了。但有样东西我是不会忘的。"普洛卓尔从腰间抽出一个拇指大小的仪器递给我，"你把灯夹到这个上面。这个是苏桐用我们从'绯红皇后'号上拆下来的东西临时拼装起来的。"

"肯定是个好东西。"

"短程蜂鸣定位器。到我们接近补给的时候，如果我这个老年人脑子还没有健忘到记错频率的话，它应该会开始闪烁。燃料里面还藏着一个信号发射器，一般小偷是不会想到要去查看的。雷卡可不会任由抢他燃料的人跑太远。"

我盯着这个拼起来的仪器，它在我手里躺着。

"这下完了。"

"要有信心，亲爱的。"

门后的走廊缓缓倾斜，通向荧石内部。刚走进去几步，传呼机就没了信号，我们失去了与母舰的联系。但普洛卓尔表示，这也算在意料之中，因为在荧石上，不管发生任何意外，都可以说是合情合理的。

走廊两侧都有凹槽，里面放着一些基座，显然曾有雕像矗立其上。但时过境迁，眼前只剩土石瓦砾和一些破烂残片，甚至不值得我们搬动。借着头盔灯，我们观察了一下这些残骸，猜测它们应是士兵像，身穿鳞片盔甲，手呈持武器状——当然，现在是不知所终了。

一行人继续向下走。我看着定位器，希望它能亮起来。但到目前为止，依然一点动静都没有。

周围再次传来低沉的轰鸣声，和之前一模一样。我怀疑吞噬兽是不是有点消化不良，所以才一边狼吞虎咽一边大声抱怨。只要把这种怪物拴在荧石的中央，它们就不能四处找东西吃了，但偶尔也会有东西在摇摇晃晃间跌入它们嘴里，在少数情况下这就可能引发连锁反应，让吞噬兽开始不停地大吃起来，越长越大，最后导致整个"小王国"陷入水深火热之中。

"情况似乎不容乐观。"我盯着死气沉沉的定位器，陷入担忧。

"这不过是种预防措施。"普洛卓尔倒是云淡风轻，"可能是我把频率记混了。博萨在我头上又敲出一个凹槽，然后我的大脑好像就漏洞了。真是拜她所赐……"

仪器突然开始闪烁。

"普洛卓尔?"我轻轻喊了一声。

"也可能是贾斯克洛进行了调换,却忘了告诉我,又或者雷卡那个信号发射器没电了,当然还可能是……"她接着喃喃自语。

"普洛卓尔!"我加大音量又喊了一声。

"仪器显示了什么?"芙拉俯下身来。

定位器顶部亮起一组灯形图案,中央是一个圆圆胖胖的主灯,四周围了一圈小灯。主灯光芒最亮,外圈则微弱一些,指向走廊。

"说明我们方向没错。"普洛卓尔说,"你们不是都在怀疑……"

"走啊,愣着干吗?"芙拉打断了她。

我把仪器举在身前,灯光忽明忽灭,但总体来看,随着我们接近走廊的底部,灯光逐渐加强且越发稳定。地面变得平坦起来,我们又看见一道门,与之前那扇外观无异。穿过它,我们踏入一个更大的房间,竟一下照不见底。稍事休息后,一行人继续向前。周围一片寂静,只听见对方沉重的呼吸声从传呼机中传来。

"就是这儿了。"普洛卓尔说。

芙拉随即转向我们的开拓员:"来点光,斯特兰布莉。"

斯特兰布莉打开了腰带上的一个小盒子,虽然戴着真空手套,但她的动作很潇洒,与平常无异。她拿出一只闪光精灵,五角星形,约有一颗弹珠大小。她把这只精灵举到面前,眼里满是不舍,但最后还是狠下心用力一捏,那颗五角星瞬间破碎。斯特兰布莉的指尖闪出一道光,她后退一步,那束光竟停在原地,悬空飘浮了起来。它在空中微微摇摆,越来越亮,变成了强烈的黄光,照射的范围很快就超越了提灯。光线不断蔓延,不久便照亮了整个房间。

斯特兰布莉把闪光精灵放到了人群中央,影子在我们身后散开,如坚硬的舵轮把柄,一直延伸到墙上。伴着摇曳起舞的黄光,我们四处走动勘察。

房间呈圆形,其上为穹顶,宽度至少是地表着陆区的两倍,四周凹槽比之前所见更多——有几个里面摆着躺倒或残破的士兵雕像,但大多数是空的。凹槽上方刻着长长的铭文，显然和入口处的是同一种语言。

我停下脚步，想将一切尽收眼底。

自从穿越无数星球、万千荧石，过上新生活以来，我几乎一刻不停地在思考、忖量岁月之无穷。时间为古老的万物赋予深意，想必难以名状；我们创造文明虽已费尽千辛万苦，但在无垠的黑暗面前，不过是雁过无痕。我曾和帕拉丁谈论过他的所见所得，翻阅过无数博学之士留下的历史文档、星历海图，试图从这种沉思中找到安定舒适之感，而不是次次为此陷入头晕目眩和深深的失落。但都失败了——我还没有这种能力。

在我们点亮这间房间的那一刻，太虚之境以外的某个地方，一定有团气体云刚刚孕育出璀璨的新星；与此同时，又是哪颗曾经熠熠生辉的旧星在这一刻迎来生命的枯竭？它们又是否在茫茫宇宙中留下过一丝自己的痕迹？逝者如斯夫，不舍昼夜。天地运行如一条黑色传送带，周而复始，绵延不绝，直至永恒。在其面前，生命皆如蝼蚁般微不足道。

如果有人立于此地，站在这些被遗弃的时代面前，却说自己毫无如临深渊之感，那我敢肯定，此人要么是在信口雌黄，要么就是被什么东西蒙蔽了双眼。

"呃，普洛卓尔……"斯特兰布莉故意轻咳了一声，"真的就是这儿？"

"就是这里。"普洛卓尔的语气一开始斩钉截铁，但随即又似乎没有那么肯定了，"也没别的地方了啊。"

"那我的燃料呢？！"芙拉几乎是在怒吼，"如果不是在这个房间里，而进出房间又只有一条路……"

"门上那根线的问题也不是不能解决。"我说，"可能之前已经有人来过，临走又把线放回了原处。"

"不可能。定位器还在接收信号。"普洛卓尔否认了我的猜想，"如果有别的家伙已经来偷过燃料，那信号发射器也一定被带走了。"

闪光精灵仍在散发金黄的光芒，在真空中盘旋，宛若温柔善良、乐于助人的仙子。我开始理解斯特兰布莉为什么不愿意把它捏碎了。这种闪光精灵在荧石上确实比较常见，但还不至于多到泛滥而失去价值。

"还有一道门洞。"我没敢说得太大声，毕竟自己也是刚刚注意到，而其他人的目光都不曾看向过这个方向,"就在那几个凹槽之间,比其他地方还要暗一点。有一条路似乎可以带我们离开这里。"

"你是说,通向荧石更深处?"斯特兰布莉问。

"没错,通向荧石更深处。"

"那扇门一直封着。"普洛卓尔说,"我们从来没能打开或者穿过那扇门,其实我们甚至都没想过要去开一下试试。雷卡绝对没理由把东西藏这么深的——这块地方对他来说只是一个补给站。所有传言都说,有价值的东西都已经被洗劫一空了。"

我走向那两个凹槽,来到黑色的洞前。浑身上下每一块骨头都在失声尖叫,诉说着恐惧,但我强迫自己进行查看。

"有结论了?"芙拉看我拿着手提灯到处照,忍不住问道。

"不确定。燃料可能埋在我们脚下,也有可能在某面墙后,但可以明确的一点是,这条路指引我们走下竖井。那些是地板上的凿痕吗?"

普洛卓尔过来,和我一起研究。她弯下腰照亮了那些图案:"不是凿出来的,是从燃料瓶上刮下来的金属,"她小心翼翼地跪了下来,膝关节处由于挤压而喷出油来,"还有油漆斑。"她看了看她指尖上花瓣似的色块:"应该不远了,否则定位器定不到。"

"我不喜欢现在这样。"斯特兰布莉抱怨道。

"又没人**花钱**逼你喜欢。"芙拉刺了一句。她肯定满脑子在想,不可能有哪家公司定期支付我们工资,让我们干所有这些工作。"如果很容易就能破开荧石,那么谁都可以成功。我们走到这一步,就是因为这事很难。普洛卓尔,还剩多少时间?"

普洛卓尔低头看了眼计时器:"正好还有 5 个小时。"

我们花了整整 1 小时才走了这么点距离。冒一两次险都是可以的,不会出什么问题,但反反复复出入荧石对人的克制力与毅力有很高要求。如果想活得久一点,赚得多一点,那么留给撤离荧石的时间必须至少和进去的时间一样多。当然,还得把疲劳和设备故障这些问题考虑在内。另外,如果打算将战利品从竖井中拖出来,就还得留出更多时间。

"还行,继续向下走。"芙拉握起拳头,"燃料不是从荧石里自己长出来的,所以不可能什么保护措施都不做,就放在那里等着别人去拿。它们属于雷卡,是雷卡选择把它们放在这里的。但现在,它们该属于我了。"

"嗯,这个'我'指的是'我们'。"我添了一句,以免引起混乱。

"我们没有装备。"斯特兰布莉抗议道,"至少说装备不合适。应该回去拿上绞盘、绳索之类任何可能用到的东西再来。"

芙拉在头盔后摇了摇头。在她脸上荧光的照耀下,大家很容易就能透过那层桶装面罩看见:她的脸似乎被怒火点燃,甚至比平时更亮了一些,鼻子与眉毛狰狞地扭成一团,在周围形成几条猫科动物般的条纹。"这样的话,我们会浪费更多燃料,还得干等三个月才能等到下一次窗口①。"她踮着脚转过身,目光依次扫过我们每个人,"大家难道都忘了自己是谁了吗?我们这帮人可是扳倒过博萨·森奈,拿下过毒方石的!难道还怕一次小小的隧道漫步不成?"

"不管怎么说,我们总归是会需要这些燃料的。"我尝试说服其他人,也是在努力说服自己。

"真是想不到啊。"斯特兰布莉嘟哝着摇了摇头,"在合适的时机下,尼斯家这两姐妹竟还能同心同德?"

"确实,但如果不是有绝对的理由,这种情况一般不会发生。"普洛卓尔说,"我和那个把燃料藏在这里的人一起工作过。对不属于自己的东西,那家伙真的是分文不取。所以有时候,我也会情不自禁把这些燃料视为己有。"

不得不承认,我内心深处也从来不允许别人把它偷走。对我们这些认识雷卡摩尔的人来说——虽然彼此认识时间不长,但我依然把这层关系视为一种特权——这种不公平的想法是对个人的严重轻视。这种自以为是的"有恃无恐"也大大影响了我们的行动规划。其实,只要船帆和离子发射器的状态没有差到不能接受,"复仇者"号几乎不需要用到多少燃料。像我们这样大而精妙的飞船很少在巨大的引力场附近徘徊,基本受不到什么损害。

但是,如果想要登上荧石或者与有人定居的星球开展贸易,就会需要一艘

---

① 窗口:指允许航天器活动的时间范围,此指能登陆雷卡摩尔藏燃料的荧石的特定时间。

子舰,也就是自带火箭发动机的小型飞船,而这些发动机会消耗大量燃料,完全没有先进科技该有的样子。

关于是否分头行动这个问题,要是我们真的争论起来,可能会无休止地吵下去。但我们很快决定待在一起,离开闪光精灵摇曳的光芒,一头钻进了黑暗之中。现在,又只剩下灯了,影子在前方为我们开路,旁边依然是两排长长的凹槽和残破的士兵雕像,不断向前延伸,仿佛没有尽头。但是我们看得清清楚楚,地板上有一些金属和油漆剐蹭留下的线条,显然是燃料拖动的痕迹,而且这拖得也太没技巧了。

我们跟着那拇指大小的仪器的指引,一路向前。走廊一直在向下,每过一段就变得更加陡峭一些。我想象了一下,我们走过的路应该形似狗腿,中间有一个空室,而现在我们距离地面应该约有刚开始的两倍远。定位器的灯光开始指向一边,几乎转了180度,只不过这次变成了水平方向。

就在到达走廊尽头前不久,低沉的轰鸣声又一次传来,而且感觉更加强烈,可能是我们离吞噬兽更近了。确实如此,但同样,比起整个荧石的大小,我们只不过前进了很小一段距离。现在,那隆隆声让我不禁开始联想:某种大型怪物盘踞于此,在洞穴里睡觉,大声打着鼾,而我们则努力在其周围爬行。

"雷卡还真是想法独到啊,居然把辛苦得来的东西放在这儿。"我说。

我还在回忆雷卡摩尔船长那些让自己万劫不复的决定,不知不觉中就来到了一个巨型隧道前。这条隧道简直大得不能称为走廊。斯特兰布莉又取出一只珍贵的闪光精灵,嘀咕了几句之后把它破开了。在它盘旋环绕、飘忽不定的光线中,周遭的环境逐渐清晰起来。那条路很长,我们走了许久,来的路上一直在对前一个房间之大啧啧称奇。可一到这里,眼前的景象再次刷新了我们的认知。有好一会儿,四个人都只是愣在原地,说不出一句话来。

这条隧道呈现出一个完美的圆形,好像一根排水管。我们从一个门洞里出来,这道门洞沿着墙壁的弧度,正好嵌在里面。墙面顺势而下,到了某一处,转为地面,而门洞也几乎嵌到了那里。天花板距离我们头顶大约720英寸[①],

---

[①] 英寸:英美制长度单位,为1英尺的1/12,1英寸=2.54厘米。

即使所有人互相踩着肩膀叠成一座塔，高度也不及那一半。

比高度更令人叹为观止的，是隧道延伸的趋势：一面朝远处缩小，一面以极细微的弧度向下弯曲，直到被黑暗吞没。不用计算我就可以猜测（毕竟没有纸和笔，想计算也很难），这条隧道能绕荧石一周，最终首尾相连。

与走廊不同，这条隧道两边没有任何凹槽或装饰物。它闪着一种油亮亮的光，照到我们背上。除了身后和远处的阴影里有两处门洞以外，其余地方都没有出入口。我们都看得到远方的那扇门，但过去要走好长一段距离。仪器清晰地显示，我们正是要去那里。

"多久了？"芙拉的声音打破了漫长的寂静。

"4小时33分。"普洛卓尔说，"据我对我们自身情况和这套航天服的了解，就算马不停蹄，走得气喘吁吁，也至少要20分钟才能走到那扇门前，而且门背后是什么，我们还一无所知。"

"还是有机会的。"芙拉说。

趁她还没迈开大步，普洛卓尔赶紧把一只手搭在她的肩膀上："确实可能还有机会，亲爱的，但是我还是建议在这里先停一下，就一小会儿。"

"为什么？"

"因为……我有一种预感，它让我很不安。我以前跟雷卡摩尔来的时候，一直有隆隆声在响，但显然是从脚下传来的，而且比较微弱，然后雷卡就不让我们再往前走了。但我今天给这种声音计了一下时。虽然我早该这么做了，计时是荧石研究员的老习惯。"

"所以？"芙拉催她接着说下去。

"这些声音来得太有规律了，简直不像吞噬兽发出来的，除非这只吞噬兽在做它的同类从来没做过的事情。声音每38分钟就要响一次。而且可以发现，我们越接近这条隧道，它就越强烈。我觉得应该是有原因的。"

"是有东西要来了，"我上下打量着这条越发漆黑的隧道，又有一种新的不祥的预感油然而生，"就在这条隧道里。你是这个意思吧？"

"但愿是我想多了。可我觉得稍微等一下也无妨，看看接下来会发生什么。那我们就等个……"普洛卓尔再次低头看了眼计时器，"大概17分钟吧，从现在开始算。我觉得应该差不多了。"

"本来走到那扇门时间是够的。"芙拉很不满。

"可能本来也不够。"我反驳，内心不断提醒自己，虽然她救了我，并为此承受了巨大的痛苦，但作为她的姐姐，我仍应该担起这个身份，要表现得比她更稳重、更明智。

"我听说过，有些荧石里面会有这么一种奇怪的东西。"普洛卓尔说，"只不过我自己从来没有遇到，也没有碰到过见过它的人。大家都称其为'万鼠蜂拥'。"

"还好你现在就想起来了，而不是走到一半才说。我们还算走运，难道不是吗？"芙拉说。

"是那几阵隆隆声让我开始想到这个问题的。在大多数时候，万鼠蜂拥都不按常理出现。那些绕着荧石跑的东西很快就会堵起来，卡在一个地方。也就是说隧道里的某一点会被堵上，但这样的话，仅仅就是绕点远路的问题。"

"但现在不是。"斯特兰布莉接上了她的话。

我们仍站在隧道里，光影飘忽不定。

"17分钟，我们还是有可能成功的。"芙拉说。

"记得在墨珅陵，"我回忆道，"火车驶入因塞尔站的时候，前面总会掀起一阵大风，垃圾、报纸漫天横飞，裙摆微微飘舞，姑娘们纷纷伸出手将帽子扶好。随着火车接近，会感到一阵暖洋洋的微风袭来，悄无声息。在这里，类似的一切都不可能发生。首先没有空气，所以不会有大风先来为我们预告。其次没有微风，也没有垃圾。除了隆隆的低鸣声就没有别的声音了。那个东西如果在拐弯处出现，从我们看到它的第一眼起，就为时已晚。"

"我一直以为，你在我们几个人里算不上谨慎。"

"如果真要谨慎起来，"我回答我妹妹，"从一开始我就会坚持待在荧石100万里格开外，离它远远的。但现在来都来了。如果还有选择余地的话，我一定会选活着。"

芙拉冷哼一声，显然对我很失望，但我到底还是说服了她。于是我们挤回了斜面走廊，只把头伸到外面，在宽阔的隧道里窥探。

"我们甚至不知道该往哪个方向看。"斯特兰布莉抱怨道。

"抛个硬币吧。"芙拉提议。

"我倒真的挺想见识一下。"斯特兰布莉回道。我完全能理解她这种想法。在荧石里发生的任何事情——当然,首先你得活着出去——都能成为往后余生里有用的经验。如果遇到点不同寻常的,那就更加不得了了。而且,比"有用"更重要的,是可以借此谋利。最简单的办法就是把这些消息卖给其他人。即使不这么干,这些所见所闻或是行动经历也会成为一段宝贵的独家回忆,没人会因为这些对你指点点。

"不如分下工?"我朝斯特兰布莉笑了笑。"我和普洛卓尔向左看,你们两个向右看。如果有人发现情况了,大家就一齐看向那个地方。但记着,脖子要尽量转得快一点。如果那些东西绕荧石一周要花……你刚刚说要多久来着,普洛卓尔?"

"38 分钟。现在还剩 11 分钟。"

"那就说明它们不会像在公园里面闲庭信步,我估计会跑得跟火车一样快。"

接下来的几分钟里就无须多言了。普洛卓尔一直在倒计时,告诉我们还剩 2 分钟、1 分钟、30 秒、15 秒,然后——应该是在同一瞬间——我们所有人都屏住了呼吸,只为那一刻。我们两组人目不转睛地盯住两个方向。

最后,是普洛卓尔和我这一组首先看到了。

我脑子里面预想的一直是,这种东西应该是像平头火车,或者空活塞之类,能在上下左右四个方向完全塞满隧道。结果,我的想象与现实相去甚远。那隆隆作响的东西其实只是一个巨大的球,上面覆盖着斑驳的金属片,气势汹汹地向我们滚来。它的直径正好约 720 英寸——如果这个球是空心的,就算从姜塞利路上取一座古老的大宅子放在里面也绰绰有余,甚至还能留下足够的空间让房子在里面自由晃动。

我突然想到,这么大一个东西怎么会不停地滚动,而完全没有减速呢?荧石里面虽然没什么引力,但球是沿着走廊滚动的,肯定时不时会与墙壁刚刚蹭蹭。况且球面看起来很粗糙,并不像滚珠轴承那样光滑。都过去这么久了,再怎么说它也应该停下来了吧。显然是有什么东西在一直推着它向前滚动。不管是在球内还是在走廊里,一定有某种神秘力量抵消了它绕圈过程中略微消耗的动能。

但我完全不在乎那是什么东西。

我们目睹它撞上闪光精灵,从它身上滚过。本以为闪光精灵已经被碾得粉碎,没想到球滚了一圈以后,我们发现它像个发光的污点一样粘在球上,但仍清晰可见。球又滚了一圈,光暗了下去,之后慢慢地没了踪影。后来,球从我们身边经过,沿着隧道平坦的曲线渐渐远去,消失在黑暗中。没了闪光精灵,黑暗更深沉了。

普洛卓尔打开了另一个计时器。

"距离它下一次滚过来还有38分钟。"她把头探进隧道里。

"你确定只有一个球吗?"斯特兰布莉很不放心。

"对,就那一个。"普洛卓尔回答。

"万一我们进了隧道以后,它突然加速了怎么办?"

"不会的,阿斯。虽然我以前没见过这种东西,但我敢肯定它有自己的运行规律,不会突然加快的。"

普洛卓尔尝试安抚斯特兰布莉的情绪,最近她经常过分紧张。如果谁要说斯特兰布莉胆小如鼠,那倒也不公平——毕竟她加入前一个团队的时候,担任的是开拓员。可每当情况稍微跟预期计划有所偏离,她总是反应最大的那个。她的紧张情绪又会反过来感染其他人。而人一紧张,往往就要犯错误了。

这一点,普洛卓尔最懂。

"阿斯,"普洛卓尔继续说下去,强调自己的观点,"我承认,我们为了找燃料,确实到了个鬼地方。但再怎么说,也就是个荧石而已。一群与我们不同的家伙把它挖了出来,至于原因,我们是猜不到的。而且荧石里的有些秘密,我们或许永远无法得知。但这并不意味着它会自发对你、我或者我们任何人产生什么特殊兴趣。荧石里任何有灵性的生物,任何可能与我们产生互动、适应我们存在、试图欺骗我们的东西,早就都坏了,甚至已经化为尘土。剩下的只有像刚刚那滚球之类的蠢东西。我敢和你打赌,它不知道我们在这里,即使知道，也不可能改变行为来应变。我再和你赌一个，如果我们过100万年再回来看，它还是要花38分钟才能走完一圈。"

"我可没有吓得瑟瑟发抖。"斯特兰布莉听上去有些愤愤不平。

"就算真是这样，也不怪你。"普洛卓尔说，"抖一抖也不全是坏处。但在某些方面，我们可以完全信任荧石，你要清楚这一点。"

不管怎么说，斯特兰布莉也不愿意再浪费一只闪光精灵了，于是我们只好使用头盔上的灯。光束随着我们的步子上下晃动。15分钟后，我们到了另一扇门前，比普洛卓尔预计的要快一些。在此期间，定位器的信号越来越强，也越来越稳定。第二道门设置在隧道同侧，但门背后不是一条向上倾斜的走廊，而是另一个下降的竖井，好在还没有陡到阻止我们的步伐。没过多久，在灯光的照射下，前方出现了另一个巨大空间。竖井逐渐变平，我们走过了另一个门洞。

燃料就在那里。没走几步，灯就照到了一个棱纹外壳，那是存放推进剂的瓶子。之后随即就发现了第二个，再一抬头又有一个。每个瓶子都上了漆，约有一人高，外部配有阀门和计量器。它们直立着相互堆叠在一起，周围还有另外三五瓶。摆放非常随意，找不出一点整齐的美感，堆在高处的那些看起来更是轻轻一碰就会翻倒。我们绕了一圈，在空隙里随意缓缓穿梭，没说一句话。

大家都想到一处去了：事情不太对，变得很棘手。

"雷卡原本就摆成这样的吗？"芙拉问道。

"不。"普洛卓尔说，"没有必要。"

房间的大部分都是空的，而燃料全部聚在中间，宛如一座雕塑或一尊神像。除此以外，还有一些凹槽，里面放着破碎的雕像，大部分只是碎石，偶有残缺的脚或腿。四周有几道暗门，通往沉啸石的更深处。

"得回去拿点重型装备再来。"斯特兰布莉无奈地叹了口气，"绳索、钓具、动力绞车、液压装置之类的。看来错过这次机会在所难免了，但也只能等下次机会。"

"我们就是为了这些东西而来的。"芙拉反对，"一定要带走它们。燃料要猛震一两下以后才有可能爆炸，不是吗？再加上这里没有空气，不是更加安全吗？"

普洛卓尔隔着手套抓了抓脑袋，身体后倾，抬头望着其中一堆说："这得看你给'猛震'下的定义是什么了，亲爱的。"

"来试一下。"听芙拉的口气，好像这么干已经是板上钉钉的事情了，"我没力气把这堆东西一个一个拿下来，所以我们只能推一个下来试试，然后祈祷它不要爆炸。"

"我可不想听天由命。"普洛卓尔说。

芙拉用机械手拂过一个三层高的燃料堆，然后高高举起，按住第二个瓶子，用力去摇。瓶子轻微晃动了一下，带动上面的一个晃得更厉害。"这些瓶子已经有很深的凹陷了。估计再敲两下也没事。"她退后一步，双手叉腰，紧盯着那堆瓶子，直到它们停止摇晃。"这个就可以了。最上面的那个瓶子应该马上就要倒下来了，而且大概率它会从别的瓶子上滚下来再落地。"

我依然很是担心，但不得不承认，几乎没有选择余地了。于是我和妹妹一起，开始用力推第二个瓶子，等它晃起来，然后再推一下，就像帮小朋友荡秋千一样。我们每推一次，摇晃就更加剧烈一些，渐渐地，上面的瓶子也被带动，朝反方向东倒西歪。我不禁想到，谣言也是像这样慢慢从一个人传到一群人的吧。

一通操作下来，几乎没有发出什么明显的声音，但是可以想象，当这堆东西最终顶不住推力，变得越来越松动以后，发出吱嘎呻吟声会有多么刺耳！最高处的瓶子晃得最剧烈，毕竟上面没有东西压住它了。每摇一次，我都要担心它正好掉下来砸中我们的脑袋。

芙拉简直是卡点王者，就在瓶子翻倒前的一瞬间，她及时后撤，退了出来，分秒不差。瓶子一路倒下，边缘着地，撞出一个坑，却没爆炸。触地弹起后，瓶子又跳到原来一半的高度，随后彻底掉了下来，滚向远方。

"好了，来搞下一个吧。"第一个瓶子还没停住，芙拉就已迫不及待地去摇第二个了。

不久，我们就有三瓶燃料可以带走了，在现在这种情况下，我觉得完全算得上收获满满。时间所剩无几，想再多带几瓶回到第一个房间已经是完全不可能的了。

"看这里。"普洛卓尔正举着定位器立定在其中一堆瓶子旁边,"就是这个东西。雷卡把它打开,焊了一个小隔间,把信号发射器固定在里面。还不错嘛,挺高级的。这小装置要靠一个迷你热力引擎来运行——只在必要的时候才用一小滴燃料,少得都没人会心疼。"

"雷卡这老家伙还挺狡猾。"好奇怪,我怎么又自豪又悲伤?不过,我猜芙拉应该深有同感。

我们清点了一下,拿上燃料,还有3.5小时供我们离开。但在万事大吉之前,我们还得考虑那个大滚球的问题。再过4分钟它就又该回来了,所以根本不可能在球到之前赶回远处那扇门。

"这4分钟也别浪费。"芙拉说,"把瓶子滚到坡顶,一次一个,不去管那个球。"

瓶身虽有凹陷,滚起来却还是不成问题。但得三个人一起使劲才能把一瓶推到坡上。如果能再多加一个人的力量固然最好,但瓶子的长度有限,要想不相互妨碍,最多只能三个人并排操作。所以最后决定,由我、芙拉、普洛卓尔三人来干这体力活,斯特兰布莉负责在坡顶监视隧道里的情况。我们小心翼翼,因为只要一个不留神,瓶子就会滚回原处,那样就前功尽弃了。

这个竖井比第一个要短些,我们花了4分钟就快到顶部了。斯特兰布莉在那儿等我们,手撑在门框上,头一会儿缩回一会儿伸出,活像只紧张兮兮的小鸡崽子。

"来了来了。"她说。

轰鸣声越来越响。我们把瓶子推到竖井顶端一块平地上,确认安全后才放手。球滚来了,隆隆声震得我们全身的骨头都在颤抖。我以最快的速度将头伸向隧道,盯着那个庞然大物逐渐离我们远去。头盔灯的光照出了球上斑斑驳驳的图案,好像一块块血痂贴在球上,又像地球上的大陆板块。短短一瞬间,我看到的却比第一次还多。

这些图案是一个个印记,是经球碾过、压扁而留下的残余物,和斯特兰布莉的闪光精灵拥有同样的命运。它们不仅被球压扁,还被吸到了球上,随即又被新的残骸覆盖。我起初以为这些图案是毫无规律的，实则不是。有些是躯干，整个贴在球面；另一些是胳膊、腿和头，四下分散、破碎扭曲。可一旦认出，目光就会忍不住跟过去，视线再也离不开了。有些呈现出人的形状，有些则不是。

那些和我们一样的陌生人，他们的生命定格在了球上。

我轻轻说道："普洛卓尔，你之前说，巨球到最后往往会卡在隧道里。我好像想明白背后的原因了。"

"哦？你想到什么了，亲爱的？"

"就是因为它们越滚越大，对不对？每轧过一个没能及时从一扇门赶到另一扇门的可怜家伙，它就变得更大一点。"

"所有细节问题都逃不过你的眼睛，我真的有些佩服。"

"真不知有多少人惨死在这个大球上！"斯特兰布莉恍然大悟，声音里透着惊恐。

轰鸣声消失了。球进入了下一圈循环，一门心思只知向前，让我不禁想到以前在姜塞利田径场上见到的那些口水横流、赛疯了眼的灰狗。"确实如此。"我努力克制自己，不再去想那些被轧死的可怜家伙，煞有介事地点点头，走回燃料瓶边，"来，我们一起把这玩意儿推到另一扇门那边去吧。如果能让它滚起来的话，应该比来的时候多花不了太多时间。"

"不。应该先去拿另外两个瓶子。"芙拉命令道，"把它们全都弄到这里来，然后再考虑接下来怎么走。"

我们让斯特兰布莉自己选，是留下来看守燃料瓶还是随我们一起下去。经过一番考虑，她表示还是更愿意和我们待在一起。于是普洛卓尔接了她的班，其余三人回到了下层空间，开始把下一个瓶子从倾斜的走廊往上滚。这次更累了，汗水渍疼了我的眼睛。从计量表上看，这个瓶子里的燃料和前一个的完全一致，不多不少，但我们都疲惫了，身上这套衣服虽然也是机械装置，但一点忙都没帮上。

走到半路，我一个趔趄，手脱开了瓶子。所幸芙拉和普洛卓尔及时来救，瓶子才没滚回去。

"你累了？"问这句话的时候，芙拉自己也在喘着粗气。

"大家都累了。"普洛卓尔抢先说道，"如果不累，倒是个奇迹了。不如花上一分钟，让我们把气喘匀。"

斯特兰布莉快我们几步，她的目光越过我们的肩膀，顺着走廊试着回望发现燃料的那个空间。但现在什么也看不见了，灯光范围之外只有茫茫黑暗。

奇怪的是，她开始发出一种咔嗒咔嗒的声音，就像有些人睡着了，但还不至于打鼾的时候发出的那样。"Fu——"斯特兰布莉开口要喊，我知道她是想叫芙拉。

普洛卓尔尽可能转过身去，手没有松开瓶子。

她回头看了看这条来时的路。

"你好？"普洛卓尔尝试主动打招呼。

黑暗中慢慢走出什么东西，从身后的走廊朝我们过来。那东西朦朦胧胧，从阴影中来，开始完全看不清，但再看一两眼就能明白了：一只靴子，一个膝盖，胸前有个包和各种软硬管道，一只戴着手套的手臂向我们伸来。慢慢地，灯光照到了它，航天服上的一些细节显现出来。那些部件比我们的任何一个都要老，但跟我们的一样，也是杂乱无章地组合在一起的。而头盔——此人弯腰驼背，所以我们只能看见头盔——到处锈锈斑斑，好像在水下泡了几个世纪。

那个影子一直在走廊上摇晃前行，身体很僵硬，但有半边似乎更加严重，因此只能侧身行走，此外，好像还被什么东西牵制住而被迫弯下腰，呈现出捧腹大笑或肠胃痉挛一样的姿势。

我心中早已有一种不寒而栗的预感，只是刚开始十分轻微，没有爆发。看到对方只是一个和我们一样的普通小偷，我就松了一口气——不然还能有谁？但一些疑问还没有解开，比如这人在荧石里面待了多久了？他们那帮人是如何做到不破坏线，并安全躲过雷卡的警报灯的？但我觉得一切都会问清楚的。

至少面前这位不是机器人，不是外星人，也不是幽灵族，或者任何传说中在荧石里游荡的怪物。

"你想在那儿休息一会儿喘口气吗，同志？"那人影慢慢走近，普洛卓尔朝对面问话，"我们可以互相帮忙，不必大打出手。"

"把弓弩给我。"芙拉说。

斯特兰布莉伸手从芙拉衣服背后的支架上取出她的弓弩。箭已在弦上——这种战斗状态深得芙拉之意。她一手推住瓶子，一手拿着弓，把它慢慢放平到走廊上。对面的人影稍微直起身来，透过面罩的曲线，我们刚好看见那张脸。

就在那一刹那，我汗毛竖起，轻微的寒栗变成了彻骨的恐惧。

第三章

几乎是在一瞬间，我们意识到了两件事，件件令人大受震撼。其一，面罩上没有玻璃，所以此人不可能有呼吸；其二，坦率地说，没有呼吸还是小事——没有皮肤才真的使人感到头皮发麻。没有皮肤，没有肌肉，什么都没有，只有一个白森森的头骨，本该是眼睛的地方留着两个阴森森的空洞。

两条鼻缝，一张嘴巴，几块粗糙的组织碎片吊着摇摇欲坠的下颌骨。

芙拉果断发射，箭直接射穿了那人的胸包。如果敌方是一个活人的话，确实应该瞄准此处射箭。但现在，我怀疑这一箭下去完全于事无补。如果是我，我会把弩箭射进那个敞开的面罩，把那陶器似的头骨打碎。

不过芙拉这一箭还是有效果的。胸包无声炸裂，迸出点点火花。随后，一股黑气从中喷出，那个身影顺势向前倾倒，双臂伸到面前，仿佛在将自己作为祭品献给上帝。

它一动不动，匍匐在倾斜的地面上。黑烟仍在不停地往外冒，从身体两侧袅袅升起，火花尚未熄灭，从下方将其照亮。但对方完全没有移动的迹象。

"我这辈子见过不少怪事。"斯特兰布莉的声音缓慢低沉，"但都及不上它的十分之一。"

"那你到底还是见识太少。"普洛卓尔说。

第三章

芙拉慢慢向那个趴在地上的身影靠近,并趁着这段时间又添了一支箭。那个身影还是一动不动。芙拉踢了一脚它的头盔,它抽搐了一下,就没有别的反应了。

芙拉看了眼普洛卓尔:"我猜你应该也能解释一下这玩意儿吧?"

普洛卓尔也走了过去,单膝跪下。鉴于穿着航天服,她的动作已经算是很流畅了。她抓起头盔边缘,捞起来举高。那个头骨再次映入我们眼帘。

普洛卓尔弯下身子,细细观察那对空洞的眼眶。

"嗯……"她沉吟了一会儿,就像医生在宣告坏消息前的迟疑。

"怎么样?"我忍不住问道。

"这家伙是个闪烁人,或者说曾经是。"

我和普洛卓尔认识很久了,对她的太空黑话算有了一定的了解,但这次她又给我抛出一个新名词。不过,我的确知道"闪烁"指的是什么意思,所以做的大胆猜测也是有理有据的。

"你是在说什么和头骨内的物质有关的东西?"

普洛卓尔隔着面罩朝我点点头:"有些人心生贪念,或者日渐懒惰,又或者找不到与自己头骨匹配的读骨仪,就从外星人的头骨里挖出闪烁的东西,然后可以说是切掉自己脑袋的中间部分,把这些东西塞进去。"

"他们是怎么做到的?而且为什么要这样啊?"我大为震撼。

"操作方法还是比较好解释的。"普洛卓尔说。"有没有听说过'中枢巷'?圣公会里到处都是这种地方。只要价格合适,总有人什么事情都能帮你搞定。他们会在你脑袋上钻开几个小孔,就像钻矿井一样,然后把那些闪烁物填充到大脑灰质的各处。最后把洞口封上,这些物质就能扎根。"

"行吧——那这样做的目的呢?"

"它有时候会赐予人与头骨对话的能力,这样就不需要借助任何额外的仪器了,有时候还可能得到点别的能力。"她松手让头盔掉回原来的位置,同时站了起来,"但一般来说,这么干是要付出代价的。偶尔有人会碰到闪烁物有自己意志的情况,它会对不应与之对话的东西说悄悄话,比如航天服,尤其是那种有专属配置的智能航天服。闪烁物能和航天服达成某种交易,互利互惠。"

"那么这个人本身呢?"我追问。

"完全多余,在闪烁物眼里毫无利用价值,航天服也这么觉得。通常这种人只有一种结局。"普洛卓尔狠狠给了头盔一脚,比芙拉踢得还重。

"这衣服、这尸体值不值得我们搬回去?"弓弩已经完成了使命,芙拉把它放回原处。

"还是留在这儿任其腐烂吧。"普洛卓尔都没有纠结一下,"又不是什么别的地方找不到的稀罕玩意儿。"

"你觉得,那个闪烁人想抢我们的燃料做什么用?"我问。

"那套航天服可能是靠燃料运转的,就像雷卡的信号发射器一样。"普洛卓尔说,"或者凭我对闪烁人的了解,更有可能是它想引诱我们留在这里,让我们永远走不出这荧石。"

"我们对那堆骨头又有什么利用价值?"斯特兰布莉也好奇了。

"完全没有,亲爱的。但我们的衣服,我们的装备,那就另当别论了。东西总是会磨损报废的,尤其在这种环境下速度更快。闪烁人总要寻找新的零件来延续寿命。"

"你是说,它想把我们吃了?"芙拉说。

"还好只遇到一个。"斯特兰布莉吁了口气。

"我就是在想这个问题……"普洛卓尔说,"你们说,就一个闪烁人,要把所有燃料都拿走,并且堆好放在那边,这种可能性有多大?"

"有本事都过来呀!"芙拉对天大喊,"如果这么容易就能击败这帮家伙,我倒是不介意再多抽几支箭出来。别去想这个了,把燃料推到坡顶吧。"

我们把那闪着火光、冒着黑烟的闪烁人丢在原地,继续上坡。刚刚的小插曲让我们稍微休息了一会儿,肌肉舒适了不少,但现在脚步加快不仅仅是因为得到了休息,还因为多了一双手来帮助我们滚动瓶子,使我们能快一点到达顶部。黑暗被抛在身后,这才让我感到安心一些。

随着最后一声吭哧,我用力一推,到达了竖井的顶端,把第二个燃料瓶滚到第一个旁边。它躺在原地没动。

"距离球下一次滚过来还有多久?"芙拉上气不接下气。

"18 分钟。"普洛卓尔回答。也就是说,加上被闪烁人拖延的时间,我们花了 20 分钟就把第二瓶燃料推到了顶上。普洛卓尔肯定没有骗人,但我感觉仿佛花了 40 分钟。

"如果我们现在就走的话,这点时间应该刚好够我们到前面那扇门。"我回忆了一下,来的时候我们花了 15 分钟,"如果大家没意见的话,我们可以同时推两个瓶子。在平面上滚应该不会耽误太多时间。"

"那还有一瓶怎么办?"芙拉问道。

"别再想第三瓶了。"我直视她那双被荧光包围的眼睛,尽量让自己的声音威严一点,"拿到两瓶总比空手而归要好。要是再遇到点乱七八糟的事情,我们可承受不起。"

"我是绝对不会再下去了。"斯特兰布莉躲在面罩后面微微颤抖了一下,"就算整个圣公会所有银行里的钱都放在下面,我也不去。"

"别浪费时间了。"普洛卓尔催道,"球又不会停下来等我们聊完。现在还剩 17 分钟左右。还有机会,但是麻烦你们快点。我倒要看你们能给自己留多少余地。"

芙拉依次看了我们一圈。从她的眼睛里,我可以看出她的脑袋里正在暗暗进行一些盘算。和我们其他人关心的分分秒秒无关,她想的是忠诚度和指挥权,考虑着目前自己的决定到底能贯彻到什么程度,毕竟我们没人签署任何形式的协议,规定她是负责人。

"好吧,那就这些吧。但我们这次等球过去再走,现在出发太冒险了。"

"要不我先走。"斯特兰布莉提议道。"确保道路畅通。"

"这些燃料要四个人一起推才挪得动。所以大家得待在一起。"芙拉又举起了弓弩,万一再有什么东西晃晃悠悠地从竖井里过来,芙拉会随时准备给它一箭,"给我们讲个故事吧,普洛卓尔。我知道你脑袋里面故事可多了。"

"今天就算了。"普洛卓尔边说边把自己那套弩箭也卸下来拿在手里。

我和斯特兰布莉也照做。

"5 分钟倒计时。"普洛卓尔突然宣布。我不禁深吸一口气，仿佛立刻就要出发了一样。我轻轻抚摸荧石，尝试感受由弱渐强的轰鸣声，那是它行军的号角。但现在我还什么都没有感觉到，我也不该期待现在就有所感觉。

接下来的几分钟里，我思考了一下离开荧石后的计划，毕竟就这趟旅程而言，我们基本没可能拿走更多燃料了。自从接手"复仇者"号以来，我们一直心甘情愿在圣公会边缘地带游荡，躲在阴影里不出去，尽可能避免一切可能引起注意的行动。但这不是长久之计。真要说起来，我们又不是什么亡命之徒——至少自认为不是。想着想着，我突然意识到自己的思绪回到了苏桐身上，还有她说在观察室里见到的帆闪，随后又情不自禁地联想到了那件令人发毛的事——我们大概率是被另一艘船盯上了。

我知道，重要的不是我们怎么想自己，而是别人怎么想我们。

"还有 30 秒。"普洛卓尔的声音打断了我的思绪。

我忍不住再次把手搭到墙壁上，这次确实有所不同。

"它来了，我能感觉到。"

"亲爱的，我怀疑它还有一段距离。"

"不，我的感觉肯定没错。"

芙拉看了我一眼，也伸出她的金属手摸了摸墙。还记得她刚刚装上这条金属臂的时候，真是笨拙不堪，几乎完全没有触觉。但随着这铁块伴随她的时间越来越长，这条机械手臂逐渐化为她身体的一部分，变得越来越敏感了。而现在，她说她也能感受到震动。这种震感对她穿着铠甲的另一条原生手臂来讲，反而微弱到无从感知。

"安德瑞娜说得对。"她说，"确实有东西在过来，但我怎么不觉得……"

"来的是**那个**。"斯特兰布莉的声音中带着惊恐。可看到接下来的场景，我们就不得不说，她已经够平静的了。

对面，乌压压一片黑影摇摇晃晃地走进我们头盔灯的照射范围，像移动的路障，又有些像塞子，从走廊的那头向我们逼近，东倒西歪，捶打着墙壁。全是闪烁人，样貌却又不完全相同。有些人衣服里的四肢或部分或整条消失了，有些人则还剩一截白骨连在衣服上，从撕裂口垂下来，像个软绵绵的钟摆一样荡来荡去。唯一的共同点是，所有人的头骨都还在，大多数是完整的，有的只剩一部分了。趁着它们的脑袋在残余的头盔里上下晃动的间隙，我看到了其眼窝后面亮晶晶的闪烁物，那美丽晶莹的微光在这阴森恐怖的环境里简直格格不入。有些人下巴还在，有些则已经被腐蚀完了；有的头骨已经穿孔，有的眼眶以上的部分全都没了。这样一来，闪烁物更加清晰可见。

敌人太多了，前推后搡。但凡它们有任何大规模武器，我们早就命丧黄泉了。就这点来说，我们还算幸运。如果它们有什么计划，我猜应该是把我们压倒在地，然后像腐肉一样将我们分食。

有好一会儿，我们愣在原地一动不动。恐惧固然是其中一个原因，但还有一部分是因为犹豫不决。

最先反应过来的是芙拉，她朝人群中射出一箭，又立刻装上第二支，同时，普洛卓尔也开始发射。我和斯特兰布莉随即加入了战斗。四人不顾一切地瞄准、发射、上弦，除此之外别无他计。而对面闪烁人的航天服和各部分身体乱作一团，任我们集中火力攻击某一弱点，都是徒劳。头骨是容易看清的目标，但要让箭正好射穿面罩却绝非易事。不过，我们还是竭尽全力，瞄准那些头盔烂得所剩无几的人，特别是其中头骨已经碎了一半的那些。箭中目标时，闪烁物就会像烟花一般无声地炸开，航天服随即失去控制力，而后其宿主也就僵住不动了。

但是闪烁人大军仍在持续向前进发。我们虽损其兵力，但对方很快就会把我们逼入主隧道。现在，其中有一些冒着黑烟，像最先出现的那个一样，这就让我们更难瞄准目标了。

"斯特兰布莉！"我喊道，"来帮我一下。"

我又射出一箭，立刻丢下弓，双手顶住第二个瓶子——不错，正是我们一路汗流浃背、辛辛苦苦推上来的那个——往坡口推去。斯特兰布莉领会到我的意图以后，立刻来帮我。

"不要！"芙拉也看明白了，失声大喊，"燃料得留着！"

"不行。"我尽量保持耐心,"我们至少得活着,要不然一瓶都用不到。"

她还没来得及提出任何异议,我就用尽全力完成最后一推。燃料瓶顺势越过坡口,朝闪烁人滚去。我和斯特兰布莉松开了手。趁它向下滚的间隙,我马上从地上捡起弓弩,拔箭上弦。

燃料瓶势如破竹,最前排的一批人首当其冲,受到猛击,在零零星星的爆炸中,金属和骨头,还有那些闪闪发光的碎片从黑烟里飞溅出来。瓶子不断向下滚,将所到之处清出一条路来,我看着它在怪物群中呼啸而过,第二、第三拨闪烁人应势而倒,破坏力丝毫不减。

但对方一点退缩的意思都没有,攻击效果也与我所期待的相去甚远。那批伤得最轻的闪烁人仍在奋力向前,踩着同伴的尸体而过,被挡住了就抱起尸体摔到一边,遇到碎片就捡起来舞作棍棒。而我们这边则放慢了攻击速度。现在,由于清掉了一批,瞄准变得容易了一些,我们仔细对准那些残敌的面罩、关节,或者航天服的其他关键部位。

距离普洛卓尔上次报时仅仅过去了一分半钟,但我感觉胜利的天平已经在向我方倾斜。巨球在主通道里滚过,从我们身边隆隆而过。我敢确信,就在那几秒,我们做出了正确的决定。现在,我们又有38分钟来赶到远处的门。

按照常理,这时候应该舍弃剩下的一瓶燃料直接离开,或者再把它推下去,就当是给那帮闪烁人送一份从天而降的大礼。但是芙拉太强势了,我不得不向她妥协。不过确实,在平地上滚圆瓶不算太难,所以现在再把它丢下就未免有些太愚蠢了。于是我们一齐冲进主隧道,我和普洛卓尔在最前面推,在拐弯处转过90度角,然后一路向前猛推,瓶子逐渐靠着惯性自己滚了起来,我们只需要追上它就可以了。

与此同时,斯特兰布莉和芙拉断后,持续对前仆后继的闪烁人大军发动进攻。一回头就能看见它们跟跟跄跄、歪歪斜斜、连滚带爬地跟着进了主隧道,仔细想想还有点可怜。我们身后至少有二三十个闪烁人,把通道挤得水泄不通,甚至难以把它们一个一个分辨清楚。

按理讲,我们应该能拉开它们一大截距离。但奇怪的是,这帮怪物越是破碎,走得就越快,跌跌撞撞一直紧追不舍,搞得我们连喘口气的机会都找不到。其中有一人只有上半身还看得出完整的航天服了，腰部以下除了嶙峋的骨盆和两条细如树枝的腿以外，什么都不剩；另有一人只有大腿根还残余着部分腿骨，连头骨和大脑都没了，诡异得让人难以置信；还有一人，完全就是由头盔、肩膀和一条比较完整的手臂组成的。它的移动方式最为独特，行走全靠猛烈抽搐，宛如一条被反复电击的蛇。它们要是追上了我们，会把我们怎样？我都不敢去想。

这次我们只用了 12 分钟就到了第二道门——我们的避难所！比来时少花了 3 分钟。汗水积在靴子里浸湿了双脚，我们用力地大口呼吸，声音重得像在嘎嘎嘎锯木条。这下总算远远地甩开闪烁人了。它们消失在了黑暗中，但大家都清楚，它们依然在我们身后蹒跚着、抽搐着前进。这帮破衣烂衫、残缺不全的怪物可不会因为看不到我们就打道回府。

尽管当时已经筋疲力尽，但工作远远没有完成，所以不能停下。我们还得把瓶子搬到另外两个倾斜的走廊里。一路上，闪烁人朝这儿逼近的场景一直在脑中挥之不去，催得我们丝毫不敢懈怠。等我们到达第一条走廊的顶部，也就是普洛卓尔原以为可以找到燃料的内室，此时我们的手臂已经和干细的树枝一样，完全使不上劲了。唯一值得庆幸的是，如果这时候那群干尸一样的闪烁人又出现在面前，我们好歹还有一个大瓶子能把它们压扁。

轰鸣声再次传来时，我们差不多已经回到了地面子舰停靠的地方。我猜，那群闪烁人应该还在主隧道里，所以球上应该又增添了一些属于它们的印记吧？依我看，它们对球的运动规律应该也有一定的模糊认知，所以才会在第一时间去设法偷燃料。同样，我也相信，是一种无意识的欲望在驱使它们不顾一切地向前扫荡。

再也不会见到它们了，真是太好了。

我们喘着粗气，已经精疲力竭，只带了一瓶燃料回到子舰，但没人有任何在此地逗留的念头。普洛卓尔完全忘了要在入口处再拉一条线，芙拉一上飞舰就瘫倒了，差点都没坐到座位上。我和斯特兰布莉上扶梯时死死抓住扶手才不至于腿软摔跤。

"一切顺利。"我大声宣布。一飞进浩瀚的宇宙，沉啸石上的经历就淡出了我们的记忆,只当做了一场梦,一场刚开始很美妙,到后面越来越恐怖的梦。

"我敢肯定,圣公会史上还没有哪个计划像我们这次的一样,这么顺利就完成了。"

"确实。"普洛卓尔摘下头盔,伸手拨了拨,软塌塌的头发又根根挺起,恢复到了麦穗状,"四个人进去,四个人出来。没人牺牲,而且还带了点东西回来。"

"呵,就一瓶。"芙拉从控制台那边转过身来,斯特兰布莉正在帮她松开右臂上的压力袖,"差点就入不敷出了。我们还得再去一趟,下次机会一来我们就出发。给那帮闪烁人来点猛的,我倒要看看它们会怎样。"

"或许,我们可以去找找,看看别的地方有没有燃料。"我提议。

"我以为你对雷卡留下的东西会更情有独钟一点。"芙拉扭了扭肩膀,把右臂从袖管里抽了出来,"那下面是他的财产,我们是有权拿走的。现在明知道已经有人来偷了,你们怎么坐得住?"

"荧石里所有的东西,都曾经是属于别人的财产。"我反驳。

"这可不一样。"芙拉耸了耸肩,把衣服脱完,"都过去几百万年了,不会有人还记得它们最初的主人是谁。"

"你想得美。"我没好气地回了一句,她射来一个阴沉沉的眼神。

飞了不一会儿,我们就看到了母舰,对接舱张开大嘴欢迎我们,在黑暗中露出一个大大的红色笑脸。芙拉启动喷射装置让子舰转了个身,于是我们倒着开进了母舰,就好像一条小鱼心甘情愿把自己送进了大鱼的肚子里。四人紧紧抓住停泊夹,看着大嘴在面前合拢。几秒之后,穿着航天服的苏桐和秦杜夫出现在窗外,开始检查子舰的情况,顺便完成停船连接。之后我们就能在母舰上飘起,不必再穿航天服了。

我们花了几分钟整理装备,顺着连接线飘进母舰厨房。这边与对接舱直接相接,也是唯一一个用作探险中转站的地方,因为别的房间都太小了。大家可以聚在里面,一起计划探险、评估宝藏、穿脱服装,不用担心手肘撞到对方的问题。但实际空间也没有那么宽裕,毕竟餐桌一摆,一半空间就被占掉了,更何况还得放各种仪器的控制台、设备架和储物柜,所以一般来说,我们都直接在子舰上换航天服。苏桐和秦杜夫已经进来了，摘下头盔准备迎接我们。

看着他们满是期待的眼神，我断定芙拉的表情没有提前泄露消息。

"如果你们回来得太早，我反倒要担心了。"秦杜夫看起来还挺高兴，"这样肯定就说明燃料被人偷了，所以待在那边没意义。但你们这一去就是好几个小时。我们两个一致认为，这就是个好兆头。是吧，苏桐？"

"之前是这样没错，但你看看她们的表情呀。"苏桐毫不留情地打断了他的乐观，就像鱼叉"嘣"的一声戳破了气球，"你说话前怎么都不问问自己，秦杜夫，她们看起来很开心吗？"

"我可不擅长察言观色，你又不是不知道。"

"我的眼睛告诉我，她们一点都不满意。"苏桐直言，"倒是像从十八层地狱里爬出来的。"

"那玩意儿，地狱里都不见得有！我们看到的可是……"

"拿到燃料了吗？"斯特兰布莉情绪刚刚起来，苏桐就直接打断了她，显然对那些絮絮叨叨的描述毫无兴趣。

我摇了摇头："就一点点，和预期差太远。雷卡还以为自己的储存库防盗功能很强呢，其实完全不怎么样。"

"闪烁人也入侵了，还比我们早。"斯特兰布莉忍不住打了个寒战。

"别骗人了，大家都知道世界上没有闪烁人这种东西。"苏桐不以为然，"所以不管你们遇到的是什么东西……"

"真的是闪烁人。"普洛卓尔也打断了她，语气不容置疑，"我敢百分百确定。都直接盯着它们的脸了，哪还能看错？然后我们就费了一瓶燃料把它们压扁。对方有二三十人，跟鬼一样，阴魂不散地一直追着我们。再往深处去，可能还有几百个。能逃出来已经是万幸了。"

"没逃出来会怎样？"

"反正不会是什么好事。还算不错，我们出来了，也没有空手而归。没有谁想立刻再回去一次吧？我们赶紧离它们远点行不行？没人反对吧？"普洛卓尔回答。

"嗯，说得对。"我点了点头，"反正已经快错过这次窗口了，也没理由继续待在这儿了。"

"那群怪物抢走了原本属于我们的东西。"芙拉的金属手指缓缓地一开一合,"这点让我很不爽。"

"至少现在带回来的这点已经够我们渡过难关的了。"普洛卓尔安慰道,"反正雷卡每次也只拿一两瓶出来。"

苏桐朝餐桌挥了下手,磁性桌面随即摆好了带盖啤酒杯和碗碟,刚烤的黄油面包盛满一碗,还在冒着腾腾热气。"吃点面包、喝点啤酒吧。让美食治愈今天的痛苦。我和秦杜夫去子舰上把燃料卸下来,然后准备扬帆启程。大家辛苦了,而且也不是没有收获。我没见到那群闪烁人真是走大运了,我可不打算去看。"

"明智的选择。"我朝苏桐笑了笑。

苏桐气色不好,有点面黄肌瘦,脸颊下凹,眼窝深陷,若是初次见面,难免让人以为她冷酷无情,甚至尖酸刻薄。但其实她温柔善良,在器械方面颇有造诣。这些日子以来,我和她早已视对方为挚友。

"你歇会儿吧,"秦杜夫拍了拍她,"我一个人去卸燃料就行。要帮忙的时候再叫你。"

"面包给我留点。"芙拉朝控制室飘去,"来几个人先把活干了。"

我飘到餐椅上,在腰间松松地系上一个绳扣把自己固定住。普洛卓尔去了卫生间,斯特兰布莉远远地在一个储物柜旁边,像往常一样四处找盐。苏桐没等她,先撕了一大块面包,俯身递给我。我接过来咬了一口,这才意识到自己快饿死了。面包有点不太新鲜了,黄油也稀了,但有总比没有好。

苏桐叫了我一声,声音压得很低:"它又出现了,安德瑞娜。你们在荧石里的时候,我又看到了。有人盯上我们了。"

第四章

观察室是一个小小的气泡状房间,安排在飞船背上较高的位置,主要建筑材料是玻璃,唯一的入口是一扇夹层门,一道道夹层像肋骨般排列,当中有一些空隙,但是很小,就算是极瘦的孩子也挤不过去。门封上以后,整间观察室就可以从船体中升出去,借助外部连着的操作杆悬在空中。不过,秦杜夫总可以找到某些方法从门缝里钻过去。一般来说,这套流程和帆板控制装置一样,是由液压回路驱动的,但也可以直接在观察室里用手动泵来人工操作完成。观察室升起以后,就能避开船体的遮挡,视野变得更加开阔,浩瀚的宇宙于是完完整整地映入眼帘。

我在望远镜边上随意挑了一个座位,独自坐下,打开一盏小红灯,阅读最新一组观测日志。如果苏桐没有撒谎的话,她当时是在漫不经心地随意扫视天空,无意间第一次发现了帆闪。过了一会儿,她才意识到那一道闪光可能透露出重要信息,可这架望远镜的万向节过于顺滑,镜头已经转到旁边了,而她对指向角的感觉稍纵即逝,当时已经完全不知道方位了。后来我去扫视那片可疑区域,她就坐在我旁边,可惜没有发现任何线索能证实或反驳她的观测结果。或许也不足为怪吧,帆闪本来就是一个转瞬即逝的现象,就算确实是,也极难捕捉。

可苏桐居然又看到了类似的东西,这一次她细心观察、仔细记录。她的手稿虽称不上整洁，但可以看出，她已经很努力地在记下时间和坐标，甚至还在后面附上了说明，详细描述帆闪出现时的情况：

  可能是闪光，持续时间：小于等于半秒，没有重复。

  在阅读和写作方面，苏桐依然会遇到困难，但她每天都在进步。记录是有公式可以参考的，所以她每次只需要回顾之前别人写的东西，然后按实际情况改一下内容就可以了。

  她在日志中提到，这是第二次在同一片区域看见帆闪了，不过这件事最好还是先别说出去。我把灯熄了，稍微等了一会儿让眼睛适应黑暗，然后挑了一个中倍望远镜，开始仔细观察那片天空，还稍微扩大了一点扫视区域。这种做法其实很有必要，因为如果这道闪光确实是另一艘飞船发出来的，那么在我们外出的这段时间里，以某些固定恒星为坐标系，这艘飞船的位置可以发生很大变化。而假如它本身就离我们很近的话，很可能已经飞出原来的观察角度了。当然，我不希望是这样的，但我必须考虑到这种可能性。

  还是什么都没看见，但我不怀疑苏桐，第一次就没有怀疑，第二次我也依然会选择相信她。

  我把日志本往前翻了翻。这本册子是大家一起写的，自从我们开始沿着沉啸石轨道绕行以来，没人记下过任何值得引起警惕的事，但这并不代表我们可以高枕无忧。当然，闪光不一定来自飞船，也可能来自别的什么东西；又或者对方只是单纯路过，没想侵害我们。

  我把手搭在手动泵上，准备让观察室回到船体内。在那一瞬间，我非常清楚地意识到自己在这个问题上的立场。

*

  "安德瑞娜，"芙拉坐在桌前——确切来说是绑在桌上——正俯着身在日记本上写字，周围暗暗的，全靠帕拉丁头上的红光照明，"来得正好，给你看，我翻出来一样东西，是一道谜题，博萨留下的。"

有那么一两秒，我望着她出神。是的，她主动和我打招呼了，态度也很友好，但她的脸还是由于过分专注，显得有些凶狠狰狞。以前，她的皮肤时不时会出现耀眼的荧光，但现在它们都被她压下去了，在帕拉丁昏暗的头灯下更是微乎其微。飞船正在快速航行，逃离荧石的引力，现在基本处于失重状态，她的黑发在头顶乱飘，看起来有点狂野，但这都无伤大雅。我无意间一回头，时常还是会看见妹妹沉浸在童年般的遐想中，在脑子里编故事或给插画上色，明明是无关紧要的事情，她却专注得仿佛与世隔绝。

她接手了博萨的专用房间。这间屋子墙面倾斜，隔壁就是主控室，也就是操作大型复杂导航系统和通信设备的地方。这两间房间都在停泊舱上方，可以经由厨房进入。芙拉已经在博萨的办公桌前待了很久了，周围摆满了她留下的东西，有不少看起来挺神秘的。

飞船中的大量控制电路都汇集在这个房间里，所以在这里安装帕拉丁最方便。还没有装好的零件连接在桌上，而桌子又连着导航、传呼机、离子发射器、控帆系统和线圈炮的电池。所以，如果帕拉丁完好无损，只要待在这里，整艘飞船也能尽在掌握。但现在他受损严重，必须小心、耐心地帮他修复各种能力。芙拉永远比我更喜欢他。尽管我也已经努力转变态度了，但毕竟之前一直对他不屑一顾，现在后悔莫及。芙拉理所当然是离帕拉丁最近的人，最合适去帮他重建逻辑思维，适应现在这个庞大而不灵便的新身体。

一开始，这只是无心之举，大家也都心照不宣地默认了这一事实，但现在芙拉住在这间屋子里，于是修复帕拉丁突然变成了她的硬性特权，就仿佛她担任了船长，正式受命负责修复一事。

"苏桐发现情况了。"我说。

她把笔浸回密封墨水瓶："在观察室发现的？"

"没错。她发现一道闪光，长度和亮度都和帆闪一致。"

"她一直在尝试寻找家乡，整天闷闷不乐的。估计她是看到圣公会那边闪出的光了。"

"应该不会。"我答得小心翼翼,感觉自己应该站出来为苏桐撑腰,"那个方向正对太虚之境。她观测的时候,古日已经运行到了她肩膀上空的位置。我用水晶浑天仪测了一下,还查阅了大量海图年鉴,没有任何文明星球或者哪块荧石有可能让她产生那样的误判。"

"如果真有别的飞船,我们不可能不知道。传呼机应该会有杂音,或者那具骷髅头会嘎嘎作响,而且肯定会多次看到帆闪。如果她不止看到一次,我倒有可能相信她,但是……"

我忍不住插嘴:"确实不止一次。"

芙拉的目光突然变得锐利:"是在同一次观测内吗?"

"不是。我读她的观测记录的时候,也扫了一遍她说的那片空域,毕竟做点预防措施总不会错嘛。我也确实感觉好像看到了点什么东西。"

"然后你把它记下来了吗?"

我撒谎了,不仅是为了维护苏桐,其实也是想让芙拉意识到事情的严重性。但我没想让自己陷入尴尬的境地。"就短短一瞬间,而且不是很亮,没有达到需要记进观测日志的程度。如果是在以前,我可能就放它过去了。但是苏桐这么一说,我实在是很难不产生怀疑。我猜,会不会真的有另一艘飞船在跟踪我们?"

"就算我接受你们的猜测,也很难去给帆闪测距。只有在条件合适、望远镜放大倍率足够高且能高度适应黑暗的情况下,才有可能在 1 000 万里格之外观察到这种闪光。但这个距离已经太远了,就算有情况也不足为虑。"

我妹妹这个人,明明去年才第一次离开自己原本居住的星球,但表现得却好像是在星际飞船上土生土长的人一样,对一切航行导航和太空事务都了如指掌,有着毕生的经验。她对所有存疑的问题都敢一口咬定,不容置疑;而当我这么自信的时候,她总会第一个出来挑刺,像个老手一样恨铁不成钢地摇摇头。

"有没有一种可能,对方已经离我们很近了?"我耐着性子,毕竟我很清楚,她的经验比我丰富不了多少。

芙拉把目光转向帕拉丁的脑袋,那是一颗玻璃圆球:"你能理解安德瑞娜刚说的内容吗,帕拉丁?"

"能。"他的声音还是像以前那样，低沉而庄重。我知道这种声音是眼前这个曾经当过兵的机器人所独有的。他也值得被人视为挚友和守护人，他曾忠心耿耿、英勇无畏地效力于主人，后来反倒因这份赤胆忠心受了惩罚。"我能理解'帆闪'是什么意思。当飞船船帆的一个或多个元件失准，或遭到损坏，或被故意弯曲时，他人可以借助帆闪发现一艘飞船的存在。这种途径不属于常规探测方式。"

"所以说，出现帆闪并不一定表明船长的驾驶水平不怎么样？"

"完全不是，安德瑞娜小姐。正常情况下，帆闪几乎是不可避免的——这是天体巡航的职业通病。但如果船长刻意追求隐蔽性，那就必须尽力防止帆闪进入其他飞船的视线。"

芙拉把头转了回去："帕拉丁，如果有人来和我们打招呼，你会向我报告的对不对？算了，不开玩笑了，我是说，如果有人来侵略我们，你会及时上报的吧？"

"报告阿拉芙拉小姐，目前暂未探测到任何侵略者。我们所有的仪器都挂在最低挡；目前所在区域内，暂未拦截到可能针对其他飞船的加密或其他形式的信号传输。"

"而且我们自己也肯定没有向外传呼。当然，荧石上的低增益通信除外。"芙拉顺着说了下去，"我们的船帆也不会闪光，所以就算有人知道我们在这个区域活动，他们也不可能把我们逼出来。"

"在那里有块荧石。"帕拉丁这次突然畏畏缩缩，就好像提醒我们这一点不太好。

"荧石一直在那里没动过。"芙拉回了一句。

"但我们在动。随着力场的上升，这块荧石会变成方圆几里内最亮的物体，而我们一直在绕着它转。安德瑞娜小姐，您有记下帆闪的坐标吗？"

"记了。两次都出现在东经 116 度，南纬 22 度。"

帕拉丁头上的灯光突然呈现出一串串计算。"那我们在穿过荧石表面的时候，有可能会被人发现。虽然我们的船帆很黑，但也没有黑到完全看不见。而且，就算把船帆收进来，我们还是比荧石大很多。还有另一件事：如果真的存在其他飞船，而且人家也在密切关注荧石的话，在我们来回的过程中，对方可能已经看到我们子舰的火箭羽流了。"

"你是说，有人出于某种原因，也盯上了这块荧石？"我斟酌了一下用词，没有提到苏桐其实是在我们出发前就看到了第一道帆闪。

"如果想找一艘在太虚之境边缘活动的飞船，那就应该筛选出一些重点可疑的荧石，然后盯紧，这样效率会更高一点，而不是在空旷的宇宙里一寸一寸搜过去。"

"这我不管。"芙拉摇摇头，"如果真有人在这边乱飞，撞见我们，那就算我自己倒霉，但也只能接受事实。可是，听帕拉丁这么一说，怎么感觉好像对方是有计划的？"

"果真如此的话，那要不要试试从头骨上找找线索？我知道，两位最近一直不太愿意用它……"

"不到必要的时候就别去用它。我们就剩这么一个了，而且还是坏的。虽然现在没报废，但我觉得还是该省着点，别透支了。而且真要用的话，还有可能暴露自己的身份，甚至可能暴露位置。"

"这些风险我都清楚。但头骨已经算是我们最大的资本了，放着不用的话，还不如现在就把它砸碎。"我的目光锐利，不容置疑，"芙拉，你为什么要极力反对我们进入藏骨室？当年在雷卡摩尔手下工作的时候，你不是一直对那间房间兴趣很浓吗？整天想证明自己的能力高于我。如果有人要保持沉默，那也应该是我才对。"

"这又不是比赛。"芙拉如往常一样冷酷，完全不为我所动，"如果真像你说的那样，沉默寡言的人是我……我身体里的**这个东西**每天给我什么感觉，你不可能体会到。"随着她的脸色渐渐阴沉下去，荧光再次从她的皮肤里显现出来，芙拉没办法继续压制住它了。"这些荧光，我能控制，也会去控制住的。但是我已经有一脑袋的幽灵要对付了，不必再请外面的那些妖魔鬼怪来我的梦里尖叫了！我不需要！你得到了这个身份，难道还不满足吗？一艘飞船只需要一位读骨人，你的能力又这么强，这个位置简直非你莫属了。"

"你也说了，这又不是比赛。"我本想就此打住，但为了缓和一下气氛，安抚她的情绪，于是又补充说道："不过是一个帆闪而已，而且别的东西也有可能产生类似的现象。我们没被别人扫描到，也没人在试图向我们冲过来。我们马上就要进入开阔空间了，很快就能定下一条明确的路线。大概率是不会碰到其他飞船的。"

"我完全赞同你的说法，安德瑞娜。"她把手伸到桌子对面，把磁性镇纸从一本厚厚的长方形书本背面移开，这本书的页面横向宽于纵向，"不管怎么说，在我们获得更多信息之前，没必要继续在这个问题上纠结了。"她看了我一眼，显然很担心："你好像不太平静。介意再来点谜题，让你心里更乱吗？"

我猜不透她在暗示什么，但又忍不住好奇。

"你不会又是在说和博萨相关的事情吧？"

"确实，又是她留下来的东西。不过这本书，我觉得她应该没参与写作。"她把那本厚重的书滑到我面前，翻到有书签的那一页，"应该是从别的飞船上抢过来的。"

"或者是从荧石里带出来的？"

"不可能，显然这本书是我们这个朝代的作品，你一会儿看了就知道了。我怀疑，它会不会是在最近几百年里刚刚写成，然后放进荧石，之后又被人找到了。"

书在面前摊开。左右两页都折了好几折，可以再向外展出好远。但现在不是好奇的时候，芙拉直接指向右边一页，它的纸质明显不同，很厚实，呈较深的乳白色，而其他纸张则很薄，是半透明的。

"打开看看，然后告诉我你看到了什么。"

我侧目："又在给我下命令了？"

"不——是送你一件礼物，能让你暂时忘记别的烦恼。"她更加认真地审视着我，"你觉得我会真那么自以为是，认为你低我一等吗？是我救了你，安德瑞娜——是我！冒着生命危险！来救的你！如果我不爱你，不把你当姐姐，我会这么干吗？"

"当然不会。"我认了，在某种小小的程度上受到了谴责，但又在另一种程度上受到了刺激，"我永远不会忘记你做的一切。"

也没有机会忘记，我在心里默默补充道。

"很好。那就按我要求的做吧。打开这本书。"

我照做了，慢慢把它拉直，小心翼翼，尽量避免扯坏那张硬纸。展开后，纸张宽度达到了原来的四倍，几乎超出了桌子的边缘，我不得不在上面压上镇纸，免得它弹回来。我一眼认了出来——这哪里是什么谜题？分明是各个朝代的时间线！以前我们在墨珅陵历史大厅的长墙上经常能见到它，所以已经很熟悉了。凡是圣公会里的人，不管是哪个星球的，都应该很熟悉，因为各地都有这样的历史大厅，学校和图书馆中成千上万的书，都展示着这张图。

一条红线从左到右，标有大小刻度，代表数百万年、数十万年的梯度。红线上方竖起一根根条柱，粗细不一，没有规律，标注着13个朝代，就像锈掉的栅栏上残留的最后几根断柱——这表明，自宇宙大分裂以来，人类在圣公会里四下扩散，建立文明，从古至今已有13次。所有条柱都很窄，也宽不到哪里去，因为每一个朝代最多持续几千年。

通常在此类图表中，会有对条柱的注释。比如，第3朝有时也被称为"创荧石纪元"，因为目前所发现的最古老的荧石就始于该朝；第8朝通常被称为"双头王子时代"；第11朝则有两个名字，"云端会议"或"恒波帝国"，可以任意使用，全看说话人的心情。有点复杂，因为每艘飞船都各自有一套专门的术语体系，而历史学家又有另几套，互相之间从来没有统一过。

但这边一条注释都没有——只有条柱，也是红的，和底下的基线一样。

"你给我下了个套吧？"我说，"不然为什么要求我辨认我们两个人都知道的东西？这玩意儿简直和字母表一样，尽人皆知。"

"亲爱的，现在翻开左边的那一页。它铺开以后正好可以覆盖住你已经打开的这一面，都是设计好的。"

我捏住半透明薄纸片的边缘展开，完全拉平以后，用之前那块镇纸一并压住。看了一眼，就忍不住眉头紧锁。

"这是什么？"

"这就是我说的谜题，希望你能把它解开。说穿了，这也算不上什么谜题。我觉得它的意思已经很明显了。只不过，我理解不了它到底想表达什么。"

"我也看不懂。"

这张半透明纸上也有一条红色基线，刻度线与底层纸上的那条完全一致。换句话说，它们代表了同样的时间跨度。但是半透明纸上呈现的是一片"条柱森林"，其数量远远超过主时间轴，底层纸上那13个条柱简直少得微不足道。这些条柱被均匀地标了出来，和刻度线不同步，互相之间有等距的空隙。

"这得有好几百条吧？"我稍微估算了一下。

"440。你估算得很近了，但一定要精准，因为这个数字很重要。"芙拉回答，"帕拉丁也数过了，就是440条，没错。但当中的间隔是多少，我一下子想不起来了。帕拉丁，提醒我一下。"

"每两条之间都相差22 500年。"

"那么现在你有思路了吗？这些和下面那13个大标记是如何对应的？"芙拉问我。

"大部分对不上。"

"但是和13个大朝代对得上，而且对得很完美。帕拉丁也能证实这一点。"

我眯着眼睛透过半透明的纸片往下看，忽略纸张褶皱、条柱厚度等问题，芙拉说得没错，至少在我视线范围内没有例外。

"我不知道该怎么利用这一发现。"我无奈地说道，"13个朝代似乎确实能和这些标记完美对应上。但剩下的那几百个对不上的呢？它们就落在每个朝代之间的空白处，我们都知道那几段时间里不存在任何文明。"

"不存在为人所知的文明。"

我慢慢地点了点头。历史学家有时会谈及一种理论上的可能性——"影中朝"。这是两个朝代之间时有发生的一种微弱、虚幻的文明曙光，但没有留下任何痕迹；又或许留下了一些痕迹，但被人搞混了，误以为是已知朝代的遗迹。在我看来，这是完全有可能的。"影中朝"还给历史学家提供了争论的素材，这可太适合那帮好与人争辩的学者了。但在我的印象里，即使是最疯狂的历史学家，也没有提出过"影中朝的数量能达到几百个"这种假设。

就更不用说有427个了。

"不可能。"我一口咬定，"类似的事情我们都已经有经验了。每次我们破开一块荧石，评估员就要绞尽脑汁尝试分析，焦虑地抓破脑袋。一切都没什么意义。但 13 个朝代**确实有**意义，至少在大多数情况下是有的。帕拉丁，你是在哪个朝代被造出来的？"

"安德瑞娜小姐，我是 12 朝的机器人，这您应该是知道的。"

"所以假如两朝之间存在几十个影中朝，你肯定会知道，对吗？"

"我不敢肯定，安德瑞娜小姐。大多数时间我都被关在一块荧石中，而且我脑中的历史记录也是人为编撰的。"

"机器人只知道人告诉他们的事情。"芙拉说。这话说得属实有点不厚道，帕拉丁还在旁边听着呢。

"我觉得在某些地方肯定藏着更古老的机器人，或者记忆力更好的。你说呢？"

"那我祝你能找到，然后成功让他们开口说话。假如真有关于影中朝的知识，那知道得越多，就越危险。如果机器人明白怎么自保的话，他们肯定宁可装作什么都不知道。要是真发生这种事情，我一点都不会惊讶的。"

我盯着那两张纸，心中明知道这是芙拉的一种策略，她非常清楚我超级爱幻想，所以把这个谜题抛出来，就是为了转移我的注意力；而另一方面，我却还是情不自禁地深陷其中，无法自拔。"这 13 条线看上去确实能完美匹配上。"我同意了她的说法，"但我不确定它是不是真的在暗示我们什么东西。如果你让我搞一个符合这条时间线的线条模型，我觉得应该不会太难。找规律、建模型之类的事情，我们再擅长不过了，但并不代表这么做就一定能发掘出更深层的真相，没什么意义。"

"怎么没意义？这又不是像在中枢巷里观察茶叶那种无聊的事情。"芙拉厉声说道，"有多少人费尽心机，只为找到其中的规律！我觉得肯定不无道理。"

"所以你觉得，所有这些影中朝都是真实存在的？那么多，几百个，历朝历代却没一个人发现它们的痕迹？"

她的回答比我预期的深思熟虑得多，更有戒心。"不，我不觉得。但是我想，如果在所有这些间隔时间中什么都没有发生，而一进入这 13 个朝代，突然就什么都发生了，这才未免有些太奇怪了吧？"

好奇心紧紧攫住了我。我挪开镇纸，把纸张折了回去，开始翻看这本厚厚的书，阅读其他部分。纸上写满了复杂难懂的微型图表、数字、计算公式，还有神秘的波形代数和大量类似于之前页面上的图画，并配有时间线和分档。

我突然发现，这些都是手写的，上墨、着色都非常仔细，没有过多污渍或涂改，竟没有一处是印刷出来的。我不禁感慨，一切都写得太过整洁了，简直只有精神病人才能让页面保持得这么井井有条。作者绝对像台疯狂的印刷机一样，一页页写下这些令他醉心的理论，一丁点细微的错误都不曾犯过。

"这本书的作者，要么是个天才，要么就是像博萨一样的疯子。但奇怪的是，博萨把雷卡摩尔图书馆里的书全撕了，为什么偏偏留下了这本？"

"一涉及雷卡，她整个人就会被怨恨冲昏头脑。"芙拉说，"但只要符合自己的兴趣，她也不会反对进行一些小规模的学术研究。博萨对自己突发的灵感和痴迷的爱好都是很认真的，会花很多时间细细挖掘。想想她这些年烧掉的尸体，那可是普通人一辈子烧不完的数量。一旦她开始关注起圈钱、荧石、外星人，还有我们这个短短的朝代，开始思考'是什么开启了一切，又终结了所有'，自然而然就会一路想下去，直至万物的开端，甚至还会想到'是什么造就了我们'这类哲学问题。所以说，她虽然像个疯子，但还是充满了好奇心，和正常人是一样的。你能理解的，不是吗？"

"我是她的囚犯，不是她的好朋友。"我没好气地回了一句。

"但是，有些她痴迷的东西肯定也能影响到你，这就是个好例子。"

我现在可没有心情去回忆在博萨身边的时光，所以我尽力不去理会芙拉这些深挖的问题，硬把思绪拉回到眼前的话题上。

"不得不承认，这本书很有意思。"

"我就知道你会感兴趣的。"

"如果这里面真的藏着一丝真相，"我用手指敲了敲这沉重的书卷，"去问问外星人不就好了？不是很简单吗？"

"就是博萨说的那群一直在忙着交易死人灵魂的外星人？"芙拉握起拳头，"一群掉进钱眼里的家伙。蠕虫族的人嘴里吐出来的话，我一个字都不会相信。"

只要是在有吞噬兽的荧石附近（或者任何有吞噬兽的星球也一样），像我们这样的飞船总是会习惯性地保持谨慎，尽量减少船帆的展开面积，有时候甚至会把它完全折叠收回。这样一来，整艘飞船就剩下坚硬的外壳了。当然，需要担心的事情不止这一件。太空垃圾会被一个星球的引力吸住、拉进去，就像水槽出水口周围的泥土一样。即使数量很少，一旦发生刮蹭，也会对船帆造成巨大的损害。另外，还得考虑各处敌人借此机会来搞破坏的危险。谈起"被拖进一个星球"，船员们通常指近距离接近或沿近地轨道绕行，但这句话的深层含义是指引力将船帆或大或小的一部分吸住的现象。即使是最好的情况，这也是件很难处理的麻烦事。

我们在接近沉啸石的时候，已经稍稍收起了船帆，但没有完全收回，因为飞船要是没有了船帆，那就只能靠离子推进器加速，很容易遭到伏击。现在，我们终于摆脱了沉啸石的影响，再次进入5 000英亩[①]的汇集区。不过，我们飞得很勉强，因为船上没一个人精通船帆的掌控技术。就算抛开这块黑帆不谈，"复仇者"号上的不少控制装置和索具系统本身就不是常规排布的，我们都还没做到了如指掌。

我们固然有帕拉丁，这个机器人是直接连在船帆控制系统上的，所以原则上，索具的方方面面应该能由他操作。但是帕拉丁也不是生来就懂星际巡航的，也不了解这艘飞船的特殊之处。像我们其他人一样，他也必须一边工作，一边学习新知识。我们把所有能找到的操作文件和手册都给了他。但其实也是多此一举，博萨留下的这些船员都接受过良好的培训，这些纸质的东西早就烂熟于心了，要接受新知识，只能靠我们口口相传。

真正有价值的是普洛卓尔和秦杜夫。这两个人虽然都算不上控帆大师，但他们在很多飞船上服过役，经验十分丰富，掌握了不少技术，比其他人要老道得多。大家一起讨论问题的时候，他们每次都能马上找到解决办法，速度快到

[①] 英亩：英美制地积单位，1英亩等于4 840平方码，合4 046.86平方米。

让人惊叹。每次我们接近荧石，都由他们控制船帆伸缩，每回都有进步。两人还根据航线变化，对索具进行调整，改动其排布。

如果是普通的反射帆，那即使在最好的情况下，这项工作也很难完成。而我们的船帆就不一样了，它由罗网布制成，经过调整能适应一种无形的辐射风，即从古日核心吹来的幽灵风。这种帆很奇特，拍打翻腾都毫无规律，有着自己古怪的脾性，所以控帆人需要时刻盯紧控帆装置。而最棘手的是，我们的船帆两面漆黑，那种黑色的浓度完全超出了常人的认知。

芙拉曾经给我看过飞船仓库里的一些小碎布。我用手指轻拂一块罗网布，感觉就像试图去抓住一个墨水做的影子。它仿佛有自己的意志一般，从我指间溜走。这种布料上是不可能出现折痕的，就算对折20次，仍然轻薄如初。

在飞船外部，分子细索的长度本身就能达到100里格，甚至更长，罗网布就挂在这样的索具上。正如这个名字所透露的那样，罗网布是一种噩梦般的织物，而如果要依赖它生存，就更加像噩梦了。秦杜夫和普洛卓尔只能通过它覆盖的天空来间接观察这种布料的情况。在大多数情况下，这就意味着要判断一片本来就很黑的天空何时被更黑的东西盖住。他们不得不依靠绞盘上的应变仪以及船上的惯性罗盘，来验证这张"地狱之帆"到底有没有在按照我们的想法运转。

我们咒骂这船帆，但同时又不得不承认是它救了我们。我们得东躲西藏，多亏了罗网布制成的帆，在正常情况下，其他飞船几乎不可能发现我们，除非离得特别近。博萨正是利用了这一优势，才总能出其不意，大杀四方。如果苏桐看到的帆闪确实表明有另一艘飞船在附近，并且对方趁着我们遮住荧石光亮的时候发现了"复仇者"号，那至少我们的船帆已经尽可能延迟了对方的计算。现在，只能拜托船帆快点把我们带回阴影中，像摆脱荧石的引力一样，快点躲开那些对我们颇有兴趣的人。

至于下一个目的地？还没定呢。计划已经有了，虽然还没和大家讲过，但我觉得所有人应该都能接受。我打算继续沿着荧石带飞几个月，精心挑选出几个目标，宗旨是要在其他人可能行动的范围之外。"复仇者"号的储藏室里已经有相当多的圜钱和宝物了。虽说毫无疑问，其中大多数都是从其他飞船上抢来的，但这并不妨碍我们再从别的地方去拿点什么过来。每块荧石都像一个炼丹炉，每走一遭，我们这个团队就会浴火重生，变得更加坚不可摧。再者说来，我们也都很享受挑战的过程。

但就算芙拉坚持想执行这个计划，现在看来，它也站不住脚了。我们的燃料不够，没办法自由发射子舰。如果库存耗尽，我们或许还能靠引力被吸进一块，或者最多两块荧石，但这只是没有办法的办法，我们最终还是要去有人定居的星球的。

博萨在的时候也是一样。她一辈子靠偷砸抢掠为生，但肯定遇到过一些情况，必须从某个星球得到一些珍贵稀有的东西，这些东西超出了她通常的掠夺范围，却又十分必要。她不可能在一个星球上硬偷，所以肯定是被迫进行了某种类似于合法贸易的活动。不用猜都知道，这些活动一定是靠中间人转手、伪装促成的。事实上，确实有着关于这些活动的传言，但听说只存在于圣公会边缘的星球上，那里通信线路不多，比起处于圣公会中心地区的那些宗族群，法治情况也差一些。

我们有没有勇气步她的后尘？

到了换班时间，大家都聚在厨房里。斯特兰布莉想了想说："我们跟她不一样，又不是亡命之徒，只不过是夺下了亡命之徒的飞船。这并不妨碍我们回到各个星球，做诚信买卖。当务之急是要找到燃料，之后我们肯定还会需要更多别人的帮助。你们姐妹俩为什么老在讨论亲爱的雷卡船长是多好一个人？他难道能靠人员这么稀少的团队就运营好一艘飞船吗？"

"他拥有我们没有的东西。"芙拉耐心地回答，"比如朋友、货币储备，以及在任何适当的情况下都能达成交易的神奇能力。这些简直算是奢侈品了。"

"确实，我们一直在这里偷偷摸摸行动，确实不可能交到任何朋友。"苏桐噘起嘴巴，脸颊两侧凹陷下去，看起来有点搞笑，"我们不是也有储备吗？虽然不像雷卡摩尔那样放在银行信贷里，但好歹也是有一些圜钱和宝物的，肯定算不上**穷光蛋**。现在迫切需要的就是一员控帆高手、一位评估专家，要是能再多一两个帮手就更好了。"

芙拉想了一会儿，说："一直以来都是我们自己在经营这艘飞船，继续这样下去问题或许也不大。还有很多荧石就在触手可及的范围内，如果我们能精打细算地使用现有的燃料和补给……"

"拜托，我们前面差点就被闪烁人抓住了。"斯特兰布莉在打乱一副金属涂层的纸牌，到现在还有些发抖，"如果当时真遇到大麻烦，你觉得苏桐和秦杜夫能有机会来救我们吗？现在我们就是人手不够，去不了荧石。而且你别忘了，燃料也快没了，不能再这么耗下去了。"

苏桐点点头，说："如果人手再多一点，就可以派人在观察室里一直盯着了。"

"你看到帆闪了。"芙拉冷冷地说道，"有人已经告诉我了。"

一直以来，我都在苦心经营，尽量与妹妹和外人都保持友好关系。眼看一场争吵即将爆发，我赶紧打圆场："从实际情况来看，我们什么时候想回圣公会的各大主星都没问题，但不能忘了回去的风险。斯特兰布莉，你说得没错，我们夺下了一艘亡命之徒的飞船。我们确实不会因此觉得自己就是不法分子，但还是得站在不知情的人的角度来看问题啊。除了我们自己，没人知道发生了什么。"

"不知道就告诉他们。"斯特兰布莉侧目盯着我。

"说着容易，做起来难。"我微笑着示以理解，"我们大可以随心所欲地表达自己，向外界传递自己的善意，甚至通过藏骨室来向外传呼。可但凡有人产生怀疑，就会用线圈炮扫射我们。而且即使是一次很短的呼叫传输，也非常容易暴露我们的位置。在我们入港向大家解释清楚之前，我们说的话别人一个字也不会相信。更何况，我们有可能还没来得及入港，就被人炸死了。"

"我们这帮人里，至少还有一个能看清局势的。"芙拉说。

"我一直在尝试寻找两全其美的办法。"我回道，"如果这辈子都再也看不到圣公会里的星球了，那我也会很绝望的。这不是生活，活得再久也没意思，我们的初衷可不是一直逃亡。而且即使按照你的想法，继续去荧石探险，我们人手这么少，好运总有一天会用完的，生活始终得不到保障啊。"

她沉默着，没有急着回答，依次打量着所有人，连秦杜夫也没有放过。秦杜夫这个人向来沉默寡言、和蔼可亲，只要不离开他心爱的离子发射器太远，他似乎对命运安排的一切都十分满意。

芙拉终于开口了，声音听起来有些咬牙切齿："如果大家都坚持这么想，那我也就不拦着了。但你们至少要接受这样一个事实：靠近圣公会中心的宗族群，或者驶入任何可能被别人发现的地方，不管对方有多少人，都是极端危险的举动。"

"同意。"我先表了态，马上瞥了一眼其他人，好在他们似乎也都同意了，"不过圣公会的边缘附近也有一些星球，博萨肯定在这些偏僻的地方做过生意。"

"我们去特雷文萨河界怎么样？"斯特兰布莉一下来了兴致，眼睛睁得大大的，闪着灵动的光，美得宛如两颗小新星，"我挺想看看这块地方的，而且我们或许能在那边招到新人呢？"

"去那边对我们没什么好处。"芙拉有点不屑，"我去过一次，但是后来在运行过程中，它越来越靠近圣公会了。那里人口密集，到处都是间谍特工，在圣公会偏远地带工作的飞船经常停在那边休息。腐败也是一个大问题。只需要一纸文书，威丁·金达就能轻松出去，顺便还能把我也偷运回墨珅陵。"

"还有 20 000 多个有人居住的星球，从里面找到一个符合我们要求的应该不难。"我说。

"姐，如果你觉得这是小事一桩的话，那就请便吧。"说是这样说，但有一丝谨慎从芙拉的脸上一闪而过，"不行，等一下。如果你们没意见的话——我是说所有人都没意见的话——我想看一下《万星卷宗》和水晶浑天仪，定几个候选项。我对各个星球的情况都了如指掌，这点大家都承认吧？"

确实，在这一点上，没人能够反驳她。从识字开始，我妹妹就一头钻进《万星卷宗》，一读起来就如痴如醉。甚至到现在，她还对雷卡摩尔家图书馆里面的那些精美的书念念不忘。在我还没能磕磕绊绊背出 20 个星球的名字的时候，她早就能像说顺口溜一样，一口气报出 200 个了。

"所以说，选哪些都由你来定了？"我试探性地问了问。

"怎么可能！我只不过想提出几个自己认为值得大家考虑的选项，最终的决定权还是掌握在你们手里，也只有你们才能决定。我会接受集体决策，虽然这并不意味着我心里一定赞同。"芙拉双手交叉抱于胸前，"我依然觉得这是一种自杀式行动，但我不可能凭一己想法阻止大家。"

第五章

　　五天后，古日内部开始翻腾，仿佛在喃喃自语、低声抱怨，我当时正巧坐在观察室里。磁罗盘随之旋转，我看见了一道火苗，时而苍白，时而淡紫，时而又呈现出靛蓝色，它向飞船巨大的蛛网状索具追来，间或在远处翩翩起舞，完美地画出一块矩形或六边形的昏暗区域，在这片区域里面一颗星星都看不见。

　　我只是远远地观望着，没打算要做出什么应对，整个人完全被这壮美的景象震撼到了，完全没想到它可能会对我们造成损害，只觉得它很安静、很迷人。火苗向我们移动过来，连敌意中都带着一丝俏皮的气息，我满眼都是它的美，全然不见它的威胁性。确实，没什么可担心的，我这样对自己说。这场太阳风暴可能会暂时影响一些仪器和设备的运作，但还没强到会造成持久伤害。苏桐已经在帕拉丁的线路上安装了封锁系统，所以他现在很安全，不会因为电磁感应飙升而过载。

　　对普通飞船而言，遇到这种情况，明智的做法是把船帆收回一些，因为控帆系统一旦被太阳风暴摧毁，那就危险了。但由于有了罗网布帆，来自各个方向的风对我们均能产生影响。几股辐射风有时会同步起伏，但大多数情况下，古日表面的气象与核心涌动的无形大风之间没有必然联系。根据刚才的火苗来看，索具的排布没有发生变动，船帆也没有超负荷。秦杜夫目前正待在飞船内，很快就会给应变仪进行常规检查，而帕拉丁也会去查看惯性回转仪和星轨仪，确保没有偏航。

值班期间，我一直在用望远镜观察整片天空，也不忘特意留心苏桐说看到帆闪的地方——系统性地仔细查看了几遍。我把观测日志翻开，平放在腿上，同时也打开了芙拉在宿舍里给我看的那本书。经过她的允许，当然，她也很乐意，我把这本书借了出来，里面奇怪的"影中朝"图示似乎已经成了我的一个心结。趁着观察目镜的间隙，我打开红灯，仔细看书，顺便让眼睛休息一会儿。

我一开始看书就被牢牢吸引住了，就像身上发痒就会忍不住去挠，或者牙齿一疼就会忍不住去舔。但这并不代表我坚信这些图示有意义，更不用说相信其中藏着巨大的、令人不安的真相，能颠覆我从小接受的教育。相反，我觉得这本书是精神病人写出来的，或者纯属恶作剧，为的就是让人更加癫狂错乱，而不是为了揭开隐藏的真相。我希望能找出书里的纰漏，戳穿这个谎言，然后把它还给芙拉。这样，我就可以证实不可能存在数百个未知的朝代，骄傲而安心地把这种怀疑抛诸脑后。

但我失败了。不过，我还没开始太久。受太阳风暴影响，面前的红灯熄灭了。在那个时候，我甚至都还没看到可能会找到漏洞的地方。

对讲机开始嗡嗡作响。

帕拉丁的声音响起："安德瑞娜小姐，我探测到太阳活动增强了。请您立刻回到母舰，暂避一下。"

他说得对。太阳风暴虽然可能不会对船造成太大伤害，但单单一个玻璃室对人的保护力很有限，肯定远远比不上下面的铁甲和保温层。

我在日志上签了字，关闭望远镜，推动液压杆将观察室送回船体，看起来就好像眼球塞回了眼窝。我从狭窄的门里爬了出去，手里只抓着那本满纸荒唐的书。

在去控制室的路上，我遇到了斯特兰布莉，她突然问我："你觉得这算得上大型风暴吗？我向来很讨厌太阳风暴。听说曾经有艘飞船，好像是在'血乳之女'星的某个地方——我记不清了——被困在尼奈河系，船帆全张在外面，离子负荷也过重。他们的绞盘也用不了，所以只能派出一半人手拿上刀，把索具切断，否则就会被'血乳之女'星的引力扯得粉碎。可是当飞船里的人把出去的同事拖回来的时候，发现他们早就在航天服里被活活烤死了⋯⋯"

"这个故事我也有所耳闻。"我尽量礼貌，但不得不打断她了，毕竟她一说起来就没完没了，"只不过我听到的版本是，这群人去的地方是'金库守卫'星，而不是'血乳之女'星。秦杜夫还给我讲了一个差不多的故事，说他们去的是'垂涎恶犬'星。你再去问问普洛卓尔，说不定她能给你讲出第四个版本来，而且八成也不是同一艘飞船。"我微笑着将一只手搭在她的手腕上："斯特兰布莉，这不过就是个恐怖故事而已。况且这里也不是尼奈河系，离那边好远呢。退一万步说，就算这里是尼奈河系，我们的船帆也不会被拖进去。"

她看着我，眼里似乎有点怨恨。

"我又没过分紧张，你别错怪我了。"

"没觉得你过分紧张。再说了，时不时紧张一下是人之常情。要我说的话，有了这种特质还利于生存，不是吗？"

她送了我一个不置可否的表情："我翻过日志了，想去确认一下苏桐前面跟芙拉说的那件事情。她真的看到帆闪了？"

"她确实看到了一些值得怀疑的东西，可能是真的吧，但我觉得没必要太过重视。另一艘飞船在这里发现我们的概率是非常小的，再对我们产生好奇的可能性就更小了。这种事情不值得我们辗转反侧。而且，我们很快就能定出一条明确的路线，确定一个新的计划。如果到了那个时候，我们再发现身后有帆闪的迹象，那才必须慎重考虑自己的选择。不过，我始终怀疑苏桐看到的仅仅是个幻影，我们应该看不到了。"

"哦，说到我们的新路线——芙拉的意思是不是她已经想到建议了？"斯特兰布莉压低了声音，"已经五天了，安德瑞娜。她从《万星卷宗》里挑几个地方出来需要花多久啊？"

"我现在去她那边就是想问这个。"

"我们当中还有人敢就这样去见她，真是让人欣慰啊。感觉用不了多久，再想去找她，要先征求她本人允许，更不用说聊天了。"

"你不明白，斯特兰布莉，她心事很重，尤其是我们在沉啸石上遇险以后，就变得更焦虑了。她感觉，对所有发生在大家身上的事情，她都必须负责，所以经常被压得喘不过气来。"

斯特兰布莉若有所思地点点头："只要在我们这个朝代覆灭前，这位尊贵的小姐能提供出来几个备选去处，我感觉大家应该都还是会心怀感激的。"

"我可以和你保证，在今天结束之前大家就能做出选择。你也别再担心太阳风暴了，它不会给我们带来什么麻烦的。"我尝试安抚她的情绪，于是转移话题，"欸，你值完班了？"

"还没呢，我只是想去洗点锅碗瓢盆。"

"好，芙拉那边一有进展我就告诉你。"

斯特兰布莉转过身去，丢下一句："你得叫'尼斯船长'。"

*

这一次，芙拉没在自己的房间，而是去了控制室。我进去的时候，她正站在水晶浑天仪旁边。这个浑天仪又大又笨重——和"精致"两个字真的一点关系都沾不到——即使想搬到飞船上其他地方也搬不动。

我弄出了点动静。她抬头，发现我来了："我以为你还在执行观察任务。"

"帕拉丁叫我进来的。噢，是这样的，静电放电把整艘飞船都点亮了，像盏灯笼一样，所以现在我们无论如何都没办法完全融入黑暗了。不过，我把整个天空扫了好几遍，好在什么也没看到。"

"好的。你能在这儿真好，帮了我好多忙。"她伸出一根金属手指抚摸水晶浑天仪的边缘，"我已经想到几个备选项了，可以告诉大家。但是他们到底为什么这么坚持啊？我真的无语。"

我们有不少好东西，海图、地图对理解荧石分布和其内部结构很有帮助，星图则有助于星际巡航。但是这些东西一旦到了圣公会的三维空间，就会瞬间失去用处。因为在那里，所有星球都在不停地做相对运动。只需要短短一个月，所有对这些星球的固定标记都会过时，反而会给人造成麻烦。半年过后，许多星球都移动到了古日的另一侧。这样一来，任何关于穿行时间计算或远征的计划都成了无稽之谈。巡航员宁可掷骰子也不应该相信那些图。但什么都没有的话，总也不是个办法。

所以，得靠水晶浑天仪了。

眯起眼睛来看，这个浑天仪就像一个花边玻璃球，直径大约 31.5 英寸，和饰品水晶吊灯一样，笨重却好看。它装在一个框架上，这个外框看起来也挺牢固的，看起来虽然比球体本身脆弱一点点，但也不差。在收起来的状态下，可以发现，浑天仪的球体其实是由一系列同心环组成的，总共 37 个，每个都可以稍稍倾斜，与相邻的环成一定角度。

圆环的角度是参照桌子来设定的，锁定之后就能形成球状。最当中的圆环代表了圣公会最核心处的宗族群——第 1 宗族群。不用怀疑，就是这么编号的。在该环的内周，除了古日这颗处在中央的流光溢彩的"宝石"，什么都没有。按此推算，最外环的编号为 37。

我们的家乡——墨珅陵——位于第 35 宗族群，也就是说，环的直径已经算很大了，离中心距离非常远。

和墨珅陵一样的星球数以千计，尽管有名字、有定居生命的不过几百个。每个星球都有自己的运行轨道，但是按照圣公会的分布规则，各条轨道往往紧密地集中在一起，形成一簇，就像赛狗场的跑道。所有第 35 宗族群里的星球都互不干涉，并且也基本就待在环里了。它们偶尔可能会相互之间拉开点距离，但永远不会离开环太远。

离古日最近的那些星球在最快的轨道上运转，比外层轨道的那些转得都快。它们属于小编号宗族群，通常被称为"临曦族"或"隐滨族"。这些星球充分受益于古日日益衰弱的能量，气候较为温暖，一般来说，是最理想的生活地区。但要在它们之间穿行却颇具挑战，所以一定程度上，能生活在这片土地上是当地人享有的特权。此地虽好，但大多数人还是在中环的几个宗族群里安家落户。对"中环"的概念没有具体界定，但普遍默认是在第 10 到第 30 环之间。再往外走，则是外环宗族群。在那里，星球的排布较为稀疏，商业活动少，也很难达成交易，因此存在经济发展缓慢、时尚更新落后等问题。而最后几个宗族群（包括我们的家墨坤陵），有时候被人戏称为"霜冻边境"。

当然，能叫得出宗族群的名字，用处不大。就算能一并报出它们在第几环上，也没多少帮助。

再深入一点看，每一环内又分出几道亚环，各自有不同的色彩和次编号，这些亚环非常巧妙地镶嵌在一起，可以用手滑动，或者用类似于玻璃钟表钥匙的东西进行微调。这些钥匙本身又精巧易碎，得用另一把锁锁好保存起来。每个宗族群内部都有几个这样的亚环，每一个亚环又能被赋予有趣的名称，并用彩色蜡笔画上相应的标记。这样一来，某个星球的确切位置就可以被固定下来，然后我们就可以观察它每天的位置变动了。这项工作流程其实依然很繁复，因为必须有人使用星历表来进行最初的标定；可一旦标记好了，追踪某个星球的位置就变得容易了不少，至少对某一特定的穿越或远征期间来说是如此。

把两万多个有人定居的星球全部标记出来是不可能的，而且对大多数人来说，根本没必要这么干。各个星球的时运也是三十年河东，三十年河西。有些地方在1650年还是一个重要贸易枢纽，过了100年可能就变成一个可以忽略不计的落后地区。1800年的新年光明锦绣，对现在的探险者来说，他们需要关注的目的地可能只有100个左右，当然这里说的不包括荧石。完全可以仔仔细细地在圆环上标出100个星球，每天连续不断地细心观察它们的位置变化。

荧石的情况有点不一样，但是和各个星球有关。荧石往往不随宗族群移动，而且运行轨道可能没有规律可循。它们飘着飘着可能就离远了，超出最外环的星球，进入太虚之境那边，所以不能用相同的方式来标记它们。如果有必要标出来的话，就要在古日里钻几个小孔，固定几根长杆在里面，再拿些红色弹珠放在杆子的末端，这样就能表示荧石了。当然，也会有几颗荧石朝着反方向移动，一路游荡到临曦族的范围，不一定是往太虚之境的方向移。不过，私掠飞船倾向于避开那些在内部轨道的荧石，宁愿把这些容易摘到的果实留给企业联合会。

圆环和长杆上都有刻度，标明两点之间接收传呼信号需要的时间。有时候，知道这个时间有助于导航和向外发信号，但它主要是用来计算大致穿行时间的速记。向外航行比向内要容易一些，根据一般经验，从圣公会的一边穿到另一边大概需要 6 个月，距离相当于一个光子行走 16 分钟。像"复仇者"号这样规模的飞船（全长约 300 英尺①），如果上面只乘了不到 10 个人，轻轻松松就能带够口粮，保证每个人都健健康康走完旅程。但在实际情况下，船长一般会中途去某个定居星球补充物资，然后再策划一次远征。远征队伍会到访好几颗荧石，根据穿越时间和开放预兆，制定合理的顺序，一个个走过去。整段征程的时间一般在 3～9 个月。

亲爱的读者，讲到这里，如果各位还能记得所有我提到过的那些挤在一个只有 16 光分②宽的地方里的星球，并且还没忘记星球的总数量有几百万个，而不是只有几千个，那各位是不是要开始好奇，像这样一个复杂的"发条钟表"是怎么在几百万年内都保持井井有条，不发生任何意外的？

没人能给出确切的答案，但可以肯定的是，星球相撞一定非常罕见。圣公会里有碎石。有人推测，这些碎石是从其他星系飘来的尘埃；但也有人认为，这些只不过是创造 5000 万个星球时留下的废料；还有人认为，这些碎石表明，在第 2、第 3 朝之间，圣公会内部发生过战争。

就我从历史博物馆里学到的知识来讲，对此最好的解释是，星球生来相斥。就像有些星球内部本来就有吞噬兽一样，某种机制——或许也可以称之为"天性"——可以防止世界偏离轨道。这些纠错机制只需要做出一个微小的变动，即可阻止未来 1 万年或 100 万年的碰撞，所以我们从来没有感受到它们的直接影响，或许永远也不会感觉到。

为了完整起见，我应该补充说明一下，其实还有另一种理论：在两个朝代之间——也就是没有任何人能见证周围一切的时候——出现了**某种东西**，轻轻地推了一把所有星球，纠正运行轨道，确保它们在接下来的几千年间刚好可以相安无事。第二种理论或许是正确的，但我还是喜欢第一种解释，它排除了"世界运行是受恩于他人"的可能性。因为被施舍的恩惠总是随时随地能被收

---

① 英尺：英美制长度单位，1 英尺=12 英寸=0.3048 米。
② 光分：长度单位，指 1 光子在真空中行走 1 分钟的距离。

回。而且第二种理论还有一个毛病，就是支持者会不由自主把自己绕进另一个谜团——我们的各朝各代到底是如何出现的。

我纠结于这些复杂的问题，思绪不禁又飘到了那本让人捉摸不透的书上。它依然在我手里，让我持续心烦意乱，深陷其中，无法自拔。

"你又在做白日梦了？"芙拉轻轻地问了一声，我一下子被拉回现实，灵魂坠回了这间控制室里，"刚刚你一直盯着浑天仪一动不动，我还以为谁把你催眠了呢。"

"哦，我只是在想，如此罕见、美丽的东西在博萨·森奈手里，真是太可惜了。"

"现在不是了，以前的事情可以一笔勾销。不过，她把这浑天仪保养得不错，你说呢？"芙拉一手拿着一份展开的星历表，另一手转动一把小小的玻璃钥匙，对浑天仪的一个圆环进行微调。

"她的身上总有一股怒火。"我想起了那段当她的阶下囚、被她拿来做实验的日子，"但不是一股脑儿地发泄出来，而是总能让她想出好多办法慢慢折磨别人。而且，她很清楚这个浑天仪对自己有多大价值。她就像一只蜘蛛，布下一张大黑网，等在边缘伺机而动。而这个浑天仪就是她的行动指南，告诉她何时何地动手。"

芙拉连杆一起抽出一个标记荧石的红色弹珠，小心翼翼地重新定位，把它穿到两个圆环之间狭窄的缝隙里。

"她有没有让你参与过讨论？"

"从来没有。"我努力在保证真实的情况下，说出芙拉想听的内容，"她在藏骨室里听过我的报告。要做决定的时候，偶尔会提一两个问题。不过我的意见从来都无足轻重。她有几回批准我进这间房间，但是次数很少，我只是偶尔瞥见过一两眼这个浑天仪。我猜，她可能是担心我出于怨恨而打碎它。"

"那在你看到她怎么对待贾瓦尔以后呢？她还让你进来过吗？"

"我以为自己无论如何都死定了。"想到我们的朋友贾瓦尔遭受的酷刑，我下意识地咽了口口水。当时我俩一起被抓。"不过与其被博萨整死，还不如自行了断。我可不想看见她恶毒的一面。"

"说得好像她还有善良的一面一样。"芙拉走到柜子前,把钥匙塞回原处,锁了起来,"我们是不可能去圣公会中心处那些宗族群的,除非你们把我从这个队伍里除名了。特雷文萨河界也不在考虑范围内。所以说,就剩下少数几个合适的星球可选了。不过在冒险前往之前,我们得先做点预防措施。"

我完全猜不透她想到了什么预防措施,一下好奇了起来:"说说看。"

"假如这个代表我们,"她摸着一根杆子,杆子末端有一颗黑色弹珠,离代表沉啸石的那颗红色弹珠不远,"那么这 3 个就是我想出来的候选星球,在 36 和 37 宗族群的位置。那些光线很亮的地方你们就别想了,这些地方跟你们脑子里想的繁华搭不上边,可能连我们老家墨珅陵都比不上。"随后,她把手移到最外围的圆环上,摸着一块已经刻上蜡的地方:"但我觉得,这边几个可以争取一下,至少争取到一个应该是没问题的。联合会里很少接纳在这么边界的企业加入,所以那边的企业不怎么会遇到大集团常碰到的问题。附近也不可能有太多的其他飞船。而且,就算我们不得不跑路,附近的空间也很大,我们很快就能消失在黑暗中。我首选的是一个弹丸小星球,叫梅瑟岭,有时候也叫梅斯岭。《万星卷宗》有好几个版本,这就看你查的是哪一版了。它在 36 环,呈球形,和我们亲爱的老家差不多。那边有几个港口,几个城市——或者说城镇可能更确切一点,总人口约为 30 万。不过这些信息可能已经有点过时了。"

"嗯,没错,这么说搞得墨珅陵好像是圣公会的中心一样。"

"亲爱的姐姐,我们不能靠近太过繁华的地方。梅瑟岭确实比较落后,甚至可能什么都没有。但是,如果我们中间有任何一个人不喜欢现在这种新生活的话,都可以在那边下飞船,等着加入别的团队,去往更热闹的地方。"

"那招募到新人的可能性有多大?"

"谁知道呢?可能会有人已经厌倦了梅瑟岭的生活,愿意和新的团队一起冒险。只要我们不是太挑剔,还是有机会招到的。梅瑟岭是个球形星体,所以说我们要花费所剩无几的燃料才能开出子舰登陆,而母舰得在很远的距离外观望……"

我把脸拉得长长的,充满了怀疑。如果可以选择的话,最好是找到一个没有吞噬兽的星球,这样来去更容易。

"那下一个目标呢？"

她走了两步，手顺着挪了过去，但还是在同一环上。"卡司洛岷，管状星球，最近一次普查结果显示，那边人口约 15 万。只有一个主要定居点，但我听说那边商业气氛还不错。这个星球上没有吞噬兽，所以我们可以在近处张开船帆，靠引力把我们吸进去，不会被撕成碎片。而且往返途中也不用消耗太多燃料。"

"听起来不错。"

"这是三个里面我最喜欢的一个，尽管我是被迫批准这个计划的。我还是希望大家能把目光聚焦在荧石上，不要去冒险和文明世界接触。虽然我比较喜欢卡司洛岷，但我觉得有必要指出一个小问题。"

"什么？"

"那里的人对博萨好像有积怨。"

我耸耸肩："谁不是呢？"

"他们那边情况比较严重。1781 年经济崩盘之后，卡司洛岷陷入了危机，被所有大型贸易路线排除在外。为了摆脱困境，商会几乎把所有的盈余都投到探险活动里。他们资助了一艘飞船，希望这批人能找到一些东西来改变大家的命运。"

我点点头："我们商会当时对拉尔船长也给予了同样的期望。"

"不管怎么说，拉尔船长还是活着回来了。卡司洛岷的探险队可没他这么好运。他们在达根峡谷附近遇到了博萨，被她杀人分尸。博萨还毫不掩饰地留下很多证据，让别人明白这是她的手笔。探险队被屠，资助者也就破产了。你应该也能猜到，卡司洛岷的城市长老们从此以后就开始有了不良情绪。往后每年，他们都会上街游行，燃起大型篝火，烧掉博萨的雕像。不过话说回来，我们又不是博萨，对吗？"芙拉盯着我，让我感觉有点不舒服，仿佛在鼓励我质疑最后的问题，"只要我们不给他们任何产生怀疑的理由，他们应该也不会敌视刁难我们。我只是觉得我应该提一下而已，没别的意思。让你了解一下，这趟旅程也不会那么一帆风顺。"

"芙拉，我不理解。要我看的话，如果我们真的必须避开某些星球，那么对博萨恨之入骨的那些肯定是最先排除的。不是还有一个选项嘛，是什么？"

"我觉得第三个选项不可行。"

"总得先告诉我吧。"

她的手指跳到了第37环，落在一个蜡印旁边："斯特里扎迪之轮，轮状星球，这个应该一听就知道的。把所有因素一起考虑进去的话，最后结果和卡司洛岷一样，登陆不难。人口约为35万，所以比前面两个地方会繁华一些。不过其实我们不应该把人口这个因素看得太重，毕竟人口普查已经过时了……"

"只要有人，就能满足我们的需求。抱歉，和你意见相左了，但是我会最喜欢这个地方。梅瑟岭还行，就是有点费燃料，而且稍微有点麻烦。比起36环，我个人比较偏向在37环做生意。因为虽然只有一环之差，但37环上乱七八糟的东西就会少很多。"

"确实如此。飞船和贸易也会少很多。但是斯特里扎迪之轮会不会太偏僻了？如果真有人打算退出的话，他们可就得留在世界的角落了。"

"所以，我们必须确保每个人在做出决定之前，都要知道真相。"我说，"而且，你说的梅瑟岭上的那些情况，在斯特里扎迪应该也是一样的。如果真有人苦于出不来，我们就有机会挑新人了。"

"唔……"芙拉犹豫不决，"我还是倾向于去卡司洛岷。"

"你要真那么不喜欢斯特里扎迪之轮的话，何必一开始就把它纳入考虑范围？"

"我那是为了公平。我知道，我们这群人里已经有不满情绪在酝酿了——有些人觉得我永远在按自己的方式行事，这是一种越位的表现。"她抿起嘴唇，嘴角两侧显出两个酒窝，倒是让我相信她真的在后悔，"这艘飞船里出过不少恶魔，我可不想成为下一个。所以我打算灵活变通一点。"

我着实没有想到还有这一出，还真有点惊喜，但我尽量控制情绪，冷静接受，没有表现得太过激动："我会向大家公平公正地阐述你的观点——我向你保证。"

"不必向我保证，姐。我相信你会为我做正确的事，也是为了大家。"

对讲机嗡嗡作响。芙拉皱起眉头，有点生气："什么事？"

"阿拉芙拉小姐，"对面传来帕拉丁的声音，"太阳天气现象正在减弱。根据最新判断，至少在一周内，普通传呼不会受到任何干扰。"

"我和安德瑞娜等会儿去听一下头骨，确保不会有事发生。就这些了吗，帕拉丁？"

"不，阿拉芙拉小姐，还有别的事情。"

芙拉把对讲机切换到私人频道，让声音只能传进这个房间。

"可以继续说了，帕拉丁。"

"在太阳风暴高峰期，也就是我们的操作系统受干扰最严重的时候，我从船体的很多接收器里都发现了一个令人不安的迹象。"

"和风暴本身有关吗？"我问道，担心电磁干扰对指南针造成了很大破坏。

"我不敢确定，安德瑞娜小姐。有可能是风暴对我产生的影响，导致我自己的感应电路里出现了一些流氓信号，不过我已经尽可能把这些因素考虑进去了。还有一种可能就是，我们被另一艘飞船扫描到了。"

第六章

　　帕拉丁对太阳活动的判断没有错,但风暴的平息反而让我们的心情更加不平静。我真的很希望能够确切地知道发生了什么事,但就像苏桐两次看到的帆闪一样(虽然正式记录只有一次),此次事件只会让人更加焦虑不安。第一件不敢确定的事情就是,太阳风暴可能让船体接收器发生紊乱,使其产生错误读数,导致帕拉丁认为我们被人扫描到了,而实则什么也没有发生。

　　但如果一艘飞船在跟踪另一艘,并希望能扫到它,更好地把它的位置和距离确定下来,那么有太阳活动干扰的那段时间,确实是冒险行动的最佳时机。如果对方动作干脆利索,只发射了一次测距脉冲,那么我方的确很容易将它误判为太阳风暴造成的错误指标,于是对方暴露自己位置的概率就很小。在太阳风暴来临的时候,我们的普通设备提供的读数本身就是错乱的,而更精密的仪器则已经被拉回船体保护了起来,对方确实值得赌一把,在这个时候扫描我们。我的脑中不禁开始浮现出这样的情景:有一艘飞船像幽灵一样在默默地追击我们,它的扫描仪操作员蜷缩在一个发光的屏幕前,一只手放在拇指操作杆上,静候太阳风暴的干扰峰期。一到最佳时机,就毫不犹豫地按下测距脉冲发射键。一秒钟左右后,扫描仪屏幕上会显示出一个微弱的、逐渐消失的圆球,那就是我们的飞船。我们的船帆是黑色的，船体也是深浅不一的木炭色和黑色。可是，但凡整艘飞船的某个位置反射了脉冲的一小部分，我们的位置就暴露了。

机会其实是均等的。我们原本也可以在太阳风暴的掩护下，向对方发送一次测距脉冲，跟他们一样好好利用这场混乱，但我们居然完全没想到要这么做。而现在，太阳风暴渐渐退去，就算马上去开启扫描仪也基本没什么意义了，只会适得其反。如果双方都清楚地知道对方飞船的位置，倒也不失公平。但如果我们之前其实没有被扫描到——我们也确实不敢确定这一点——那么现在再去扫描的话，反而会让一直以来保持的隐身优势前功尽弃。

当然，一切都建立在真的有另一艘飞船存在的假设上。

最尴尬的是，帕拉丁的传感器检测到的扫描与帆闪来自同一片区域。虽然这些天以来，发生的怪事越来越多，我逐渐开始相信没有什么是不可能的了，但也不至于这么巧吧？

*

我转动锁轮，打开藏骨室的门，走进这个狭小无窗的空间，然后从里面关门锁好，把锁轮拧到最紧。

头骨很大，几乎占满了这个房间，一组缆绳把它穿起，悬挂在球形墙体上，每根缆绳上都穿插了弹簧，以达到减震的效果。头骨长长的，似马头的形状，但是比马头大很多。如果上面有个大大的洞口，我或许能很轻松地爬进去，把它当小床睡。不过只是随便说说而已，我并没有打算这么干。透过拳头大小的眼孔，可以看见一些薄薄的隆起和由骨头隔断的分区，在里面形成了一个洞穴式结构；几片薄如蝉翼的组织垂下来，宛如帘幕；里面还有几百个细小的光点散在各处，细如蛛丝的连接线将其全部串联在一起，那是外星人神经回路的残余物，有点像蕾丝花边。这些闪闪发光的东西早就让我有点不舒服了，而现在，我又见过了闪烁人，看到它们更是能让我起一身鸡皮疙瘩。尽管这个头骨里的有机物差不多已经清除完了，但其实还有一些变化在暗中运转，所以光点会闪个不停。就好比一个城市里，人都死光了，这个城市也没有什么理由再继续存在了，建筑物被掏空，窗户全被砸碎，荒废的街道上只剩下风卷着垃圾，但红绿灯还在按部就班地变换颜色，地铁还在日复一日地按时到站，股市的机器还在源源不断地打印废纸，堆成一座座小山。

我安慰自己说，这些光点还亮着，只是因为没人把它们关掉。它们很智能，可以自己工作，但还没智能到能自己发现主人已经去世了的程度。它们还在闪烁，是因为它们在联络其他头骨，或者说在尝试重新建立联络。这个曾经的外星宿主的各位兄弟也都早就与世长辞了，散在遥远的天边。

闪光灯还在运转对我们来说是好事——我是指所有船员——因为这样一来，除了用传呼机向外传呼，我们还可以有另一种互相传递信号的手段，就是把自己的信息加密在外星人的低语中。

唯一的难点就是，懂得如何通过头骨发送和接收信号，是一种与生俱来的天赋，只有少数人拥有这样的能力。

我就是这少数人之一，芙拉也是。

有这种能力的人已在少数，而精通的人更是万里挑一。而且还有一个问题，就是随着大脑的神经回路硬化，转为成年后的固定模式，这种能力会逐渐消失。卡扎雷先生做过我俩的老师，他在20岁出头的时候就开始失去这种优势。当时，他的突触逐渐僵化，不能再随着头骨做出调整了。"莫内塔之哀"号上的头骨他还是能读的，但他的能力日益下降，永远都不可能再调整突触，适应另一个头骨了。

我19岁，芙拉也已经过了18岁生日。我不得不时刻提醒自己这一点，因为过去一年发生了太多事，把这些经历分摊到几辈子都不为过。而且总有那么几天，我们把这悲观的情绪都写在脸上，让人看着感觉我们好像已经老得不成样子了。不过，好在我们还没到卡扎雷先生丧失能力的年龄，也就是说，我们应该还有几年时间能准确读骨。但是至于究竟还有多少年？再过多久我们的能力就要开始下降了？是缓缓褪去还是一夜骤降？这些问题，没人能够告诉我们。

我走向一面墙壁，上面架着神经拱盔，我从钩子上取下一个，安在自己头上，用力向下压了压，让感应垫尽可能地靠近头皮。耳部有一副折叠式耳罩，眼部有一对铰链式护目镜，左侧太阳穴处还有一个凸起，里面是接触线的线轴。

我抽出接触线，捏住像针尖一样小小的插头，就好像打算做女红一样。

然后我把注意力转移到头骨上。头骨上有很多小孔，有些是为了穿线钻的，另外的几十个孔里装的是金属插口，前前后后随机分布在整个头骨上。这些是潜在接入点，神经拱盔的接触线可能会锁定其中任意一个可用信号。

如果可用信号不会动就好了，那读骨人的日子不知道要轻松多少！但是这项工作一半的技术含量都在于绕着头骨追着信号跑，就像追一只在地板下乱窜的老鼠。

有时候信号非常弱，有时候可能完全找不到。有些头骨的信号甚至会永远消失，所以船长时不时得去寻找新的头骨。不过，这个"新"的概念不是严格意义上的"新"：实际上，所有的头骨都有很悠久的历史了。但是这种东西行情很好。如果哪个幸运儿偶然在荧石里找到一个，而这个头骨又碰巧完好无损的话，那这人这辈子都不愁吃穿了。

我们这个头骨以前应该还是不错的，就是因为用得太多了，才变得越来越糟糕。我可不是在瞎说，证据就在它身上：头骨上钻了这么多接入插口，肯定是因为信号越来越难捕捉。插口上都写了符号，是用墨水涂上的，记录了日期和信号强度。所有符号都井井有条，一看就是博萨的做事风格。她一直想知道这个头骨到底什么时候会完全报废，这样好提前计划寻找下一个。芙拉当时给博萨设圈套，其中一环就是向她保证，从特鲁斯科船长那里肯定能偷到一个新的头骨。但是特鲁斯科船长的那个头骨不太行，我们一把它移植到另一艘飞船上，它就暗下去了。所以我们不得不继续依靠博萨原来的这个。

至于它还能坚持多久，谁也说不准。所有这些孔随时都可能让这个头骨粉碎。头骨上面已经布满了深深的裂缝，用金属钉勉强钉在一起。但是这些其实没什么，那些看不见的瑕疵才是真正让人措手不及的，部分压力埋在深处，在头骨内部暗暗聚积起来，直到某一天，轻轻一碰也能变成压死骆驼的最后一根稻草，使其粉碎。

"勇敢一点。"我轻轻对自己说，努力克服这个东西给我带来的诡异和难受的感觉。

我钩住头骨，它在弹簧上震了一下，好在很快又稳定住了。我用不着戴耳罩和护目镜，也不需要调低亮光，这一点还是很让我自豪的。

但是我在使用头骨时，必须保持心无旁骛。

这可不仅仅意味着要让思想摈弃日常杂乱，安静下来。如果只是这样，那么谁都可以做得到。"心无旁骛"的要求很高，我和芙拉日复一日地努力练习，才勉强从头骨里面挤出一丝信号。

肯定有那么几次，连卡扎雷都怀疑我们不是真的有这个天赋。要完成这项工作，我们不仅要让脑子里的杂音都平息下来，还必须找到我们自己头骨里紧闭的秘密门窗——它们当然有充分的理由保持紧闭——然后把它们完全打开。这样，一股微弱的探索之风才能进入我们的思维。这股风从我们头脑中最黑暗、潮湿的意识底层升上来，穿过布满灰尘的房间，沿着被人遗忘的走廊，绕着神秘隐蔽的楼梯盘旋而上，历经万难才能最终进入意识清醒的头脑。

有时候，来的只有这阵风，两手空空，没有携带任何信息。这种情况就说明，头骨是活跃的，在对我说悄悄话，但没人在用另一个头骨向它传递信号。就好比拿起电话听筒，只听见嗡嗡声，没人说话。

我移到下一个插口，结果连风都没有。从边上的记号来看，这些接入点早就没用了，不过检查一下也无妨。

我插插拔拔，听了又听。

突然，我感受到了一层薄薄的什么东西，鬼鬼祟祟、滑滑溜溜，好像在那里，又仿佛不在。这个接入点相对灵敏，当我在电线上移动手指时，那种感觉来了又去。

我动了动嘴唇，但没出声：**有东西在**。

在此之前，我一直感觉自己是孤身一人待在藏骨室。但现在我知道，我正与一位无形的客人共享这个空间。这位客人之前可能也没有意识，但一定在同一瞬间，对方也感受到了我的存在，也和我一样开始观察，尝试回应。

那是头骨的载波信号，表明头骨处于活跃状态，能发送并接收信息。我轻触头骨，让它进入运行状态，光点闪烁得更亮了，持续时间也变得更久了一些。

彩色的光从眼窝的缝隙中溢出。

我得更加集中精神了——只有这样才可能在一个减弱到了原来的几百几千分之一的载波上，分辨出一个生命体传递的信号。神经拱盔上有一些调节器和滑块，可以增强信号。调的时候大家总是小心翼翼的，并且只有在锁定一个稳定的载波之后才会去调节。

现在，我锁定了。

我逐渐辨别出有人在讲话。与其说是听到了某种语言，倒不如说是我分辨出了一种空隙。如果将说的话与沉默剥离开来，那么话语之间肯定会留下一些无声的时刻。这些片刻的空白像报纸一样冷淡无情，完全没有任何自然的声调变化。

我会习惯性地写下这些话，先在心里默念一遍，把它们记进脑子里。这个过程需要的时间刚好够把它们草草地写进消息日志，也不会错过还在输入的信息。这本身就是一种技能。

……请求确认关于"盲点"号、"巴纳克"号及"黄色小丑"号的预测。作为回报，我方将提供一些信息，是有关两艘利益一致的飞船产生不和、发生哗变的事件……

显然这条信息不是冲我们发的，也不会给我提供什么能带来直接好处的信息。不过是一艘不知名的飞船向另一艘飞船发出的信息，而且他们肯定以为这场对话只有双方能互相听见。推测一下，这两艘飞船之前大概率是做过友好贸易的，并且已经有了一定的信息交换史。他们使用的头骨或许来自同一块荧石，可以匹配得上；又或许他们的读骨人有血缘关系——兄弟姐妹之类的，像我和芙拉；也许两种都占。他们采用的可能是松散加密手段——密码、误导，或者干脆以为不可能有第三方在正确的时间找到正确的频率偷听，甚至可能是一个私掠者在无差别乱发信息、四处摇尾乞怜。

这只是我听到的其中一个声音。当然，是最强烈的一个。还有其他一些低沉微弱的声音时隐时现，宛如水面上的涟漪，我最多只能抓到一个词或一个短语。

……买了一万里长的三层丝码……说明最后一次看到的是满满一子舰的收税官……在光子风暴中丢了后端的保护装置……打捞的时候捞到了15枚高面值圜钱……外科医生的助手也参加了，但这只是权宜之计……那个时候我们正在被吸进"黑之塔龙"星……带上氧气瓶和最好的医务助手……

上面这些内容都来自不同的声音，是好多飞船上好多头骨的低语。绝大多数是在船上的，只有极少数例外。在星球上面，头骨就没办法正常工作，不然银行和企业联合会早把千年旧骨的市场瓜分完了。这玩意儿对那些人来说太不可靠了，也太诡异了。

要想分辨出那些次级声音，读骨人的技艺必须精湛，但我自诩比那些人更优秀。在次级声音之下，还有一级更难读到。但我知道，如果头骨运转良好，且所有有利因素都指向我的话，读出这一级也在我能力范围之内。我把高声的嘈杂排出脑外，努力倾听除此以外的声音。一阵阵寂静此起彼伏，在我的脑海中咆哮着它的虚无。我很确信，我迟早会感觉自己在无声之处听见一个声音。但如果注意力足够集中，我或许能在所有其他人的交流之下，开启真正属于自己的沟通。

就在那里。

不是一句话，不是一个声音，而是另一种智慧生命的思维存在，与另一个头骨相连。我不敢说它离我很近还是很远，只能说它一直在向我伸出手，不是因为它渴望与人取得联系——不然它一定会更强烈、更坚定——而是因为它对我的天性产生了兴趣。在那种微弱的互动中，我们的思想触及了彼此，而又在同一时刻，双方各自退缩了。不过，这就已经足够了。我还完全没有了解到对方的思想，丝毫没能洞察到那个在另一个藏骨室里、与我相隔不知几万里格的人。但他们肯定已经非常努力地将一个词从自己的思维过程中排除掉，这个词完全暴露了他们对我们习性的理解，可惜还是被它溜了出去：

夜叉。

*

又轮到我值班了，我抽空泡了一壶茶，找了一些热黄油面包当点心，然后把其他人召集到厨房里，把目前我们每况愈下的处境详细地和大家罗列了一下。普洛卓尔、斯特兰布莉、苏桐、秦杜夫和我围桌而坐，唯独芙拉没有到场。她不希望因自己的出现而影响程序，所以决定留在房间里，等我们决定好了再出来。

不得不承认，这样做很聪明，也很谨慎。如果她真的一起来了，即使一句话不说，也很难控制自己不在某些情况下绷起脸或皱个眉，这和插嘴又有什么区别？

"如果你来就是为了告诉我们，她又改变主意了……"斯特兰布莉先发制人。

"不，她没有。她说过，会为我们想出一个目的地的。她也正是这么做的。"

"听说我们被扫描到了。"苏桐说，"而且扫描源头还和我看到的那些帆闪来自同一片区域。"

"我还以为就只有一次帆闪。"斯特兰布莉微微皱眉，"不止吗？"

"其中一次可以确定下来。"我替苏桐回答，"而警报显示有人在扫描我们的时候，正好是在太阳风暴的高峰期。可是就在这种情况下，我是完全不愿意相信任何仪器的。"

"所以你觉得，实际上没有飞船在跟踪我们？"苏桐抱起手臂问我。

我没和任何人提过藏骨室里发生的事情，甚至都没对芙拉说。在对困境有更清楚的了解之前，我觉得不必让苏桐徒增烦恼。"即使我们真的被扫描到了，帕拉丁也没能把脉冲的源头确定下来。不过应该和苏桐看到的帆闪来自同一片区域。但如果我们从现在开始，一遇到阴影就直冲进去，不在有光的地方做任何逗留……"

"我不喜欢这个想法。"斯特兰布莉毫不犹豫地提出反对。

"你不喜欢的东西可太多了。"秦杜夫这人就是心直口快而已，没有任何恶意。当然，斯特兰布莉听得出来，也没生气。秦杜夫继续说下去："我信得过尼斯姐妹。如果她们说没有船在追踪我们，那就是没有。"

苏桐摇摇头："你谁都信。"

"确实。"秦杜夫没有半点否认，"除非对方惹我生气了。不过这种事情只发生过一次。"

我说："别人对我们产生兴趣了才会跟踪我们，否则就跟海市蜃楼一样，只是个幻影。或者可能只是有人正好在附近活动，没有恶意。这样的话，他们也没做错什么啊。"

"那你认为是哪种情况，安德瑞娜？"斯特兰布莉问我。

"要我说的话，我们就该把这种事情从脑子里面抹掉，然后直接改变航向。"

斯特兰布莉啃了一口面包，伸手擦了擦嘴唇上沾到的黄油："所以芙拉已经决定好计划了，对吗？凭她这么多年的经验？"

秦杜夫拿黏土烟斗敲了敲桌子，温和地笑笑，用一贯调解的语气说："先看看她自己有什么想说的，然后我们再下定论，怎么样？"

普洛卓尔倒了杯茶。

"也无妨。"

"芙拉还没盲目做选择呢。"我展开一卷毛边布卷，上面标注着可能要去的星球的名字和重要细节。我把它摊在桌上，把四枚圜钱当作磁性镇纸，分别压在四角。"她觉得我们最好应该把目光投向外环的宗族群。就这点来讲，大家应该都没有异议吧？然后她缩小了范围，只考虑了那些稍稍偏离轴心轨道的星球。我们最好别太靠近商业发达的地区，那些地方船多人杂，我们可能会被人认出来。"

"确实，我们很难不被人认出来。"斯特兰布莉说。

"芙拉也考虑过这个问题。我们先做选择吧，定完了我就马上来说这个问题。现在，我还不想让大家觉得我在讨论之前就试图排除一个选项。你们来看，芙拉给出的第一个候选项叫'梅瑟岭'。虽然这个星球很符合我们的目的，但它是三个选项里唯一一个有吞噬兽的星球，也就是说引力场会很强。"

"我们不能在扬帆的状态下靠得太近。"普洛卓尔说，"所以唯一的出入方法就是发射子舰。"

"如果我们偷雷卡家燃料的事情更顺利一点的话，应该是不成问题的。"我说，"但就目前的情况而言，我们得省着点用。往返像梅瑟岭这样的星球，可能会一下子用掉太多。"

"那我猜，去另外两个地方会容易一点？"苏桐问。

我点了点头："卡司洛岷和斯特里扎迪之轮。我猜大家应该都没亲自去过？"

"我遇到过一个去过卡司洛岷的人。"普洛卓尔开口了，但点到为止，没有就这个问题继续说下去，"我自己是去过一百多个轮状星球的，但还从来没有听说过什么……里扎迪之轮？"

"斯特里扎迪之轮。"我接上她的话。

"对，就是它。没听说过。"

"这两个都在第37环上。"我用手指敲了敲布图，"两个都不是你们说的什么'文明的跳动之心'，但那种中心地带也不是我们想要的呀。我们就是要找一个够清静、够沉寂的地方，这样才不会招来任何危险，能够安心在那里做生意。如果谁想要退队的话，机会也是很多的。也许要等上几个月才能被别的飞船接纳，但我们会保证退队的人有足够的资金来保护自己。"

"到时候大家别到处炫耀自己的冒险经历就行了。"普洛卓尔打趣道，"不然，谁知道我们会不会有必要来回收你们的资金呢。"

我冲普洛卓尔笑了笑，觉得她在暗示，无论其他人打算怎么办，她都会坚持留下。

"炫耀倒是应该不会，但我们确实需要注意自己的言行。芙拉比较倾向卡司洛岷，但有个小困难，我猜大家也应该知道。"

"什么？"苏桐问。

"当地人和博萨不是朋友。"我给大家讲了那个接受资助的探险队的故事，以及他们最后的命运，"当地人对博萨可以说是恨之入骨了，冒险把自己卷入仇恨是很不明智的行为。只要对方开始怀疑我们和博萨有关系，就会出大问题。"

"而且，我怀疑他们可能根本没有耐心听我们解释。"秦杜夫说完，举起烟斗长吸了一口。

"确实是个问题，而且肯定会发生。"我对着眼前这位高个子点点头，"如果我能决定的话，我可不想冒险去测试他们的正义感。"

"所以说，就是要避开卡司洛岷。"斯特兰布莉总结道，"虽然也不能保证另一个地方会比它好。"

"去了才能知道好不好。"我说，"不过有件事别忘了，他们没有直接见过博萨本人，所以没理由一见到我们就紧张。"

苏桐把手臂交叉抱在胸前，满脸写着怀疑："这就是她想到的最佳方案？"

我只得无奈地回答："有时候你抓到的救命稻草比较短，但没办法，那就是唯一的救命稻草啊。确实，我也觉得这三个选项都不怎么样，但我们的选择实在是很有限。要不这样，我们每个人在《万星卷宗》里选一个自己认为更好的星球，并插上针标记一下。但是不能找那些可能遇到大麻烦，或者会遇到其他飞船的地方。哎，恐怕这两个限制条件一加，圣公会的大半地区已经被排除掉了。"

普洛卓尔说："这么说来，斯特里扎迪之轮好像挺合适的，除非那个地方也有什么缺点。"

"据我所知，没有。"我说。

其他人咕哝了两声，但最终还是点点头，勉为其难地同意了。苏桐想了想，说："如果非要选的话，安德瑞娜，我觉得还是选第三个比较好，至少省点燃料。"

斯特兰布莉揉了揉脖子："选好了就别换。干脆一点。我也喜欢第三个。你说呢，秦杜夫？"

"我都行。"他稍做思索,趁机敲了下烟斗,"但是安德瑞娜,有件事困扰着你老兄我呀。那边的人对博萨可能没有直接的怨恨,但这并不等于说他们看到我们的船帆就会主动表示友好——哦,不对,他们会发现自己**根本看不到我们的船帆**。当然,结果都是一样糟糕。他们肯定还是能知道我们是谁,干过什么坏事。"

"这兄弟说到点子上去了。"普洛卓尔赞同道。

"他们能看见帆的。"我说,"至少其中一部分能看见。博萨也不傻,她知道自己有时候可能需要伪装成一艘正常的飞船,所以储藏室里也有普通船帆,全展开大概 2 000 英亩。不过损坏情况挺严重的——因为很有可能是她掠夺别的飞船时抢来的,帆可能之前就被线圈炮击中过——但博萨从来没有想过要用它来代替罗网布。"

"那这些帆对我们有什么用?"苏桐问。

"我们可以用正常索具先尽量航行得远一点,然后在最后一段距离换上那些普通帆。"普洛卓尔顺着我的想法说下去,"不管上面有多少洞,撕碎得有多严重,只要它能通过几百里格的检验就行。"

"如果博萨从来没有靠近过文明港口,那她为什么要费尽心思去搞到这些帆呢?"斯特兰布莉问。

"她偶尔是会这样的。"我说,"再说,帆虽然确实会占用一些空间,但如果叠好包起来,就不会占用太多。即使是 1 000 英亩的帆也没有一桶燃料重,而索具则重得多。"

"行得通。"普洛卓尔用力皱着眉,好像在脑子里面盘算过了每一个细节,"没人有兴趣去看第二眼的,特别是那些了解索具的人。最重要的是,我们从一开始就要做到不让他们有兴趣看第二眼。"

"如果是这样就好了。"苏桐突然开口,"我不想打断你,但别忘了,我们这艘飞船吸引人目光的点不仅仅在于罗网布帆。你看到过我们整艘飞船的状态吗?"她俯身向前,以强调自己的观点,"人家一看就知道,我们是星际海盗飞船!这一大包东西,不管站在哪个角度,从外面看就是场噩梦。所有那些尖钉和吓人的**装饰品**贴得真是恰如其分,都在博萨认为最合适的地方。"

"我同意苏桐说的。"我想起了从荧石探险完回母舰时看到的场景,"这确实是个大问题。"

"穿越到斯特里扎迪之轮要多久?"普洛卓尔猜我已经计算好了,她的推测向来合理。

"5 个星期。"我回答,"35 天,可能会差一两天。去卡司洛岷会快一点,前提是我们不得不去。"

"我们不能靠近那么反感博萨的地方。"斯特兰布莉揉了揉脖子,好像已经有绳索套在上面了一样。

普洛卓尔仔细斟酌了起来,她在制订计划处理棘手问题这方面还是有一手的。"我们可以做到的。"她终于开口了,"布置船帆不是儿戏,这是绝对的,但我们也不是小孩子了。如果我们能骗过博萨——而且我们确实成功了——那要骗过斯特里扎迪之轮上的那群笨蛋也不是什么难事,更何况我们对他们也没什么恶意。至于船体上的那些装饰,只要我们下定决心,手动装上去的东西一定可以拆下来。"

"5 个星期内搞定?"苏桐还是不敢相信,"时间甚至可能更短,因为我们一旦接近,就不能让自己在人家的望远镜或者扫描仪里显得太狼狈。"

"只要开工,就会有收获的。"普洛卓尔说。

苏桐不情不愿地挑着面包,仔细嗅了嗅,似乎就算涂了厚厚一层黄油,她还是能闻到霉味。"我是觉得几个星期要比几个月好,虽然说我们的活可能多到把手都干废。无论我们中是否有人退队,新物资总是越早拿到越好。"

"同意。"我心里松了口气,自以为成功引导所有人赞同了对我们最有利、最合理的计划,"不管大家各自有何打算,这次补给会合都是必须的。但我们照样得事先把所有风险都了解清楚。或许去斯特里扎迪之轮没有去梅瑟岭或卡司洛岷那么危险,但如果他们察觉到我们和博萨有关系,哪怕只有一点点怀疑,也就不可能再对我们表示欢迎了。"我停下来,倒了点茶,继续说下去,"目前,时间还掌握在我们手里。但消息马上就会传开,各种片段迟早会拼拼凑凑,呈现出真相。所以,我们得趁还有机会,赶紧发挥优势。也就是说,得快点飞到斯特里扎迪之轮,同时尽力改造飞船外观,让它看上去正常一点。"

我依次向大家点头示意，"我同意普洛卓尔的说法。如果我们一点时间都不浪费，现在就开始，是可以成功的。"

"你妹妹怎么说？"斯特兰布莉问，"她能欣然接受我们这样违背她意愿的小叛乱吗？"

"芙拉那边我会去说的。"我说。

*

我去芙拉房间里见她，帕拉丁的灯光照出了她脸部的轮廓。趁她还在写日记，我默默地盯着看了几秒。这是我第二次强烈地感觉仿佛回到了童年，看见了小时候的她——那个在图书或拼图的世界里如痴如醉的小女孩，奇思妙想载着她飞越了我们熟悉的一切，墙纸、客厅、楼梯，什么都在脑后，什么都全然不见。

现在的这场冒险，一定配得上她所渴望的全部——一艘精美的黑色飞船，一众听从指挥的队员，一个具有士兵头脑的机器人侍于左右，整个圣公会里所有的星球尽在掌握。然而，我很想知道，她内心是否曾有过一些微弱的想法，希望事情的结果稍稍有一点不同。如果一个人心够狠、意志够坚定，最想达成的目标肯定不在话下。但当一切真的如愿实现的时候，从未想过的痛苦、副作用、走火入魔往往随之而来。

"他们达成一致了。"我开口打破沉默。

她转向我，硬朗的神色瞬间又布满了整张脸，就像一个坚硬的面具瞬间从皮肤下面浮了上来。

"所以说，大家都一致同意，也觉得卡司洛岷是最好的选择？"

"准确来说，不是。"我思考了一下，感觉坏消息还是不要藏着掖着比较好，"大家综合考虑下来，都觉得梅瑟岭风险太大，而且浪费燃料。但是我把卡司洛岷人对博萨的怨恨也和大家讲了，他们都觉得那儿不太行。"

"圣公会里没有哪个星球会欢迎博萨的，安德瑞娜。"

"我知道，这就是个怨恨程度的问题。但每年要烧博萨的雕像，那也未免太夸张了一点。坦白说,假如有另一个星球能让我们达到相同的目的,而且又是这么容易接近的话,我是绝对不会反对的。"

她眯起眼睛:"你参与讨论了,对吗?"

我迟疑地点点头:"我给出了自己的建议,这也是我的权利啊,但是最终选择是他们定的。如果你不接受结果,一开始也就没必要委托别人做决定。"

"嗯。"她回答道,整个人几乎在颤抖,似乎在努力控制胸中翻涌的怒火,就像一瓶火箭燃料在爆炸边缘挣扎,"你说得没错……我**接受**这个决定。我原本确实是偏向卡司洛岷的——如果我们提前计划好一切,也是可以避开所有怀疑的——但如果斯特里扎迪之轮是人心所向,那我也就顺从大家的选择吧。"她低头盯紧桌上的纸,上面密密麻麻地写满了她的笔记和潦草的天体力学计算结果,"那就是,5个星期。"

"秦杜夫建议,除了要换船帆以外,船本身也最好伪装起来。普洛卓尔也这么认为。"

"那我们就即刻出发,直奔斯特里扎迪之轮。你有没有……察言观色一下,能看得出谁想去、谁想留吗?"

我早就注意到,私下交谈的时候,妹妹会为了其他人的利益,特意克制一部分行为。她会斟词酌句,而不是跟平时一样,听起来像一个出生在宇宙飞船里的老手。仿佛在内心深处,她一直深信,我们是在玩某种换装游戏,只不过,这个游戏从我们把父亲丢在历史博物馆的那个晚上开始,就从未停下,偶尔还会有死亡和伤残。

"说不准。不过我猜普洛卓尔会继续和我们待下去,秦杜夫也看不出马上要走的意思。斯特兰布莉和苏桐的话,我持保留判断吧。她们可能只是想要一个可以离开的选择,然后还是会乐意继续留在我们的飞船上。"

"那你呢?既然我们在谈论这个话题,不如你也直说吧。"

"我们这场冒险还没结束呢,芙拉。我跟你一样,也想多见识见识外面。但5个星期之后的话,就得看我们的目的是什么了。"

"我们同坐一艘飞船,拥有一群队员,我一直以为我们的目的是公开透明的。"

"对你来说可能是这样。"

她看起来很不解，但没有敌意："我没觉得有什么难的。"

"就是……我们除了缺少几位专家之外，装备也不算太差，可以学学其他私掠者的样子，干点正常人干的事情。破开荧石，挖掘宝藏，卖给别的星球——用这种方式谋生，见证这个行业所有的起起伏伏。"

"所以我才会如此热衷于要得到那些燃料。"

"我相信你是对那些燃料早有预谋了，而且敢肯定，你巴不得再破开几颗荧石。但我猜，你脑子里是不是有什么念头在嗡嗡作响？你想做的事情比普通的私掠要高级得多吧？"我有些犹犹豫豫。

"那你猜是？"

"更伟大的计划，当然也更危险。我是了解你的，妹妹。虽然你这些年变了很多，有些时候都出乎了我的意料，但我还是自信能把你的心思一眼看穿。你在想在最后几天时间里，博萨跟你说的关于圜钱的事情吧？"

"哈，如果我完全不理她，应该会更好，对吧？"

"这是她自己的事情——疯了的人是她——别带上我们！"我几乎失声大喊。

"哦，我可以让她滚得远远的。"她毫不客气地回答，"有一个荧光陪我已经够了，我的脑袋里已经没有地方容纳第二个房客了。"

"你最好能保证。"

"噢，那当然。她想改造的人又不是我，你说呢？我之前和她几乎都不认识，也就是在她丧命前的最后一小段时间，我救出你之后，才算不打不相识了。"

"不。"我在脑子里飞速地回顾了一遍她对博萨做的一切，"从她的角度看，你做到的可远远不止让她认识你。"

"你听好。"她的语气变得理智了一些，"我对圜钱没有抱任何幻想。而且就算它们真的存在，那也仍然是赃款，不是吗？或许，所有那些关于死人的灵魂被锁在圜钱里的说法，充其量不过是句玩笑话。就像你说的，为了能让自己多喘几口气，她什么故事都说得出来。但如果那些圜钱真的是属于我们的，那放着不拿简直是蠢货的行为。"

"嗯?"我被她突然贪得无厌到冷酷无情的表现惊到了,一时竟不知如何应对,"那我们……拿到这些钱的话,具体要怎么用?"

"如果博萨偷别人东西的时间真的像传说中的那样长,那现在一定有万贯圚钱无人认领。"她的声音透着一股虔诚的寂静,"都是我们的了,安德瑞娜。可以把它们分给大家,然后我俩任意挑一个星球安心养老。没人会知道钱是从哪儿来的。这就是圚钱最大的好处——无法标记,无从溯源。只要我们花钱不大手大脚,不至于让在流通的货币贬值,这日子岂不是美美的?"

"你已经开始考虑起这个问题了,我很高兴。"

"只是随便想想,亲爱的姐姐。不过我们还能干出一番大事业,别想着早早退休养老。你还记得那些银行对待我们父亲的手段有多残忍吗?这次,我们的筹码终于能比他们的更多了,姐。多强大的财力——我们亲爱的爹娘做梦都梦不到这么多!为了还上债,父亲永远会拼尽全力——他的自尊不允许他逃避。但当他需要贷款来照顾母亲或是照顾自己的健康的时候,那帮人又有谁理过他?他是清高自律的君子,而银行却以冷酷无情回报他的忠诚守信。"她吸了吸鼻子,鼻梁上拱起了皱纹,"我们可以成为圣公会里举足轻重的力量,让他们害怕,而不是只能我们去害怕他们。这难道不是件好事吗?"

"真是服了你了,总有办法能让任何行动看起来都像是唯一正确的出路。"

"我也服了你,每次都拽着我的胳膊让我逃跑。"

"这回我们的生活真的天翻地覆了。"我叹了口气,不想和芙拉吵起来。以前吵架,赢的人一般都是我。因为我比她大十个月,也更聪明一点。但到了现在,这点优势已经根本算不了什么了。"不过所有这些都还只是猜测。你根本不知道那些圚钱要从何找起。"

"你确定她从未向你提起过这些事?"

我又叹了口气,已经和她说了不知道几万遍了:"博萨只是把我当成一个潜在继承人来培养,并不代表她会把每个秘密都告诉我。她从来没有和我说过什么圚钱的事情。从我被带走到你来找我这段时间里,我们也从来没到任何荧石或者星球上去过。"

"也无妨。"芙拉瞥了一眼桌上的日记,"行动秘案一定藏在飞船上的某个地方。帕拉丁迟早能找到的,只要有时间,没有什么东西是他发现不了的。不过,他必须小心一点,不能操之过急。这艘飞船可能不像帕拉丁那样有自我意识,但在狡猾程度方面可毫不逊色。如果怀疑有干扰,它可能会窜改或直接删除秘案。"

"我还以为飞船已经归我们所有了。"

"可以这么说——在物理意义上是的,但在精神层面上还不完全是。但不用担心,亲爱的姐姐。很快就能让它完全效忠于我们,只要我们悉心呵护,再制订一下计划,它很快就会把所有的宝藏都吐出来。"

"我去过藏骨室了。"我随口一说,感觉现在机会来了,应该能欣赏欣赏她的日记。

她突然狠狠地瞪了我一眼,反对已经不言而喻了。"不是说好了要去一起去的吗?"

"嗯,对。之前我俩确实都没单独去过藏骨室。但这次不太一样,头骨快报废了,而你当时在忙别的事情。不管怎么样,我想你应该已经知道了,我接收到了一个思维,听到了一个单词。"

好奇与不悦在她的脸上交织,形成了一个复杂的表情。

"哦?是吗?"

"'**夜叉**',也就是这艘飞船的小名。对方很努力地不想让它溜出来,特别是当他们感受到我的存在以后。"

"你就不应该……"

我温柔地打断了她的话:"我知道你会不高兴的,所以想了很久才告诉你。到现在我还没和别人提过这件事,他们已经够紧张的了。但直觉告诉我,我们可以从这个名字里读出一点东西。有人知道我们是谁了,而且我有种强烈的感觉,我感受到的那个思维就在那艘向我们发扫描脉冲的船上,也就是苏桐看到的帆闪。我们被跟踪了,对方还知道我们的身份。如果有人真的如此大胆,那我只能想到一个动机。"

"想把我们拿下。"芙拉的声音仿佛带着一丝敬畏,"而且对方胜券在握。"

第七章

　　我们掉头驶向斯特里扎迪之轮。现在，我们又回到了圣公会，追着一条长长的抛物线，借助吹到帆上的辐射风改变绕古日的角动量，在天体意义上相当于实现了逆风而行——虽然过程实在是有些缓慢而艰苦。

　　在这10天里，飞船上的一切又难得地恢复了常态。尽管我们进行了更加密切的观察，但帆闪再也没有出现过。古日进入了沉睡期，一派安然自得的神态，不会再有太阳喷发或者日珥来干扰我们的系统，也不会再有人借着太阳活动为掩护，启动扫描仪。在这段时间里，我们没被扫描到，也不敢贸然扫描回去。我没有再回藏骨室，据我所知，芙拉也没去。其实，我甚至用上了普洛卓尔的老把戏，在门口拉了一根线——只不过我用的是一缕自己的头发。每次我去查看藏骨室的门，发现头发都还在。不过说实话，我对此并不惊讶。我对那个满是裂缝的头骨兴趣一般，芙拉就更不在乎了。我想，她可能在担心博萨的一些疯狂残念仍然潜伏在里面，等待一个新的宿主。所以，哪天要是这个头骨真的报废了，我俩也都不会太遗憾。

　　大家最近都忙忙碌碌的，倒也有助于安定情绪。除了观测室的值班人员，所有的人都要一起帮忙改造飞船的外观。用来完成工作的时间其实只有不到五周，因为在真正进入星球引力范围之前，我们就会被扫描仪和望远镜观测到。

普洛卓尔说得没错：我们的命运就全看对方的第一眼，蒙混过关了就没事。但如果就是在这第一眼被发现了端倪，我们会即刻陷入困境。

我们只有6人能干活，所以必须所有人一起上，一刻也不能耽搁。很快，分工就明确好了，按照小时和值班时间来安排轮换和分配小组。大部分工作都是在外面操作的，要穿航天服。也就是说，得花大把时间穿脱衣服，来来回回在船闸间穿梭。不过，好在越是像钟表一样有规律可循的工作，我们就越能按计划进行。

宇宙航行有一条金科玉律：飞船内必须永远有至少一个人留守，或者最好是两个。有一个人在就可以处理突发事件，比如锁坏了，还能确保外面的人能回到船舱内。而留两个人的目的就是为了防止其中一人出现意外。所以我们在去沉啸石的时候，才让秦杜夫和苏桐留在飞船上。谨慎起见，还必须有人时刻监视扫描仪、监听传呼机；只要条件允许，还必须留一个人在观察室里值班。

于是我们兵分三路，但不管轮到哪边，都是一样的艰苦。芙拉和苏桐是第一组，斯特兰布莉和普洛卓尔是第二组，我和秦杜夫是第三组。这样一来，每组成员都分别来自雷卡摩尔船长的队伍和特鲁斯科船长的队伍，大家能相互配合交流经验，也可以规避任何人出现不臣之心和偏袒徇私的问题。

任务很难，每个人心里都有点疙瘩，我也不会假装轻轻松松的样子。但动起来总比干坐着发愁好，总不至于脑子里除了担心只剩一片空白。现在，我们全身心投入工作，脑子都被实际问题填满了，准备值班、来回穿梭、打理衣服和工具，一刻不停，脑子里也一直挂念着下一个任务。奇怪的是，尽管大家都累得要死，尽管我们被人追踪这件事可能还是没变，但集体情绪却上了一个台阶，团魂在熊熊燃烧，厨房里的欢声笑语竟超过了以往任何时候。虽然这些欢笑参差不齐，而且用不了多久都变成了疲倦的哈欠，但大家的兴致着实十分高涨。

我想，在内心深处，我们都是秩序的产物，都依赖着秩序——无一例外。我们都喜欢作息分明、井井有条的日子。如果有一个明确的体系来规定每天的生活，我们就会获得至高的幸福感。

轮班模式是这样的：第一组人先睡6个小时，到外面工作6个小时，休息6个小时，然后再休息6小时。连续休息12个小时听起来很容易，但其实在此期间要包揽所有家务活，包括做饭、洗衣服等，因为往常的安排现在都搁置起来了。

与此同时，第二组的模式是先睡觉，再去外面工作，休息，然后再去外面工作；第三组的模式最难：睡觉、休息，然后连着两班待在外面——闷在航天服里12小时，一直是汗流浃背的状态，没有休息时间。不过由于省了进出时间，这一组的工作进展很快。

没有人能一直顶得住这样的压力，所以第二天会进行一次轮换，变成第一组出双倍外勤，第二组连休两班，以此类推。

可能有人会想，所有人在同一时间睡觉的话，效率不是很低吗？但是小型飞船一般都采用这种做法，这样吃饭时间就会比较容易安排，同时也能保证进出船闸和检查衣服的噪声不会打扰其他人的睡眠。即使考虑到出完外勤的疲惫，睡6个小时也是肯定够了的。在太空中几乎失重的条件下，身体需要的休息时间比在星球上要少很多。

以上就是分工情况了，而在每一班里具体怎么操作又是另一个问题。我们当中没人算得上控帆高手，不过秦杜夫还是很不错的。于是我们现在要解决的问题就是，如何利用2 000英亩大的普通帆布让我们的船帆看起来尽可能正常一些。这是一项缓慢而烦琐的工作，但除了穿航天服工作时常遇到的危险之外，也没有什么特别的难处。在我们开始之前，秦杜夫找了一块桌子大小的帆布，在上面勾勒出了要做的工作。他在上面画了一张蛛网状的图案，我们的"复仇者"号就像一只小虫子，被钉在巨大的扇形索具和船帆的中心。他打算收起部分罗网布，换上普通帆，同时增加几百里格长的辅助索具，来支撑其排布。这顿操作除了让我们看起来很友好之外，没有任何别的目的。

"接下来的航行可就不会像现在这么爽了。"秦杜夫遗憾地摸了摸下巴，"首先，扭矩负载会出现异常，我们要启动离子推进器来让它变得顺滑。不过至少这次我们能饱饱眼福，亲眼看看自己的船帆。"

"跟踪我们的人也是。"苏桐说。

"这就没办法了。"我说,"不这么干的话,我们永远都不可能靠近港口,而且必须争分夺秒来完成这件事。但我们依然有机会把风险降到最低,是这样吧,秦杜夫?我们可以让反射面躲过身后的眼睛,这样他们就不会有更多发现了。不过他们真的在我们后面吗?我们已经掉头了,但是什么都没看见啊。"

"哟,乐观主义者,我喜欢。"斯特兰布莉笑了。

"我也喜欢。"秦杜夫搭腔。

值班分组把我和秦杜夫丢在了一块儿,我还是很满意的。他这人对外沉默寡言,私下却喜欢哼哼小曲——一般是小孩子的摇篮曲或者随便唱唱。如果我觉得他打扰到我了,我就可以调低航天服间的传呼增益。不过大多数情况下,我很乐意听他的喃喃自语和小声哼歌,毕竟他能开始唱,就说明一切顺利,我会很安心。我只需要在他沉默不语的时候加强警惕,因为这往往意味着什么东西撕破了、缠住了或者卡着了。

不过,主要我还是很高兴没被分到其他两个小组里去。倒不是说因为我不喜欢那4个人,而是因为据我估计,到目前为止,我们的任务还是比较愉快的。其他两组要改造飞船,让它不至于那么不堪入目,这可比换帆布难多了。

不对,说"难"不准确,简直是几乎不可能,至少5个星期的时间里不可能。看到"复仇者"号,人们的脑子里只会浮现出一个词——刻薄,这个词已经深深地融入了它的每一根线条,我们根本无力挽救。和"莫内塔之哀"号一样,船体两侧各有一只"眼睛",就在整艘飞船下颌部位的后面。其实这眼睛是整艘飞船最大的窗户,对两艘飞船而言功能一样,都是为厨房设置的。队员醒着的时候,大部分时间都在厨房。"莫内塔之哀"号的眼睛位置稍高一些,看起来还挺友好;而"复仇者"号的眼睛位置很低,几乎与下颌在一条线上,呈现出来的效果也就是一种难以名状的精神错乱。而且"复仇者"号的眼睛更小一些,仿佛在刻意皱眉。下颌部还镶嵌着一排排锋利的合金利齿,船体上伸出许多凶狠的尖刺和倒钩,就像浸满毒药的刚毛,此类种种都让飞船的整体外观根本无法得到改善。

我们的计划是,尽量拆除或掩饰这些难看的扩建部分,但其中有些东西的功能涉及导航和控帆,所以就更难处理了。另外,线圈炮台的舱口和虹状物必须重新设计，让它看起来不像炮口，或者最多让人看了以为我们是平平无奇的私掠者，只是脾气有点不太好。

她们必须带着工具出舱，把能拆的全拆了，不能拆的就切掉，同时还得警惕，不能踩着陷阱，不能刺到自己，更不能把航天服当成飞船给割破了。切割的工具和仪器是问斯特兰布莉要的，从钻头、锯子到能量光束、微型火焰喷射器，应有尽有。就比如那个喷射器，它用到的燃料和子舰相同，切割大多数东西都很顺滑，像热刀切黄油一样，一抹就过去了。尽管装备齐全，但进度还是很慢，博萨的这艘飞船上还有一些碎片式的材料硬得出奇，可以扛得住我们所有的常规切割，想必是荧石的产物。所以说，这艘飞船抵挡住了所有对手的线圈炮发射过来的子弹，最后无一例外地取得胜利，简直不足为奇。我们留下了这些碎片，尽可能带回船舱，除非太大了过不了门。

这些对我来说都不是大问题，让我庆幸没被分到其他两组的，其实是另一件事。这么多年以来——不妨说这么多世纪以来——有那么多人都在反抗博萨，但无一例外全被杀害。她自己有一套特殊的执行纪律的方式，我们的朋友贾瓦尔就是这套手段的受害者之一。她杀了人以后——或者说在杀人的**过程中**——会习惯性地把他们的身体固定在船体外面。如果博萨觉得留着他们有用，要让人活得久一点，她就会加一个步骤：把生命补给液灌进航天服里，即使衣服被钉在或者焊在船上的锯齿上也无所谓。贾瓦尔是最后一个遇害的，他被固定在飞船上颚部分，吊在船首桅杆的钉子下——巧的是，博萨自己最终也摔在上面，被同一根钉子刺穿。但外面的尸体不止这两具，而是很多很多——比我们第一次看到她的飞船时想象的还要多。她焊人、钉人的历史太长了，有些地方已经积了三四层尸体。当同伴们像掰硬邦邦的铁锈痂一样把这些尸体剥开，她们看到的是这艘飞船本身神秘的历史。我一想到这些由尸体书写的苦难录，或者这种苦难持续的时间，就不禁感到不寒而栗。不过，现在我们也无能为力，唯一能做的只不过是把尸体分开，扔到宇宙中。可以说是毫不顾及死者的尊严了。当然，或许也不是所有人都值得被人尊重。但是，在对这些人的生平都不了解的情况下，我宁愿把他们想得好一点。

轮班还在按部就班地进行着。我们睡觉、吃饭、工作、休息——聊聊各自的经历与疲惫，或者考虑第二天的计划。每进来一个小组，我就悄悄瞟一眼她们的表情，推测事情有没有顺利按计划进行。有时候她们可能遇到了什么事情，会在厨房里沉默不语地反思，不愿意分享任何经历，只是无意间露出警惕的眼神或躲闪的目光，也能让我察言观色，有所领悟。我忍住了，没有催促，没有硬逼，大家也都心照不宣。只要看得出大家已经找到证据，证明博萨的残暴远超我们的想象，这就够了。这些所见所闻已经够我倾尽一生来消化了。必须把关于她的一切记忆从飞船上清除，越早越好。

自从找到了普通帆布，我们掉头航行已经11天了，此后的一切依然按部就班。

*

我和秦杜夫是单独值班的。我们一直在索具上工作，离飞船很近。从远处看，飞船渺小得宛如沧海一粟，好比一个迷你的黑色果核融化在无穷的黑暗里。分配到这组的任务我们已经完成了，但在回去前，秦杜夫看了应变仪，对有些迹象感到不安，所以他想检查一下旧帆的某一块地方，确保它没被缠住或撕裂，结果就发现了令人冷汗直冒的事情。

一整片罗网布——超过10英亩大的面积——有多处被刺破，有些地方甚至已经从索具上剥离了出来，在不停翻滚，好像活的一样。一片舞动、折叠、扭曲、难以言状的黑色——多么恐怖的场景。我震惊了，半信半疑地盯着，直到秦杜夫下了定论，才敢相信。

"有人开炮击中我们了，安德瑞娜。毋庸置疑。"

"开炮？"我听懂了，但多希望听不懂，多想从他嘴里套出一点别的说法来解释这些破损，总比开炮这种暴力行为容易接受一些。

"最有可能打的是帆弹，嗯，应该是这样。这种子弹就是按正常步骤装进线圈炮，但它速度没那么快，打的时候也不是直接瞄准飞船。有些人叫它葡萄弹，不过它是用来射飞船的又不是射葡萄的，所以我还是喜欢叫它帆弹。"

"会不会是之前就被打中了？比如说在博萨进攻特鲁斯科船长的时候，只不过我们现在才发现。"

"不可能，肯定是新的破损。我一直在仔细观察这些应变仪，你也是知道的。如果之前被击中，我应该早就发现了。我觉得就是在上一次换班的间隙里被打中的。"

我启动短距离传呼："帕拉丁？"

"我在，安德瑞娜小姐。"

他的声音很微弱，还很刺耳，但没办法，只能这样了。我们必须尽量把功率控制到最低，这样 1 000 里格外的敌人才无法发现我们在通信。"帕拉丁，我们应该是被打中了——秦杜夫说，对方用的是帆弹。罗网布的很大一片区域都遭受了毁灭性破坏。你在你的传感器上有没有发现可能发动攻击的人？"

"没有发现，安德瑞娜小姐——百分百肯定。"

芙拉不可能离帕拉丁太远——我可以想象她就在办公桌前，在书上涂涂画画。她果然打断了我们的对话："不可能有人打中我们的，安德瑞娜。时间会证明给所有人看。如果真有人开炮，那我们肯定会看到线圈炮的光，不管是靠肉眼还是热量感应，都应该能发现异常；而且如果对方发射了一排子弹，那肯定多多少少会打中船体。"

"秦杜夫觉得这是在过去几个小时内发生的事情。"

"那可能是我们撞上太空垃圾了，毕竟我们现在在往圣公会走。"

透过面罩，我看到秦杜夫严肃地摇摇头。他虽然不敢当面反驳我妹妹，但能明确地向我传达自己的感受，他已经很满足了。

"不管了，我们先进来。"我说，"我俩轮班快结束了。我一点都不喜欢现在这样。在集体商量好之前，谁也不许出舱门。"

*

芙拉房间里聚了 4 个人——秦杜夫、普洛卓尔，还有我们两姐妹。嗯，帕拉丁应该也可以算，那就是 5 个人。

"我猜你之前应该没有见过线圈炮的闪光。"普洛卓尔在分析情况，"炮口从来不会热到在夜空中现身,因为射一枚帆弹基本用不到什么电磁脉冲,跟从舷侧开一炮普通弹比起来简直少得微不足道。"

芙拉完全没有被说服:"那我能不能问一下,这炮算什么意思?"

"是为了导致我们瘫痪,亲爱的。对方瞄准的是船帆和索具,而不是船身。但如果真的只是击中了船身,那顶多只能把船弹出一段距离,不会造成太大伤害。"

"也就是说完整地拿下一艘飞船,而不是摧毁它。"我说。

"就是这个意思。"普洛卓尔点点头,"船帆是整艘飞船上最脆弱的部分。大多数情况下,避免飞船互相扯到是航行的基本礼仪。"

芙拉伸出金属手:"但我们现在还在这里,还活得好好的,而且我们船帆的百分之九十九都还完好无损。如果那一炮是为了让我们丧失飞行能力,那对方这次任务完成得不怎么样,不是吗?"

"我还是有点担心。"普洛卓尔说,"如果真像我们估计的那样,有艘飞船在后面跟踪我们,那这一发子弹可能只是用来测距,摸清情况而已。对方可能还没精准掌握我们的位置,或者说是因为离得太远而没办法精准打击。但可以看得出,他们希望再继续靠近。"

芙拉本可以坚持自己的观点,但如果论证明显倒向另一边——就像现在这种情况——那她通常会选择放弃自己的立场,虽然这对她来说有点难。

"看来你已经认定有人在跟踪我们了,普洛卓尔。我不跟你争。但问题是,我们该如何应对?给对方发一份大字报,然后希望人家能收得到?"

"我在明,敌在暗。"我说,"我们只知道,双方在同一片空域,以及对方至少已经成功向我们发射了一次扫描脉冲。但即使我们明确知道他们的坐标,可以瞄准了,在报复之前也必须三思。"

"凭什么?"芙拉显然很不理解。

"因为我们要不惜一切代价,让人家相信,我们能打破这艘飞船永远杀人无情的死循环。"我用掌跟敲了敲桌子,加强语气,"我们谋财,但不会害命。这不是演给别人看的,这就是最真实的我们,以及我们今后要保持的姿态。"

"我们是**被人开炮打中**了欸!"芙拉怒目圆睁,好像这件事情极其简单,而我却又蠢又固执，死活理解不了。

"或许吧，"我承认，"应该说很有可能，但我们不能确定这是不是一个意外。如果我们以牙还牙，只会导致事态升级。同时还在暗示人家，他们已经成功破坏我们的飞船了——这本身就是条很有用的情报。如果我们用重磅炸弹加倍奉还，那只能让自己显得像博萨·森奈一样——杀人如麻，嗜血成性。但如果我们公开传呼，企图说服对方相信我们是善良的，那也只会暴露自己的确切位置。"

"所以你的建议呢？"

"我想先请秦杜夫给我们多加点离子推动力，这样好有机会离开对方的射程范围。目前必须暂停所有外勤工作，除非是那些就站在船体上或者离船体非常近的操作。不过其实这也等于在赌对方不会直接攻击我们。值班室里人要再多点，加强观察，密切注意扫描仪和传呼机，尽可能地修复帕拉丁的各项功能。同时，我们两个还要密切关注头骨的情况。"

"你有没有从头骨里听出点什么名堂？"

我叹了口气，放下心结，明白现在是非常时期，必须对所有人都更加坦诚相待，特别是普洛卓尔和秦杜夫。"确实听到了点。我觉得自己应该是触及了另一位读骨人的思维，而且对方应该了解我们的身份。我明显地捕捉到了'**夜叉**'这个称呼。而且在对方感受到我的存在之前，我觉得对方很可能是在试图向外联系别的读骨人，或许是在尝试报告情况。"

"好一番推测。"芙拉冷笑。

"确实，但我们被击中这件事也不过是一番推测。现在大家手头有的信息只有帆闪、扫描脉冲，还有就是帆布上的几个洞，所以一切都只能是推测。但我很清楚自己当时的感觉，而且我也倾向于相信自己的直觉。那艘飞船，不论是什么身份，都不是在单独行动。"

"知道这些有用吗？"芙拉心中的不安都快溢出来了，"我们必须继续改造飞船。再过3个星期，就能清楚地看到目的地了。我们必须在此之前完成所有工作。"话虽这么说，但当我俩的目光相对时，我还是看得出，她勉强能接受我的提议："如果再来一次射击，留很多人在索具上太危险了。这个问题确实也不容忽视。"

"不如推迟抵达时间吧。"

"如果真有人盯上我们,突然减速在人家看来肯定很奇怪。"普洛卓尔说,"我们本来还稍稍领先,没理由不全速前进。"

"她说得没错。"芙拉深深地吸了一口气,继续道,"唯一的解决办法就是更快、更高效地干活,在更短的时间里取得更多成果,而且出外勤的人手也要减少。之前我和苏桐花了8个小时,只是为了切开一片包层,已经够惨的了。更何况用喷射器等于和子舰抢燃料,我们的供给本来就所剩无几了。"她抬起下巴,"但是我们知道,只要够坚定,就能切开任何东西。"

"不。"我直截了当地否定了她。

"我们也不打算开闸门了。"普洛卓尔说,"除非这艘飞船哪天自己变成一扇死亡之门。"

芙拉继续反驳:"如果这项工作搁浅,最后就真的可能沦落至此。幽灵族的这些东西本来就是我们的,我们不应该害怕使用自己的合法物品啊。"

"这些玩意儿实在令人毛骨悚然,我不喜欢。"秦杜夫一句话道破了所有人内心的想法,"但如果它们能帮助我们加快完成工作……"

第二天早上,大家都醒了以后,我就和芙拉去找钥匙拿幽灵盔甲。记得上次用这些盔甲和武器,还是为了偷袭博萨,之后就一直把它们锁在藏骨室附近的一个金属库里,藏在一侧线圈炮炮台的长廊上方。之前我和芙拉经过协商,都同意了这一安排。但队员大换血之后,所有人为此大吵了一架。有人坚定地认为,应该直接摧毁幽灵盔甲,或者尽早把它们丢进太空。

没人喜欢这玩意儿。

幽灵盔甲——既是衣物,又是武器——是一种古老的技术。它们来自"毒方石",藏在镶金的宝箱里。芙拉曾多次向我讲述过这段冒险经历,每次的修饰美化都很少,几乎全是事实。我也在《凿凿之言》中读到过她对此事的描述。

他们第一次打开这些箱子的时候,里面看上去是空的。

幽灵族的技术有一个特点,就是当人直接看它们的时候,它们能躲过人的意识。所以,如果想观其全貌,必须用眼角余光来看,而且动作幅度也不能太大。多瞥几眼，就可以看到玻璃头盔、玻璃胸甲、玻璃铠甲、玻璃肩章，还有玻璃刀、玻璃剑、玻璃枪——其实称其为"玻璃枪"并不准确，但是想不出更好的名字了，只能先这么叫着。

有时候，我也会拿着钥匙去储藏库，冒险开门往里看。直接环顾四周是本能反应，每次都改不掉，导致我每次都以为幽灵盔甲不见了。原本我以为，它们通过某些诡秘的手段自己逃走了，只留下了光秃秃的墙壁。

但是后来，我学会了强迫自己的眼睛不再那么专注地盯着，而是转向一边，开始认真想象和储藏室无关的东西。然后——也只有这样——我才能瞥见一丝玻璃质感的边缘，感觉好像能描述其形状，但话在嘴边就是说不出。不过，我只是想确定一下幽灵盔甲还在金属库里没动过，这样就够了。

"我们只要拿可以用来切割的东西就行了。"芙拉也沉默了好久，应该是和我经历了同样的心理历程，半信半疑地在想盔甲还在不在，最终好不容易才说服自己东西没丢。"枪太危险了，而且再多拿盔甲也没什么好处。"

"也许现在不是使用的时候。"

"有人在追我们，亲爱的姐姐。"她的语气温柔，稍带怜悯，好像我已经忘了有人在追我们的飞船，"如果真的有一天，我们必须用到它们，那就是现在。"

"你真的害怕了。"看得出，她一往无前的精神被这件事打破了，我有点惊讶。

她看起来也很惊讶。

"是呀——你不害怕吗？"

"怕。不过也没什么不好的，而且很高兴你也有被吓到。至少这就证明，博萨对我的影响还没有太深。对你来说，荧光也没有控制住你。"

芙拉伸手去拿刀，故意转移视线，这样才好让金属手指摸到刀柄，而不是刀刃。

"你还记得自己上一次拿刀是什么时候吗？顶着我喉咙是吧，如果我没记错的话。"

"你个忘恩负义的家伙。"我讽刺地冷笑。

"哦,我不是在怪你——有什么可怪你的呢?那是博萨在你脑子里植入的精神错乱,它当时还在你身体里徘徊。但现在我们已经把它逼出来了,不是吗?没事了。"她打开我的手掌,轻柔地把刀放在我手上,仿佛给我的是一条鲜花制成的项链,"看到了吗?我完全信任你,就算你拿着幽灵刀,我也不怕。如果我怀疑你身上还有哪怕一点点博萨的影子,你觉得我敢这么做吗?"

"我想,你迟早会看到它的,不管用哪种方式。"我的声音很平静,似乎心都已经死了。

"我能不能信任你?"

"不能。"我回答,"不只是我,任何人都不能全信。"

"姐姐,你是不是有话要说?"

"你很容易屈服。"

"屈服?"她一脸疑惑。

"当时他们的选择与你相悖,我以为你会大吵大闹。没想到你居然就非常平和地接受了他们的决定。"

"啊。那按你现在的口气,我怎么感觉你会更希望我大力反对,然后把自己的意愿强加在他们身上?"

"也不是。"我说,"完全不是。但我后来就忍不住开始想,如果你这么容易就放弃了,那之前所谓的'优选',到底算个什么?"

芙拉平静地回道:"我听说,荧光可以让人看见不存在的阴谋。它能把一切背后嚼舌根都夸大成背叛,把最亲密的朋友变成敌人。但有荧光的人难道不是我吗?又不是你。"

两人突然就陷入了尴尬的沉默。我说多了,以至于把一种模糊的感觉变成了切实的怀疑。芙拉在对话的过程中,也没有采取任何行动来平息这种怀疑。如果说她真有行动的话,也不过是适得其反地进一步坐实了猜忌。但我们俩肯定心知肚明,再多说任何一句话都于事无补,只会让情况更糟,于是双双闭嘴。带着这种忧虑和责备,我们取出了其他能用来切割的工具,也就是小刀、砍刀、剑——所有这种带刀刃和刀柄的东西。我们必须小心翼翼,因为手里拿着这些锋利的刀具,一旦滑倒,什么东西都有可能瞬间碎成两半,博萨的队员早就吸取过这种惨痛的教训了。我们一把切割工具整理好，就立刻锁好金属库。不过在此之前，还是又仔细确认了一遍，所有东西都在原处。整套流程下来，我们姐妹俩依然无言，所有的交流——如果这真的算得上交流的话——都是通过冷漠的眼神和礼貌的点头来完成的。

至少，目前没有任何坏事发生。

我们重新安排了一下轮班，现在观察室里没人的时间大大减少，每天只有几个小时。我和芙拉尽可能在藏骨室里多待待，有时候两人一起。如果两人同时在场，芙拉一定会把自己的不情愿藏好；也有时候是单独一人，不过往往是我一个人去，芙拉没空。我责备过她，说过这是她应负的责任，但她很少能听得进去，对头骨的厌恶之情已经溢于言表了。不过我也懂，除了外星人头骨的低语，她还要应付自己头骨里的荧光，已经够累的了。我们俩都忘不了好友贾瓦尔的遭遇：他时常半夜惊醒，被雷卡摩尔这艘飞船上的头骨逼到了精神错乱的边缘。虽然说他对自己的实际能力有所夸大，加速把自己逼上了绝路，但我们也不急着去迎接和他相同的命运。

除了上述调整和忧虑升级，工作又回到了正轨，只不过速度更快了。幽灵族的工具确实让一切更轻松了，不用与船体结构苦苦斗争真是好啊。有任何不满意的地方都可以马上切掉，不必纠结。当然，我们也很小心地避免砍到重要的东西，而且很多东西的移除都是有技巧的，以后要是用得到，还能安回去。

到了第 18 天，成果已经很清晰地摆在我们面前了。飞船外貌得到了明显的改善，应该很快就能达到预期效果了。

我和秦杜夫已经把 1000 英亩的帆挂好了，我俩的手指也变得越来越灵活。映着罗网布，这些亮色帆布显得格外醒目，就像银光闪闪的窗户直切黑洞洞的天空。

"我总觉得看着怪怪的。"秦杜夫犹豫了好久，还是说了出来，"不过我挂索具的方法应该不会错。而且大多数人要是看到有一张很大的普通帆，一般也就不会想到要去找看不见的东西。"

我同意他的说法。这也是目前能想到的最好的分散注意力的方法了。等到我们接近港口时，无论如何我们都会把帆收进来的。到那时，所有人都会把目光集中在飞船的主体部分上，而大伙儿已经针对它充满攻击性的外貌轮廓完成了惊人的改造。她们用帆布把较大的尖刺和倒钩贴住了，掩饰了它们的锋芒，就好比谁都不知道防尘布遮盖下的家具是什么形状的。

帆布不厚，很容易被撕裂，但现在涂上了一层加固填料，就是我们用来修补船体泄漏的那种制剂，于是变得够结实了，能满足我们的需求。线圈炮口也做了同样的处理，用帆遮住了大部分，但还故意留了几个让人看见，表明我们仍然有一定的自卫能力。对接舱的下颚部分周围也加了一层帆布，盖住利齿。

可惜，那对露着凶光、满是轻蔑的"眼睛"和满目疮痍的船体几乎是无药可救，那些遭受博萨毒手的人在上面留下的血迹已经无法清除了。好在大家已经在最难看的地方铺好了厚厚的帆布，又尽力涂上颜料，给黑漆漆的飞船增添了些许亮色，打破僵硬的线条，让飞船整体看上去更有亲和力一点。只能点到为止，因为把飞船修饰得太过漂亮反而会让人觉得刻意。但我看来，那种刻薄的气息依然挥之不去，但好歹还是得到了改善。这张面具虽然有些地方很薄，随时有被人拆穿的危险，可已经比原来好太多了。

我们边工作边前进，每小时都在离圣公会更近一分。芙拉在《凿凿之言》中，多次提到这里的星球有多美丽，尤其是当占据有利位置远眺时，更是无限风光尽收眼底。我猜，这和看房子是一样的道理，从寒冷的街角找个好位置，房子看起来总是更吸引人。仰望那些豪宅，看着那些透出暖黄色灯光的窗户，总会不自觉地开始想，如果能在这里面生活，该有多幸福。但要是真住进去了，却发现温暖和舒适往往让人透不过气来。不过，我也不是在说那些星球看起来不漂亮。秦杜夫在忙自己的事情的时候，我也会短暂地沉浸在这番美景中。

古日几乎看不见了，太多的星球挡住了我们的视线，几百万个星球在各自的轨道上自得其乐地运行着，好比远处阴暗的角落里有一盏古老的灯笼仍在散发微弱的光，成群结队的鱼儿从前面游过，把灯笼挡得严严实实。这里的星球大多数无名无姓，也无人居住，甚至可能几乎没什么人去过。在圣公会所有的星球选项里，人们只能在其中两万个上生存，而且无一例外，这些星球都是能抓住大气的。

但古日的光可不会偏心，均匀地洒在每一个星球上。每当光线被反射出去，无论是从星球上还是从荧石上，又或是从特意放在宇宙中帮助飞船航行的镜子上，光线总会以某种方式发生折射或变色，由蓝变红或由红变紫，让人感觉5000多万个星球都是万花筒里摇曳的彩色玻璃碎片，它们存在的目的就是让光线不停地闪烁跳动、翩翩起舞。太迷人了，简直如入催眠之境。整个圣公会呈现出来的色彩就像晚礼服或夜光厅，也像摆在珠宝箱天鹅绒衬里上散发着柔光的稀世珍宝。想到我们现在不得不放弃所有快乐和奢侈，我都有些想家了，这没有什么羞于启齿的。在现在这种时刻，我的信念开始动摇。我经常会不自觉地开始盘算返回墨珅陵的可能性，想放弃这种只有冒险的新生活。回家也许不在今天，也不会在明天，而是在我们拿到更多圜钱，刚好够我们安心退休以后。但思绪到了这里，我又会开始想那栋巨大却空荡荡的房子，如果它没有被父亲的债权人收回，应该会一直等待我们；我还会想起那块小小的三尺土丘，父亲最终还是进了那里，和母亲团聚了。这些又让我冷静下来——好像也没什么可想家的了。

同时，我还会责备自己：还有事情没完成呢！怎么能现在就想回家？虽然说，芙拉应该更清楚我们现在所作所为的目的，我并不十分了解，但责任感不允许我在当下分心。

第八章

虽然轮班安排调整了一下，但依然有6个小时的时间是两组人同时在外面，飞船里只会留下两个人。

值班进行到第4轮的时候，留在飞船里的两组人会有一组要穿上航天服，加入外勤的队伍，而此时原本就在外面的人要接着再熬一轮外勤任务。我仔细盘算了一番，感觉这正是偷看芙拉日记的最佳时刻。

芙拉和苏桐在第19天的时候轮到了双外勤班。斯特兰布莉和普洛卓尔也跟着一起出去值第4轮了，我和秦杜夫留在里面。第3轮结束的时候，我俩已经做完了所有家务，泡了茶，打了牌，聊了聊索具和船帆。秦杜夫快乐的低声哼唱越来越频繁，我都觉得烦了。突然，飞船抖了一下，这是常见的小毛病，厨房里的状态板上亮起了一个黄灯。秦杜夫摇了摇头，倒也不是沮丧，只是有点烦——刚刚的颤抖和状态指示灯表明离子发动机的某处电路出现了常见故障。

"我去去就来，保证不会太久。"他这样说着，好像我们这一分别就没有机会再见面了似的。

"没事的，秦杜夫，正好我也想去翻一下《万星卷宗》，查点东西。查完我就打算睡了，不工作的这些时间反而让我觉得很困。"

"如果你不太想去芙拉房间的话，也可以用我那本。"

很显然，他想帮帮我。

"谢谢，但控制室里就有一本，我对那版比较熟悉。"

"感觉舒服就好，安德瑞娜。"

秦杜夫收起黏土烟斗，向船尾大步流星地赶去。我等了好久，确定他不会提前回来。四周一片寂静，只剩其他4个人在外面工作时，磁靴在船体外侧踩踏，偶尔发出砰砰的声响。

我走进控制室，在周围转悠了一两分钟，仔细看了会儿控制器、屏幕，以及水晶浑天仪——把它们当作最精致、最珍贵的东西一样欣赏。但其实我这么做，主要还是为了鼓足勇气，进入芙拉的房间。进门之前，我还打开了一个锁住的书架，拿出《万星卷宗》。万一秦杜夫突然回来，我可以装出看着书陷入深思的样子。

也不只是为了装装样子，我确实翻阅了关于斯特里扎迪之轮的条目。书上是这么写的：

> 斯特里扎迪之轮：轮状星球，位于第37宗族群。轮辐将星球平均分为4块，有一固定轮毂，在枢纽和边缘都有充足的停泊设施。周长19里格。外圈皆已加压，适合居住。此处只有一个主要定居点，即"无尽港"，是一个绵延不断的城市群，宽度较小，铺满整个边缘地区，目前人口34万。斯特里扎迪之轮曾一度相当繁华，但近几个世纪以来陷入沉寂，建议未来游客……

这就是所谓的背水一战吧。我猛地把书合上，一蓬灰尘从书页间喷涌而出。我还是把它攥在手里，手心的汗水把封面都染黑了。然后，我走进直通芙拉房间的连接门。我从来没想过门会不会上锁这个问题，如果她在我不知不觉中养成了这种习惯，我肯定会气得直骂人。可话又说回来，当我真的成功把门推开的时候，只是松了半口气——毕竟门要是锁着，至少就有借口放弃我的计划了。

我对妹妹的感情可能没人能够明白——我真的很爱她，也很欣赏她的能力和品质，感激她为我所做的一切，但是想到她做事的动机，我又心存怀疑和芥蒂。旁人看着，可能觉得我很奇怪、很冷漠、不近人情，我也基本无话可说。唯一的辩驳，就是我敢确定，我们姐妹对彼此都是这种感觉，而且这种状态早在飞入太空之前就已经存在了。这是童年阴影吧？两个年龄相仿的女孩被关在一起，只在家里接受教育，不见外人，相互之间的陪伴很大程度上成了唯一的救命稻草。我们自娱自乐发明的大部分游戏有一个共同点，就是要向对方隐瞒一些信息或意图。也就是说，从很小的时候起，我们就在心里种下了不完全信任对方的种子，而且两人也都觉得这没什么大不了的。

不信任感一直延续至今，只不过"游戏"升级了。我不相信芙拉脑袋里的荧光对她有这么大的影响，同时也害怕它进一步恶化，但这只是我所有担心的一小部分。她这些年来发生的变化已经大到让我快认不出来了，有时候，想要理解她的想法根本不像从前那样容易，更不用说预判她的下一步行动。我知道，她肯定藏了一些心事不愿与我分享。从她的角度来看，我知道，她对博萨·森奈在我身上进行的电击、化学、心理改造顾虑颇深。我不停地说，现在那个女人对我的影响已经完全没有了，可我自己都不信，又怎能希望仅凭一句话就能让妹妹感到足够安心呢？她肯定是担心我在演戏，伺机而动，一有机会就原形毕露。当然，我大可以指出，住在博萨房间里的人是她，沉迷囫钱和因果报应的人也是她，但这又有什么好处？

事实是，我们身上多多少少都有博萨的影子：我是外因使然，被人打上了烙印；而芙拉则是被逼无奈，自己主动变得残忍，否则从一开始就不可能杀了博萨。但无论如何，木已成舟，互不信任的心结早已开始不断固化、生长，就像回声，每反射一次就会加强，而我却完全想不出该如何补救。

当然，像我现在这样偷偷摸摸看她的私人物品，肯定算不上什么补救方法，但我铁了心要看她的日记。

我转身关上了房门，但没上锁。我停了一会儿，确定外面的踩踏声还在响，也没有迹象表明秦杜夫已经回厨房了。

帕拉丁是最吸引我眼球的东西，他的头上闪着微弱的光，成了房间里唯一的照明来源。整艘飞船上的其他地方到处长满光藤，而这间房间的墙上却一枝

第八章

都没有。是芙拉特地禁止的。

"有什么可以帮忙的吗，安德瑞娜小姐？"

"哦，我没事，谢谢你。"我压低声音回答。

我走到他身边，注视着利用磁力固定在桌子上的物品——日记本、墨水瓶、镇纸、圜钱，这些本来都是博萨的东西，再往前推，应该是特鲁斯科船长的。还有几本不同版次的《万星卷宗》，其中有一本比我手中的这卷要早出版很多年。芙拉的冒险自述——《凿凿之言》——也摆在上面。我信手翻开它，就像前几次一样很是自然。无论我最近对妹妹有什么新看法，她坚持不懈创作这本书的精神总能深深打动我。

封面是从雷卡摩尔船长以前的一本书上拆下来的，是他自编的1384年版《万星卷宗》。这张封面可以说是我们和前老板为数不多的看得见、摸得着的联系物了，对我也有重大的意义。我用手指轻轻拂过封面内侧的大理石花纹纸张，它早已陈旧缺损，又经历了博萨的摧残，几乎支离破碎。可能是高度紧张的缘故，我发现了一些以前从来没注意到的东西。书的下方一角有块地方，大理石花纹磨光了，几乎露出了底层材料。看起来是故意为之，而不是长年累月翻动造成的磨损。直觉告诉我，好像这边原来有写一些什么东西，但现在已经擦干净了。

我把它放到一边，毕竟我不是冲着这个来的，然后转头去看其他日记本。我很容易就能认出它们。两本都摊开在桌上，显然芙拉之前一边在写，一边在看另一本。上面都用圜钱压着，我顺手把钱挪开，还好奇地瞥了一眼面值，看完才意识到，自己现在面对高面值的圜钱竟然毫不在乎。日记本随即从桌面上飘了起来，我伸出空着的一只手去抓。

"我真的什么忙都帮不上吗，安德瑞娜小姐？"

"她有没有命令你一切事情都对我保密，帕拉丁？"

他的中继器里传来了飞快的嗒嗒声，听着有些焦虑，就像父亲以前在楼下客厅里放的股票价格收报机。那时候，还有值得他盯着的股票。

"我有义务尽自己所能，保护二位主人。"

"也就是说她有可能下过这道命令，我只是猜啊，但这和你的深层程序设置有冲突。除非她让苏桐把你重新连接一下，改变忠诚属性。"

他的嗒嗒声更多了,还出现了频闪。

"我将坚定不移忠诚侍主,外部任何影响都对我无效。我随时为尼斯姐妹效力,但不是奴隶,而是有自由意志的机器,是诞生于第12朝的机器人。我是一名战士,职责就是保护他人,经核实也是塞斯特拉莫尔最后一场雨的见证人。"

"我知道,我就不该问的。其实,对之前在墨珅陵向你说的话和对你的态度,我一直深感抱歉,这才是我该说的话。你还记得那个家吗,帕拉丁?还是说那些对你的破坏导致这段记忆消失了?"

"我曾有一段完整的生活经历,后来又开启了第二段,现在是全新的第三段。我还能记起很多,但大部分都忘记了。安德瑞娜小姐,您从来没有自己说的那样不近人情。我有好几次没能圆满完成任务,就该受您责备。"

我已经知道了,直接"审问"他,是得不到任何有价值的信息的——当然,我也不希望让他承受不必要的痛苦——于是我开始自己扫视办公桌,尝试寻找容易发现的线索。

有两张纸被并排压在一起,显然是从航行日志或类似的书上撕下来的。上面全是整整齐齐的表格,附有印刷注释,内容都是手工填写的。一张上的字体正常可读,另一张则是有棱有角的文字,十分奇怪,不能一下就认出是什么字,但我觉得应该是某种代码。

我将目光锁定在能看懂的一张上,开始仔细研究这些条目。

1796-7-4	15:00	辐射风增强,数值:8→9。为防患于未然,收起太阳帆
1796-7-19	03:00	风平浪静,但预计在未来几次观察中会发现中等强度的太阳活动
1796-7-30	09:00	减弱,数值:8→7。咨询意见可用,但谨慎起见,应在星形线圈上保留防滞留装置
1796-9-13	18:00	风平浪静,正在全速前进
1796-9-14	09:00	尝试时间风平浪静,士气稍倦怠
1796-9-21	12:00	突发太阳风暴,数值:10→11。传呼机和扫描仪无法工作。出动全部没坏的吸尘器收帆……

第八章

显然，我看到的这些是每艘航天飞船都有的常规记录。两张纸的印刷方式不一样，但都有一列从上到下的日期，我认得出的条目都是关于对太阳活动变化的观察，以及船长的应对措施。

我一瞬间恍然大悟。

"这本天气日记是特鲁斯科船长的，对吗，帕拉丁？"

"没有人告诉我文件的来源，安德瑞娜小姐。我接受的命令只是将这些条目与加密日志中的进行比对。"

"你说的是博萨·森奈的天气日记吧？两艘不同的飞船，但受到了相同的天气事件影响。嗯，总体来讲应是如此。"

"像现在这种情况，我不做评论才是明智之举。"

"没事，你不必评论——我自己可以把各个线索串起来。这些天气记录并不完美匹配——也不可能完全一致，除非两艘飞船在同一空域航行——但这些材料已经够你大显身手了，不是吗？她是想让你借助天气记录来破解博萨独有的代码！"

帕拉丁的嗒嗒声和频闪都停了下来。

"是我做错什么了吗，安德瑞娜小姐？"

"没有……你完全没犯错。你做得很好。如果博萨是用代码做的记录，这就是我们能读懂的唯一方法。"

日记本还攥在我手里。两本上面都有扣子，要是锁上了，我就没办法了，但芙拉没有上锁。于是我打开其中一本，一页页翻过去，上面都是同样有棱有角的文字。翻到约一半的时候，页面就空白了。

这是博萨·森奈的私人日记，我心想。此处的中断，应该是因为她不幸碰上我妹妹回来找她，日子到头了吧。

我回过头翻阅那些写得密密麻麻的几页。墨色时淡时浓，但看起来都像是同一个人写的，我不该对此太过惊讶的。如果博萨在跟踪其他飞船的过程中一直有写日记的习惯，那她的心思可不是区区一个本子能记得完的。手上这本只是最近的一本，毫无疑问，如果我能看到更早的几本，博萨不断使用精神控制，让别人帮她完成一切的行径马上就能暴露无遗。如果没有芙拉来救我，我马上就要变成下一代博萨，很快，书上的笔迹都会是我的。

　　文字整块整块塞满了每一页，不留一丝空白，不给眼睛一丝喘息的机会。但每隔一小段，有一部分就会标出红色下画线。我太了解这些红线了——大家也都一样。这是芙拉专属的墨水，她就是用这瓶墨水写的《凿凿之言》。

　　我拿起书凑近，眯起眼睛看她画线的部分。标出的地方总是一个类似的符号，有点不同但是区别甚微。

　　我敢确定，这是一个特定的词或特定的短语。

　　我把本子放回原处，用圜钱压住边角，恢复成来时的样子。

　　然后，我打开第二本日记，翻看了其中几页。我只需要瞄一眼就能认出芙拉的笔迹——已经和童年时期不一样了，不过区别不大。虽然她现在右手已经是锡制金属的了，有些僵硬，但这总比学用左手写字简单很多。这些字写得很用力，就像刻在岩石上的宣言，有一种紧张的压迫感，仿佛所有的愤怒和挫折都从她的指尖宣泄到了墨水上，把墨水变成了一个一触即发的陷阱。

　　我快速浏览了几页，发出柔和的沙沙声，在令人窒息的寂静中，它却显得如磨刀霍霍一般锋利。我突然听到船体上脚步声变重了，立刻停下来认真听了一会儿。这是一个警告，表明外面的人打算回来了，但此刻没有人在走动。

　　这些条目写得零零散散，没有排成一列。后面一般完全空白，前面也到处是空白，从没有哪一页是由上至下完完全全填满的。我觉得自己能猜到原因：芙拉这是在翻译博萨日记的几个部分，但还在起步阶段，没办法系统地译下来，只能先从零散的开始。

　　我重新翻开第一本日记，开始核对。果然，如果一页上有三个带下画线的部分，那芙拉这本的相应页面上就有三个片段；如果没有下画线，那另一本的这一页就是空白的。

　　我试着读了一下译文，很少能见到完整的句子。

　　　　我们今天丢掉的这块罗网布，如果卖出去的话，起码能赚 100 万圜钱……

　　　　被我抓到在自己房间里藏私房钱，显然是在打算跳槽……

第八章

　　按目前市场价来估，差不多值 600 万到 700 万……

　　这个小东西能让她联想到圌钱，但显然不是……

　　往他肚子里塞满圌钱，好让他长长记性，别和我作对……

　　这笔生意不得不做，所以忍痛割爱，按原价付了对方钱……

　　一阵阵恶寒袭来。我知道，现在手里拿着的东西，短时间内芙拉是不想让我看到的。我应该在看到什么不该看的内容之前，把它放回原处。

　　但是我控制不住自己。

　　我本想轻声低语，却没想到近乎是吼了出来："圌钱，不管单数还是复数，是不是就是你要的关键词？这就是你工作的方法吧？找出所有这些单词出现的地方，然后翻译前后几句话。帕拉丁，我说的对不对？"

　　"我只是在按吩咐行事，安德瑞娜小姐。"

　　我的心在狂跳，手开始颤抖。我之前只知道芙拉很在意圌钱，她想多了解一点博萨沉迷的东西也很合理，没什么可责怪的。但到现在，我才第一次看见，她一直在破解博萨的秘密代码，更确切地说，在有条不紊地努力挖掘有关圌钱的详细信息。关于看天气报告这件事，芙拉没有四处宣扬。对她来说，保持缄默是很难的，她这是下了多大的决心！

　　我继续往后翻看日记，手指还在颤抖。一个词——一个名字——映入眼帘。它在一些翻译过的片段里被一同画进去了。

　　在圌钱这件事上，可以信任兰庚沃。

　　如果要找个人代我拿着圌钱，最好找兰庚沃，而不是找拉斯特里克或者穆勒礼。当然，我还是尽快自己来吧。

　　让兰庚沃乘子舰出去了。我告诉过他，如果不想被我搞死，最好机灵点，多带点圌钱回来，一枚是肯定不达标的。我送过他一枚灵瞳当礼物，他就以为我会对他网开一面。其实我只不过是为了让他更卖命地工作而已。

我继续快速浏览，一种不祥的预感开始蔓延，刺得我额头隐隐作痛，就像夜里盗汗一般难受。

兰庚沃躲起来了，带着我的圈钱一起。如果他够聪明，应该不会和别人提起我的名字。不过真正的聪明人从一开始就不会选择与我作对。他最后肯定会把我供出去的，决不能让这样的事情发生。哦，对了，我也不介意把送他的礼物收回来。

这些碎片在我脑子里面拼凑起来，形成了一幅画面，虽然只知其大致轮廓，但也已经够了：博萨被迫与圣公会边缘处的文明做生意，这种买卖应该很少有机会能见到，而且对她来说是必不可少的。显然，肯定不是当面交易，而是要通过自告奋勇的中间人才能完成。这个兰庚沃，要么是博萨的一个队员，要么就是她觉得信得过的代理人。于是博萨把钱给了他，让他乘子舰出去完成交易。后来兰庚沃潜逃了，带着博萨的钱一起消失，随时可能暴露博萨的秘密。

接下来，博萨描述了自己采取了哪些措施去寻找兰庚沃。无非就是她惯用的那些伎俩：暗中收集信息和各种风言风语，再听听头骨的低语之类的。兰庚沃负了博萨，而博萨呢，又从来不会让事情就这么过去。她发誓一定要找到兰庚沃，让他再也没有机会开口——一猜便知，她肯定已经想好了一系列的酷刑——这样就再也不会有人产生与自己作对的愚蠢念头了。

一定得找到他，狠狠地折磨，弄死为止。

就我看到的这些内容而言，博萨追捕兰庚沃的决心一直没改，但同时，她也被另一些同样紧迫的事情困扰着。我很快就明白了，其中一件就是要和伯尔·雷卡摩尔解决一下之前结下的梁子——或至少说算笔旧账。这就导致后面的一系列事情环环相扣，最后像多米诺骨牌一样，把她引入死亡的陷阱。而兰庚沃到现在依然不知在何处，活得好好的。

我不知道他明不明白自己有多幸运，才没被挂在那块黑色的帆上。

还有另一件事也引起了我的注意。我盯着看了好一会儿，才敢确定自己的想法。

博萨对兰庚沃的藏身之处做出了好些猜测，其中最有道理的几个都被芙拉写下来了。与其说她把这些地方写成一列，倒不如说是刻在一列，每笔字迹都比之前压得更深，看得出此时芙拉的手已经重得像灌了铅一样，写字十分费劲。

大多数名字我都完全没有听说过：

珀斯柯岭

罗斯特峻

赞克塞

希尔坞

但有一个我知道，而且最近特别熟。这个地方列在名单的最后，妹妹用她专用的墨水不仅画了线，还打了个圈：

斯特里扎迪之轮

我合上日记本，放了回去，再三确定和我刚找到时放的位置一模一样。
"帕拉丁，我接下来说的话你要听好。"
"在听，安德瑞娜小姐。"
"我不会要求你撒谎。就我所知，你没有对我撒谎，对此我很感激。但是我能不能请你先装作什么事情都没有发生过，不要主动报告我们的这次谈话和我来过房间这件事情？当然，如果芙拉直接问你，那我也就不强求了。"
"这道命令不同寻常啊，安德瑞娜小姐。"
"你这么想也没错，但我没有要求你故意撒谎，也没有要求你隐瞒信息。既然如此，我相信这是你能力范围内的事情。"
"我能问一下，您这道命令的目的是什么吗？"
刚刚偷看芙拉日记的时候，我感到身上一阵一阵恶寒，但现在却仿佛有一股热浪从心中涌起。我算是完全看明白了，不仅是我，其他所有队员都在不知不觉中变成了她的同伙，亏大家还在为违背了她的意愿而感到有点不好意思！卡司洛岷人疯狂仇恨博萨这件事情或许不假，但芙拉特地把它不留痕迹地加入谈话，就是因为她完全能预计到这个情况会对我们产生什么样的影响！我奸诈狡猾的妹妹啊，她把大家都当成提线木偶了吗！

我想起了之前把刀架在她喉咙上的情景，当时她在与博萨持续斗争，第一次在藏骨室发现了我。我感觉自己找回了那一刻的愤怒，却不想压制住它，而是任其发展。希望它能点燃我的内心，变成一道金色的光，充盈我的身体。

"目的……我还在考虑。"我回答。

我并不打算因为这次背叛而杀了她，甚至都没想要狠狠地惩罚她。她依然是我的妹妹，但有些伤感情的事情，可能不得不做了。如果她这么神神秘秘、怀疑一切的行事方式是脑袋里的荧光所致，那我心里一定会原谅她。但若真是如此，只会让我决心加倍，更要采取一些行动，不然我就真的永远失去芙拉了。

我又检查了一遍，确定东西没乱，才敢离开房间。无论如何，她最终总会知道我来过的，但是——如果在帕拉丁这一环没有败露——她什么时候发现这件事就要看我的决定了，而不是看她自己。

我关上连接门，在控制室里逛了一会儿，又看了看水晶浑天仪，满脑子想的却是芙拉怎会如此精明，让我心甘情愿变成了说服其他人的工具。想到自己这副蠢样我就犯恶心，仿佛从某种意义上来说，我就是她的帮凶。

"妹妹啊，"我感叹道，"我们怎么就走到这一步了呢？"

脚步声再次响起，在船体外侧哐哐作响。显然不是一个人，而是很多人一起在快速移动。我于是离开控制室，回到厨房，打算摆出一副熙熙而乐的面孔，装作对真相一无所知。

秦杜夫走了进来，满脸焦急，眉头打成了一个结，下巴都快翘到天花板上去了。我不知道为什么，竟仿佛看到一个娇生惯养的婴儿，马上就要撒泼哭闹了一样。

"离子出问题了吗？"我很好奇，到底是什么让这位猛男如此困扰。

"没有没有，安德瑞娜，但外面的人比我预计的进来要早。现在还没到轮班时间，这说明有什么不妙的事情发生了。我有种不祥的预感。"

"对接航天服和飞船的传呼机有传来什么消息吗？"

他摇摇头："这玩意儿和飞船上大多数破东西一样，只有高兴的时候才工作。"

船体四周都响起了脚步声，朝着主闸的方向移动。我和秦杜夫互相点了点头，在无声中达成共识，立刻冲向船闸。船闸在厨房下方，船坞后面，一边是储藏室，另一边是控帆装置的内部机械，它就夹在当中。即使不穿任何装备或航天服，到了那边也会感觉很挤，但我可以在飞船上的这些犄角旮旯里穿梭自如。

我们到了船闸的时候，飞船正好在向太空中释放氧气，发出"啪"的一声巨响，我耳朵都快被震聋了。不过这一声告诉我，外面的人满脑子只想着立马回来，连通常的礼节都不在意了。我们氧气储备量虽然是够的，但这么急匆匆绝对不是什么好兆头。"说明有什么不妙的事情发生了。"秦杜夫的话在我脑中回荡起来。

主船闸很大，可以同时站4个人。我把门打开的时候，果然大家都在里面。我扫了一眼，快速在脑子里面进行盘点：芙拉没事，已经开始摘头盔了；苏桐和普洛卓尔也没事，至少我看不出什么问题；但斯特兰布莉很不对劲。

她被大伙儿扛在肩上，血汩汩地淌在四周，猩红的血沫似乎是从腿的下半部分流出来的。我心中一颤，下意识地用力咽了口口水。毕竟是血，见到总是会感到不安的。芙拉伏击博萨之后，飞船上到处是血，我也不是没见过，但我之前已经好不容易把它和其他相关的事情一起，逼进了记忆的最深处。

"发生什么了？"我直接望向芙拉。

"我传呼过了。你们两个死哪里去了？为什么不回？！"

"我们这边传呼机没响。"我沉默了一小会儿，等着秦杜夫点头证明，"但我们现在不是已经在了吗？所以到底怎么了？"

"我猜是又有人朝我们开炮了。"苏桐还戴着头盔，声音有点遥远，"帆破了，飘出60里格。我们都离它很远，但当时横杆处于紧张状态，向后折断了，斯特兰布莉被卷了进去。好在线圈没把她割碎，但她滑了一跤，手里还拿着幽灵刀……"

"我没有……滑倒……"斯特兰布莉拼尽全力挤出这几个字，显然处于极度痛苦之中。但我还挺高兴，能说话至少说明她意识还是清醒的。

"大家来搭把手，把她送到手术室吧。"普洛卓尔有些上气不接下气。

我和秦杜夫赶紧从普洛卓尔和苏桐手中接过斯特兰布莉，她们这才有机会去摘头盔，稍稍恢复一下力气。她们扛着斯特兰布莉那么久，显然已经快筋疲力尽了。还好，去医疗室的路不长。控帆装置后面藏着一条窄窄的暗道，我们沿着这条路走了一小会儿，就到了医疗室。这个房间紧挨着线圈炮炮台，就在藏骨室前面不远，可谓"麻雀虽小，五脏俱全"。

博萨保留了一个房间用来做手术，但治疗只是它的次要用途。她将这个房间命名为"仁心室"，在这里面实施的大多数却都是刑罚，尤其是那些会用到药物、电击、刀具之类的残酷手段。当然，她也会在这边实施"治疗"：扭曲一个人的忠诚，打破从前的是非观。有些手段会涉及手术，有些则依赖电击和药物，但有一个共同点是不会变的，那就是毫无仁心可言。我在这个房间里面待了太久，现在一分钟也不想多留——那段日子里，日日夜夜，她的低语在我脑子里挥之不去，试图逼我接受她的思维方式，把她腐化的灵魂碎片注入我的体内，永远留在我心里；那段日子里，不分白天黑夜，她把电极按在我的皮肤上，又或者给我注射灼热的液体药物……一靠近这个房间，这段痛苦而漫长的时光就会出现在我脑海中；进了门，那些残酷而复杂的记忆立刻会涌上心头。我仿佛感觉，体罚别人的邪念明明很陌生，但又完全是我原本的一部分。博萨有时候也对我不错，应该是因为把我看作继承人了吧。她或许觉得，我能完全变得和她一样，因此把体罚保持在最低程度。其他人就没有这么幸运了。如果她想杀鸡儆猴，一些没有利用价值、不必留全尸或不必有理智的可怜虫就会被关进仁心室。至于干什么，就不必多说了。呻吟声、尖叫声、呜咽声顺着通话网络传出去，传遍飞船的每一个角落。

但毕竟这是个手术室，里面的物品可以做合理利用，如果完全闲置起来可就太浪费了。因此，我们封了通话网络，把那些除了折磨人之外没有任何用途

第八章

的装置全部拆掉，统统扔光，留下了一些可供处理小毛病的东西。

"会没事的，别怕。"我一边安慰斯特兰布莉，一边把她放到长皮沙发上。这个沙发既是床，又可以用作手术台。

"我没有……滑倒……"斯特兰布莉重复了一遍，"不是我的问题。刀折了。要不是有人朝我们的帆开炮，也不会发生这样的事情……"

"我们真的被人攻击了？"

"没错。"芙拉的语气非常肯定，眼睛和太阳穴周围的荧光变得更亮了，"我如果想出办法，绝对要扳回一局。你们处理完以后来我房间一趟。"

"那么现在幽灵族的那套武器在哪儿？"我问普洛卓尔。

"还在外面。"她一边回答，一边帮斯特兰布莉把衣服一件一件脱下来。斯特兰布莉腿上的伤口还在往外冒血。"锁在箱子里，跟我们正常换班的时候一样。"

飞船外壳上有个箱子，是我们在改造外观的时候，为了存放工具而焊在那里的。"你看见事情发生的全过程了吗？"我随口一问，感觉她们工作的时候应该离得不远。

没想到，普洛卓尔竟猛地摇了摇头："没有。我当时在解一团缠起来的索具，它们沿着船壳的曲线绕上去了。回来的时候，斯特兰布莉已经受伤了。帕拉丁在短程扫描仪上有看到什么吗？"

"也没有。你们回来的时候我才刚知道。"

"还好她的航天服压力没往下掉。"芙拉冷漠的眼睛一抬，正好与我对上。

"幽灵刀的刀刃大概只有几个原子那么厚。"普洛卓尔说，"所以即使切进去很深，把衣服都割穿了，拉出来以后也只会留下一个细微的豁口。"

"对不住了，斯特兰布莉。"我把她伤口上那块破损的衣物拆下来，她痛得大喊一声。压力盔甲下面有几层布料保温层，用软管缝在了一起，这些东西是帮助调节温度的，现在全都被血浸透了。但我观察了一会儿，感觉出血情况已经有所缓解了，可能是因为下面的伤口形状规则，也很细小。

"这个应该有用。"苏桐抽出药柜，拿出一个注射器。

"你知道这里面是什么东西？能确定吗？"我小声问她。

苏桐点点头。我害怕她会不小心给斯特兰布莉注射了什么博萨的惩罚药物，她既然这么确定不是，我也就放心了。普洛卓尔、秦杜夫和芙拉已经帮忙把斯特兰布莉上半身的航天服脱掉了，所以苏桐可以撩起她的袖子，在上臂进行肌肉注射。苏桐的动作非常熟练，斯特兰布莉几乎立刻就从剧痛中解脱了出来，眼睛一下模糊了，几乎失去意识，轻松得有些飘飘然。

我凑过去检查伤口，血迹斑斑的布料现在已经被剥掉了。伤口在她左腿上，约小腿的一半处的位置，膝盖骨和脚假如连成一线，伤口就在外侧一点。豁口约有我小拇指那么长，看起来就像被纸划了一道长长的口子。

"还好，不算最糟。"苏桐的声音很温柔，像在陈述事实，又像在问我。

"嗯，对。至少腿保住了。"我回答，"但这是我们接手这艘飞船以来见过的最重的伤，不能冒任何风险。伤口必须进行清洗缝合，但是其他的我们也无能为力了，只能祈祷骨头、神经和循环结构没有损坏。"

"哟，你还学过医？我怎么不知道？"芙拉说。

"没有啊。"我盯着她沉思了很久，真的很想把在她房间里看到的东西一股脑儿说出来，狠狠地骂她一顿，"我说的这些不过就是常识罢了。可能有航天服的面料插进伤口了，必须及时拿出来，要不然可能就麻烦了。如果帕拉丁的身体部分还在，还可以扫描伤口，可惜他只剩下脑袋了。"**就这个脑袋还在给你尽心尽力做高级翻译呢**，我在心里默默加了一句。

"清理的工作我来。"苏桐翻箱倒柜，从药柜里找到了需要的东西，"但我没给人缝过伤口。"

秦杜夫自告奋勇："我控帆算不上最行，但是缝合之类的事情干过不少，应该可以缝得好的。"他想了几秒钟，"但是不留疤是不可能的，不然她以后讲故事都没素材了呢。"他低头看了眼自己精心设计的指关节，上面全是疤痕和瑕疵，但他却流露出一种奇怪的爱意，"我们都会爱上疤痕的，我们都会的。"

"废话少说，缝就完了。"芙拉转身，背对躺在床上的斯特兰布莉。

就在转过去的一瞬间，我注意到她还没脱下的衣服上好像有什么东西，就在左边袖子上的控制电池里。

"你说你传呼过我们？"

她猛地转身，面对我。

"对，还不止一次，没人睬我。"

"你把频道调错了。"我看着控制器点点头，"要么是你过船闸的时候不小心撞了一下，要么是把对母舰和对子舰的按键记反了。"我耸了耸肩，想到这样就证明了我和秦杜夫没有在工作时间睡觉，很是满意，"你们所有人一起进来的时候，我们就猜到出事情了，都用不着你们开口。"

芙拉的脸愤怒地拧在了一起，不过很明显主要是冲航天服发火，不是在冲我。

"烦死了！"

"你真的打算报复对方吗？"我问道，"我都不知道要向谁开炮，更不用说朝哪里瞄准了。"

"马上就知道了。"芙拉冷哼一声。

第九章

按照芙拉的要求,我去她房间见她。芙拉坐在办公桌前,神情自若,仿佛完全无事发生——就好像没人攻击我们,斯特兰布莉没受伤,她姐姐没有闯进来看她所谓的私人物品。我甚至在想,在其他情况下,如果我动了她的办公桌或者其他东西,她会不会注意到有异常。虽然她脸上的怒气未消,决心不改,但荧光依然被她完全压制着。我也找不到任何迹象表明她对我产生了新的怀疑,当然,那些已经伴随我们几个月的长期猜忌也没有消失。

"我觉得斯特兰布莉应该没什么大碍。"我硬着头皮,先开口,"如果伤口能清理干净,秦杜夫能缝得漂亮,就都没事了。如果哪个环节出问题的话,我们过两个多星期也能到达目的地了,那边的药品肯定比飞船上的多得多。"

"我们可能会更早一点到。"芙拉说,"你来的路上有顺便看一眼水晶浑天仪吗?"

"我该看吗?"

"你应该还记得,浑天仪上有荧石,也就是长杆上的红色弹珠,伸到太虚之境里。"

"你别跟我说要去绕一下荧石,我不可能答应的。"我让她赶紧打住,不给这个念头任何生根发芽的机会。

"我有说过要去吗?"芙拉看起来有被冒犯到,"燃料已经够紧张的了。欸,不是,我是想让你注意一下那颗黑色的小弹珠，就是现在和我们离得很近的那个。"

"我还以为那也是块荧石。"

"曾经可能是吧，也可能是一个有人定居的星球，或者普通岩石之类的。它现在无名无姓，是因为没有出现在任何海图、历书或星历表里——至少你我肯定都没见过。"

"那我就不……"

"这是个吞噬兽。"芙拉叹了口气，对我反应那么慢感到恨铁不成钢，"一个没有星球包裹的吞噬兽，赤裸裸、完完全全就是个吞噬兽。独自在宇宙中飘浮着，围绕着古日转，有自己的运行轨道。"

"这种东西不可能存在。"

"你的意思肯定是这种东西**不应该**存在，按理来说是这样的。但有些时候，吞噬兽确实会不受控制跑出来。就比如某个星球被摧毁的时候——虽然这种事情很少发生——而吞噬兽是不会被毁坏的。于是它摆脱束缚，像挣脱铁链的龙一样飞走了。我们没听说过吞噬兽单独绕古日旋转，唯一的原因就是，星球毁灭的力量足以将它们送入太虚之境，永远离开古日的影响范围。不过，居然还有一个留下来了。"她伸手去拿一个装订精美的本子，"博萨知道它的存在，还知道它的轨道参数。信息肯定很老了，对特鲁斯科或者雷卡摩尔这样的人来说，早就失去了意义。但她一直在记录吞噬兽的位置，我们真是走运。"

"所以我们肯定能躲开它？"

"不，要让它帮我们一把。"

"你开什么玩笑？"

"我一点没开玩笑。我们定的路线本来就是要靠近它的，虽然不会靠近到一个很危险的地步，但是去确定它的位置应该是没问题的。你还记得我们以前一起看过的书吗？就是上面有彩色小板的那个。吞噬兽像空中飘浮的小型棱镜一样，能使星光发生折射。我想到时候用望远镜观察一下它，确保我们的轨道没错。之前定好的计划不变，但我要先叫帕拉丁和秦杜夫稍稍调整一下航线，让我们可以离吞噬兽更近一点。"

"让我们离远点才是你该做的事情，飞船现在的情况又不好。"

"帕拉丁说了，只是表面看起来情况不好，就算斯特兰布莉现在不能参与工作，再轮几班也都能修好了。我们现在继续保持全速前进，到非常接近吞噬兽的地方再开始减速，不让追击我们的人看出任何苗头。然后我们必须快速收帆——要比之前每一次都更快。只要再过一小会儿，吞噬兽的引力就能帮到我们。"她伸出金属手指戳开镇纸，另一只手在桌上画出一条弯曲的路线，"我们要大力向舷内转，改变航向，动作必须果断快速，甚至要突破帆和离子组合推动力的极限。"

"目的呢？"

"你还不明白吗？我们要出其不意，打对方个措手不及。就算他们已经确定了我们的位置，也不可能预料到会有这样一次急转弯。于是他们肯定会陷入疑惑，因为他们对这个吞噬兽一无所知。我们就可以趁机胜过他们。转弯的时候，我们要扫描他们一次。虽然这么做会暴露我们的位置，但是对方大概率会怀疑自己的读数，并冒险自己再扫一遍。那个时候，我们就能百分百确定下来他们的坐标。而且还有一个额外好处，到时候敌人的舷侧就在我们面前暴露无遗了。我们就可以让线圈炮火力全开，烧死他们。"

"你真那么想杀了他们？"

她突然有点心虚地说："当然，我要惩罚他们。他们袭击了我的飞船呢！"

"我们的。一炮致残。"我纠正她。

"把这事告诉斯特兰布莉吧。"

我本想揪住这句话责备她两句，毕竟不久之前，她对斯特兰布莉的身体状况还漠不关心得让人心寒。但我只是微笑了一下："你这么一顿操作，听起来倒像是博萨会喜欢的赌法。敢用对自己都可能造成威胁的东西发动突袭，而且毫不留情。"

芙拉抬起半边眉毛："所以呢？有什么问题吗？"

"我们一直在努力和这个女人撇清关系。你确定要这么干，让我们看起来更像她吗？"

"如果我们迫于生存需要，必须采取某种行动，那我就觉得别无选择了。亲爱的姐姐，除非你有更好的提议。"

我嘴巴紧闭,除了说要坚持原路线和祈祷好运降临以外,我想不出任何有价值的方案。这一点,她心里一清二楚。

"我提不出替代方案,但不意味着我被你的计划说服了。应该和其他人讨论一下才对。"

她挥了挥手,表示允了,仿佛女王在显示仁慈,赐予下人一些小恩小惠。

"没问题。"

"幸好博萨记录吞噬兽的时候不是用特殊编码写的,否则我们永远都不会知道这件事了。"

"我在破译她的加密编码,已经有一些进展了。"芙拉漫不经心地顺口说道,"不过当然,是帕拉丁在帮忙。"

*

那天以后,飞船上只有三个话题,还总是交替出现,纠缠不清:斯特兰布莉的身体状况,敌方的性质,芙拉构想的赌博。

"我不喜欢这个主意,一点都不喜欢。"秦杜夫听了以后立刻表示反对——我感觉,他应该是在替所有人发言,"但也不是说完全实现不了。"

"为什么我们一定要把自己逼到收帆的地步?"苏桐问,"人手本来就不够了,而且对方还随时可能向我们的船帆发动更多攻击。"

"吞噬兽周围可能已经吸住了一些太空垃圾。"我回答道,"所以我们要注意保护好船帆,态度要和靠近荧石和某个星球的时候一样,不能松懈。但是我们会和吞噬兽靠得很近,飞船会感受到明显的引力,就像一个面团被擀面杖滚开了一样。如果不收的话,帆和横杆会被扯断。"

"我对吞噬兽一点好感都没有。"普洛卓尔像个报时器一样,每隔一段时间就会重复一遍这句话,生怕有人忘了。

"我确实有听人提起过裸露在外面的吞噬兽。"苏桐说,"也一直不确定自己是不是真的信了。但我敢确定,我肯定不会同意飞近它,更何况我们又不是迫不得已。"

"它们不是什么恶魔,上面也没有闹鬼或者被人下诅咒。"我开始劝大家,"只不过是为了满足当时需要而人为造出来的东西,而且在大部分情况下,它也能满足我们的需要。"

"我听说是喀岩族创造的。"苏桐若有所思,"或者是象牙族。"

秦杜夫摸了摸下巴:"我听说的版本是刺尾族。"

"反正不是外星人。"我说,"吞噬兽的存在历史不比任何一个星球短,甚至可能和圣公会本身一样长。是我们——和你我同类的智慧生命——把8个旧星球的碎石破瓦收集在一起,用这些东西创造出数百万个新的星球。但是材料剩下好多——多得足以创造无数个吞噬兽。那些人把吞噬兽放到新的星球里,这样一来,人们就可以像在地球和火星毁灭之前一样,在地面上正常行走。"

"我对吞噬兽一点好感都没有。"普洛卓尔又来了。

我铺开一张帆布,上面已经画好了路线以及后面几步关键行动的计算结果。我们的轨迹是一条曲线,由度一点点增加,在接近吞噬兽黑色的石棘时,近乎弯成一道螺旋。

"这些数字帕拉丁已经核实过了,"我说,"完全可靠,而且这样做一举两得。第一,我们能获得一个朝向斯特里扎迪之轮的推力,也就是说如此走一遭,我们就能更快到达目的地——如果斯特兰布莉那时候身体还没好的话,这就能帮上很大的忙。第二,别忘了还有一艘飞船在追我们,在他们怀疑自己读数的几分钟内,我们能占据有利的进攻地位。他们迟早会气势汹汹地来打我们的,但在此之前,我们有机会先发制人,打得他们头破血流。"

"我还以为会更血腥一点呢。"苏桐朝秦杜夫狡黠一笑,仿佛有所暗示。

"我知道大家现在是什么感受。斯特兰布莉的事情,各位都很气愤。报复是肯定的,我们会以牙还牙,但点到为止,不要过分了。我们会表现出克制——这是博萨永远不可能做到的事情,但我们可以,我们又不是她的船员,对吧?"我看了一眼大伙儿,等待他们表示肯定。大家虽然有点不情愿,但最终点头赞同了。"那艘飞船来追我们,肯定不会是无缘无故的。对方一定觉得我们是'夜叉'号,是'猩红女士'号,这很正常,我们没理由怪他们,不是吗?可以想象,他们在某次偶然情况下发现了我们,而我们从外面看起来完全就是圣公会里最令人讨厌和恐惧的飞船。要是有哪位船长灭了博萨·森奈，此人不仅不会受到任何人的责备，恰恰相反，还能得到世人的盛赞。但显然敌人现在想活捉我们，那我们也就礼尚往来好了。火力全开，朝他们的舷侧开一枪，不用帆弹，而是用重型弹头。我们的目标是尽量破坏他们的船帆，瞄准的时候要离船体远一点。飞船上的扫描仪能精准定位，而且博萨的枪炮远程射击表现也很出色。就算我们不小心瞄歪了，弹头和他们的船帆擦身而过，我们的意思也应该传达清楚了。对方会意识到，我们明明已经尽在掌握，完全可以实施更大的破坏，却证明了自己的善意。这样一来，我们到时候靠港登陆也会容易一些。"

"我对吞噬兽一点好感都没有。"普洛卓尔还不忘继续重复。

虽然大家的反对意见不少，而且每一条都难以反驳，但芙拉的计划最终通过了。所有人一致同意，与其等着敌人再向我们开一炮，还不如靠近吞噬兽放手一搏，而且大家也都摩拳擦掌希望回击。既然心意已决，就不能有任何闪失。3天后就会进入吞噬兽的影响范围，必须由帕拉丁进行专业协调，让控帆设备发挥最大用处，再加上我们这些还能穿航天服的人的配合，多方努力才可能让船帆达到预期效果。单单这些工作量已经很大了，可我们的其他准备工作还没完成呢！如果说之前的状态可以称为"忙碌"，那现在就是天天处在耐力的极限。

唯一的好处是，我们只需要专注眼前的实际情况，不必再考虑任何其他问题，只要工作、吃饭、睡觉就足够了。在那几天的苦差中，我几乎完全将芙拉的欺骗抛在脑后，甚至开始怀疑自己是不是误会了她日记里的内容。也许她是在我们做了决定**之后**，才知道兰庚沃的事情呢？这人正好躲进了我们选中的地方也不是不可能啊，一切只不过是一个巧合。但在内心深处，我始终感觉事实不是这样的。

我休息的时候，或者解决基本生理需求的时候，就会努力不去想芙拉，而是去想斯特兰布莉。大家空下来了，都会尽可能多地去看望她，了解一下她的恢复情况。

慢慢地，大家都发现，斯特兰布莉的恢复速度并没有我们所期待的那样快。苏桐是飞船上唯一一位懂点医术的人，她处理伤口的时间越来越多了。虽然已经尽力清干净了伤口的表面部分，但实在是处理不到最深处。

苏桐其实也不是什么专业医师，只不过她是我们当中唯一一个听过几段医疗传言的人。虽然这些传言本身也漏洞百出，但总比我们强，而且她也知道如何使用飞船上常见的药品。糟糕的是，她的识字水平让她很难看懂药物名称，更别说使用说明了，而且她完全没有手术经验。我们已经尽最大努力为斯特兰布莉医治了，苏桐每天给她换一次敷料，清理一次缝合处。由于没人能做得更好，于是大家同意让苏桐少出一点外勤，在斯特兰布莉好起来之前都让苏桐陪着她。

我闲下来的时候去探病，看着那道小小的划痕，很难想象这么小的伤口居然会让她寸步难行。但我时刻提醒自己，插入她体内的是幽灵刀，而不是什么普通的钝刀。幽灵族的东西从哪个角度讲都很怪，不管是外观还是穿盔甲、用武器的感觉，永远让人感到诡异。这种潜伏的危险和怪异显然会让受害者更加痛苦，即使是意外受伤也不例外。

最开始几天里，斯特兰布莉的情况还挺稳定，只不过是醒着的时候经常昏昏欲睡，难得抱怨一下各种不舒服，头脑清楚的时候坚称自己没有犯错。但是伤口竟完全没有消停的意思，周围的皮肤不久就变得又红又肿，而且恶化得非常快。

和吞噬兽交汇的前一天，斯特兰布莉突然开始发烧了。

"伤口我清理过了。"一行人吃着面包、喝着啤酒在讨论斯特兰布莉的状况的时候，苏桐特地强调了这句话，好像生怕我们怀疑她。与此同时，芙拉待在房间里，正和帕拉丁一起完善计划细节。

"别自责，要不是有你和奏杜夫，斯特兰布莉还不知道会怎么样呢。"我紧紧盯住她的眼睛，确保对方能感受到我的真心诚意。

普洛卓尔突然想起："那间屋子里有手术工具。"

"而我们没人知道该怎么用。"我叹了口气，"我们又不可能把斯特兰布莉的伤口切开，然后待在原地，默默期待达到最好的效果。我们现在唯一能做的就是尽量减少她的痛苦，希望她的身体能自己抵御感染。"

"那如果抵御不了呢?"苏桐问。

"那或许应该把缝线拆了,打开伤口再冲冲干净。"普洛卓尔提议。

"绝对不行。"我斩钉截铁地反驳,"苏桐这两天的工作已经很谨慎了。再打开伤口只会徒增感染风险。我们还是保持现状吧。斯特兰布莉身体挺强壮的,我们几个也能随时支持她。"

"在我看来,不管有没有吞噬兽,我们到斯特里扎迪之轮的速度都还不够快。"苏桐拿起一块面包,看到了上面绿色的霉菌又嫌弃地丢掉。

"大家都知道,我们有很多事情要做。"普洛卓尔说,"但有几个细节一定不能忘了。得明白,我们还没绕过吞噬兽,这是当务之急。但如果不注意一些其他事情,恐怕之后会有麻烦。"

"其他事情?"我实在猜不透。

"这艘飞船上所有东西的名字和历史,亲爱的。我们总不见得称自己为'复仇者'号的队员吧?芙拉和别人介绍自己的时候,也不可能大摇大摆地说'我叫芙拉·尼斯'啊,太容易让人联想到博萨了,这不就是把自己往火坑里推吗?我猜都不一定能找到机会坐下来,把事情解释清楚。我当然是希望能自己找个空好好说说了,而不是等谁先拿刀架在我喉咙上。我是想说,我们得编个故事出来,先缓一缓,渡过难关再说,等准备好了再考虑怎么解释。谁想登陆的话,都必须先编一个新的名字和一段经得起推敲的过往。你也一样,安德瑞娜。"

"我觉得还是过一阵子再考虑这个问题吧。"

"不行,现在必须思考起来了。有人要是问起我们的名字、国籍、始航港的相关信息,我们总不见得告诉人家'您稍等一会儿,我们得编一个圆满的故事,一个小时内能给您答复'吧?"

"那我们得开始忙另一种完全不同类型的工作了。"我有点绝望,感觉这事无休无止。

"你以前和我说,你对编故事写剧本之类的事情非常感兴趣。"普洛卓尔拍拍我的肩膀,"是时候大显身手了。"

*

我们不能提前启动扫描仪，也不能提前开枪射击，但线圈炮效果怎么样我心里其实没底。之前上这艘飞船的时候，我们把特鲁斯科的飞船残骸当作目标，单独测试了一下它的功能。现在环境条件基本一致，没理由怀疑它的效果打了折扣。但我们毕竟没有向舷侧开过火，也没有尝试过快速连续射击，挑战它自我冷却的极限。

敌人在向我们的船帆开炮的时候，肯定使用了追击武器。这些武器排布在飞船的长轴上，依次发射。如果我们用船尾炮进行反击，特别是连续发射的话，就很有可能发出热信号，暴露位置。

我从来没有想过要去研究武器装备，精通其运作，但博萨怎么对待我，可不是我能控制的事情。她一认定我最有希望成为她的继承人，就非常热衷于给我全方面灌输各种武器知识，不仅是自己拥有的，连可能被用来对付我们的各种武器也都不放过。线圈炮是最常见，但同时也是最有效的舰载防御武器之一。

线圈炮根据电磁感应原理工作，利用脉冲场将惰性弹头加速到能造成破坏的速度。电感线圈多重缠绕，因此产生的热量不易消散，热量聚集，迟早会传入导轨，致其弯曲或收紧。这样一来，首先瞄准精度会下降，紧接着穿透效率也会下降，最终整个武器完全瘫痪。唯一的补救措施就是让它休息一会儿，给足冷却时间，等待其恢复全部效力。但若长时间火力全开，线圈炮很有可能会被烤得无法恢复。最糟糕的情况是——普洛卓尔告诉过我——烤坏的线圈炮还有可能出现无法预料的破坏性反冲，整艘飞船都有可能因此丧失性能，甚至完全毁坏。不过在这种情况出现以前，过载的枪炮发出的热信号早就完全暴露了这艘倒霉飞船的位置。

博萨这些大炮属于武器中的精品，保养良好。她曾经向我狠狠炫耀了一番，那骄傲的神情，就好像这些都是她自己的凶器一样。双重加劲导轨，三绕组螺线管，以及锯齿状的冷却鳍，都让这些线圈炮像魔鬼一般恐怖。飞船上的水可以给它们进行额外制冷。每门炮都能从船体外手动发射，或从内部半自

第九章

动发射，当然也可以内外结合，全看船长决定。它们连在一对双重瞄准控制台上，一个在主控制室，另一个在船长室。

在船长室的那个控制台现在由帕拉丁来管，我们在经过吞噬兽的时候，只有让帕拉丁来控制这些威力巨大的线圈炮，芙拉才放得下心，因为只有他的计算速度和瞄准速度才足够快。

但首先，我们必须确定，线圈炮靠得住。

"我们转向之前，对方应该无法直接看清我们侧翼的情况。"帕拉丁说，"所以，进行一次简短的试射是可以的，基本没有被发现的风险，而且我能保证不会让任何一门炮过热。"

根据之前大家共同商定的结果，测试演习的时候，飞船要背对古日开火，这是为了防止任何游离的子弹飘进圣公会的轨道，而不小心击中某个星球或是某艘飞船。这次也不例外，我们瞄准空中某个空白点，先对每一门枪炮进行单独测试，然后是统一测试。

一切准备就绪。但上一次试射还是针对特鲁斯科船长，这事已经过去好几个月了。武器发出的巨大噪声和那气势汹汹的样子让我们一下子变得六神无主，明明已经身经百战，却慌得像第一次上战场。一开始，一连串硬邦邦的咣咣声从船头到船尾有节奏地依次响起，仿佛食人魔挥舞着巨大的金属槌猛烈敲打船身。每响一声，线圈炮都无法完全吸收后坐力，会猛地抽搐一下，力气大得好像把飞船吓了一跳。**咚，咚，咚，咚**，接连不断，直到最后一炮打完，才又归于平静。

然后，舷侧万炮齐鸣，"抽搐"已经不足以用来形容当时的情况了，整艘飞船都在剧烈抖动，那后坐力似乎不把船体上的每一块合板震开都不罢休，那声响倒不如说像受到了重击。

"再来。"芙拉倒是很急切，她对复仇的渴望已经让脑袋里的荧光完全挣脱束缚了。

帕拉丁遵照命令又连开了两炮，左舷的线圈炮试完了，我们又用右舷、背侧和腹侧的炮台重复演练，以防万一，还需要再补两炮。随后又开始使用左舷的，直到帕拉丁说必须冷却了才停手。然后得重新填充弹药，这一步在飞船内就能完成，大家都上了，连芙拉都亲自动手帮忙。

"我去看看斯特兰布莉，顺便跟她说一下，世界没有崩塌。"苏桐边说边从耳朵里掏出一对软垫耳塞。我一拍大腿，后悔自己怎么没想到这么个好办法！

"还没完全结束呢。"芙拉说。

"帕拉丁说，炮组的性能和我们预期的完全一样。"我看她还意犹未尽，赶紧阻止。

"嗯，我信他。但我们之前都是在往空中开火，所以这些炮到底能瞄多准，我还不太放心。我有一个想法，姐姐，你也应该会同意的。而且我觉得，在这种时候，更应该让那个女人的最后一具尸体再发光发热一下。我一直觉得，这种人不配像普通人一样被埋葬，现在这么处理倒是再合适不过了。"

我花了好一会儿才反应过来她在说什么。

之前提到过，博萨已经超越了人的范畴，她的灵魂可以四处寄居，代代相传，所以船上有24具尸体都可以说是属于她的。现在我们还剩下她死前寄居的最后一具尸体，那个躯壳曾经属于伊利瑞亚·雷卡摩尔，后来被博萨抢去，变身成了这个恐怖的女人。我们让那个身体活了很久，想让她说出点秘密——但大部分时候，我们都觉得自己被耍了。我始终认为，她从来没有违背自己的意愿，告诉过我们什么真相，即使到了死前最后一刻也没有。真要说起来，我们从来没有摆脱过博萨，甚至从一开始就没有摆脱那23具悬浮在玻璃瓶防腐液中的尸体。这些人都已经没了生命体征，但可能是出于某种依恋情绪或虚荣心，博萨并没有把它们处理掉。

事实证明，留着还有点用。芙拉用这些尸体具体干了什么，我不细说。我只想告诉大家，没了它们，芙拉不可能完成《凿凿之言》，现在对最后一具，芙拉也想到了类似的用途。我们之前已经把其他23具尸体连人带瓶子一道扔进了太空，还有一些博萨为装未来尸体预留出的空瓶子也都被丢掉了——要不是有妹妹，终有一天我也会对号入座。但我们把最后一代博萨留了下来。现在，我明白了芙拉的意图。

"我们说过要把她送回雷卡摩尔家。"我摇头，"回到家乡，回到出生的地方。咱俩也都一致认为，至少我们欠她这么多回忆。"

"我们没欠伊利瑞亚·雷卡摩尔什么回忆。她遭受博萨毒手,早就死在仁心室里了。从那一瞬间起,这身体已经不属于她了。"

我也不确定自己有没有被芙拉说服,也开始认为这种行动方式是有必要的或庄严高贵的。但总有些时候,顺着芙拉的心意会让事情变得容易很多,此时此刻应该就是一个。于是在等待武器冷却这段时间里,我和妹妹一起去了趟保存尸体瓶的地方,那里放着博萨·森奈遍体鳞伤、残缺不全的遗体,而曾几何时,她还是伯尔·雷卡摩尔的掌上明珠。我们好不容易把她那灰绿色的尸体从液体中搬出来。闻着她身上刺鼻的防腐剂味,两人忍不住皱起了鼻子。随后,我们赶紧把它运到最近的船闸上。

"我知道,你肯定会像食尸鬼一样不停地回来。要不然,我还真想祝你能在平静中寻找到永恒。"芙拉双手夹住它的脑袋,掰住那张五官全失的脸,让它直面自己,"你也辉煌过啊,博萨。你有过一艘飞船、一队船员,也在世界上留下了自己的印记。但现在都是我们的了。我带走了一切,也带走了你的命。再过一两个世纪,我们两个又会被所有人忘记。岂不妙哉?"她俯身在博萨的额头上吻了一下,"现在,赶紧滚出我的飞船。"

我锁上门,让船舱里充满氧气,这样一来,外侧闸门打开了以后,氧气就会冲出去带走尸体。有点浪费,不过没事,我们的氧气储备量够大,飞船上茂盛的光藤也能保证氧气新鲜。

完事以后,我们回到了控制室,芙拉让帕拉丁打开闸门。"砰"的一声过后,尸体就出去了。虽然这一声在线圈炮面前就是小巫见大巫,但好歹还是能感受到的。

"追踪那具尸体到1里格之外的距离。"芙拉下令,"然后集中火力开炮。我们去左舷厨房窗口观察。"

*

我不是妹妹肚子里的蛔虫,不知道那一刻她在期待什么。或许她认为,大家会欢呼雀跃;或许她认为,一锤定音,果断消灭博萨·森奈——彻底摧毁她的最后一具遗体——能有助于顺理成章地充分确立自己领袖的地位。毕竟，是她结束了博萨的统治，还有什么比这更好的仪式来让她为自己加冕呢？线圈炮把博萨炸成一片灰色的云团，一朵由灰烬和尘埃组成的星云。灰尘消散，逐渐稀薄，中心部分恢复了夜空的黑色。可惜，大家的反应——至少在我看来——没她期待的那么激动。掌声和欢呼声固然有，但大家都很克制，纷纷匆匆忙忙地从窗口转回身来，急得都有点不礼貌了，就好像一件事已经做完了——这事很有必要——但事情一完成，大家就立刻想要逃跑，不愿再纠缠片刻。我们感觉自己像绞刑架旁冷眼看戏的旁观者，见证了正义的声张，但在一旁观看的行为似乎不仅玷污了正义，还玷污了自己的眼睛。

"欢呼起来吧！"芙拉举起双臂，鼓励大家拍手，"这不就是我们一直以来所期待的吗，朋友们？就是这一刻，我们洗掉了她最后一个污点。我感觉舒服多了——飞船上好像都少了一股臭味。哎！早在我们接手飞船的时候就该这么干的！"

"不过就是一具尸体罢了。"我冷冷地看着她，"如果你来得比较晚——如果真的不幸晚来一步——现在你要处理掉的人就是我。"

"不会的。"芙拉提高声音，响到让所有人都能听得清清楚楚，"不管怎么样，你都会及时逃走的，安德瑞娜，而我也把一切该做的都做好了。"

"嗯，我相信你。"我轻轻地回答。

我想到发生在伊利瑞亚·雷卡摩尔和在她之前的所有无辜受害者身上的一切，就会感到深深的厌恶，我恨透了博萨整条卑鄙的血脉。或许，其中有些人是因为贪婪而沦落到那样的地步，但我深信，有一些人——也有可能是大部分——是无可指摘、无从怀疑的。当然，我自己除了内心渴望冒险、想获得一小点独立资本以外，没做过任何坏事让自己活该被抓。然而，在博萨手下当"学徒"的那几个月里，我仿佛觉得，如果我确实配得上她这个名字和"夜叉"号船长的这个头衔，一旦它成为事实，那就只能说是命运的召唤，而且我仿佛早就看到了：我将获得一艘无与伦比的飞船和绝对的指挥权，手下的成员要么忠心爱戴我，要么不久就会被弄死，毕竟博萨不会给人任何折中的选项。最重要的是，我会继承这个能让圣公会里20 000多个星球闻风丧胆的名字。

第九章

　　我真的想让自己彻底断了这种念头，但不得不承认，它太诱人了。虽然这种命运对我来说已经彻底不可能了，但它还是时不时会牵动我的无限遐想。

　　我猜，我可能是最后一个离开观望窗口的人吧。那个时候，博萨·森奈已经灰飞烟灭，无影无踪了。

　　至少，在外面是这样。

*

　　紧张的情绪就像一只不安分的鸟，四处飞翔，停在每个人身上。这只"小鸟"在斯特兰布莉那儿已经停了很长时间，长得我都以为它已经安家筑巢，心满意足地伴她左右，即使她丧失生活能力也不肯飞走。现在斯特兰布莉病重，轮到苏桐开始紧张了。她时不时拦住我，问我有没有从头骨上获得什么新发现。即使不值班，她也很难把视线从扫描仪上挪开，生怕大家忽略了哪个小问题。苏桐的任务是修理各种物品并把它们连接起来，让外星人的小装置和我们的能互相联通交流。由于花了大量时间把东西拆开又硬拼到一起，她的指甲快断光了，每一根手指也都起泡了，虽然经常疼到忍不住把手放进嘴里，但她很乐意专心致志地干这份工作。飞船内部能做的一切她都担下来了，在外面，她总觉得有些无所适从。而且一旦到了外面，就必然会看到无尽的宇宙和空荡荡的天空，在丝绸般质感的黑夜里，似乎有什么东西潜伏着悄悄向我们靠近，一切都让人不可能不去想另一艘飞船的事。

　　她在轮班间隙逮住了我，我刚读完骨，正打算挤出去，她赶紧抓住我的胳膊。

　　"有听到什么吗，安德瑞娜？"

　　天天这个样子，我的耐心都快磨完了。我已经无数次告诉她，如果我真听到了什么值得报告的东西，肯定会第一时间先告诉他们，再去找芙拉的。"没有啊，苏桐。"我忍着气愤挤出一个微笑，"这次没有，上次也没有，再之前也没有。"

　　"可能敌人根本不存在，你觉得呢，安德瑞娜？"她这么问道，仿佛有一种孩子般天真的希望从她心中升起。

"不可能。虽然我也希望敌人走了,但我相信他们依然在我们身后。但芙拉这次……赌博,会让他们有理由重新考虑还要不要追我们。对方会知道的,一切只是一场天大的误会……"

"我就是在想这个问题。普洛卓尔说的话我听到了,芙拉的意思我也明白,但我还是不懂,如果我们只是……单纯想和对方解释一下自己的情况,真的会很危险吗?我是说,我们**有**无辜的,不是吗?我没记错吧?"

我笑了,这次是真心的,因为我和她一样,觉得越来越难提醒自己,这条路不是为自己选的。我们给博萨设了一个陷阱,她掉了进去,但我们这么干,包括把这艘充满敌意的飞船收为战利品,又不算犯法。"确实——我们有……啊,不,我们**是**无辜的……前面你语法错了哦。不能忘记这一点,哪怕一秒都不行。你说得没错,一切都是误会。但这场误会很棘手,要非常小心翼翼地解开,我们能做到的,苏桐,我保证。"

"我们的故事本身也不复杂。"她说,"如果我们把它简简单单地说出来,不去提一些细节——比如毒方石和幽灵族之类的——他们会相信我们的,对吧?"

"对,我们就这么说,只要时机成熟。"

她朝旁边瞥了一眼,压低声音说:"现在就可以,安德瑞娜——你我两个人,现在就动手。我们去传呼机那边,然后……"

接下来发生的一切,我没办法解释。

或者说,我**可以**解释,事情很简单,但我多希望当时没这么干。

我的脑中闪过一幅画面,既清晰又模糊,就像在报纸或者在信号不好的小电视上看到的那种雪花。苏桐弯腰贴近传呼机主控制台,仪表盘和按键的灯光照亮她的脸。她的脑袋稍稍偏离主控制台,转出一个诡异的角度,万一有人靠近,她就能及时发现,好加快速度赶紧收手。她把听筒举到嘴边,低声说话,冲着一片虚空地带漫无目的地讲,希望离我们最近的飞船能拦下信号,听我们解释,并恳求他们放弃追击和测距射击,因为我们是无辜的……

我认为这幅画面是一种警告,或者说是一种预感,预示着不管我是否合作，苏桐都要采取的下一步行动，至少是脑子里构想的行动。我简直忍无可忍，一股怒火在心中翻涌，给我一种前所未有的感觉。如果非要形容起来，就几乎是我把刀架在芙拉脖子上的时候，那种气得冲昏了头脑的状态。但那已经是几个月之前的事情了，当时博萨还活着——是她对我精神控制最严重的时候。

我还以为自己已经摆脱她了——或至少快成功了吧。

哎，完全没有。

我突然冲上去掐住苏桐的脖子，快速又野蛮，险些把她的颈椎折断。这个举动完全是自发的，是受到那股上头的愤怒所驱使，仿佛是来自身外植入的力量，又好像是我体内固有的冲动，自然而然地流过全身，向外宣泄。我捏住她一块皱起的皮肤，用指甲狠狠地抠了进去，苏桐疼得大叫。而我猜，就是这一声大叫化身仁慈之剑，侵入我的大脑，打破了魔咒，刺破了博萨对我的控制。我大口喘气，满眼惊恐，满心羞愧，怔怔地松了手。苏桐眼里的恐惧现在一定全部转移到我的眼睛里了。

"我不是……"我结结巴巴，几乎一句完整的话都说不全，"我不是故意的。对不起。我只是……"

我慢慢收回双手，知道自己已经被击败了。"就……这艘飞船……我以为你要……你要害我们，而且……"

苏桐喘着粗气。她沉默了好一会儿，然后伸手揉了揉后颈，被掐过的地方还有我的指印，那片皮肤毫无血色，深深凹进去，呈现出月牙的形状，过了好久才慢慢开始回血。

"没事的，安德瑞娜。"

"不，我问题很大。我从来不会……"

"真的没事。因为刚刚的人不是你，不是真正的你。"苏桐继续凝视着我，就好像盯着在装死的蛇，还是条满嘴藏着致命毒液的毒蛇，"我没猜错的话，刚刚是她吧？我们炸了她的肉体，但不管芙拉怎么想，仅仅这样是不可能完全了结博萨的。你的身体里多多少少还是会有她的影子，或许等到古日膨胀成红巨星了以后才会消失。"

"她已经不在了。"我坚持断言，也不知道是在尝试说服苏桐还是我自己，"我不过是……一时失控罢了。"

"或许是吧。"苏桐放下手，呼吸逐渐恢复正常节奏，"但接下来还有一个问题，你确定刚才那种事情不会再次发生吗？前面不过是她一闪而过，我可不想让她回来常住。"

*

后来，苏桐就再也没有提起这件事，我真的十分感激。我吓到她了，但同样我自己也被吓到了。这种怒气的程度完全可以和我在芙拉身上看到的那种匹敌，但我觉得自己更吓人，因为它是从我体内一下子爆发的，实在太突然了。荧光对芙拉的影响我都看在眼里，眼睁睁看着它重塑了我妹妹的脾气。不可否认，荧光让我感到害怕，让我对它的未来发展忧心忡忡。但荧光充其量只是帮凶，芙拉内心早就想做出一些改变，让自己的性格更加凶狠、心肠更硬一些，而荧光是她的催化剂，让她不得不从"莫内塔之哀"号上自救的那一刻起，就开始转变。我并不怀疑荧光会放大她的情绪，使她心情的高低起伏更加不稳定。但我不觉得，荧光本身是这些变化的主要成因。相反，它应该是与芙拉脾气的天然模式进行了一些呼应；当然在这个过程中，会施加扭曲和丑化作用，但它本身绝不是唯一的"致病医子"。

这和在我身上发生的事情不是一个道理，就算是在我掐住苏桐的那一瞬间，我也和她不一样。我对大家一直都很关切，是一种同志间的情谊，只不过好像收到了一种遥远的暗示：如果苏桐继续任由自己的恐惧膨胀放大，她可能就要采取不明智的举措了。但在某一瞬间，那种关切转化成了一种固执诡异、强悍霸道的命令，排除一切内省和深思熟虑，只是将一切想法付诸行动。我满脑子只知道要保护这艘飞船；在那一瞬间，苏桐在我眼里不过是一个故障组件，必须清除替换。

谢天谢地，她一声尖叫把我惊醒，要不然的话，我可能会当场失手杀了她。现在怒气消退，苦涩的悔意涌上心头，让我更加坚信那颗邪恶的种子依然埋在我体内。

这已成事实，无可争议。唯一的问题是，我能把体内残余的博萨的影子处理掉多少？既然我知道她还在，既然我知道她有多凶残，我真的还能靠自我意识压倒她吗？如果我能预判她在哪些场合可能出现，并努力与之对抗，我真的能阻止她吗？

我不知道，我也无从知晓。我猜，还得看情况吧，得看未来环境对我们的考验有多严峻，也得看我的力量和她的力量究竟会作何发展，孰强孰弱。

还有一点也不能忘记，那就是芙拉的行为能在多大程度上动摇我们俩的伙伴关系。

*

还好，我有编故事这个任务让自己分散一下精力，不去老想着博萨·森奈的事情。普洛卓尔在很多飞船上服过役，无论是时间还是数量，都超过我们所有人。她大概知道在哪些事情上面是有空间可以编故事、做文章的，不至于让自己把假的故事和真实生活、真实飞船的事务搞在一起。要不是她帮忙，我绝对做不到给飞船和所有人都想出一个新身份。

所以，只要没有困得眼皮子打架，只要手还握得住笔，普洛卓尔就会和我坐在一起，编一个能让大家统一口径的故事，好混过第一道关卡。这个故事必须真实，要能站得住脚——但又不能太有意思，以免引起对方深挖的兴趣。就像清洗斯特兰布莉的伤口一样，我们能做到的是很有限的。

"如果对方有人连着问两个以上的问题，"普洛卓尔说，"那就意味着人家已经开始怀疑了。这样的话，我们说再多也救不了自己了。"

我下意识地开始咬笔："如果真有人对我们这么感兴趣，那我觉得我们最好还是收拾收拾，赶紧跑吧。"

"得尽量避免犯错，不给任何人嗅出问题的机会，我们就可以很受人欢迎。如果我以前去过那里的话就好了，应该能想出更多办法。"

"你确定自己从来没去过吗？"

"我年纪是不小了,偶尔确实会忘了一两件事情。之前被博萨在脑袋上敲出一个洞,从那以后就更加雪上加霜了。但去过的地方肯定不会忘,遇到的人也一定会有印象。"普洛卓尔表现得非常自信。

《万星卷宗》里关于斯特里扎迪之轮的记载不多。可惜了,我们去的不是其他地方,要不然我们就可以说自己来自斯特里扎迪之轮,也没人能证明我们编的故事有漏洞。"

"对啊,所以我得找一个同样偏僻的地方,但不能在同一个宗族群内,也不能是飞船一开马上就能到的地方。"她突然灵光一现,整张脸似乎都被点亮了,"这样,你把书给我一下。"

我顺手给了她。她立刻开始翻阅,显然带着明确的目标。

"想到什么好主意了?"

"瑛笪沟。"说话间,她已经翻到了相关的一页,把书推到了我眼前。我立刻就明白了,它的条目也少得可怜。"蕾丝状星球,位于第 33 宗族群,不至于完全枯燥,但离那些繁荣昌盛、魅力四射的地方又不算太近。我去过一次,知道那边大致的情况,了解一些风土人情。我们就说那里是我们的始航港,也就是最开始制造飞船、配备船员的地方。"

"念起来好像还是有点难,就真的找不到一个听起来更像墨珅陵的地方吗?"

"如果真找到了,你还反而有可能说漏嘴呢。瑛笪沟只是故事的开始,我们不可能全部来自那一个星球,但要分配几个人到那里,好让故事合理些。这块就我来吧,你可以试试给飞船起一个名字,然后再想想在芙拉的想象里,大家该如何承认她船长的高贵身份才算令人满意。"

"那你就是认定要她来扮演船长的角色了?"

"要我说的话,这就是命中注定的结局,亲爱的。除非你能想得出别的情况。"

"如果她高兴的话,船长她可以一直当下去。"我的表情逐渐紧绷,多希望能把自己之前的猜想分享给普洛卓尔听。她是我们的救星,也是我的好朋友、我的知己,在她面前保守秘密让我感到很难受。但如果芙拉是个两面派的名声传出去，不知道之后情况会发展成什么样，也不知道对我们脆弱的小集体会造成什么样致命的打击！

我感到胸中有一股怒火在翻涌。我强迫自己冷静下来，试图用平和的思绪压制心中的愤怒；我努力去想一连串温馨愉快的画面，尤其是小时候芙拉对我的善意。

"怎么了？你好像不是很开心？"

我立刻给出一个微笑，说："没事，就是在想，如果故事编得不够完美，我们该如何渡过这一关。"

"我倒没有过度担心。"普洛卓尔投来一个怀疑的眼神，我慌了，害怕自己笑得太假太勉强，"大部分人都会撒谎，编造过去的经历，掩盖错误，夸大成功，就算是雷卡摩尔这样的大好人也难免会给履历绣绣花，让它变得好听一点。只要有助于我们前进，编个故事没什么大不了的。"

"我们要做的可不止绣花啊，普洛卓尔。"

"哎呀，不会有事的。我们又不是要去做什么特别复杂的交易，只不过是招两个人，储备点物资。如果斯特兰布莉到时候还是高烧不退的话，还得找个医生给她好好治治。这些就是很常规的事情嘛，没人会觉得稀奇的。"

"最好是这样吧。"

"如果这个星球还有什么地方让你觉得很不放心的，亲爱的，我希望你能告诉我。别自己憋着。"

"也不是……我……"我试图挤出一个比刚才自然一点的微笑，"我怀疑，这些年我们四处溜达，在宇宙里待了这么久了，突然一下回到文明社会，会不会感觉怪怪的？"

"我懂你的意思。"她这么爽快地赞同反而让我有点吃惊了，"但你之前报名加入'莫内塔之哀'号，真的是为了永远逃离原来的生活吗？大家嘴上都这么说着，但其实没人心里会这么想。我们不过是想多看看外面的世界，赚两个钱。我也有过安顿下来的念头，只不过后来银行挤兑，多年的积蓄全泡汤了。亲爱的，逃避文明总是不对的。恰恰相反，回归文明正是我们冒死探索荧石的目的。只不过时间久了，我们有时候会忘记自己的初心，得时不时提醒一下自己才对。"

*

我和芙拉两人待在观察室里。她盯着一个大型望远镜，微调指向刻度盘，在极度专注中下意识地噘起了嘴唇。过了好久，她终于吸了口气开始说话，我甚至感觉她已经有一分多钟没有换过气一样。

"在那里，我找到了。至少暂时定下来了。我们在不停移动，再过会儿它的位置也会变很多。"她朝旁边跨了一步，给我腾出一个位置。我俯身，眯起眼睛看同一个目镜。

眼前是无数颗星，散在四周，比几个星期之前能观测到的显然多得多了，还有几颗显出了斑驳的色彩，闪耀着紫色或红色的光。最近的几个星球距离我们有数万里格之遥，但用最好的仪器依然能辨别出它们，也能观测到一些值得注意的特征。

但今天不是来干这事的。

"我看不到啊。"我说。

"注意看中间那颗很亮的星星，那是真正的恒星，不是某个星球。吞噬兽就在我们和那颗恒星正中间的地方。"

恒星在闪烁，时而明亮，时而暗淡。我从来不知道，定点恒星还能以这种美妙规律的方式闪烁，是圣公会里的喧嚣嘈杂所完全不能比拟的。那颗恒星先是闪烁几秒，然后马上恢复稳定，随后再开始闪，在某一瞬间还会呈现出美丽的新月形。

"应该错不了，那就是博萨记录的吞噬兽。"

"我从来没有怀疑过，一秒都没有。星历表可能是有一点偏差，但还没到足以破坏我们计划的地步。现在帕拉丁也已经在修改计划了。"

"理论上来说，它不该出现在那里，那你是怎么找到它的？"我忍不住问妹妹。

"还好离得很近，要不然完全不可能找得到。这玩意儿那么小，又那么黑——除非恰好像透镜一样反射了另一个物体的光线，否则基本不会现身。我一直在想，有多少人是因为不小心碰到这种裸露在外面的吞噬兽而丧命的？他们有些人可能还会以为自己是死在了博萨手上吧。"

"它周边肯定不会飘很多东西。"

"但愿吧。"芙拉叹了口气。

"欸，对了，你前面说，这种东西只有在星球毁灭的时候才会逃逸出来。我们都知道，圣公会周围存在着少量尘埃和太空垃圾，但有 5 000 万个星球依然完好无损。所以照理说，毁灭的星球数量应该不多，要不然我们现在肯定就是在尘埃中游泳了。"

她反问："如果真是这样，难道不是更烦人吗？"

"当然烦人啦。如果说整个圣公会里有什么大家可以依靠的东西，那必然只有各自出生的星球了。它们存在的时间远远超过我们，也会超越我们的子子孙孙。如果我还待在这样一个安稳的地方，那我肯定会安安稳稳躺在床上，因为我很放心，明早起来这个星球依然存在。你觉得呢？"

"如果我想好了这辈子大部分时间就在星球上度过，那应该也会这样吧。"她顿了顿。我见到那颗恒星又稳定下来了，于是移开了视线。芙拉继续说："当然，想到星球会毁灭，我也很不开心。但我更担心的是整个圣公会的大命运，而不是个人的小命运。我很关心我们的朝代会如何发展，又将如何终结。我以前还笑雷卡摩尔杞人忧天，为这么一个遥不可及的问题忧心忡忡，但我自己现在却越来越难以消除这种恐惧感了。如果我们的文明之窗不久就要关闭，那现在任何行为，不管是好是坏，又都有什么意义呢？"

"我没有觉得我们这一朝代快完了啊。"我说。

"没错，我们也许是幸运儿吧。幸运的第 13 朝。但前提是，我们真的可以称其为第 13 朝。"

"别扯远了，行吗？我本来还希望，通过把博萨的尸体打成碎片，能把她的执念从你脑子里一起清除出去。"

"就算清除不了我的，也希望能清除你的。"我默默在心里又补充了一句。

"那就是你想错了。"她顶了我一句，但好在语气比刚才缓和了不少，"我很高兴能甩掉那具尸体。但她的执念——我也暂且学你的样子，这么称呼它们吧——是任何聪明人都会感到痴迷的。"她冲着观察室的玻璃，朝外面比画了一个手势。"想象一下所有这些星球吧，安德瑞娜，所有这些在圣公会里生存的上百万个生命。我们为了所谓的文明而分了心，这多么可悲啊。我们过去以为很重要的事情，比如良好的教育，在生活中要'不断进步'；找到正确的圈子，融入进去；赚够钱，过上好日子；一切名声和野心；寻找合适的伴侣；按照季节变化，穿合适的衣服；知道什么时候该说话，什么时候该闭嘴；要有自己的见解，但又不能太多……一切不都像是建立在岌岌可危的薄冰上吗？我们的世界不过是一个商业体系，是外星人为了图自己方便而建立的。哪一个朝代不是刚刚开始就结束了？怎么说得好像轮到我们就会有什么不一样了？还有那一大批'影中朝'，不过是还没诞生就胎死腹中……"

"我不信。"我的语气变得凝重起来，"我是看过那些图了，也承认对应得不错，但我还是不相信有'影中朝'这种东西。要我说的话，那不过就是博萨发疯的时候画下来的一些小碎片，就是为了扰乱我们的思想，让我们怀疑根本不需要怀疑的东西。你也别猜了，我就和你明说吧，所有一切，包括圜钱，我一点也不相信。我们已经把她的队员变成自己的了，她的尸体我们也处理干净了。再提醒你一句，免得你忘了：就连她的这艘飞船，我们也几乎完全改造好了。时间一天天过去，她对我们的控制逐渐松动，而你却紧紧抓住她的那些幻想不放，就好像你欠了她一份忠诚。"我举起手，用力点了点自己的胸口："她本来想让我当下一任继承人的。我拒绝了，彻彻底底，毫不后悔。她死了，也彻底离开了！我们把她的尸体都炸碎了！现在，让有关她的一切都结束吧！"

"你真觉得自己已经摆脱她了？"

"对，没错。"我斩钉截铁，"用不着任何怀疑。"

对讲机突然发出嗡嗡声，是帕拉丁的声音。芙拉当时应该在想着如何回击我的话吧——不用猜，肯定是一些尖酸刻薄的语言。

"阿拉芙拉小姐，安德瑞娜小姐，抱歉突然打扰，是关于我们的路线的事。我得到了新的计算结果，我们应在 12 小时后快速收帆，24 小时后就能绕过吞噬兽了。"

第十章

　　我进了厨房，把手伸到桌子下面。我在那里悄悄绑了6张皮革纸，和芙拉写《凿凿之言》用的是一种材质的纸张。每一张上都写了几段文字，字迹还算工整，是我和普洛卓尔编的过往经历。故事从瑛笪沟开始，我们的飞船在那里第一次投入使用，并拥有了自己的名字。

　　每张纸的顶部都写了一个名字。我把它们发给大家，先给了秦杜夫，然后是普洛卓尔和苏桐，接着自己也拿了一张。最后一份给芙拉的时候，她犹豫了一下，然后伸出金属手紧紧抓住那张纸，差点把它从我手里扯碎。

　　"这是什么东西？"她问道。

　　"你最喜欢的东西。"我说，"作业，能让大家忘记吞噬兽的烦恼。这是我和普洛卓尔为整艘飞船东拼西凑编出的过往。但是每个人上飞船的过程都应该不大一样，所以每张纸上的故事也有一点区别。各位叫什么名字，来自哪个星球，之前是哪艘飞船的队员，破过哪些荧石，还有其他细节，纸上都写好了。相关信息全都在，但也不能太多，否则可能适得其反。"

　　"'银灰小姐'号，船长泰斯莉·马兰丝。"苏桐仔仔细细地看着，慢慢翕动着嘴唇，把这些词一个个读出来，"那谁是泰斯莉·马兰丝？"

　　"芙拉。"我回答。

"我怎么不记得我们有同意过她当船长？"苏桐扭头与我对视，正好露出衣领上方的伤痕，仿佛在应我要求，提醒我之前发生了什么事情。

"就是个幌子而已，别太在意。"我硬着头皮回答，"船长总得有一个，就由芙拉负责扮演这个角色好了。"

苏桐缓缓点了点头："那你们俩还是姐妹吗？"

"不。"我说，"我叫特拉根·英博莉，大家平时叫我特拉奇。和我们亲爱的泰斯莉船长没有血缘关系，虽然很多人都说我俩长得稍微有点像。"

"只是稍微有点像吗……"苏桐扬起声音，好像打算开始大力反驳。

我打断她："登陆前我们做两个不同的发型，不一定会有人跳出来很肯定地说我们就是姐妹。"

"不过说真的，"普洛卓尔说，"你们确实不如我见你们第一面的时候那么像了，甚至可能连那时的一半相似都没有。"

苏桐继续读下去："利琪……琪尔。利琪尔·泰恩，是这么念吗？"

"完全正确。"我点点头。

"好怪啊，过一会儿肯定叫错。"

"每个人都肯定会被叫错的，但要记住，这就是大家的名字。不过当然，你还是组装员——大家的职业都保持不变。你来自伊曼德崚，是第18宗族群的一个管状星球。"

"万一我正好碰到一个来自伊曼德崚的人，对方和我聊起来了怎么办？"

"可能性不大，但万一真这么倒霉，只要你把纸上那些内容背熟了，也应该能糊弄过去。你加入了'咒念女巫'号的团队，船长叫蒙德里，后来爆发了一场严重的罢工，你跳槽到了'银灰小姐'号，希望运气能比以前好一些。你从来没有遇到过博萨·森奈，而且说实话，你甚至从来不相信这个人是真实存在的。对那些失踪的飞船，你更倾向于把原因归结为操作失误和遇到意外。"

"没问题，虽然我自己肯定不是这么想的。"

"我们都不是这么想的。"普洛卓尔开始讲解，"但我们是一个坚韧不拔的团队，没心思相信童话或听信谣言。除非真的遇上了博萨·森奈，不然我们提都不会提到她，而且即便遇上了也不会特别感兴趣。"

第十章

我弹了弹自己手里的纸："把这些身份记下来是要花点精力的，但就算这样，任务也只完成了一半。我们互相之间还得了解对方的故事，至少得像在一起工作了几个月那样熟悉。不能犯任何错，这一点非常重要。"我转头看向芙拉，"你同意吗，泰斯莉船长？"

"叫马兰丝船长更合适一点。"她深思熟虑了一会儿，用金属指甲在纸上刮了一道，"泰斯莉只能由朋友叫，不是吗？我不觉得这位马兰丝船长是那种朋友很多的人。"

*

我们念念不忘身后有飞船跟着我们，但在那一炮打伤斯特兰布莉之后，就再也没有什么动静了。我们没被扫描，也没看见帆闪，传呼机也只有常规通信。芙拉和我又去听过几次头骨，但在第一次接触到信号以后，我就再没有获得过任何证据可以证明另一艘飞船的某个藏骨室里有交感神经正在发送信号，和我们相关的那就更不存在了。尽管如此，我依然相信敌人是真实存在的。当"夜叉"这个名字像一道诅咒一样在我们之间萦绕时，我很清楚，那种明显的指向性绝对不是我的臆想；当另一个人的思想触及我的思想时，那种敏锐的退缩感也是真真切切的。

我们很快就能找到证据，证明他们的存在。

时间一分一秒过去，飞船上的气氛越来越紧张。渐渐地，都没人打趣开玩笑了，只剩下简短的交流和喃喃低语。我们测试好了线圈炮，准备好了扫描仪，脑子里已经排练了一千次收帆的动作。帕拉丁还在持续完善我们接近吞噬兽的路线，确保能十分接近，但又不至于有自杀的危险。在强大的引力作用下，飞船发出了痛苦的呻吟声。所以，我们在不忙着控制设备或检查航天服的时候，就会去检测每一块可能出问题的舱壁或船体板，仔细检查电路，加固每一个可能在压力下爆裂的管道隔热套。仪表和罗盘也都检修好了，表盘和针头能自由转动。每个人都核查了一遍氧气储备，确认它们摆放的位置正确，数量也充足。

我们准备好了，简直不可能准备得更充分了。

"这不是侵略行为。"我大声说出口,即使身边空无一人,"这是正当防卫。如果我们击中他们的船帆,使其瘫痪,却就此停手,对方就会知道,我们不是在按照博萨的指令行事。所有证据都会给他们指向这样一个事实——我们是无辜的。"

与此同时,斯特兰布莉的身体每况愈下。

她烧得更厉害了,炎症也更严重了,幽灵刀切出的伤口周围变得又烫又肿。每次苏桐去换敷料,我们都在期待好消息。但可惜,只要瞥一眼她出门时的表情,一切就尽在不言中了。

"越早到目的地越好。"

斯特兰布莉昏迷的时间已经比清醒的时间要长了。没有睡着的时候,她总是忍不住扭来扭去、喃喃自语。想到她的梦里有无数幽灵尖叫狂欢、挥之不去,我们就感到不寒而栗。我们尽量轮流陪她,用冰毛巾帮她冷敷额头,减轻痛苦,但总有一些时间是必须一个人度过的,她得习惯。

我感觉很难过,但走出仁心室的时候,我还是毫不犹豫。如果在里面待的时间太长,所有信念都会动摇,我甚至可能会开始想,博萨为我安排的未来是不是还挺不错的?或许我没有那么感激自己能被救下来?我是不是刚刚启程迎接美好未来,就被芙拉掐灭,她还逼迫我在她自己一路高升的途中扮演次要角色?我知道这样想是不对的,是被博萨调教的后续恶果。但这些想法一点都没有消退,还在不断刺痛着我的神经。

*

在我们准备收帆的时候,芙拉突然开口:"如果她这条腿最后保不住了,那还有更糟糕的事情在等着她。我自己就去找过四肢经纪人,我懂这种感觉。"她带着欣赏的目光看了看自己的前臂和手,"估计现在我是比以前好多了。在沉啸石上的时候,你也看到,我是用这只手感受到球要来了的。"

"这条手臂很漂亮。"我说,"但是你当时在交易的时候,原生臂没有任何伤痕,所以换得很好。斯特兰布莉可就没有那么幸运了。"我突然决定试探一

第十章

下她的决心，"我很担心她会陷入神志不清的状态，在我们做交易的时候说胡话，恐怕会成为一个负担。"

"你想说什么？像博萨那样，丢下她不管吗？"

"我只不过是在预见一些可能的问题。"

"那你放心好了。你的故事编得很完美，只要我们咬住编好的故事不松口，就不会有麻烦，这可是你自己说的。她确实可能神志不清，但没人会去理一个神志不清的人，尤其是医生。他们最清楚，这时候的人说的话是不可信的，他们听到的胡言乱语正常人一辈子都听不完。哦，对了，你给我安排的角色我很满意。马兰丝船长……有引申含义，不是吗？"

"是时候收帆了。"我打断了话题。

我本来是想让秦杜夫留在飞船内，让芙拉和我们一起去操纵索具。但是秦杜夫在船帆这方面的知识实在渊博，让他看家护院可就太浪费了，而我、苏桐和普洛卓尔也必须在外面。所以最后决定，由芙拉和帕拉丁一起在里面守着。

在外面的时候，大家的神经都时刻紧绷着。首先是因为知道，随时可能有一梭子帆弹射过来；而更让人觉得恐怖的是，明明我们离吞噬兽已经这么近了，但凭肉眼却还是完全看不见它。我甚至在想，是知道它的位置更好，还是像之前一样毫不知情会更轻松快乐？现在我已经知道，任何一块空白的区域都有可能暗藏陷阱，那是不是意味着之后看向任何地方都会忐忑不安？

那个吞噬兽算不上大。在涡旋系的中心，有一个由一百万块，甚至更多古日碎片组成的吞噬兽。这些都是以前读过的旧书告诉我们的，尤其是容易让小孩子沉迷的书，就是上面有很多图片、图表，书页还能折两折的那种。即使是单一恒星，在死亡的时候，也可能留下一些巨大的吞噬兽，其大小至少与圣公会的古日旗鼓相当。而裸露在外的吞噬兽，如果它们也遵循圣公会内部星球的规律，则会小很多。它们从地球分裂开来的时候，据说足够变成十几万个吞噬兽。如果把太阳系的八大行星都考虑进去，产生几百万个吞噬兽也绰绰有余，甚至余下的边边角角的瓦砾也还够分给所有新的星球和荧石。

可能有人会以为，由旧星球的十万分之一变化而来的吞噬兽个头绝对不小，大概有一座小山或一座大宅子那么大，或者至少跟沉啸石上差点让我送命的那个球一样大。但其实，吞噬兽的数量和大小很难捉摸。我又想起了小时候看的那些书，那些彩板和图表。它们把吞噬兽的大小与各种东西相比较，火车站、鲸鱼、马、狗、金丝雀、甲虫、米粒等，什么都有可能。虽然我们已经看到，一颗遥远的恒星发出的光在吞噬兽的作用下变得模糊不清，但这其实是它周围的空间引力场发挥了类似透镜的作用，而不是它本身的原因。这个吞噬兽是一块黑斑，比纸上最小的墨点还要小，不用放大镜是根本看不见的。

但只要在吞噬兽方圆 4 里格之内，就能明显感受到它的引力作用，和在墨珅陵上走路是一个感觉。帕拉丁要的就是这种距离：要想充分利用吞噬兽，这么近是最低限度，但如果路线出了错误，再靠近哪怕一丝一毫，都会造成灾难性的后果。再靠近 1 里格，吞噬兽对我们的引力作用就会几乎翻一倍，而我们在引力场里陷得越深，飞船受到的压力也就越大。即使帕拉丁让我们保持在最佳路线上航行，不同帆布之间受到的引力差也会超出它们的承受能力范围，最微小的误差也会让船体内部天旋地转。

从我们戴上头盔走出船舱的那一刻起，无数件事情都有可能出错，但到现在，大体上都没出问题，实在是出乎我的意料。帆收得非常快。如果有某根线卡住了或某块地方搅在一起了，我们也都做好去修理的准备了。帕拉丁负责操作绞盘，秦杜夫盯紧应变仪，而其他人——准确地说，是我们 3 个——随时听他指挥。

那个恶魔般的吞噬兽还是丝毫没有现身，但我们肯定已经离它很近了。我从航天服里钻出来，走进控制室。芙拉正弯着腰研究图纸，对讲机嗡嗡作响，帕拉丁在上报最新情况。

"我们开始转弯了。"她咧着嘴笑得很开心，"没有船帆或离子的影响，只有吞噬兽的引力让我们偏离原先的轨道。帕拉丁，我们被扫描到的话，你会立刻告诉我，对不对？"

"当然了，阿拉芙拉小姐。"

她转头对我微笑，显然把我视为好同志："他们之前完全没有扫描我们的理由，所以我也没有期待会发生什么。他们肯定以为我们会继续往前走。"

普洛卓尔、苏桐和秦杜夫不一会儿就相继赶来了。普洛卓尔揉着头发，让发型回到原来的穗状，苏桐在护理裂开的指甲，秦杜夫则在盯着拇指尖一块蜡质的东西看，可能是刚从耳朵里挖出来的。

"线圈炮装填完毕，冷却水也准备好了，随时可以使用。"普洛卓尔说。

"很好。"芙拉的声音变得低沉而严肃，"我们在经过吞噬兽最近的拐点时启动扫描。帕拉丁说，用一次强脉冲就应该足以保证方向准确。但如果有任何不确定的地方，就要冒险扫描第二次。帕拉丁会计算好开炮方案，我们就按他的结果快速发射舷侧炮弹，比如一次性发 10 枚。后坐力肯定会有，很难提前预测我们会受到多大影响，但我们可以参考罗盘和寻星仪，重新为第二轮炮击做计算。"

"大家一定要记住，我们的目的只是要让对方瘫痪而已，而不是彻底摧毁他们。"我赶紧补充道，生怕芙拉已经忘了这个细微的差别。

"一旦我们得到了距离定位结果，帕拉丁就会调整瞄准方案，让炮偏开。"芙拉回答，"别担心，会谨慎行事的。我宁愿完全错过他们的索具，也不想冒意外击中对方船体的风险。"说完，她向我投来一个疑惑的眼神："你是在怀疑我的意图吗？我如果被人恶意诬陷了，尤其是在我很了解对手的情况下，那可能会产生杀人的念头。但这不一样。"

"很高兴听到你这么说。"我笑了一下。

"一会儿我们给对方造成损伤以后，按常理，他们应该会用传呼机或者去藏骨室向外发送信息。所以在到达港口之前，我们得始终保持高度警惕。"

"好。"我点点头，至少在这一点上没发现什么可反对的地方，"在我们靠近吞噬兽之前，我想去看看斯特兰布莉怎么样了，可以吗？"

芙拉低头看了看表格上潦草的注释："你还有 30 分钟。之后我希望大家能各就各位。代我向斯特兰布莉问个好吧。"

*

斯特兰布莉一直昏迷不醒，从某种程度来说，还挺幸运的。我检查了一下她的固定情况，确保位置、松紧都合适，然后用海绵擦去她脸上和额头上的汗水，尽量让她舒服一点。她一点动静都没有，我猜在接下来的整个交战过程中，她很可能会保持这种昏迷状态，即使外面炮声如雷鸣般喧嚣，她也不会被吵醒。

我们几乎把索具和船帆都收起来了，只把最后 750 英尺长的帆布留在外面。"复仇者"号现在就像一朵黑色的花，花瓣已经萎靡不振了。不过收帆只是为了减少麻烦的谨慎之举，一旦摆脱了吞噬兽的影响，我们就会把它们全部挂回去。我们已经能明显感受到引力了。帆布的不同地方受到的引力不均，发出一连串痛苦的呻吟，毕竟它之前几乎没有经受过此般撕扯和压力。我说的是"几乎没有"，而不是"从来没有"。因为在我看来，博萨肯定利用过吞噬兽——或者其他有相同作用的东西——来实现类似的航线改变，进一步延续了她的飞船有超自然的追踪和躲避能力的神话。

我们待在厨房里，也感受到了明显的不同。在帆或离子的作用下，飞船里从未真正失重过，运动总是有规律的。我们早就把这种规律刻在骨子里，甚至忘记了它的存在。这种缓慢的加速减速已经成了我们的习惯，甚至是第二天性。但现在，所有规则都突然中止了，因为作用在我们身上的力是横向的。不仅是内耳能感受到这一关键差异，我的胃也久违地又开始翻江倒海了，就好像从头开始学习如何在太空中生活一样。唯一值得感到"安慰"的是，无人幸免于难，连普洛卓尔都感觉恶心。看到大家都一样，我心里倒也平衡了不少。

船帆吱吱嘎嘎的声音越来越响。尽管我们已经尽力做了万全的准备，但还是有一些管道和阀门在巨大的引力下弯曲变形、爆裂开来。我们不得不跑来跑去，四处堵漏。与此同时，帕拉丁也在时不时汇报我们与吞噬兽之间不断缩短的距离：从原先的几千里格，再到几百里格，而现在是连续不断、越来越频繁的报告。

"70……60……50……"

飞船压力越来越大，低低的吱嘎呻吟已经变成了高亢的尖叫哀号，仿佛一个囚犯在不断紧缩的架子上遭受严刑逼供。秦杜夫死死地盯着应变仪，简直疯了一样。即使我们已经收了帆，索具和控帆装置的元件还是被扯松了。

"……30……20……10……"

第十章

压力达到了顶点，随着一声死亡般的尖叫，奇迹发生了——我们挺过来了，帕拉丁报出的数据开始不断往上走。飞船撑住了！不管损伤有多大，至少船体还是完整的，电力巡航和传感器系统也还能进行基本操作。我知道，最坏的时刻已经过去，就在那一瞬间，我胃里的恶心感似乎一下子减轻了不少。

当然，接下来还有一个小问题，那就是回击。

"现在距离吞噬兽100里格。"帕拉丁报告了最新数据，"可以发射测距脉冲，就等您一声令下了，阿拉芙拉小姐。"

还不错，芙拉没有立刻下达命令，至少还是先仔细看了看大家脸上的表情。

"帕拉丁，发射脉冲。"

"扫描仪已启动。测距脉冲已发送。脉冲已返回。我已确定追击舰的位置，在我们身后1400里格处。"

"好近。"我说出了大家都想说的话——比我猜想的要近得多。

"瞄准方案计算完毕，准心已偏移。"

"我们要不要再发一次脉冲，好确保数据准确？"我问道。

"帕拉丁说了，位置绝对没错。"芙拉回答。

他随即报告："检测到来自对方的扫描。"

对芙拉来说，听到这句话就够了。对方检测到了我们的测距脉冲，并顺势做了回测。尽管他们最初发现我们改变位置，会感到奇怪，但这种迷惑的状态不会无限期持续下去。就算心中存疑，他们也迟早会向我们再发射一枚炮弹。

"启动所有线圈炮。"芙拉下令，"10枚连发。"

绕过吞噬兽的时候，飞船虽然全身都在嘎嘎作响，但大炮的声音却仿佛比之前温柔了一些。而且由于我们对这种声音已经很熟悉了，听到反而产生了一种莫名其妙的安心感，可能主要是因为大炮还能发射，就意味着飞船没有坏得太严重吧。

炮声再次响起。每次发射的间隔为一秒钟，刚好可以避免武器过早出现过热。水也开始在水泵里翻涌，不到一分钟，水管就变得滚烫。没过一会儿，我们又不得不四处奔走，处理一堆漏水和压力表破损的情况。而这次与之前不同的地方在于，要特别当心高压水柱，别被喷了一脸。

第一轮炮击——一次 10 枚炮弹的组合炮——结束了，帕拉丁开始重新计算第二轮。这次他要考虑后坐力导致的位置移动，以及吞噬兽的引力场导致的弹道偏移。

"第一轮发射的炮弹应该已经击中敌人了。"他报告道，"我检测到了第二次测距脉冲，应该是他们对我们炮击的直接回应。"

"开始第二轮射击。"芙拉说。

"正在重新计算，阿拉芙拉小姐……请稍微再等一会儿。回转仪和星体追踪仪数据对不上。我觉得最好发射第二次测距脉冲，确保我们的瞄准方向正确。"

"只要你对瞄准方向有丝毫不确定，我们就不开火。"我支持帕拉丁。

芙拉恶狠狠地瞪了我一眼，眼里全是怒火，但她也肯定明白，我们绝对不能不分青红皂白胡乱攻击。"读数怎么会不一致？"

"这是绕吞噬兽航行的后遗症。"帕拉丁回答，"部分环路里的水可能被污染了。这些污染能随着时间自行清除，但眼下我们必须再发射一次脉冲，获取精准的瞄准方向。"

芙拉咬紧牙关，拳头攥紧。

"行，那发射吧。快点，别浪费一炮。"

帕拉丁再次启动扫描仪，随后报告说又检测到两次测距脉冲扫到了我们。紧接着立刻又说探测到了炮口闪光，两个报告几乎是同时的。

"他们还在用追踪器。"普洛卓尔说。

"方案已重新计算。"帕拉丁宣布，"我已经准备好……阿拉芙拉小姐，我有点不安。反射脉冲很奇怪，是一个关于中心目标的不对称图案。"

芙拉说："那肯定是我们运气好。我敢打赌，我们打掉了对方几百英亩船帆。苏桐，这就是你前面说的'血腥'——对方完全被我们牵着鼻子走了。"

"那我们就不需要进行第二次炮击了。"我小心翼翼地提议，声音低低的。

"我们得让对方明确知道，我们有能力干掉他们。"芙拉说，"一轮炮弹里有打偏的，他们可能以为是自己运气好。但得让对方清清楚楚地看出来，我们是故意的。这样他们才会知道,以我们的能力,他们完全有可能损失更惨重。帕拉丁,开火。"

线圈炮又齐鸣了 10 次,然后陷入沉寂。这一次,管道和仪表盘都挺住没爆,在随后的一片寂静中,只剩船体渐渐放松发出的吱吱声和颠簸声。吞噬兽已经在我们身后几千里格远了,舷侧枪炮产生的热量也开始慢慢消散。

"启动短程扫描,用最小功率。"芙拉给出了下一道指令,"我想知道,那些追踪弹会不会再来。秦杜夫,去准备一下离子,好了以后待在那边别动。一旦我们确定摆脱他们的葡萄弹了以后,你就把船帆全部升起来。我觉得,我们想传达的信息,他们应该都已经收到了吧。"

芙拉走进厨房,来到扫描仪控制台前,双手撑在屏幕两侧,就好像在窥探许愿池。第一波炮弹花了一分钟才射中敌人,这样算下来的话,第二波应该正好快到了。

我、普洛卓尔、苏桐和秦杜夫四个人也在控制台周围挤得紧紧的。一瞬间,一道扇形的线条画过,随后渐渐消失。

"你注意到刚刚那个了吗,帕拉丁?"

"是猛烈的还击,阿拉芙拉小姐——是追踪弹,动载很强劲。但距离我们很远。"

"他们没打我们,可真是有礼貌啊。"芙拉冷笑。

屏幕亮了起来,到处发出黄光,就好像发生了故障一样。我猜,这一定是对方的一次强力回扫,我们的仪器都晕了。正想着,亮度逐渐弱了下去,只剩下视野中央附近有一簇斑点。这些点也渐渐消失,然后又随着反射脉冲的到来再次亮起。我盯着它们,没想明白是怎么回事。

"我们现在调的是短程模式,对吗?"我问。

"问你话呢,帕拉丁!"芙拉突然严厉地呵斥了一声。

"是的,我们现在是调了短程模式。按理来说,应该检测不到这种强度的反射脉冲才对,除非有大量反射材料。"

斑点开始减弱,同时慢慢互相远离。

我看着眼前的情况,依然想不明白:"给我解释一下吧,帕拉丁。扫描仪上面的这些点好奇怪。而且为什么对方的船也像灯塔一样亮起来了？"

普洛卓尔伸手指着屏幕中心："没那么简单，安德瑞娜。根据帕拉丁的最后一次定位，这些十字准星与敌人对齐了，但是那个发光的东西是从一个位置稍微有些不一样的地方开始扩散的。"

"但依然很近。"苏桐说。

"不，没那么近。"我环顾了一下战友们，又看了一眼妹妹，"我觉得，我们根本没有击中预想的敌人——我是说，我们的炮弹肯定没有近到可以对他们的船体造成任何损坏。"

"但炮弹肯定打中**什么东西**了。"普洛卓尔回道。

"还有另一艘飞船。"我听着自己的声音，但竟然就像个旁观者一样，对自己的语气惊叹不已——这个说话的人怎么会如此冷静平和！"我们故意偏离准心，却意外击中了另一艘飞船，而我们之前甚至对它的存在毫不知情。跟踪我们的从来不止一队人马。这是唯一的解释了。"

"肯定有什么别的解释。"芙拉不甘心。

"只是你的希望而已。"普洛卓尔说，"我也是这么希望的。但那个反射脉冲展示的图像看起来就像一艘被正面击中的飞船，肚子里的东西全撒进了太空。我猜肯定是打到人家的燃料箱了——他们被整个炸开了。"

芙拉打了个寒战："我们不是故意的。我们开火不过是为了自卫，而且之前也绝对想不到会还有一艘飞船啊。"

我摇了摇头："我们故不故意不重要，重要的是在人家眼里是个什么情况。反正现在这样肯定不是什么好事。帕拉丁，传呼机有收到什么消息吗？"

"目前没有，安德瑞娜小姐。我已经在监测尽可能多的频道了。"

"你们觉得，会不会有别的飞船遭受了损失？"我问大家。

"很难说。"普洛卓尔回答，"我们可能打断了他们的索具，或者更糟。但如果我们真的把人家炸开了，我觉得这边应该是能看得到的。"

芙拉摇了摇控制台侧面："帕拉丁，再启动一次强力扫描。然后告诉我，我们到底做了什么，现在情况怎么样。该死，为什么之前在发射测距脉冲的时候没发现有两艘飞船？"

第十章

"帕拉丁在第二次扫描的时候看到过奇怪的东西。"我提醒她,"第一次的时候,可能是一艘飞船的船帆挡住了第二艘的回声。如果我们打中的那艘是在第一艘的后方航行的话,是特别有可能发生这种情况的。"

"我们从没想过会有两艘,所以即使看到异常也完全忽略了。"普洛卓尔叹了口气。

扫描仪亮起一大片,整块屏幕上充满了四散的碎片,拖出长长的尾巴,它们应该就属于我们推测的第二艘飞船。就像在高倍慢动作的模式下观看烟花绽放,或者将一滴亮色的颜料滴入黑水中。不过,在十字准星的交叉处,回波更强——清晰而明确地显示出另一艘飞船的迹象,它的船帆是对称分布的。

秦杜夫摸了摸下巴:"他们看上去没啥事。"

"据我们现有的信息来看,他们可能快没救了吧。"普洛卓尔说。

"我们是不是应该……和他们打声招呼?"苏桐犹犹豫豫地问,"他们应该还没开火报复我们吧?"

芙拉朝她投去一道鄙夷的目光:"说什么?说非常不好意思,我们刚刚不小心炸死了你们的朋友,快去营救幸存者吧,祝你们成功?我可要提醒你一下:是对方先朝我们开炮的,不是我们先动手的。我们在反击之前,斯特兰布莉早就受重伤了。"她直起身子,双手一推离开控制台:"计划不变。我们继续航行,毕竟还有伤员在。但帕拉丁要继续监视传呼机,安德瑞娜和我在下一轮值班的时候会轮流去藏骨室,其他人的话……"

"您想安排我们干什么呢?"苏桐的冷嘲热讽已经溢于言表了,都有点自找麻烦的味道了。

"什么都不干。"芙拉回答,"不用再值班了。都去休息,去睡觉。明天我们要把帆全部重新挂上。"

*

我从架子上拿下神经拱盔,芙拉在后面转动锁轮。

"追踪信号越来越难了。"我边说边拿着连接线在几个端口插插拔拔,"和几个星期之前比起来，成功率又大幅下降了。要是能立刻在市场上买到新的就好了，但还真不知道什么时候才能买到。"

"嗯，我也注意到了。"芙拉在调整拱盔的时候，手还有些颤抖，"我觉得是头骨的问题，但也不敢保证不是自己的能力在减退。"

"如果我们跟卡扎雷是一个情况的话，那应该还有几年时间。但不管怎么说，我总会比你先丧失能力，不是吗？"

"不一定。据我所知，相对年龄只是其中一个因素，而接触的头骨数量和暴露强度也有重大影响。"

我们聊个不停，好让自己的注意力从刚刚发生的恐怖事故中转移出来。开火反击无非是为了自卫，但其实只要绕过吞噬兽，也很容易甩掉他们。因为一旦转向，他们再想确定我们的位置就必须重新扫描，而在没有太阳风暴掩护的情况下，对方可能没准备好承担这么大的风险。

"你到现在为止听过几个头骨了？"我问芙拉。

"算上'残酷花魁'号和威丁·金达带我回墨珅陵开的客运飞船上的那个的话，6个。不算的话就是4个。"

"4个算不上很多。"我说。

"对我们来说可能是不算多吧。但也有些读骨人，一辈子都没接触超过3个头骨，还有人甚至更少。"

"嗯，我信。但我们不是'大多数人'，我们可是尼斯姐妹啊。"

"没错。"芙拉笑了，"来，我们看看它给我们带来了什么消息。"她顿了顿，闭上眼睛，"这个接入点有杂音。你那边有听到什么吗？"

"没，一片死寂。"

"那换一个试试。"

我们不停地调换接口，面面相觑，默默无声，只是点头或摇头。我们以这样的方式持续尝试了好几分钟，却毫无收获。然后，就在我们准备放弃的时候，一阵微弱的存在感突然袭来。我俩都刚好接在附近的点位上，同时有了这种感觉。一阵低语之风刮过，在一片寂静中仿佛能感知到说话声。

第十章

……看在上帝的分上，请来救救我们吧……氧气……航天服……

……有多少人幸存下来了……

……我不知道……除了这个房间里……如果还有人……

……她怎么会如此轻易就从我们眼前溜走了？

……求您发发慈悲，尽量给我们送点物资过来吧……

在我看来，毫无疑问，那两艘飞船之间，准确来说，是一艘飞船的残骸和我们推测的幸免于难的那艘飞船之间建立起了绝望的通信。我猜，前面一艘可能被打得所剩无几了，但藏骨室一般来说是整艘飞船的重点保护区域，即使其他部分裂成了碎片，藏骨室也还能保全下来。这么设计，倒不是为了照顾像我们这样的人才，而是出于保护头骨的自然结局。头骨通常是每一艘飞船上最有价值、最易变质又最脆弱的财产。

我与芙拉对视了一眼，心中的不适已不必多言。通过头骨传来的声音往往是没有起伏的，冰冷得像报纸上的文字。所以，说话人的情绪一般很难被听者感知到，像前面如此清晰的恐惧感和痛苦更是极为罕见。虽然说我们也亲身经历过这种事情，但曾经的经历远远没有让我们变得铁石心肠，反而只会让我们更加敏锐地意识到，当你孤身一人留在一艘残缺不全的船上，可能遭遇多么残酷的事情。芙拉开始摘拱盔，我也感受到了同样强烈的无力感。我们没有自找麻烦打算去支援，但这并不影响同情心使我们痛苦自责。一艘飞船的成员来自五湖四海，而远方所有那些人都得为斯特兰布莉的伤势担全责吗？我深表怀疑。

但是，就在芙拉马上就要把拱盔完全摘掉的时候，一个词突然从我的意识里漏了出来。

兰庚沃

即便无声无形，她最终也许还是听到了，或者说感知到了那个名字。我好像戳破了暴风雨的结界，使它猛地一抽，立马烟消云散。是承认了？还是不解？她对这个名字难道一点概念都没有了吗？

  我紧紧盯着她的眼睛。她也毫不畏惧地盯着我，怀疑我有没有察觉到她微微上扬的眉毛。对我窥探她的秘密这件事，她可能只是觉得好奇，或是冷冷地想笑。与此同时，她审视的目光反而让我感到了极大的负担。我俩的思想进行了一番决斗，没有受伤流血，也没有什么激情，但进攻刺杀，回避防御，势均力敌。

  如果你对我有所保留，那么现在，也是时候坦白了吧。

  这是我内心的独白，也是芙拉的。可笑，我们谁都有权利说这句话。

  你不必来管。你也根本管不着。

  在同一瞬间，我们两个就像剧院里的提线木偶，被同一根线操纵，手一齐放到了接入口的插座上，同时断开了连接。那股外来的异样之风从我的脑海里退了出去，留下一片空白，空荡荡的仿佛能造成回音，正常的思想慢慢回来，将这片空地填满。

  芙拉终于把拱盔摘掉了，然后帮我也摘了下来，动作很温柔，完全就是姐妹间细致的呵护。她把连接线卷好塞进外壳，然后把拱盔挂回钩子上。

  "听到他们现在的遭遇，我很难过。如果可以的话，我会给他们送点氧气过去的。但如果他们以为这就是我最坏的一面了的话，那他们还是太天真了。"

  "我们也一样。"我轻轻回了一句，声音低到我都不确定她有没有听见这句话。

第十一章

一个模糊的巨大物体游进我的视线。我吓得猛拉瞄准盘,却摆过了头,我赶紧重新瞄准,让它对准亮着光的十字准星,随后转动聚焦螺旋。模糊的画面逐渐变得清晰起来,那东西是一个有四根轮辐的齿轮,浑身是刚刺,看起来已经腐蚀了,就像在水里浸了太久的金属装饰。

斯特里扎迪之轮。还有10 000里格,但马上就能到了。我猜,接下来我们面临的,也许是获得救赎,也许是彻底毁灭,或者更可能的是,我们会开展一些介于两者之间的阴暗交易。长大以后我渐渐发现,事情很少像以前在幼儿园里读到的故事那样明确。故事里的结局要么是快乐的,要么是悲惨的,好人有好报,坏人受惩罚。

而我逐渐意识到,实际上,很多事情是什么结局,完全取决于个人观点。

*

忽然传来噼噼啪啪的声音,一个男声响起:

"这里是斯特里扎迪之轮港务局,呼叫从800里格外由外侧宗族群向我们靠近的飞船。请立刻回答,告知你们的身份、出发地及来访意图。"

芙拉拿起手持式麦克风靠近嘴唇,我和普洛卓尔在一旁紧张地看着。

"早上好，港务局。我是私人飞船'银灰小姐'号的船长马兰丝，我们来自瑛笪沟，从 1798 年开始就一直在太虚之境航行，登上荧石探险——我们上一次入港已经是快两年前的事情了。我们的存货储备不多了，希望能够按照贵方规定，得到登陆许可，进行自由贸易。"

"我没有听说过这些名字，马兰丝船长。"这人说话慢慢吞吞，好像打算和我们耗上一整天，"您的名字和飞船的名字都没有听说过。圣公会里星球那么多，您为什么偏偏选择和我们做生意？"

"我也希望能随心所欲地挑选圣公会里别的星球啊，先生。"芙拉摆出一副强硬的口气，"但说实话，我们并没有什么选择余地，因为飞船上有伤员。我们连飞到第 35 宗族群都等不了了，更别说去临曦族那边了。我们在荧石上收获颇丰，但是在有伤员的情况下，如果药物所剩无几，有再多的圜钱也无济于事。"芙拉停了下来。我感觉她仿佛在记着秒数，打算等一会儿再继续开口。她已经完全投入角色了，就像面前有一个明确的剧本一样。"如果辐射风能发发慈悲送我们一程，我们或许还能勉勉强强到达卡司洛岷，我知道他们肯定会欢迎自由贸易的……"

"不必不必，马兰丝船长。我们当然愿意提供医疗帮助……只要没有传染风险。"

芙拉冲我们露出一个微笑。

"绝对没有传染风险的，先生——她只不过是在飞船上受了外伤，但我们没办法治疗。我向您保证，其他人都很健康，精神也很好。"

"你们要多少上岸许可证？"

"5 张，先生。包括给伤员的。"

"你们现在把名字和详细资料报过来。这些信息我们会反复核对，确保不出问题。如果一切正常的话，大家就可以获得许可证。马兰丝船长，请注意，在你们下飞船之前，会有我局工作人员登船检查。"

"好的，先生，我都知道了。我会让副手立即上报所有人的名字。感谢合作，我敢保证这会是一场愉快的交易。"

第十一章

我脸上抽了一下,真怕她这句暗讽会让对方将刚要为我们打开的门狠狠甩上。但意识到暗讽是要听者智商达到一定水平的,而我觉得那个人显然还没到这个水准。

"先生,您好。"我接过话筒,"我叫特拉根·英博莉,是'银灰小姐'号的读骨人。现在由我向您汇报详细资料。那就从船长泰斯莉·马兰丝开始说吧……"

*

等我们准备把斯特兰布莉运上子舰的时候,她已经处于半昏迷状态了。她发着高烧,额头滚烫,伤口虽然包扎着,但依然又红又肿,光是看着都觉得疼。我已经尽力让她了解我们编好的故事了。在某种程度上,我知道她心里清楚现在的情况,知道我们必须非常小心地避免让人发现我们与博萨·森奈有关系,或者说是避免让人看出我们真实的过往。但是斯特兰布莉已经很久不能完全清醒过来了,最近她的胡言乱语也变得越来越频繁,不仅仅是在做噩梦的时候,而是随时都有可能冒出几句。所以苏桐从药柜里翻出了额外的镇静剂,给她注射进去,让她完全处于麻醉状态,这样我们才好搬动她,把她抬上担架,送上子舰。

我们临行前,秦杜夫问道:"你们大概要待多久?"

"至少一天吧,这是最起码的。"芙拉回答,"是时候让格雷本得到妥善的治疗了。"她朝担架上的斯特兰布莉点了下头,格雷本是她的新名字。"还得弄点补给回来。来回一次还要消耗燃料呢,至少得让我们这趟跑得不亏啊。你得时时刻刻守在扫描仪和传呼机附近,秦杜夫——如果听到任何有关那艘飞船的声音,都要及时告诉我。我们会定期传话回来的,但如果几个小时没收到我们的消息,也不必太过紧张。毕竟大家都有很多事情要做。"

"是,马兰丝船长。"秦杜夫轻轻摸了摸下巴,"真心希望他们能治好斯特兰布莉。哦,不,我是说格雷本。"他歪着头,意味深长地看着斯特兰布莉。我现在对秦杜夫真是又敬又爱,想起早些时候对他那么不尊重,不禁开始自责。

我们穿好航天服，拿上头盔，把斯特兰布莉固定稳妥了以后，立马动身。子舰脱离了母舰，就好像"复仇者"号吃到了难吃的小鱼，把它吐了出来一样。芙拉将子舰转了个身，面对斯特里扎迪之轮，然后全速启动火箭发动机，好像生怕燃料过期了一样。

子舰飞驰而去，我朝母舰的方向看了一眼，向它道别。我尝试抛弃旧观念，用全新的目光看待我们的飞船，判断一下之前的修饰工作干得够不够好。在我眼里，它依然像一只披着羊皮的狼，一切装饰都没什么说服力。但也许是因为我对它的过去太过了解了吧，根本无法做出可靠的判断。至少飞船的外形线条看上去已经没那么尖锐了，攻击性减弱不少；普通帆布也占了很大比例，罗网布没那么显眼了，应该足以骗过别人的眼睛。可能有人会说，谨慎起见，应该把帆全部收起来，就像要去近地轨道上环绕一个质量很大的星球那样。但在轮状星球周围，这么干反而会引起对方强烈的怀疑，所以我们还是明智地选择了保留一些帆。而且有帆挂在外面，就意味着必要时可以逃得更快，这就更坚定了我们的想法。

抵达斯特里扎迪之轮只花了一个小时，正好够我们代入新角色。这段时间里，大家尽量多说话，用化名称呼对方，毕竟考验就快开始了。

"希望那边有医院，马兰丝船长。"

"怎么会没有呢，泰恩？"

"我只是在想，如今这个星球看上去已经很衰弱了。你觉得呢，特拉奇？"

"噢，我也这么认为。但我相信，肯定有地方比这里条件更差，而且再怎么说，医院总还是该有的。对吧，罗丹？"

"即使是破得像废石堆的星球也一定会有医院的。"普洛卓尔肯定了我的说法，"而且偏偏是这些人最需要医院，因为时不时会出现刮伤、刺伤的情况。对了，还有停尸房。"

"我不……毒方石！我不去！告诉特鲁斯科，我不会去的！我不会去拿幽灵族的东西……"

我走到斯特兰布莉的担架前，把冷毛巾敷在她的额头上。"放松，放松。"

第十一章

我低声对她说,"很快就会好起来的。"我说到这里就停下来了,只是在心里默默补充了一句:"求你尽量不要谈起特鲁斯科船长。"

突然,我的内心独白里多了一种声音,而且更加强硬:

闭嘴,克制住自己,别乱说,亲爱的斯特兰布莉。否则我难保不会用什么东西塞住你的嘴……

是博萨回来了。我凭意志把她赶走,拼尽全力让她的力量衰弱。在某种程度上,我成功了。那种愤怒的念头刚刚在向我逼近,我已经明显地感受到了怒气的到来,但它却没法将我吞噬。可能博萨·森奈自己也知道,她要想控制我,也得看时机。

我深吸一口气,重新开始向外观望,把眼前的景象和过去借助望远镜看到的远距离图像进行对比。亲眼看见了这情景却也没让我特别高兴。现在,目的地历历可辨,近在咫尺,我们却只觉得它看起来一片灰暗。但既然已经做出了选择,就必须接受现实。

这个轮状星球有四个轮辐,中间是一个轮毂,但是只有轮辋上亮着灯光,而且还是零星的一片一片。轮辋的横截面呈圆形,只有灯,没有大型窗户或大片天窗框架。在轮辋和中心点之间是建筑林,和轮辐一样,似乎是刚刚开始发展,但尚未完成就放弃了。还有另一种建筑与之相似,从轮辋下侧向宇宙延伸。但同样,并非所有这些建筑都有灯光,也不一定展现出明显有人居住的迹象。这个轮状星球的直径长达 6 里格,再大的飞船在它面前都显得十分渺小。轮上有几处朝着上下两个方向延伸的大型建筑结构,显然是飞船停泊设施。飞船与它们比起来,就像芝麻一样,几乎看不见。大部分来访的人开的都是子舰,和我们一样,因为试图让母舰与移动的轮辋直接对接太冒险了。但也有少数扬着帆的飞船会待在开阔的宇宙中,停在离轮辋只有一两里格远的地方,然后用靠火箭推进的飞行器来回穿梭,点点火花在黑暗的空中格外闪耀。

其中一个火花逐渐变大变亮,我们的扫描仪上出现了一个胖胖的圆球。慢慢地,我们明白了,它在冲我们而来。

"别紧张，姐妹们。"芙拉给大家打气，"现在，对方还完全没理由怀疑我们。我们坚持自己现有的故事就好，不要再加过多的修饰。一定能成功的。"

我抬起头微笑，流露出真诚的钦佩，为妹妹感到自豪。原本最有可能说这些话的，应该是普洛卓尔。而现在，是芙拉毫不费力地在这样鼓励大家。

火花渐渐靠近。我们看到，来者是另一艘由火箭推动的子舰，和我们的差不多大小，但显然有武装。它的侧翼旋转支架上安有线圈炮、能量炮、鱼叉和网状炸药炮台，还有六七种讨厌的东西我们连见都没见过，甚至想用尖酸刻薄的语言叫出它们的名字都做不到。

"不，朵兹娜，我是绝对不会同意的。"斯特兰布莉又开始说胡话了。

那艘子舰靠过来了，它的近侧线圈炮开始追踪我们。在这个距离范围内，要是一炮过来，我们肯定完蛋了，而我们甚至连头盔都还没戴好。一分钟后，船闸打开了，两名穿戴整齐的工作人员出了门，向我们飘来。他们的靴子踩在我们船体外壳上咚咚作响，然后用金属拳头开始重重地东敲西敲。

"我猜他们可能更愿意进来。"普洛卓尔说。

芙拉站在控制台边不动，我飘到闸锁控制器那里，打开船闸让来访的人通过。在打开内侧门之前的最后一刻，我环顾了一圈四周的伙伴，本想再说点什么，鼓励大家不要对自己的假身份心虚。话在嘴边，想了想却还是咽了回去。毕竟，如果大家到现在还不熟悉自己的角色，那我再多说什么也无济于事了。尽管如此，我还是默默地为斯特兰布莉祈祷，希望她自言自语的胡话别太绘声绘色。

两位访客穿得没那么正式，至少不是很配得上他们"官员"的身份。航天服上的部件互相之间不怎么匹配，只是胸口、肩膀和头盔上写着"港务局"的字样，这些字写在蜡纸上，显得脏脏的，还有点歪歪斜斜。两人穿着盔甲持着武器，样子很是吓人，看上去更像是临时征用的暴徒，而不是正规机构的公务员。他们摘下面罩以后，形象也并没有改善多少。虽说我们一行人在飞船上也待了几个月了，都臭臭的，但这两个家伙更夸张，身上的气味简直重得足以把我们熏出眼泪。那种臭味就好像汗水、陈醋和常年堵塞的下水道混合在一起，而其实这些只是我说得上名字的一部分味道，还有一些压根儿无可名状。

他们的脸又大又丑，塞满整个头盔，就像在烤箱里发酵了太久的面包一样；嘴巴很宽，一笑起来，牙齿间到处都是缝隙，一览无余；鼻子扁塌塌的，或者倒不如说完全没有鼻子，显然两人都不是因为基因缺陷而长成了这副怪模样；其中一人眼距极窄，另一个的却又宽得吓人；眉毛倒是差不多，都从左到右横贯额头，宛如一条黑色的毛毛虫；而发际线从眉毛上方仅一指宽的地方就开始了。

"哪个是船长？"眼距窄的那人发问。

"正是在下。"芙拉在控制台那里转过身，"马兰丝。敢问阁下尊姓大名？"

"这你别管。"眼距很宽的那人接了话，"你的手臂为什么是金属的，马兰丝船长？"

"我不幸丢失了原来的手臂。"

窄眼距先生看着他的同伴，说："这人也太粗心大意了吧。"

"是的。"芙拉回答，"但我已经习惯这条假肢了。"

"你脸上还有一点淡淡的荧光？"宽眼距先生再次发问。

"可不止一点点啊。"窄眼距先生露出怀疑的神情，"如果再亮一点，我们恐怕就要戴上墨镜看她了。"

"不过好在这个东西不会传染。"芙拉保持耐心。

"你是怎么变成这样的？"宽眼距先生问。

"我必须吃光藤才能活下去。"

"没人会想吃那玩意儿的。"窄眼距先生轻蔑地一笑。

"如果我不吃的话，我早就已经死了。"芙拉淡淡地回答，"当然，如果有治疗方法能把这些荧光从我身体里面冲洗出去，我很乐意试一试。另外，最重要的是，得给躺在那边的朋友提供一些紧急医疗援助。"

"她怎么了？"

"修理索具的时候出了点意外。她叫格雷本，当时不小心滑倒了，手里正好拿着一把布刀，她就被重重扎了一下。我们也试过自行帮她处理伤口，但不幸，伤口感染了。"

"所以说，这只是一个意外？"窄眼距先生质疑。

"还能是什么呢？"芙拉用力皱起眉头，两眼间都凹下去了一个缺口。

"你们是从太虚之境的方向过来的。"宽眼距先生说，"在那个地方，一艘飞船可能会遭遇各种各样的麻烦——队员跳槽、遇上星际海盗等。当然，还有很多事情比遇到星际海盗更糟糕。"

"我向您保证，我们没有干过任何与星际海盗有关系的事情。"芙拉的语气认真得都带点愤怒了，就好像对方在挑战她的道德品质底线。

"那你们有没有遇到过让人避之不及的飞船或者坏蛋？"

"没有。"她坚定地回答，"我们只是在专心做自己的事情。一口气登上了好多荧石——其中一次运气很不错，现在手头有一些东西急需转移，我不希望它们在船舱里堆太久。"说完，她看了一眼斯特兰布莉。那两个人上来以后，斯特兰布莉倒是一直没说话，这让芙拉感到谢天谢地。"如果让她得到救治需要花钱的话，我们也能付得起。所以，我们能登陆吗，两位先生？"

"你谈吐优雅。"窄眼距先生说，"说明你来自一个条件比较好的星球。我听说，有一对姐妹从墨珅陵跑了出来，其中一个人失去了一条手臂，还被注射了一针荧光。"

"我倒是有一个哥哥。"芙拉说，"如果有姐妹的话，应该也没理由不知道吧。"她顿了顿，"我的全名叫秦斯莉·马兰丝，出生在瑛笪沟，不是墨珅陵。如果您觉得那边比这里条件好，那显然是您没去过。我的父亲叫达阳·马兰丝，是'银灰小姐'号的第一任主人及船长。您向四周打听一下的话，应该能知道这个人。他资助了这艘飞船，而我是在1793年从他手里继承了船长的位子。"

"你那时候恐怕还穿着尿布吧？"宽眼距先生冷笑。

"唉，这事可由不得我选。我当时已经18岁了，有合法权利能拥有并指挥这艘飞船。我也正是这么干的。"

按这种说法，芙拉现在应该是25岁。还多亏了她脸上的荧光和坚毅的神情，要不然一看就是在撒谎。不管怎么说，她"厚颜无耻"地对天发誓，唬得对方连眼睛都没眨一下。

"好吧，如果你真知道有这样一对姐妹，那一定会提到的，对吧？"窄眼距先生说完便将注意力转向我，连成一线的眉间闪着一丝光，仿佛对我颇感兴趣，又深表怀疑："那你是？"

"特拉根·英博莉。这艘飞船的读骨人。说起来，两位为什么会对那对姐妹这么感兴趣？"

"相传，她们和博萨·森奈有关系。"宽眼距先生回答。

"啊，这样啊。"我笑了，"看来，你们也相信童话故事？博萨·森奈不过就是个传说罢了。我们在太虚之境待了这么长时间，如果真有其人，那我们应该早就见过了。我是不信的，除非二位有什么不同的见解。"

"我们把她的皮肤撕下来当纸用。"斯特兰布莉突然插话，把所有人吓了一跳，"我们把她扑倒在地，用幽灵族的武器将她碎尸万段，还不得不把她从她自己的飞船钉子上拔下来。那钉子都把她穿成肉串了，但她居然还活着。"

空气顿时凝固了。两个港务局的人互相交换了一下眼神。那一刻，我觉得我们命悬一线，所有星球似乎都在各自的轨道上为我们深吸一口气。突然，两张宽宽的嘴巴咧成了巨大的笑容，露出残缺的牙齿，空隙处就像挂了罗网布一样黑。

"哈哈哈，她想象力真丰富，躺在担架上的那个。"窄眼距先生大笑。

"把她的皮撕下来当纸用！哈哈哈哈哈！"宽眼距先生附和道，"看看这帮可怜的女人都成什么样了！个个邋里邋遢，骨瘦如柴，还想扑倒博萨？可能真的是在太虚之境待太久了，脑子都有点不正常了吧。"

"是啊。"我赶紧抓住机会，接下他的话头，"我知道，我们一行人看起来不怎么体面，在打架的时候确实是派不上什么用场，可是我们飞船上真的有好东西可以交易。求二位原谅格雷本吧，她是我们当中唯一对那些博萨·森奈的老套传说很感兴趣的人。而且那把刀刺伤她了以后，她就一直神志不清，老把自己受的苦当作传说里的情节。"

"我已经尽我所能帮她治疗了。"苏桐开口，"但我毕竟不是医生，没帮上太大的忙。两位会同意我们登陆的，对吗？哦，对了，我叫泰恩，是'银灰小姐'号的组装员。"她揉了揉脖子，看向普洛卓尔："那是罗丹，我们的荧石研究员。"

"她没舌头吗？不会自己讲？"宽眼距先生没好气地说。

"如果您想问我什么，之前有的是机会。"普洛卓尔双手交叉，抱在胸前，"所以说，我们能去你们脏兮兮的星球上花钱了吗？还是说，两位更希望我们继续前进，去卡司洛岷或者梅瑟岭，把赚钱的机会留给他们？"

"让她们过。"窄眼距先生嘘声对同伴说，结果却还是很大声，"看来她们是不想用美言和奉承来赢得我们的好感了。"

芙拉咳了两声："请两位先生原谅。最近我们的日子很不好过，大家都一直饿着肚子呢。但主要还是因为对我们的朋友过分担忧了。如果行为举止有什么不恰当的地方，恳请两位海涵。"

另一位缓缓点了点头："我们怎么能拒绝真诚的交易呢？你们的各类证件都没问题，我们就不会把你们拒之门外，更何况你们还有位同伴现在性命攸关，我们当然不会刻意阻拦。但是在斯特里扎迪之轮做生意是一种优待，不是本就该有的权利。在靠岸前，得先让我们看看你们的圜钱。按港务局的规定，应征收1000块。你们能付得起吗？"

"这算是可以退还的定金吗？"芙拉还留有一丝希望。

"概不退还。"窄眼距先生打破了她的幻想。

"咳，我还以为能退呢。"芙拉朝我打了个响指，"特拉奇，请付给两位先生1000圜钱。"

"如果你们能把钱拆成……嗯，比如……两个500块，那我们会方便很多。"宽眼距先生提议。

芙拉慢慢点了下头："完全可以理解。我们来分吧，不麻烦。"

我走到一个放着少量圜钱的袋子旁边，这种小包装正是为了做这种小型交易特地准备的。离开墨珅陵的这段时间里，我学会了如何快速辨认圜钱的面值，手指一扫，很快就找到了两枚500块的圜钱。我把它们从袋子里拿了出来，一点都没有迟疑，毕竟这点金额对我们来说只是毛毛雨。好奇怪，一年前，这些钱还能完全改变我们的生活，帮父亲还清债务。如果当时有这么多钱，他也许就不至于在生活的重担下结束自己的生命了。而现在，我花起来却如此漫不经心，只感觉它们就像燃料一样，是早晚都要烧掉的东西。

"你们等会儿跟在我们后面进去，"窄眼距先生接过钱，顺手就把它们塞进腰带上挂着的一个小口袋里,"然后停靠在轮辋下面的一个码头,到时候我们会指给你们看的。操作喷气装备的时候可要轻一点,马兰丝船长,这里可容不得你犯一丁点错误。"

"好的,我保证不出错。"芙拉回答。

"我们会提前通知医院,让他们派人去轮辋码头接你们。从刚刚的情况来看,你们这位朋友一时半会儿是治不好的。"

他们走了。我们目送着他们离开船闸,越过一段距离进了自己的子舰。除了斯特兰布莉,所有人都长舒一口气,绽放出一个大大的笑容,就好像我们完美通过了一次带妆彩排,一句台词都没说错。

但很快,严肃的表情就重新回到了芙拉的脸上:"刚刚只不过是热身,真正的考验还在后面呢,别太自满。他们谈起尼斯姐妹的时候,态度可真讨厌。"

我眨了眨眼,觉得很奇怪,怎么她好像完全是在说别人的事?

"你觉得我们算混过去了吗?我看,其中一个人好像完全能肯定我俩是姐妹。"

"但你回击得很好。"芙拉夸了我一句。虽然我对自己刚才的表现也感觉不错,但能得到她的赞美,我还是感到一阵自豪。

"希望这1000块钱花得值。"苏桐说。

"我真怀疑,官方定价有没有超过500都是个问题。"芙拉撇撇嘴,"否则他们为什么会要我们把钱拆成两份?"

"你觉得,他们真的有查过我们的证件吗?"苏桐问道。

"最好是没有。"普洛卓尔说,"如果真的去查了的话,他们会发现证件是纸糊的。但是,这些落后地区的市场运作我可太熟悉了。他们没时间,也没人会愿意去呼叫别的星球来证明那些说法或证件,特别是如果对方急吼吼地想拿到钱的话,就更不会在意细节了。但如果我们待的时间长了,到最后可能会有人去查'银灰小姐'号和飞船成员的历史。他们会向临曦族中央登记处提交信息查阅申请,然后就会发现有对不上的地方。但我们也不会留那么久,对吧?"

"如果是我做决定的话,就不会。"芙拉说。

第十二章

我们跟着港务局的子舰一路往里飞。快靠岸的时候，他们转向飞去一根尖锥，这根锥子以轮辋为底座，朝中心点向下突出。绕轮子一周至少有50座这样的停靠塔，但没有哪两座是完全相同的。从飞船停泊的情况来看，显然至少有一半以上已经废弃闲置了。我们被分配到的那座塔有半里格高，大部分是骨架似的结构，几个塔层上都有大量台阶，每格台阶都大得足以容纳一艘子舰或差不多大小的飞船。我看着它们，想起了哈德拉玛星的尖刺形码头，只不过那边的码头是从星球表面向外刺出的，而不是像这里一样，从轮辋下侧悬空而下的。

现在我终于明白，为什么他们告诉我们降落的时候一定要小心了。停靠的时候，必须和斯特里扎迪之轮同步旋转。而这样一来，我们一下子就失去了向来习惯的近乎失重的状态，转而感受到一种强烈的——准确来说是令人作呕的——上下波动。如果我们的喷气装置出了任何故障，那我们这艘小小的子舰就会一股脑儿地向前冲，仿佛我们急着要逃离这里一样。如果我们在比较开阔的空间，那还有回旋余地。但如果此时我们已经快要降落，离那些看起来就很危险的停靠壁架很近了，那可就完蛋了。如果某艘飞船从高处的架子上掉下来，却在下坠过程中没有撞到任何东西，那简直幸运得可以去买彩票了。

第十二章

我们被分配到一个靠中间的壁架上,港务局的飞船把空位上的灯打开,然后就飞走了。这个位置可以说是最好的,也可以说是最坏的,或两者都是,全凭个人看法。有几艘飞船堆在我们头顶的高层壁架上,离轮辋边缘更近——从某种程度上来说他们笼罩着我们,因为停靠架是越往上越宽的——但下方也有不少飞船,看起来就像脚下远远地摆着很多小小的玩具块。我时不时地能看到一个闪亮的桩子,那边的壁架已经完全断了。毫无疑问,它见证了一些可怜家伙的悲惨遭遇。

芙拉把子舰降落在网格平台上,轻缓地减小腹部喷射装置的功率,直到确信这个建筑结构可以承受我们的重量,她才敢完全关闭。起身的时候,我感觉浑身的骨头都在抗议。大家走动和穿衣服的动作都非常轻,生怕脚步稍微重一点,壁架就会被踩烂。我们要穿着航天服走一小段路才能进入斯特里扎迪之轮。不过,按斯特兰布莉现在这个状态,我们也没指望能让她穿上衣服。

好在芙拉早就考虑到了这个问题。她带了一个密封的货箱,长度足以容纳一个人。我们把斯特兰布莉连同担架一起装了进去,又把各自的几件衣服和随身物品也塞在了里面。

"她睡在里面真的没问题吗?"我问。

芙拉把手伸进箱子,在里面捣鼓了一番,确保斯特兰布莉被固定好了。然后她慢慢盖上盖子,封好盖子边缘的压力密封带。

"不会晃得太厉害的。而且她现在失去意识,只会进行浅呼吸,倒也是件好事。"

"凡事总有好的一面。"我点点头。

箱子两端各有两个把手,我们四人不用费多大劲就能把它抬起来。我们还在航天服外多绑了几个口袋,装好了圜钱、短程传呼装置、一些可以交易的小东西,还有额外的换洗衣服。我们就这样把斯特兰布莉从子舰上扛了下来,穿过短短的真空地带,进了一个通向电梯的压力闸。电梯很大,是用来运货的,轻轻松松就装下了所有人。

我们走进去,电梯一开始向上升,大家就赶紧摘下头盔,又能自由呼吸了。芙拉打开了装运斯特兰布莉的箱子。她在里面才待了几分钟,箱子里竟然已经弥漫着一股腐臭味了。我强忍着恶心感,才没有吐出来,并且庆幸马上就能到医院了。

"我才不会信那些预言呢。"斯特兰布莉躺在担架上,抬起头对我们说,"蠕虫族说的话我永远不会信。我真心劝你们,还是离开那块荧石为妙……"

我戴着手套,轻轻摸了摸她的额头,想着这时候要是有条冰毛巾就好了。"放轻松。"

芙拉又关上了盖子,防止斯特兰布莉继续胡言乱语。

电梯升到了停靠塔的顶端,穿过结实的建筑——轮辋的外壳,大约75英尺——当中的一小段间隔,然后突然加速,冲进了星球内部的管状区域。当我们出来时,首先映入眼帘的是一个处在轮辋边缘的停靠码头,可以说,这是我能想到的最没有吸引力、最没有亲切感的地方了。四周有许多电梯门,全都面朝一个圆形大厅的中央。高大的黑色建筑笼罩在我们头顶,只有几扇窗户里透出灯光。最上方是这个星球内侧边缘的一整片天花板。在遥远的过去,上面一定满满地覆盖着照明面板,而现在只剩下残缺的几块,朝下面的建筑物和街道投射着微弱昏黄的灯光。那些还亮着的面板是蓝色的,上面有一些白色的斑驳。我曾在书和图册里看到过,这是宇宙大分裂前天空的样子。当时,地球被一层大气层包裹着,这层大气能在垂直方向上蔓延十几里格,真是令人难以想象。在其他结构类似的星球里,天空可能是火星似的焦糖奶油色,土卫六似的金黄色,或是金星似的剑光银色。据说(当然是过了很久以后),虽然拆除旧星球是所有人一致同意的行动,并且在执行前经历了 10 万年伟大而庄严的审议,虽然建立的 5 000 万个新世界为大家带来了充足的空间和充分的自由,但旧星球的分裂还是带来了无尽的悲伤。人们为牺牲品感到悲哀,一种类似购物后悔综合征的情绪在圣公会回荡了几个世纪,直到现在都没有完全消失。

在寥寥无几的还亮着的照明面板之间,要么是它们"已经阵亡的兄弟",要么就是其他面板脱落后裸露出的管道、缆绳网格。管道有几处裂缝,泄漏出一阵阵水雾,等它们降到地面,已经凝结成了一场细雨,感觉油腻腻的。很难说这种雨是设计者的精心设计还是疏忽所致,反正结果就是,街道变成了滑溜溜的黑色镜面,到处是深不见底的水坑和在漏水的排水管道——至少在我眼里是这样——而且这些水坑和下水道正好都是在行人最不会注意、最容易被绊倒的地方,就好像是有人恶意把它们安排在那边一样。

我环顾了一圈这个期待已久的目的地,第一印象告诉我,这边不太妙。

"你们手边有武器吗?"街边小贩远远地喊我们。

"没有,谢谢。"我回答。

"想要买几个吗?"

大厅中央是一个死气沉沉的市场,四周全是火炉和垃圾堆。只有寥寥无几的商人在做各种生意,看起来自由散漫,而顾客就更少了。那些商品的质量没一个是能信得过的——碎得只能用于冶炼的航天服零件、破破烂烂的机器人碎片、已经砸坏了的导航装置、废旧的工具、潮湿又粗糙的衣服。

商人戴着面纱,但还是挡不住烟雾和空气中飘浮的油脂,连连咳嗽;顾客懒洋洋地走来走去,大多裹着头巾,穿着雨衣,在下水道中间的商铺边挑挑拣拣。很多人拿起东西仔细看了看,又摇摇头放下。

"你们想想,为了来这一趟,我们还付了1000块钱。"苏桐不满地喃喃自语。

"可能往前走走会好点。"我一脚踢开挡着路的垃圾桶。垃圾桶慢慢滚向一个潮湿的角落,还甩出一对断臂。

"各位是马兰丝船长的队伍吗?"

三个人沿着大厅边缘朝我们走来。其中两个人弯着腰,推着一辆手推车,手推车的条状框架上铺着雨布。

第三个人——也就是说话的那个——个子矮矮的,但体形很宽,走起路来大摇大摆,都快横过来走了。他的上半身很短,头和脖子几乎缩在身体里。棕色雨衣的上衣领子遮住了他的下半张脸,所以我能看见的只有他黄鼠狼般扁平的额头、长长的鼻子和一排排向后紧贴头皮的头发。

"是我们。"芙拉毫不犹豫地回答,"我是'银灰小姐'号的船长马兰丝。这些是我的队员——特拉根、罗丹、利琪尔,躺着的是伤员格雷本。"

"嗯,我们已经听说过你们这位可怜的朋友了。"矮矮胖胖的人说道,"各位美女现在不必担心了,这里是最好的地方。艾扎德医生已经把手术台清理干净了,手术刀也磨锋利了,所有东西都特意精心擦洗了两遍。相信很快就能做出诊断。要是他都不能解决,那整个星球恐怕也没有人能解决得了了。"

"您是?"我问。

"哦,抱歉,失礼了。"那人伸手摸了摸鼻尖,"各位可以叫我史尼德先生,或者老史尼德、史尼迪都可以。如果各位习惯正式一点的称呼,我的全名叫拉斯帕·史尼德。或者甚至随便一点,叫S先生也可以。"他咧嘴一笑,露出两排摇摇欲坠、已经掉得差不多的棕色牙齿,"我猜您是特拉根,对不对?"

"特拉根·英博莉。飞船的读骨人。您是医生手下的员工吗?"

史尼德仔仔细细地考虑了我的问题,好像它背后有什么强烈的哲学意味。"从某种程度上说,我应该算是。但从另一个角度来讲,他也可以算作我手下的员工。不过说到底,我们都是在给凌辉先生打工,这才是最重要的。"

"那凌辉先生和救我们的朋友有什么关系吗?"芙拉问。

"啊,我知道了,各位显然对目前的情况还不是很清楚。"

"难道我们应该很清楚吗?"我反问。

"我相信很快就会的——凌辉先生只想为客人提供最好的服务,大家懂的。而且鉴于目前没有别的重要客人需要接待,他会把所有注意力都放在各位身上。也就是说,他会吩咐艾扎德医生全力以赴,就算暂时搁置其他病人,也要把你们的朋友治好。虽然医生会为此感到很为难,但这是命令,而且医生见了各位以后,应该就不会介意了。他不想因不称职而让凌辉先生失望。"

"我们不想因为自己耽搁任何人的病情。"我说。

"哦,不会的,一点都不会耽误别人的。我们可以在两小时内赶到医院。"他冲推手推车的人点头示意,"来,帮忙把她们的朋友装上推车,兄弟们,手脚轻一点。"

芙拉站在一旁,我、普洛卓尔和苏桐帮推车的人一起搬动斯特兰布莉。那两个人已经习惯了这个星球的重力,装着斯特兰布莉的箱子到了他们手里,一下子显得不那么沉重了。他们先把雨布拨到一边,让斯特兰布莉连同箱子一起滑到手推车上,然后把雨布拉起来遮住箱子。史尼德给我们指了指手推车下部的一个附带货架,可以用来放我们的头盔和一些不太想随身带着的航天服部件。于是我们卸下氧气瓶、压力螺纹管和便携式传呼机,小心翼翼地把它们放在架子上,然后就出发了。史尼德在前面带路,我和芙拉在他两侧并排走着,两名员工推着手推车和苏桐、普洛卓尔一起跟在后面。

"我不太了解你们医院的运作机制,但只要价格合理,我们能付得起所有费用。"芙拉说。

"你们很有钱吗?那你们和我们以前遇到的人可太不一样了,他们大都穷得叮当响。"

"我们除了让她得到最好的救治,别无所求。你提到的那个医院,就是最好的,对吗?"

"哦,那是当然。"史尼德拍拍胸脯,"毫无疑问,绝对是整个星球最好的!"

*

我们穿过了一片空地,我猜这里曾一度是市政花园,但如今只剩一片荒芜,连一棵树都没有,到处是垃圾、火光和一群群四处闲逛的人,周围的喷泉和雕像要么支离破碎,要么东倒西歪。再往前走,两旁的墙壁开始倾斜,街道和建筑紧贴着越来越陡的墙面,到最后,墙面转了整整 90 度,建筑物都固定在摇摇欲坠的壁架和突出结构上。据我所见,这里有两条主干道,我们两侧各一条,沿着星球边缘的主要曲线延伸,逐渐向前爬升,超出我们的视线。两条主干道上有岔出去一些较小的街道或巷子,但只有在靠近大道的地方才有电灯、霓虹灯安置在广场和主要交叉口,这些都是此地少有的生命迹象。其他地方都太黑了,建筑物和道路都完全消失在黑暗之中,只是偶尔有一些灯光或者火光亮起,表明那里有人居住。我突然意识到,我们现在处在两条大道的中间,也就是在轮辋凹陷的最低处,所以几乎就是摸黑前行。要想打破这一片漆黑,还得有更多的火炉和燃烧的垃圾堆才行。

每走一段就会有一条路或者人行道横跨轮辋,连接起两条主干道,好让需要的人抄近路。我们刚走到其中一条下面,就听到上面一帮人大喊一声,随即一个瓶子从天而降，砸碎在地上，一股恶臭袭来。

史尼德拿出一把小型钝管手枪，朝天空鸣枪示警。

"上面的人！走路都给我看着点！"

"史尼迪？"一个声音回应道。

"是我，还有阿逝特别叮嘱要保护的尊贵客人。如果你们与我为敌，那就是在与他为敌。我猜你们可不想这样，对吧？"他又开了一枪，强调刚刚说的话，但桥上的人群得到了想要的信息，早已散去了。

"那些是什么人？"我问道。

"一帮小混混。"史尼德先生确信自己已经把话跟他们说明白了，于是把武器装回了口袋，"现在时局动荡，外面偷窃盛行、无法无天。凌辉先生已经尽力尝试在这帮人里树立威信了。这是场苦战，但如果是他出手，就一定能解决的。"

"你刚刚说的'阿逝'，是什么人或者什么东西？"芙拉问。

"哦，是我不小心说漏嘴了。"史尼德搓了搓鼻头，一小块黏液从他鼻子里垂下来，就像悬臂式起重机末端荡下来的钩子，"别想它了。一会儿身边有其他人了以后，也请不要再提。"

我们走出市政花园的废墟，穿过一条臭气熏天的人行隧道，踩着屋顶上掉下来的瓦片，爬上一道斜坡，绕过一个稍微热闹些的市场，走上一条稍有坡度的小巷，离主干道近了些，但与有电灯和霓虹灯的地方还差一两条街的距离。

医院建在一个从墙上伸出来的长方形平地上。或者，我应该说，它原先的建筑思路是那样的。实际上，房屋结构非常奇怪，像一盏怪异的吊灯一样，从天花板上悬下来。除了一些梯子、绳桥、链条、软管和管道以外，几乎没有任何部分与地面接触。医院顶部由数百根缆绳拉扯着，有些是垂直向上的，有些则以一定的角度向外倾斜。光是看着，我就觉得有点头晕恶心。一想到这是我们自己选择的目的地，也是斯特兰布莉最大的希望，我就更难受了。

显然，最开始的时候这栋楼是正常的，地基、入口之类的什么都有，但后来不知出于什么原因，底下的5层被炸掉了，只剩由碎石、大梁和砖块堆成的残骸底座，长方形平地当中有一处凹陷，形成了水坑，医院就在上空悬着。进

第十二章

出的唯一途径是那些梯子和绳桥，它们从地面通向原先的 6～8 层楼。当然，楼层只是我的估计。不管这栋建筑之前遭遇了什么灾难，也不管是逐步侵蚀还是飞来横祸，都改变不了现在只有几根绳索支撑着它的事实。

但至少楼里没停电。高层亮着灯，低层的窗户背后也并非一片漆黑。

"他们给客人准备的这个玩笑真不错，特拉奇。"芙拉探头看了看这座悬浮在空中的建筑，伸手挡在眉头，保护眼睛不进雨水，"让客人看看这片可笑的废墟，让他们以为这里是医院。"

"我也希望这是个恶作剧，马兰丝船长，真的。但很遗憾，我们星球确实已经沦落至此了。不过，我没有撒谎——这里就是我们最好的医院。"

史尼德带我们走到一座绳桥下。不是最陡的一座——要不然根本不可能推着手推车通过——但是也已经够陡的了，而且好长，让我感到如鲠在喉。

"那么各位，在我们上去之前，还得先走一个小小的程序。有人或许之前产生了一些误解，带了枪支，或者其他类似的不受欢迎的东西。但在医院里，这些可不能携带啊，对不对？"

"我们没带武器。"芙拉说。

"哎呀，人人都这么说，我耳朵都要起茧子了——船长，我没有任何冒犯的意思。"

芙拉后退一步，展开胳膊，说："如果不信的话，随便搜吧。"

"你们两个，来，上上下下搜一遍，但是温柔点，凌辉先生可不希望他的客人被粗暴地对待。"

两名员工仔细搜了我们的身。我知道自己没拿任何武器，受到这种羞辱，心里多少有点不爽。他们在我和普洛卓尔身上确实一无所获，但在芙拉那边找到了一把钝刀，用磁铁吸在她胸前背包的下面，还在苏桐靴子的储物袋里发现了一架微型弩炮。史尼德接过那件小武器，眼里的怜悯超过了反感："你就带了这玩意儿？怎么，怕遇到一只危险的小猫咪或者小狗狗吗？"

"我都忘了自己还随身带了这个东西。"苏桐皱着眉头，"是我们上次去荧石的时候顺手拿的。"

芙拉扬起下巴："您要是觉得它构不成威胁，大可以还给她。"

"我暂时没收了。"史尼德把这架微型弩炮和芙拉的短刀一并收进了自己的口袋,"我相信各位去荧石之前肯定会提前做一些准备。我很高兴,你们没有对武器产生依赖,否则这次谈话可能就没这么愉快了。"

"你们不打算搜搜箱子吗?"芙拉双手叉腰,挑衅地问道,"上次荧石探险,她也跟着去了。我可不敢保证她的衣服里没藏什么东西。"

史尼德若有所思地点点头,说:"打开箱子看一下,伙计们——我们最好还是看一眼。谁知道她在箱子里塞了什么东西?没准儿夹带了一支核聚变长矛呢。"

他们钻到雨布下面,打开真空密封条,慢慢抬起盖子。就在盖子掀开的那一瞬间,两人立刻后退了一步,一人捂住嘴巴,另一人用手狂扇,试图扇走恶臭的空气。

"查彻底了,你们两个!"史尼德呵斥道。

"她太臭了,好像从第3朝开始就没洗过澡那样。"其中一个手下抗议。

"一股腐烂的味道,感觉马上就要生蛆了。"另一个人附和。

"不对。"第一个人反驳,"更像下水道,或者没冲的厕所。"

"不对!是蛆,是腐肉,完全就是。一点都不像下水道。我就想不通了,你怎么会这么形容?"

史尼德把他们两个推到一边,把鼻子冲到盖子下面闻了闻,然后伸手在斯特兰布莉身边翻翻找找,肩膀不停地晃动着,挑拣着我们塞在她身边的东西。那些东西现在看起来就像陪葬品一样。"我不确定是什么味道这么难闻,是人还是衣服。但是肯定有什么地方**不对劲**。"他退到一边,放下盖子,"您前面说,这位朋友是怎么了,马兰丝船长?"

"腿伤了,伤口没有正常愈合。"芙拉冷冷地回答,"这几天来一直很难闻,所以我们才迫切希望她能被尽快治好。"

"保证飞快。"史尼德边说,边走到一根链条旁边,利索地猛拽了一下,就像在扯出塞子,清空水池里的水。

他眼睛向上瞄,身体向后靠,但脸竟然还一直牢牢卡在衣领里,跟敲进孔里的塞子一样拔不出来。大约一分钟过去了,什么事情都没有发生。然后,突然有一条铁臂从我们头顶的窗户里伸出来,一个钩子带着篮子缓缓下降。篮子是铁丝制成的,差不多有一个浴缸那么大。

"我不进去。"苏桐非常不满。

"这不是让你们进的。"史尼德说,"不过,如果大家把头盔之类的各种东西放在这个篮子里,那绳桥就能减轻不少压力。到了顶上,大家再拿回各自的物品也不迟。"

"这玩意儿好讨厌啊。"芙拉咕哝着,但是声音响得所有人都听得见。

"史尼德先生说得对,不要让手推车超载。"我劝大家,"这样一来,我们也不用再推这么重的东西了。"

我们刚拿出要争论几个小时的气势,就被芙拉恼怒的一声哼气打断,她伸手到推车下面,把航天服的部件转移到篮子里。大家也纷纷照做,把杂七杂八的东西都叮叮咣咣一股脑儿放到篮子里。然后我又卸下了一点部件,但没时间把航天服全脱掉了。

史尼德向窗口挥了挥手,钩子拉着篮子开始上升。在它马上就快够不着的时候,芙拉突然抢回了两个传呼机。这两个机器很小,一只手就能轻松抓过来,不像头盔或者氧气装置那么笨重。

现在箱子摇摇晃晃,越来越高,彻底碰不到了。

"到了顶上就能见到它。"史尼德朝两个助手打了个手势,"用背顶住这个推车,伙计们。不能让它滚下去,否则就停不下来了。"

除了史尼德,大家纷纷加入顶住推车的行列,直到没有地方再多加一双手了。我不禁想起了在沉啸石上时,大家一起把燃料瓶往竖井上推的场景。唯一的不同在于,当时推着的不过是一瓶满满的火箭燃料,而现在我们推着的却是一个正处在性命交关时期的朋友。我们不停地推啊推,越走越高,桥也越来越陡。晃动越发剧烈,脚下的木板偶尔还是烂的,甚至完全是空的。手推车的轮子险些卡进去。我不断提醒自己,这是一场冒险,冒险总是很有意思的事情,值得日后细细回顾。

"那边在干吗?"芙拉看到篮子升到一半停了下来,忍不住问道。那篮子确实在我们头顶上方挺长一段距离,但离伸出绞盘的窗口还远得很。

"有什么东西卡住了吧。"史尼德先生顺口答道,仿佛这是司空见惯的事情了,"不必担心——上面的人会让它继续动起来的。"

"如果那些衣服有地方被划破的话……"芙拉说。

有两个人从窗口探出身子,摆弄着绞盘,看来这篮子卡得结结实实。

我们继续向前走,尽量不去想楼上的人搞出来的糟心事。桥面越来越陡,而且晃得厉害,就像故意在和我们闹着玩一样。最后我们终于顺利把手推车推上了桥顶,一路上居然没有翻车,也没有滚下去,简直是个奇迹。我们来到了医院底下,桥在这里就到头了,变成了碎石、大梁和砖块堆成的矮矮废墟。两名医护人员走了出来,帮我们一起推着车爬上最后的斜坡,进入大楼的安全地带。我暗自想,我现在已经把这个悬在空中的瓦砾堆都当成"安全"的地方了,沦落至此,难道本身不就是一种讽刺吗?但不管怎么说,在这里总比在绳桥上好。

"让我看看绞盘在哪里。"芙拉说。

"还在我们上面一点。"史尼德说,"但是无论我们走哪条路,去检查站的时候总会经过的。"

我们现在所在的位置大概是这栋楼原来的中间层,但是距离来的路上我看到的灯光还有十几层楼。这部分建筑就是一个空壳:窗户全被炸毁了,除了地板和天花板外,空空荡荡,当中偶尔有几根光秃秃的金属柱子支撑着,其他什么都没有留下。

史尼德带着我们走到了中间的位置,显然这边曾经是一个院子或中庭,四周环着内墙,而现在也空了。几座绳桥横跨这个缺口,纵横交错,上下堆叠;或者连接不同楼层,坡度陡得吓人。谢天谢地,我们不用走这些路。史尼德的手下把车推进了一个带栅栏门的电梯,还剩一点点空间,芙拉站进去正好,其他人则需要等下一班。

我目送电梯磨磨蹭蹭升上高层,听着远处传来栅栏门开启的咔嗒声,然后是车轮滚动的隆隆作响声,再然后是电梯缓慢下降到我们身边的呼啸声。史尼德哼了一声,用袖子擦了擦鼻尖,用鼻涕做了一个自己的小绳桥。

"这边之前发生过什么事,史尼德先生?"我问道,"我知道现在不是这个星球的全盛时期，但怎么看起来好像在打仗？"

他吸了吸鼻子，喉咙里发出咳痰的声响。"你说到点子上了，特拉奇。确切地说，这不是一场战争，而是一种重塑。世界已经乱套了。你看，贸易不断下滑，去年银行挤兑，法律秩序普遍崩塌，所有事情都快到了穷途末路的地步了。但幸运的是，凌辉先生带来了转机，他有能力让一切重回正轨。我们在正确的时机迎接了正确的伟人。有时候，当机会来临，尤其是如今这种格局混乱的时刻，就需要有像凌辉先生这样的人站出来，完成千秋大业。"

"我怎么感觉听起来像是在夺权？"普洛卓尔说。

"你这人就是口无遮拦，对吧？罗丹，我说的对不对？你看起来年纪比其他人都大。我这么说，你不会介意吧？"

"是，年纪大，长得丑，但是有智慧。"

"我不知道你是不是真的更有智慧，但我敢肯定，你去过古日附近好几次。你在马兰丝船长这里待了多久了，罗丹？"

"时间很长，长到已经明白待了多久这事我自己知道就好，没必要告诉别人。"

我对史尼德第一印象不怎么好，但鉴于我们是经过一番伪装到这里来求人的，我可不希望与他或者与他所谓的老板发生不愉快。

我强迫自己挤出一个微笑，说："请原谅我们，史尼德先生。对行动守口如瓶已经成了我们的职业习惯。只有这样，我们才能在宇宙这么多飞船队伍里保持一点点优势。但是有了这种习惯以后，我们对别人的各种问题，还有但凡不是我们求来的，而是主动伸出的援手，都会持怀疑态度。但我们真的没有恶意，而且对各位给予格雷本的帮助心怀感激。"

"我猜，队员之间果然还是有点默契的。"史尼德应该是被我说服了，"你们船长看起来也一点都不喜欢闲聊吧，特拉奇。我这辈子见了这么多人，荧光情况比她严重的只有一个。还有，她为什么会有一条铁臂？"

"她从来没和我说过。"我回答，关于这方面的情节，大家之前都讨论过了，"可能是做了些不太好的交易吧，没什么别的了。"

"不管怎么说，那条手臂很漂亮。如果她想卖，我可以出一个好价钱。"

"我相信她会好好考虑这个问题的。"我回答。

说话间,电梯回来了。我们走进去,电梯沿着中庭的内墙向上升,两股棕色的水流在两边飞流直下,注入下面的积水坑。最终,我们到了有灯照明、有人居住的楼层。比起在楼下吹穿堂风,这里当然好些了,但也只是好那么一点点而已。

空气中弥漫着恶心的气味。虽然不至于像装斯特兰布莉的箱子那么臭,但那个箱子至少能盖上盖子,这边的味道却躲也躲不掉。而且让我觉得最糟糕的是,有人企图用化学试剂掩盖这股恶心的味道。这些化学品的效力挺强的,能让人鼻子发痒、眼睛刺痛,却不足以完全盖过令人作呕的腐烂味。

"习惯就好了。"史尼德说,"我第一次来的时候,吐了整整一水桶。现在已经一点都不难受了。这也侧面证明了你们那个朋友身上有多臭!欸,我去把艾扎德医生叫来,好吗?"

"不用费那劲了,史尼德先生。"一个极其低沉的声音传来,一个男人从电梯旁朝我们走来,一手拿着伞,一手拿着一沓装订松散的文件。虽然在室内,但他还是把伞撑开着。"我是艾扎德。伤员是哪位?"

"在手推车上。"我伸手指向推车,"她叫格雷本,躺在货箱里,因为我们得带她穿过一段真空区域,而以她现在的状况,是不能穿航天服的。"

"嗯,我知道。那您想必就是他们和我说的船长吧。马兰丝,是不是?"

"不,那是——""我妹妹"三个字刚要脱口而出,我突然清醒,赶紧打住,"我是特拉根。马兰丝船长先我们一步,已经乘电梯上来了。史尼德先生,她现在在哪里啊?"

"她迫不及待要去看那个绞盘,特拉奇。如果你担心的话,就过去看看吧。就在走廊尽头那几块蓝色窗帘后面。"

"我去找她。"普洛卓尔抢先道。

"那一会儿见吧,罗丹。"史尼德说着把一只手举到脸旁边,就像在和战友致敬。

艾扎德医生把手里的一堆文件放在电梯旁边的服务台上,然后从口袋里摸出一盏小灯。检查区域只是一个稍大点的病房的一个角落——或者,我猜那也

第十二章

可能是病房群——而这病房肯定占了楼面的大部分区域。和底下的布局类似，这里也立着几根金属柱子支撑着天花板，但这边的窗框里装着玻璃，碎了的几扇则用布挡着，天花板上挂满电灯，还有帘子和隔板能为医生和病人保障一点隐私。床位、手推车和各种医疗设备都是齐全的，还有一盏可移动的高亮度照明灯。

"特拉根，我不知道史尼德给你们介绍了多少这里的情况。我想说的是，我们肯定会竭尽所能救治你的朋友，但还请不要对我抱有不切实际的期望。"

"史尼德跟我们说，有一位叫凌辉的先生对我们非常关心。"我说。

"是的，有人也告诉我了。我们的……赞助人……已经开始重点关注各位了。"在某一瞬间，他的声音里闪过一丝紧张。我不知道这是否只是因为疲劳，毕竟医生经历了一天的工作以后，往往会累到难以组织语言。"我们会尽力的，这是我们的职业操守。"

"感谢各位为我们提供的一切帮助。"我说。

艾扎德医生个子非常高，简直算得上我见过的最高的人之一，五官也瘦瘦长长，普通人走到哈哈镜前才可能出现那种效果。他鹅卵石般苍白黯淡的双目之下，皮肤毫无血色，还有两片青紫的阴影，像是被人打了一样。他的嘴巴和眼睛隔得很远，留出的距离简直够放几个鼻子；下巴厚重，嘴唇形状也很怪异；黑色的鬈发梳成了中分，顶在头上。他穿着一件淡蓝色的手术服，衣服盖住了他从肩膀到鞋面的每一寸地方。他走路的样子让我不禁想起游戏里的小方块，从一个地方直接滑到另一个地方，腿几乎没有移动过。

"伤口有没有什么特性是我应该要了解的，特拉根？"

"他们和你说过些什么吗？"

"基本没说。"他仍然撑着那把紫白格的伞，我才注意到天花板在不停地滴水下来，"就知道是一个由锋利刀片造成的割伤，是在宇宙空间里出的事情。就这点信息的话，我能想到很多种情况，单单一场意外或者暴力袭击都有可能。"

"她就是滑倒了而已。"我说，"没什么别的事情。好在刀子没有完全刺穿她的腿。我们试过自己清理伤口，但显然没处理到位。可能是因为我们的手术室太小了，东西也不全。如果必须通过开刀的方式来消除感染，请不要犹豫。"

"总会有办法的。"他稍微收了一下伞，没完全收起又马上打开，把积在伞面上的雨水抖了下去，"特别是——目前看来是这样的——凌辉先生已经明确表示要给病人提供一切治疗，这样的话，什么问题都总能解决的。"

我仔细看着接下来发生的一切，心里总有些微微的不安。在一个并不十分隐蔽的角落里，手术开始了。医护人员身边放着几罐气体和一个带风箱的柜子，斯特兰布莉身上盖着几条绿色毛毯，一个机器人弯腰站在她床边，两只手臂伸进毛毯间的缝隙里。一个穿着手术服、戴着口罩的瘦小女人站在它身后的箱子上，双手在机器人背部的挡板上操作。除了这个女人在操作的一些功能可以运行以外，机器人其他部分已经全坏了，肯定是没有自我意识的。我的目光扫到了一名在监测风箱机的人员，但是我立刻挪开了视线，心里觉得自己不该被一些与我无关的人和事分散了注意力。

"我们并不希望自己受到特殊优待，艾扎德医生。"

"选择权可不在你们手里啊，特拉根。"然后，他看了我和苏桐一眼，"你们坐一会儿吧。我要给你们的朋友做一下检查，进行初步评估。然后我们再来讨论治疗方案。"

我们两个人还穿着航天服，尽量保持坐姿优雅。椅子在我们体重的压力下吱吱作响，但好歹没塌。我很庆幸史尼德没有想一起坐下来的意思。他还在附近兜兜转转，一直盯着我们看，让我感觉心里毛毛的。他盯得明目张胆，甚至都懒得稍做掩饰。被我发现后，他就擦擦鼻子，继续往前走。

"我不喜欢那个矮子。"苏桐低声对我说。她慢慢脱下右边的金属护手，终于能自由伸展手指了。"也不喜欢这里的气味。"

"确实，他的行事方式比较特殊。"我尽可能地把脖子缩进衣服里，比起病房里的味道，我宁愿闻自己的汗味和体味。

这边又臭又吵——头顶的屋顶上雨点咚咚，楼外的墙壁上水流汩汩，地上的水桶里水点滴答；发电机轰鸣，机器持续嗡嗡作响，时而咔嗒咔壳；脚步来来往往，医生和工作人员低声交流，讨论病情；病人哭泣，痛苦呻吟。还有那股挥之不去的臭味，就像黄色烟雾在鼻窦里打转。

第十二章

"你觉得那个瘦子信得过吗？"苏桐问我。

"艾扎德医生？我觉得他看上去没什么问题。但只限于现在这种情况下。要是放在以前，如果没有书面证明，我连自己的左臂也不会相信。可我总觉得整套班子都有点怪怪的。"

"我懂你说不相信自己的手臂是什么意思。"苏桐说。

"唰"的一声，房间另一头的蓝色窗帘拉开了，我立刻转过头去看。普洛卓尔走了过来，神情极其严肃，脸上的棱角都似乎更分明了一些。芙拉紧随其后。她俩手里空空的，一个设备都没拿。

普洛卓尔朝我们走来，芙拉则转身奔向艾扎德医生。医生正推着手推车，把斯特兰布莉连人带箱挪到一个有帘子的地方去。

我从椅子上站起来。

"怎么了？"

普洛卓尔摆摆手，示意我坐下。"东西全丢了，特拉根。头盔、呼吸设备，装在篮子里的所有东西，全都没了。我眼睁睁看着它们掉进我们脚下的那个火山口。里面全是棕色的水，你如果想游下去寻寻宝，那我只能祝你好运。"

"不！"我惊得目瞪口呆，"不可能全没了的！不可能！"

"我就是把自己看到的告诉你了而已。绞盘卡住了，两个甩着鼻涕的家伙探出身子，尝试修理绞盘里的东西。我觉得他们都快成功了。然后芙拉……我是说马兰丝船长……"她飞速朝旁边瞟了一眼，"她把那两个人推开，就好像自己一人能顶他们两人，非要自己去修。这下坏了，绳子断了，篮子就下去了，连带里面所有的东西全掉下去了。笑死了，跟做梦一样。"

"住手！"我看到眼前的场景，吓得大吼一声。芙拉气势汹汹地开始和艾扎德医生吵架，嗓门提得老高，还差点把医生打倒在地。准确来说，芙拉其实没有碰到他，而是把胳膊乱甩一通，仰头紧紧向他逼过去，显然已经昏了头脑，失去了理智，就好像是荧光完全控制住了她。

"他们告诉我把东西放进去很安全的！"她疯了似的大吼大叫，"他们把什么都放进去了！看看现在发生了什么！"

艾扎德医生仍然拿着检查灯。他后退几步离开了手推车，举着那盏灯，仿佛那是他唯一一道防线。芙拉继续向他逼近，金属手在空中乱抓，呼呼作响。她只摘了头盔，航天服还穿得好好的，要是她摔了一跤，把艾扎德压倒在地，那医生棍子一样细细的身板肯定扛不住。

我追上去。"船长！"我几乎在失声大喊，却还不忘保持角色感，"这不是艾扎德医生的错！"

她猛地转过身来，一瞬间，所有怒气都转移到了我身上。我看到她握紧拳头扬起胳膊，也许有那么一会儿，她真想直接残暴地朝我挥过来。

"你在教我做事，特拉根？"

我的音量一下子降低了，这会儿只剩有气无力的嗫嚅声："我们有钱。我们钱多得都不知道该如何处理了。都能再买回来的，还能买更好的。来这里最重要的事情是救格雷本——不要纠结那些本就可以随意替换的航天服部件。"

她的鼻孔张开，眼里怒气未消，大脑飞速转动。我也满腔怒火难以遏制，就像燃烧的瓶子一样，随时可能爆炸。我努力控制自己不要爆发，不知道芙拉是否能发现我的苦苦挣扎，就像我能一眼看穿她心里的小算盘一样。

"如果你继续挑战我的极限，绝对不会有好果子吃。"她恶狠狠地威胁道，声音轻得仿佛在和我说悄悄话。

"哼，事情本来就好不起来了。"我用同样的语气回击，气势丝毫不比她弱。

"她还在你身体里。"

"你也逃不掉。"我嘶哑地回道，"但我和你不一样，我不欢迎她，我没有想成为她。"

最后，她心里某些执念好像解开了，缓缓放下了手臂。怒气还在，但她意识到，如果我们穿帮了，所有人就都危险了。

她的声音恢复了正常："只可惜时间要耽误了。"

"耽误就耽误吧。只不过是购物单上要多加点东西而已。"

艾扎德医生也把举着的灯放下了，芙拉从他面前离开了，于是他终于直起身子来。"解决了？"他温柔地问道。

第十三章

芙拉坚持要和斯特兰布莉单独待一会儿，医生无奈，只得离开。回来以后，她压低声音对我说："没什么，我只是想确定一下，她没乱说话。"

"那如果她说了呢？"

"也没事。她没意识了，比特雷文萨河界的边缘地区都还要死气沉沉。"芙拉扔给我一个袋子，然后又分别扔了一个给苏桐和普洛卓尔，"你们的东西。可能有点臭，没办法，在斯特兰布莉身边放过的东西都这样，但过几天我们应该就麻木了。"

"如果运气好，或许还没麻木就能离开这里了。"我说。

"唉，别急着下结论。等斯特兰布莉恢复，还不知道要多久呢。如果她的腿坏死了，那就得切除，这样的话我们还得给她换一条机械腿。我可不希望她像我一样，急着放弃自己原来的肢体。振作一点，安——哦，我是说，特拉根。我们一会儿可能还要去买点东西。"

"我以为你很讨厌买东西。"

"那要看买什么。"

"我们需要补给——现在东西都丢了，所以要比原计划买得更多。但我不想在这里待太久。事情做完就马上走，我不喜欢这个地方。进港的时候，他们显然不怎么欢迎我们，而现在似乎又太过欢迎了。"

"我从来没有因为太受人欢迎而抱怨。"芙拉说。

我望向普洛卓尔："你说,他们会不会已经发现了我们的真实身份?"

"到目前为止,我觉得没有。一般来说,即使他们发了信息查询申请,传回这里也应该要好几天。但是我总觉得哪里怪怪的,真猜不透他们现在知道了多少真相。我不敢确定。还有,那两艘飞船的事……"

"我们攻击的时候会不会被他们看到了?"

"除非他们恰好在那一瞬间拿望远镜瞄准了正确的方向,否则不可能。对方当时离我们很远,即使爆炸也是看不见的,而且帕拉丁也没有接收到任何可能暴露这件事的传呼,不是吗?"

"没人会想到我们要来这里。"我尝试让自己放下心,"像这种地方,飞船流动量很大,人员往来频繁,有几个人长得稍微有点像,那是再正常不过的事情了。可能只是我们太紧张了吧。"

"确实。"芙拉低头看看手臂,"而现在恰恰最不能太过紧张,因为我们绝对不能让人家看出咱有什么事情藏着掖着。"她再降低了一点音量:"我一点不比你喜欢这个地方,但这是斯特兰布莉唯一的希望了,我们必须熬过去。而且我们得尽快完成其他任务。"她忽然说了一个毫无幽默感的黑色笑话:"我觉得大家没有急着跳槽吧?"

过了一会儿,艾扎德医生朝我们走来,手里还撑着那把伞。

"初步检查做好了。"他用低得惊人的声音向我们宣布结果,这声音真的不怎么符合他整个人的气质,"我们给她开了点药,好让她舒服一点,也让她能更好地抵抗感染。等周围这些机器人空下来,我就可以给她彻底清洗伤口,尽可能消除一切感染。我会尽最大努力把她的腿保住,但实在是不敢拍胸脯保证。你们前面说,这是刀伤,对吗?"

"一把布刀。"芙拉回答,"如果有什么索具、平铺的船帆之类的东西卡住的话,一般都用它来切。很锋利,几乎可以刺穿任何东西。"

"我想看一下它的刀锋。如果它和伤口吻合的话,用它来做手术工具倒是最好的了。"

"那是我们最好的一把刀,锋利程度非同寻常。可惜,她被刺中以后,一

第十三章

不小心把它丢在宇宙空间里了。"芙拉说。

"真是太可惜了。"艾扎德医生叹了口气。

史尼德先生一边大摇大摆地走过来，一边用手背擦着鼻子，然后把擦下来的脏东西抹在下巴上："和客人在闲聊呢，医生？"

"没有，只是在和她们交流病人的情况，史尼德先生。"

史尼德动了动下巴，舌头在嘴巴里转来转去，一会儿顶起左半张脸，一会儿又顶起右半张脸。随后他说："那就行。真的**只是**在交流病情？"

"他刚刚确实是在和我们说格雷本的情况。"我出面解围。

"嗯，好。那诊断结果是？"

"必须动手术。"艾扎德说，"如果一切顺利，未来6小时内我就要给她开刀了。只要她在这里，我就会亲自照顾她——一定是**亲自**照顾。"他说这话时盯着史尼德，重点强调了那两个字，语气重得都好像是在威胁，"并且我会确保没人打扰她。马兰丝船长，如果你愿意的话，可以待在这里，或者你的队员也可以留下。但我猜，各位还有别的事情要做。"

芙拉还没说话，史尼德先开口了："其实，医生，她们已经被邀请上楼了，是凌辉先生亲自接见。他想确保客人所有的要求都得到了满足。看到了吧，**先生**要亲自过问她们。"

"真为大家感到高兴啊。"艾扎德医生"啪"的一下，重重收起了伞。

*

苏桐坚持表示要留下来陪斯特兰布莉，于是只能我们三人上楼"觐见"。我们对拜见凌辉先生一点兴趣都没有，但大家都明白，要想斯特兰布莉得到高质量治疗，就必须让主人高兴，这样他才会一直配合、容许她治疗。这是不成文的约定，我们没有办法脱身。

史尼德领着我们上了一层楼，来到雨水打湿的屋顶，然后穿过一片从天花板上吊下来的缆绳，这些缆绳像索具一样绷得紧紧的，每一根都用巨大的铁圈固定在屋顶上。他带我们走到摇摇欲坠的房顶边缘，伸手去抓其中一根绳子。

他拉了6次，显然是一种暗号，因为拉动间隔很明显，也很刻意。过了一会儿，铰链转动，一条金属走道从上面伸下来。

我来时就注意到，天花板脱落的地方布满管道和缆绳网，不断地在漏水喷汽。但其实医院正上方又有其他东西：管道内部、四周和上方局部有些斑块，或者说是一种看上去不怎么体面的建筑结构，灯光比下面所有楼里的都要亮。走道正是从其中一栋这种高空建筑里倾斜下来的。

芙拉让苏桐保管换洗衣服，我们到现在居然还没把航天服脱下来。不过，比起绳桥，我觉得还是这条有台阶的走道更让人放心一些。有史尼德殿后，除了浑身的骨头和肌肉都更加酸痛以外，我感觉一路爬上顶端基本没什么问题。台阶嘎嘎作响，走到一半，我停了下来，开始欣赏这片萧条的景象，眼前万物无不扭曲折叠，令人看了直犯恶心。诊所就在我们脚下，它下面躺着一个积水洞，再往外就是昏暗的"无尽港"，能看见的地方都被蒸汽和雨水所笼罩。而许多街道和建筑更是完全消失在黑暗中，只有点点灯光忽明忽灭。我还看到了一些五颜六色的标志和广告，有轨电车的电杆闪出一道蓝光，瞬间照亮了一处街角，勾勒出弯腰驼背的行人，一切仿佛都定格在一幅粉笔画中。

"走吧，女士们——相信大家也知道，凌辉先生的日程可满了。"

"他还主动挑我们有空的时候来约我们，真是慷慨啊。"我轻轻咕哝，史尼德当然没听见。

走道尽头是一扇门，两旁站着的门童正是史尼德前面带下来的员工，或者也有可能是他们和那两人长得太像了，根本区分不了。我们被带进了前厅，又有人来安检，严格程度只增不减。但芙拉和苏桐的武器已经被没收了，他们一无所获。

史尼德确定了我们对他的主人构不成任何威胁，放心地继续领着我们前进。我们沿着一条走廊，踩着红色地毯进入一个房间。房间里的空气甜美湿润，巨大的管道在头顶上纵横交错，墙壁都是金色的：目光所及，一切都是金灿灿的，墙面油漆、天花板，甚至连地板都是金色釉面的。墙上一扇窗户都没有，但地板却有几块切开了，脚下的城市一览无余。地板的材料应该有相当强的弹性。金漆屏风环绕房间，将其隔断形成一个私密空间。一群服务生赤着脚、穿着黑袍站在周围，胳膊上挂着毛巾，脚下放着水桶，少说有十几人，有男有女，全是一脸奴才样，但都肌肉发达，骨子里透着一丝暴徒的气质。

房间正中央放的不是管道，而是一个大大的圆形浴缸——这也是屋里空气湿润甜美的原因。这个浴缸占了很大一块面积，嵌在地板里面，边缘和地面衔接顺滑。

史尼德走到浴缸边上。

他稍稍鞠了一躬："启禀凌辉先生，客人到了。来者有'银灰小姐'号的马兰丝船长，以及她的两名船员。另外两人在楼下，一人卧病在床，另一人守在她身边。"

凌辉先生整个人埋在浴缸里，只露出头和脖子。热腾腾的白色液体拍打着浴缸边缘，闻味道，我猜应是牛奶辅以香熏。在蒸汽的笼罩下，我们只能模模糊糊地看见他的脑袋。他背对大家，留给我们一个光溜溜的后脑勺，但我仿佛看到了一块粉色的生肉正被慢慢煮熟。三个服务生守在池子周围，另有一人提来一桶新鲜热牛奶，稍做停顿，加了一大把香料进去，我猜可能是肉桂或肉豆蔻。

"帮我把袍子拿来。"浴缸里的人开口了，声音低沉而懒洋洋的，听起来好像他的嘴巴有一部分淹没在水里一样。

"先生说的话都听到了吧！"史尼德朝旁边打了个响指。

两名服务生慌忙动身。

凌辉先生开始从白色浴缸里慢慢爬起来，依然背对着我们，展开双臂从水里冒出来。牛奶从他身上流淌下来，成了一条条乳白的小河，滑过雄壮宽阔的肩背和纤细匀称的腰。他的脖子很粗大，像一棵盘根错节的千年古树的树根。肌肉发达的男人通常吓不倒我，我往往会觉得这种人可笑，而不会钦慕。因为根据我的经验，此类人大多数都缺乏理性和说服力，为了弥补这一点才练成这样，大块的肌肉、健硕的体形反而悄悄泄露了他们头脑简单的秘密。但不得不承认，见到凌辉先生的第一眼，我的这种偏见就削弱了不少。不知为何，我就认定他的身材和气质天生如此，是自然天赐，而非出于某种补偿智力缺陷的冲动而练出来的，我竟完全猜不透他的逻辑能力究竟如何。

但他的身材体形并不是最值得注意的地方，而只是像一块画布，是一切重点赖以存在的基础。凌辉先生也深受荧光之苦，手臂、肩膀、背部的皮肤布满了纵横交错、千丝万缕的荧光。现在水蒸气散去了一些，我终于看清，他的后脑勺上其实长着又细又卷的头发。

他又站起来了一点，露出下半部分的腰和上半部分的臀，荧光无处不在——我刚打算进一步观察，两名服务生就从两边走进池子，"唰"地一挥，把一条金色斗篷披在了他身上。凌辉先生全程站着没动，等人帮他穿好衣服，然后放下了手臂。他稍微整了整斗篷，然后慢慢转过身来面向我们，沿着暗藏的台阶走出了水池。

我克制住了自己呼之欲出的惊叹。荧光基本占据了凌辉先生的脸，像随意涂抹的颜料一样，闪着黄绿色的光芒，甚至嵌入了他的眼睛，如金银碎片一般闪耀。他的皮肤不怎么光滑，处处是条纹和卷曲，衬得他的曲线和棱角更加夸张，但从另一个角度来说，又起到了点修饰的作用，就像一种破坏性的掩盖。他健硕的胸膛随着呼吸在长袍下起起伏伏，我敢肯定，荧光的亮度也随之时强时弱。

"这位就是马兰丝船长吧。"他看着芙拉，声音还是像泡在牛奶里的时候那样，低沉慵懒，"据我所知，你们刚刚从太虚之境过来。他们说，你们的飞船叫'银灰小姐'号，对吗？"

"没错，我们就是这么叫它的。"芙拉说。

凌辉先生朝我们走来，在大理石地板上踩出了巨大的乳白色脚印，服务生立刻就把它们拖干净了。他站在我和芙拉面前，居高临下地看着我们，慢慢地呼吸。我的鼻子只能和他的胸部齐平，我抬头看着他，感觉他的脑袋像山上的一块巨石，随时可能滚下来。

"你们的飞船居然没有再靠近一点，而是待在100里格开外的地方，我对此很惊讶。因为这样的话，你们来回一趟要消耗很长时间。"

"那就只求我们不要来回太多趟。"我说。

"也就是说，我们没什么生意可做了？"他把目光微微转向我，眼里的荧光斑点闪烁着强烈而危险的好奇，"这位是……"

"特拉根，首席读骨人。"

他又把脸转向芙拉："果然重要的事情还是要交给家里人才放心，是吧，船长？"

芙拉显然没听懂："什么意思，凌辉先生？"

"没什么，你们两个长得太像了。肯定有不少人以为你们是姐妹。"

一名男仆端来一个小盘子，上面是一只细细的高脚杯，杯中的液体呈现出稻草般的颜色，看上去稠稠的。凌辉先生用极其粗壮的手指夹住杯柄，举到嘴边，一饮而尽，然后放下杯子，服务生随即退下。

"如果以为我们是姐妹，那可就不对了。"芙拉接着他的话说下去，"我们完全没有亲戚关系，而且这是我们第一次在一起工作。"她的目光变得锐利起来。"您对新来的人的私事都这么感兴趣吗，凌辉先生？这未免有损交易效率吧。"

"马兰丝船长，别忘了，我们访客不多。好不容易有人来，我不感兴趣的话，反而很奇怪，在我自己看来，甚至还会有点不礼貌呢。哦，您提醒我了——我今天好像不太礼貌啊。"他伸出穿上袖子的手臂，"请坐，请坐。想喝点酒吗？服务员，拿酒！见笑了，我……我去穿个衣服。当然，如果你们想在牛奶池里泡个澡，我也可以让人按各位的要求做准备。"

"没事，不用忙。"芙拉说，"我们最近洗过澡了，不过当然是在来之前的几天。"

"都行，但是我会随时准备为各位服务的。有一位先生很想和你们谈谈，我相信他非常重视这场会谈。如果你们乐意帮忙，他一定会不胜感激。我就不耽误各位了。"

趁着凌辉先生穿衣服的这段时间，服务生带我们来到房间的一角。那里摆着金色隔板，拦出一块空间，几张凳子和长椅环绕着低矮的桌子，桌上放着几杯饮料，还有一个由玻璃器皿、管道结构和冒着泡的曲颈瓶组成的微型产气装置。烦人的凌辉先生终于走了，我刚刚松了一口气，马上又看到第二个"惊喜"：一个蠕虫族的人坐在特制的软垫座椅上，弯腰靠着桌子，用烟嘴吸着烟。

芙拉和普洛卓尔一声不吭，气氛在沉默中逐渐尴尬起来。我故作轻松地主动开口："早上好，先生。我叫特拉根，这位是马兰丝船长，旁边这位是罗丹。"

那人发出一种奇怪的声音，我不禁想起踩碎落叶时的脆响，或者快速翻动纸张时的沙沙声。我花了很大力气，好不容易才辨认出这个声音是一种语言，不过好在我以前听过蠕虫族的人说话，多少还是有点心理准备的。

"各位早上好。我是……卡特尔。"

蠕虫一族，我见过不少，但如此近距离地接触，还是第一次。这种外星人大都裹着连帽斗篷，把自己整个藏起来，脑袋、身体，还有爬来爬去的手足都被遮得严严实实。斗篷前面有一道狭长的缝隙，前肢可以从里面伸出来。现在，那人两条带钩的附肢正抓着冒泡的曲颈瓶和烟嘴。他的胡须、触角和口器像树枝叶鞘一样伸在外面，还在一刻不停地动来动去，我们只能看到这些，而真正意义上的脸部是完全看不见的。

我们三人走到他右边，并排坐下。有好一会儿，我们没人碰桌上的饮料，虽然它们看上去很正常，一点都不像牛奶或者凌辉先生刚刚喝的稻草色调制饮品。

"卡特尔先生，您是凌辉先生的朋友吗？"我问道。但心想，这谈话的任务怎么就在不知不觉中丢给我了？我不太高兴。

"一个……熟人。他叫我来这里，是因为……有紧急家庭事务。"卡特尔先生放下烟具，把烟嘴放在一个分叉的支架上，"什么风把您吹到斯特里扎迪之轮来了，马兰丝船长？"

"是当地人的热情好客和宝贵的交易机会。"芙拉回答。

卡特尔先生一笑："这么说来，您在这种……事情上，品味不一般啊。"

"嗯，他们招待得很热情。"直觉告诉我，隔墙有耳，应该说点好话，"医生帮了我们一位同事大忙，凌辉先生也鼎力相助，让我们感到宾至如归。我们有很多选择，斯特里扎迪之轮并不是候选项里最繁荣的星球，但这里完全不差，不是吗？"

"肯定不差啊。"卡特尔先生回答，"还有不少更糟糕的地方呢。"

"圣公会里的星球，您去过的多吗？"我感觉愉快了一些。

"去过不少，各种形状构造的都见过。轮状星球、蕾丝状星球、球状星球、管状星球，上至临曦族，下至太虚之境边界、霜冻边境……甚至更远的地方，我都去过。"

"您是银行家，对吗？"普洛卓尔问道。与其说是在友好地聊天，倒不如说像在审问。"你们族群大多数不都是干这个的吗？偷偷摸摸，费尽心思，就为了多捞点钱……"

"我们不过是顺着你们董事会的意思办事。所有重要的银行业务不还是由……你们当地的多数党控制的吗？"

"哈，您应该说我们这帮猴子吧。"普洛卓尔用胳膊肘碰了一下芙拉，"'当地的多数党'，这么高大上的名词我还从没听人叫过呢。"

"您去过荧石吗，卡特尔先生？"芙拉倒是没有那么针锋相对，但还是很直接，谈不上亲切。

"没有。我从来没见过荧石，不管是在圣公会里面……还是在外面。真是可惜啊。"

"但是您走南闯北，去过这么多地方……难道不想把荧石加入旅行清单吗？"芙拉问。

"事情没那么简单，马兰丝船长。"

芙拉一脸疑惑："您可别告诉我，您是因为经费不足啊，卡特尔先生。"

"不，资金不是……首要问题。"芙拉往后靠了靠身子，"啊，我想起来了。我好像确实没听说过任何蠕虫族的人有靠近过荧石。或者其他外星人，好像也都没去过。喀岩族、硬壳族的人也是。我总觉得没道理啊，除非有什么资金以外的因素妨碍了你们。但我实在想不出会是什么原因。"

"你们干事情非常出色。"卡特尔先生说，"我是说你们整个种群。你们有一种天生的才能，可以胜任荧石探险这样危险的工作。"我感觉到，对方正在慢慢放松下来，适应了我们的说话模式，开始能发出我们语言的声音了。在我们到来之前，他似乎一直很僵硬紧张。"遗迹和艺术品的贸易流动能给你们的经济带来好处，使之更加良好，不是吗？成千上万的人因此获得了就业机会，推动经济发展，船员和飞船反过来又需要依赖这个环环相扣的巨型商业网络，不管是码头的造帆工人、杂货店老板，还是经纪人、招募代理人，甚至远远不止这些，连你们整个市场和商会都要依靠这个网络。我们族的人缺乏你们这样的韧性和毅力，没能力在开辟荧石这方面和你们竞争。即使有，和你们抢资源又有什么好处呢？"

"不过,"芙拉接着说,"嗯,我只是假设,无意冒犯,如果你们很喜欢圞钱,但又不管出于什么原因,不能自己去荧石挖掘,那现在这种任务分配是不是未免太不公平了一点?我们干着苦力,你们控制我们的银行,确保资金流动顺畅、飞船启航、员工能拿到工资。周转几次以后,那些钱就神奇地落到你们口袋里了。"

"圞钱只是一种累赘的货币形式。"卡特尔先生说道,"如果每个人都得牢牢看着自己的财产,那星球间的贸易就会变得异常缓慢而复杂。如果想拿到圞钱,只需要烧点燃料,把它们从一个口袋挪到另一个口袋里,那还不如让圞钱变得一文不值。而且,把钱交给银行保管还能让财富升值。"

"或者,在某些情况下,也会贬值。"普洛卓尔愤愤地说。

卡特尔先生转过头来看着她:"你本人就深受其害吗?"

"不,我一直过着贫苦的生活,主要是因为喜欢露天看风景,喜欢日日夜夜都处在兴奋中,哈哈。你觉得这种生活怎么样?"

"我为你的不幸感到遗憾。我知道,在1799年的经济大崩溃中,很多储蓄账户出了问题,或许你就是其中一个受害者。但是现在已经是新世纪了,一切都会好起来的。"卡特尔先生又拿起了烟嘴,继续从汩汩翻滚的装置里吸烟,"如果各位能原谅我的口无遮拦,我想说,我宁愿去别的地方弥补损失,而不是想着到这里来赚钱。"

"这是在威胁我们吗?"我问道,心情就像太阳风暴中的指南针,几乎就要爆炸了。

恰巧此时凌辉先生走了进来。现在,他衣冠整洁,至少比只穿长袍强多了。他穿着金色的长裤和皮鞋,身上的衣服也有几件是金色的,缝制精细,刺绣面料闪出几道层次丰富的光彩。但他的肩部和手臂却没有衣物遮盖,胸部也露在外面。所以,即使少了他眼睛和脸上的那些,大家也都不会忘记他深受荧光之苦。我闻到他散发出的气味,像蜂蜜一样甜甜的,一点都没有那种令人难受的臭味。他的皮肤也细腻有光泽,不知道是不是在洗完牛奶浴后又擦了香膏。

"酒呢?"他扭头问服务生,脖颈上的肌肉和青筋凸显出来,简直像解剖

第十三章

图一样标准，精确到都可以往上贴标签了。

不一会儿，酒就上来了。凌辉先生找了张空椅子坐下，把胳膊放在扶手上，还是那么居高临下地看着其他人。他坐在我们四人的对面，正对着那个蠕虫族人。"卡特尔先生，"他毕恭毕敬地说道，"之前告诉过您的，我会带几位朋友过来。卡特尔先生很喜欢交新朋友，而且，最近他的生活里也没发生什么其他有意思的事。"他给大家斟酒，自己也倒了一大杯，"您有没有问过，她们是怎么去到太虚之境的，卡特尔先生？"

那个外星人深吸了一口烟，慢慢回答："我们才刚刚开始认识彼此呢。"

"哎呀，那也没事，我们有的是时间，把世界上所有的问题都问一遍也绰绰有余。"凌辉先生说着，在面前的桌子上放下一个小小的金色容器。这东西看上去价值不菲，装点着鲜花藤蔓，大小差不多可以容纳一个跳绳手柄。"她们的朋友身体欠佳。您也知道，艾扎德医生要是治不好病人的话，一时半会儿是不会轻易放弃的。"

"最好是这样。"芙拉插了一句。

"请随意喝一点吧，马兰丝船长。喝酒有助于消除紧张情绪。"芙拉还没来得及回答，凌辉先生就继续说了下去，"我之前还没敢问呢，您是怎么会有这些荧光的？虽然感觉有点不太礼貌，但既然我们两个都有这种情况，这个话题就一定是绕不开的。如果我们不交流交流从前的经历，那反而太奇怪了。"

看得出，芙拉在仔细斟酌该如何回答。但她只是稍稍沉默了一会儿，很快就下了决定。她拿起酒杯，小酌一口，从她的角度来看，相当有淑女风度，刚好能称得上"有教养"。

我也学她的样子，喝了一口才惊讶地发现，自己早已经口干舌燥了。

"我得靠吃光藤为生。"芙拉说，"要么吃，要么死。大多数人最后不都因为这个而染上了荧光吗？"

凌辉先生饶有兴致地点点头，或许还有一丝同情："没错——据大家所说，确实如此。光藤本身无害，创造它的基因工程师一定是预见了，未来身陷困境的飞船成员可能需要靠它来暂时补充营养。但是光藤有各种各样的烹饪方法，有些是正确的，有些则是错误的。我猜，您是没有条件烹饪，对吗？"

"我必须生吃。"芙拉回答。

"那它有没有给您带来什么麻烦？"

"没事，我能处理好，凌辉先生。"

"那您有没有寻求过可靠的医疗意见？我是指真正了解这种病的医生，而不是那种只说病人想听的话的庸医，那帮家伙只想掏空病人的口袋。"

"该找的我都找过了。"

"为了避免您听取的医疗意见质量不佳，给您留下什么隐患，我接下来说的话或许比较不讲情面，请恕我直言。荧光是由活体微生物孢子在循环系统、淋巴系统和周围神经系统中积累而造成的疾病。在早期阶段对宿主不会造成任何伤害，也很容易治疗。但若不加以控制——经过几周或几个月的时间——荧光就会隐藏得更深，变得较难根治。但此时还是有治疗方法的，只不过会比较痛苦而已。再过一段时间，病情会变得更加难以确定。荧光或许会稳定下来，甚至消退，但也有可能渗透进中枢神经系统，在大脑、脊柱、视神经等地方停留。这样的话，就很难治疗了。这种病极为罕见，几乎只存在于传说中，但我听说，它会引起性格和智力的变化——患者会无法控制自己的脾气，心态失衡，浮躁易怒，甚至做出近乎反社会的行为。他们还可能萌生想做出残忍行为的冲动，自负虚荣，漠视他人的需要，狂热痴迷，冥顽不化。在最糟糕的情况下，患者自己也会饱受折磨，夜夜噩梦，白天更是要忍受揪心的剧痛。"

"我也从来没想过这个问题轻轻松松就能解决。"芙拉很平静，"我也并不是故意想变成现在这样的，而且就算我想治疗，钱也不够。倒是您，应该既有钱又有闲，但为什么您的情况看起来似乎比我更加严重？"她放下手里的杯子，饮料还剩下大半杯，"您是怎么患上荧光的？既然我们在闲聊，我想您也会乐意分享吧。"

"也是一不小心患上的。"凌辉先生坦率地告诉我们，"但和您又有点不太一样。在某些情况下，荧光可以留在宿主体内，却没有任何外在表现。宿主本人甚至可能都意识不到自己携带了大量此类微生物。"

"您就属于这种情况，是吗？"我问。

"不，是我吃掉的那个人。"气氛一下子凝重起来。凌辉先生故意等了一会

第十三章

儿才大笑起来，身上的荧光条纹、曲线随着笑容展开，眼里的光斑一闪一闪，肆无忌惮地自娱自乐。"没有，没有，我出了点意外，急需输血。不幸的是，血液中存在孢子，而且密度相当高。我就因为这场倒霉的事故，从一个干干净净的人变成高度感染荧光的患者了。当时筛选出现了失误，可以说是很严重的失误，但我还是挺感激那位献血者的，如果没有他，我早就死了。大家听说过我的绰号吗？'凌辉阿逝'，或者有时候就叫'阿逝'。一开始叫'英年早逝'，然后他们传着传着就缩短了，都失去了原意。"

"您当时能接受治疗吗？"我问。

"不能……特拉根，对吧？我没记错吧？普通治疗早已无法挽回我的病情了，而那个时候更强效的医疗措施也十分短缺。现在，我也和马兰丝船长一样，必须接受自己的改变……也要接受未来的变化。"

"荧光已经侵入大脑了吗？"芙拉问。

"嗯，是的，而且很深。不仅有外部征兆，神经系统也有反应了。有些显而易见，我自己就能感觉到，还有些则需要医生给我做检查才能发现。有时候，我会……"凌辉先生突然陷入了犹豫，面孔忽然紧绷起来，就好像顺着这个思路想下去，会有一阵痉挛突袭，或者某种痛苦的回忆会瞬间涌上心头，"感到不安。"他终于放松了一些，继续说了下去："好在牛奶浴会对周围神经起到舒缓作用，提前做一些准备的话，也可以抵御荧光最厉害的攻击。"

"攻击？"芙拉深入问下去。

"就是我前面提到的折磨和剧痛。"他向芙拉投去一个同情的眼神，"我看，您应该还没有完全了解这种疾病未来可能的发展。但是马兰丝船长，我也不是想故意给您造成困扰。如果运气好的话，您还有机会医治。"他说话的时候，手一直在那个喷漆的小盒子上摸来摸去，玩弄盒盖上的插销，就好像手指有它自己的想法。但后来，他还是慢慢收回手，把盒子留在原地，没有打开。"说到医治，我不希望让各位对治疗你们同事这件事产生误会。她叫什么名字来着？"

"格雷本。"我回答。

"哦，对，格雷本。我向各位保证，现在为她治疗的，是我们最厉害的医生。我对艾扎德非常了解，因为他是我的私人医生，再没有人会比他更善良、更精通医术了。当然，医院里的其他工作对他来说也很重要，但只要是他认为值得救的病人，就绝对不会放弃。"

"他能抽出时间治疗格雷本，真是太好了。"我彬彬有礼地答谢。

"这就是我们唯一坚守的待客之道，特拉根。很少会有客人来这里，所以一旦有人来了，我们一定会倾尽全力，给予来者顶级的照顾。说到这件事，各位真的不考虑让飞船再靠近一点吗？"他转头将这个问题抛给了我们所谓的船长，"请恕我直言，我们这儿的官员感觉你们船帆的状况有点问题。"

"你们在担心什么？"芙拉问。

"没什么，只是假如我们看到有地方可以帮忙却不出手相助，那就是我们的失职。商贩说，我们的码头上有大量船帆和布料，质量都很不错。闲置在那边，就是一种极大的浪费，是毫无收益的投资。那些商人和我说，他们非常希望能低价卖出这些帆——各位在这里入手的话，价格一定会比在中央宗族群购买优惠不少，那边市场的天平大多倾向于卖方。"

"谢谢，不过我们对自己的船帆还挺满意的。"芙拉拒绝了。想了想，她又勉强挤出一丝礼貌的微笑，补充了一句："但您的提议真的很周到，十分感谢。"

"没关系，但是我依然觉得，各位的飞船还是应该再靠近一点为好。考虑一下吧，这样一来，你们在这里办事会更方便一些，而且也省得我们怀疑，你们停这么远是因为有什么不可告人的秘密。"

我妹妹忍不住怒目圆睁："您觉得，我们有什么秘密？"

"我个人的话，是觉得完全没有的。但是……"他突然停了下来，僵在椅子上，嘴角两侧的脸颊一阵抽搐，"稍等我一会儿，请见谅。"他咬紧牙关，硬憋出这几句话，"这剧痛还真是会挑时间啊。"他费尽九牛二虎之力，在椅子上扭成一团，大喊一声："快，把药拿来！"

一名穿黑袍的女服务生不一会儿就到了。她五指张开，端着一个有盖子的金色小托盘。她来到凌辉先生身边，揭开盖子，把托盘递给了他。上面放着两支金色注射器。

"是最后两支了吗？"

那女子俯身，轻轻说道："根据安排，艾扎德医生明天就会拿到新药，先生。"

"很好。"凌辉先生的手指在两支注射器间游移不定，似乎不知道该用哪个，"去，把梅瑞克斯叫来。"

"您确定吗，先生？只有两支了。"

"把梅瑞克斯叫来。"

服务生把托盘放到他面前的桌子上，凌辉先生用颤抖的手笨拙地打开了那个金色盒子，拿出了一个我觉得并不非常起眼的东西。它应该是一块木头，看起来很像扫帚柄的末端，从头到尾都缠着绳子。

"我建议各位在这里暂时住下，相信你们会答应的吧？"他费了千辛万苦，好不容易使自己的声音听起来正常一些，但很显然，持续的痛苦依旧折磨着他，"我的私人房间布置得井井有条，肯定比各位在城里能找到的任何地方都干净温暖，而且离诊所也很近，来往很方便。一有新消息，各位就可以立刻出发，不会遇到任何干扰或不愉快。"

"凌辉先生，您真是太好了。"我说道，相信其他人也想这么说，"但我们有很多采购工作要做，所以我觉得，如果住在城里的话，能更靠近码头和商店。那样应该会更方便一些。"

他尽量想表现出欣然接受的样子。但我忽视了他的提议，他脸上一闪而过的不悦和冷漠是个人都看得懂。

"你们高兴就好。但无论住哪里，都走不了太远。"

刚刚的服务生回来了，还带了一个女孩子。那姑娘穿着同样的黑色长袍，目中无光，神情呆滞，昏昏欲睡。我猜她可能十三四岁的样子，但很难确定。她呆呆地扫了我们一眼，我们在她眼里仿佛不过就是见过几千次的普通墙纸图案罢了。她身形修长，双眼苍白黯淡。

"梅瑞克斯，伸出手臂。"凌辉先生温柔地说道，态度非常友善，甚至到了令人惊讶的地步，我差点都要对他另眼相看了，"我们双方都不喜欢这样。但你也清楚，长远来看，这是最好的办法。"

女孩伸出手臂，卷起袖子，勉强瞥了他一眼。她像踏着某种节奏似的慢慢摇摆，嘴唇微微翕动，仿佛脑子里一直在循环播放一首歌。凌辉先生犹豫了一会儿，选了一支注射器，坐在座位上，把药物推进了女孩身体里，静静地开始观察。女孩突然浑身抽搐，需要服务生搀扶才能勉强站立，但凌辉先生还是一言不发。他将注射器放回托盘上，随后拿起另一支，扎进自己的前臂，然后也放了回去。他的手指仍然抖个不停，颤颤巍巍地去拿那块木头。他向后一靠，张开嘴巴，咬住木块，准备迎接即将来临的药效加速。

他抽搐得甚至比那姑娘还要猛烈得多，眼睛不停转动，面部肌肉陷入了痉挛状态，牙齿紧紧咬住缠着绳子的木头，即使嘴巴塞住了，但还是忍不住发出痛苦的呻吟。他双手搁在椅子的扶手上，整个上半身都在用力扭动颤抖。

就在不久前，这位招待我们的主人还在风度翩翩地与大家交谈，而现在却是这样一幅场景，真是诡异到难以想象。我们都吓呆了，没人知道这一幕持续了多久，但时间肯定长得令人不适了。女孩被人带走，凌辉先生的嘴里冒出一个小泡泡，从缠着绳子的木块之间挤了出来——一切都结束了，但我们过了好一阵还是没缓过来。随后，他倒是慢慢缓和下来了——整个人显然放松了不少。他拿出沾满唾液的木块，放回金色盒子里。

"请见谅。"他边说，边用袖子擦去嘴唇上的泡沫和额头上的汗水，"这种事情发生之前，是基本没有任何预兆的。不过我个人倒是认为，如果马兰丝船长没能全程亲眼见到荧光攻击的严重性，我还有点对不起她呢。最近，这事发生得越来越频繁，但丝毫无从预见。您至今为止，应该还没有这么痛苦过吧？"他揉了揉手臂上扎过针的地方，"各位可以放心，我现在完全没事了。这药虽然不能治好这种病，但至少在短时间内能抑制发作。"

"那个姑娘是怎么回事？"芙拉问。

"梅瑞克斯？她是一个值得研究的病例。不是荧光感染，而是患了一种先天性的神经系统疾病，我的治疗方法用在她身上也会有反应。给梅瑞克斯确定医疗方案非常困难，所以在拿到更好的数据之前，我打针的时候要带上她。"

"这么做好奇怪啊。"我说。

"这种病本身就很奇怪。"

服务生又回来取走了金盒，也就是说，几个小时之内是基本没戏看了。凌辉先生似乎恢复了活力，双手一撑，巨大的身体从椅子上站了起来，手臂上的肌肉像气囊一样鼓了起来。

"医院附近有很多旅馆，史先生会很乐意带各位去口碑好一点的店。另外，也祝你们的同事能有好消息。希望我们很快能再聊天。"

"我们自己去找旅馆就好……"

"不，这次听我的。"普洛卓尔刚开口，就被凌辉先生打断了。他正打算告辞，但似乎是后来刚刚想起了什么，或者也许是一些回忆涌上心头，他突然眉头紧锁："我一直想问，你们对港务局的人说，你们从太虚之境而来，之前一直在忙着荧石探险，我相信这不是编出来的……"他顿了顿，轻轻一笑，"但我很好奇，各位有没有听说过，太虚之境附近出了动乱？大概10天前，一艘私掠飞船和两艘在赏金诱惑下行动的飞船之间，好像发生了点冲突？"

"我们的传呼机什么都没收到。"芙拉说，"头骨也没反应。我们观察室的值班安排是很严格的，不会出问题。"

"这样啊。"凌辉先生说，"我们收到一个支援请求，申请人就是这场所谓事故的幸存者。他们想再过几天登陆我们星球。我觉得他们的故事太离谱了，或许应该先让你们看看。"

"如果真有其事，我们应该早就听说了。"我说。

"是啊，我就是这么想的。如果真有这么大的事情，你们怎么可能什么都**不知道呢？**"

现在他和我们算是彻底聊完了，朝那蠕虫族看了一眼。卡特尔先生收到了提示，顺从地最后吸了一口烟，把烟嘴放回了小装置旁边的支架上，然后站了起来。椅子上那些奇怪的支撑物和空隙现在就这样暴露在我们眼前，为了让蠕虫族坐下，这些都是需要的设计。但不得不承认，最近接受的新信息实在太多，我们都麻木了，没人表现出特别惊诧的样子。

然后，那只蠕虫和那个患荧光的家伙走了，我们在那儿坐了一会儿，一言不发，只有制烟装置在咕咕冒泡，打破了寂静。

最终是普洛卓尔没忍住，先开了口："他刚刚说的'赏金'是什么意思？"

第十四章

史尼德无论如何都坚持要亲自带我们去旅店，而苏桐则铁了心要留在医院陪斯特兰布莉，等待最新消息。于是我们只好让她留在医院，我们跟着走路大摇大摆的向导出发，穿过一条条拥挤黑暗的大街小巷，沿着崎岖坎坷的路线走向主干道。

走着走着，生命的迹象逐渐多了起来。这栋楼的窗户亮着灯，那栋楼的房间里飘出饭菜的香味；地窖的门后传来喧闹和欢笑；黑漆漆的小巷里，有人在给鼻子止血，有人把一个瓶子凑近闻了闻又丢掉；流浪狗为争夺残羹剩饭而打作一团；机器人的脑袋像发亮的灯泡，它有个轮子卡在水沟里了，正在来回转着圈圈。我们又往前走了一些，眼前的景象又发生了变化。大路建在水平面上，沿着星球边缘一路延伸，两旁陡峭的地面则开凿了壁架和梯田；用于连接的街道和小巷都不平坦，必须造成"之"字形。一些峭壁上建有楼梯：有的摇摇欲坠；有的则是直接由巨大的石块雕刻而成的，看上去应该已经有千年的历史了；还有的从壁架上升起，或是从地基处直挺挺插入开阔空间，看上去也不怎么安全，只比医院的稍微好一点点。

史尼德一直陪在旁边，所以我们基本上没什么机会谈论最近的发展，更不用说讨论那艘被攻击的飞船这种让人头大的事情了。如果能让我们自己找旅馆的话，我们一定会更加高兴的。但是之前，普洛卓尔在难得没外人在场的时候也提醒过我，凌辉先生很可能在那些旅馆里布下了自己的耳目，所以我们的行踪和活动都不会有太长时间的隐私。

我们爬上最后一个"之"字斜坡，跌跌撞撞来到闪光大道，我的腿几乎已经累得不听使唤了。闪光大道是星球这一侧的主干道，我们总算是到了可以称为"文明"的地方了。这条大道正如其名，闪亮得我们几乎睁不开眼睛。雨中的人行道上人来人往，也有一些聚在电车站旁，商店、酒吧、精品店和旅馆外人头攒动，细细长长的建筑高高低低混作一团，就像图书馆里完全不顾内容、摆得乱七八糟的书。这边可能有一家旅馆，隔壁可能就是船帆商店，再过去一家又是咖啡店，然后又是文身店、破破烂烂的红窗住房、头骨商店、肢体中间商……

可选的旅馆不少，史尼德似乎很高兴，都允许我们自己选一家了。普洛卓尔选了一家名叫"欢乐回归"的高大旅店，它的门面破败不堪，楼里有不少阳台。在我们外来人眼里，这家店显然并不"欢乐"，也不是那种让人想"回归"的地方。但是普洛卓尔在这种事情上目光极为敏锐，她坚持认为，这里是最有可能做成生意的地方，也是我们最能隐姓埋名的地方。街对面还有一家酒吧及大大小小的商店，能满足我们眼下的需求。

我们告别了史尼德，向他保证，从现在开始我们完全能够照顾好自己，随后穿过旋转门走进大厅。大厅里冷飕飕的，通风不好，几乎一件家具摆设或装饰品都没放，只有几盆奄奄一息的植物，几把椅子靠在角落里，看起来挺结实的。大厅深处有一个礼宾服务台，电梯和楼梯都在同一侧。放眼望去，店员只有一人，背对我们坐着，在看桌子左边一个脏兮兮的小电视。我们走路的时候，靴子在大厅瓷砖上磕碰，发出响亮的咔嗒声，他不可能没听到，但他依然置若罔闻。芙拉靠在桌子上，用金属手指敲打锌制的桌面。

"你好，我们要几间房。"

店员关了电视，转过椅子招呼我们。这个人身材矮小，肩膀塌陷，面庞宽大扁平，像个大大的圆形门把手。

"要几间？"

"两间双床房，要连号的。如果只有单人间的话，就要四间。"

"住几晚？"

"还不知道，先住着再说。"

他转过身，盯着办公桌后面一排排钥匙和邮件分类架，挠挠下巴，好像我们的要求是什么闻所未闻的惊天大难题。他的下巴上粘着一些纸片，每片中间都渗出细小的血迹，浑身散发出一股强烈的止血药的味道。

"可以给你们在8楼开两个房间，8楼是顶楼。电梯最高只能上到6楼，然后你们得走上去。这里的规矩是三晚起住，要先付钱。"

"房间里有保险箱吗？"

"没有。"

"那我们还需要一个专门的带锁的地方放随身物品，别人不能动。"

"可以，费用相当于再开一间房。"

"加上吧。"

在普洛卓尔的煽动下，我们小小地讨价还价了一番。她对"公平合理"有着敏锐的嗅觉，还有一种强烈的荣誉感，绝不允许自己不明不白地被人骗了。双方签了协议，我们交了押金，乘一班电梯上了6楼。随着一声轰鸣，电梯门慢慢打开。我们踩着嘎吱作响的楼梯，从6楼爬上8楼，看见一条狭长破旧、斑斑驳驳的走廊。我们的房间在这条走廊中间的位置。

我和普洛卓尔住一间，芙拉暂时一个人住另一间，苏桐一会儿再来。我们商量好过半小时集合。

这里比我想象的稍微好点。虽然水龙头会发出咕噜咕噜的声音，水管也会吱吱嘎嘎，但房间干净温暖，还有冷热自来水。我们两人脱了航天服，高高兴兴地冲掉了身上最恶心的污垢。不算荧石的话，这是我们几个月来第一次站在有适当重力的地方。那些污垢像雀斑一样结在我身上，而在飞船上，因为失重，无论怎么努力，都不可能把它们彻底清理干净。

我们穿上了从飞船带过来的衣服。它们之前放在斯特兰布莉身边，臭味还是没散干净，我们忍不住捏起鼻子。我不禁开始担心起来，因为那箱子里的臭味简直太重了，是身体部位的自然腐败过程都无法产生的，芙拉之前肯定在里面放过腐烂的货物。

普洛卓尔走到窗前，透过 8 楼阳台的百叶窗向外看。我看她沉思着，知道她应该是想说些什么，但还没想好怎么说。

"有件事我们应该谈一谈。"她终于开口了。

"我也觉得'赏金'这件事很怪。"

"迟早得把问题搞清楚的。按照这种说法，好像已经有人打算出钱把我们解决掉了。但我想说的不是这个。"

"那你是想讨论卡特尔先生的事吗？"

"首先，我确实很烦他，这一点我不否认。他让我想起了克林克，那是我见过的另一个蠕虫族，我猜芙拉也会有同样的感觉。虽然他很可疑，但毫无疑问他肯定不是克林克——我很想知道他跟凌辉先生之间有什么关系——但我想说的也不是这个。"一辆有轨电车驶过，电缆上闪出一道蓝色的光，勾勒出普洛卓尔的身影，仿佛午夜时分月光照亮的一尊爆炸头雕塑，"我感觉有点怪，安德瑞娜。但我不知道怎么和你说。是关于你妹妹的，在医院发生的事。"

"什么？"

她沉默了好久才开口。

"我真希望自己能有更大的把握以后再告诉你。"管道又响起来了，声音超级大，我猜那是芙拉在房间里放热水。不管怎么说，这个嘈杂声为我们的谈话提供了很好的掩护。"那些人帮我们把东西传上来的时候，一开始那两名员工把篮子控制得很好。但后来芙拉突然闯进来，把史尼德的手下推到一边，然后……"

"然后怎么样了？"

"我看到她指间好像藏了点什么东西。像是玻璃，我不太记得了。芙拉把那东西弹了出去，正好穿过拉着篮子的缆绳。"

"你是说，她故意把绳子割断了？"我停顿了一会儿。听她这么说，我隐隐感觉这事八成是真的，但我的内心非常想找出话中的漏洞。"她当时和我们一样，航天服还穿在身上。怎么能藏起一把幽灵刀？"

"幽灵刀根本用不着特意去藏，它自己本身就不容易被看见。"普洛卓尔从窗口转过身来，紧紧地皱着眉，认真看着我，"我猜，她肯定是通过某种方法把刀粘在金属臂上了，这样是完全看不出来的。然后她用肉手去拿——我是说戴着航天服手套去拿，而不是用金属手。如果她把刀藏在左手臂的某个地方，那就一定要用右手去拿，不是吗？"

"但检查员已经从她那里拿走一把刀了啊。"

"我觉得那是她故意让那些人找到的，可以这么说，好让他们掉以轻心。"

我想了想，芙拉要是想在左手臂上固定一把幽灵刀，简直易如反掌，所有人都早就习惯了她那条金属臂，不会特地去看它了。而且普洛卓尔说得没错，幽灵刀光天化日放在任何地方，就算再明显，也没有谁的目光能锁定在它上面，都是一滑就过去了，就像穿着鞋底磨平的破鞋在冰面上行走一样。

"但她为什么要这么做？我看她当时气得都快冒烟了。"

水管还在响个不停，但普洛卓尔还是警惕地瞄了一眼旁边的墙壁才敢开口："我只能想到一个原因。她知道那些部件对我们来说并不值钱，很容易就能找到替代品。但是丢了的话，我们就不能很快离开了。"

"我们得等斯特兰布莉被治好了才能走，本来也不可能提早啊。"

"你肯定会这么说，我也会。但如果斯特兰布莉的情况发生了变化……你知道我这句话是什么意思……如果我们没**理由**继续待下去了，那为什么不尽快离开呢？"

水管开始吱吱嘎嘎地颤动，然后安静了下来。隔着墙壁，我听见芙拉在松动的楼板上跺脚。

"如果真的没必要再留下去了，那她为什么还想让我们待在这里？"我问道。当然，只是顺口问问，因为我心里其实已经有了一个明确的答案——一切肯定都与兰庚沃有关。

"她一定有自己的理由，只是还没来得及和我们大家解释清楚。那个鼻涕虫一出现，大家就都知道了，这里的所有事情只会越变越糟糕。我估计她是担心我们受到惊吓而打退堂鼓吧。"

"但还是讲不通啊。为什么她反而成了热衷于要留下来的那个人？我很清楚，她心里肯定希望我们正好选到她想去的地方，也就是卡司洛岷。但最终投票的人是我们，她也没办法。"

普洛卓尔慢慢地点了点头："我们确实以为是自己掌握了投票权。但她是个很好的荧光病例，荧光就是会让人变得狡猾，也会让人抓着不真实的东西不放。"

她把百叶窗完全关紧，离开了窗口。我瘫坐在床上，试图装出一副听了她的猜测后大受震撼、垂头丧气的样子。

"我知道，她的病越来越重了。"我说，"在她身上看得出来，我也一直对此感到很困扰。但是荧光对她的控制越牢，她就越不会想把它从体内逼出来。"我的脑海里闪现出黄金屋里凌辉先生的样子——浑身抽搐，蜷缩在椅子上，用缠着绳子的木块硬塞住嘴巴，"我真的不希望她落得和凌辉一个下场。"

普洛卓尔坐在自己的床上看着我，两手局促地伸进膝盖之间。我还记得第一次见她的时候，她是多么锋芒毕露，一副生人勿近的样子，当时我们对她没有丝毫好感，更不可能产生与之亲近的想法。而现在，她就像我的第二个姐妹，如此亲切，甚至超过了与我有着血缘关系的芙拉。

"如果你看到她有什么不对，一定会告诉我的，对吗？"

我开始徘徊不定，犹豫要不要告诉她自己知道的一切，告诉她芙拉在翻译博萨的日记，还有想找的人。如果我说了，那我俩就扯平了。但如果是这样，我就还得向面前这位真诚的好朋友再解释一番，为什么现在才把这些事情告诉她。

我甚至应该深吸一口气，准备好把一切都告诉她。不管普洛卓尔之后怎么怪罪我，我敢确定，一旦分享了这些秘密，我整个人都会轻松不少。

但我还是做不到。

寂静的气氛逐渐压得人透不过气来。普洛卓尔撑了一把床沿站了起来："我去看看隔壁尊贵的船长女士怎么样了。"

*

芙拉敲了敲我们房间的门，上衣、马甲、长裙和靴子都已穿戴整齐，准备出门。头发编了起来，在脖子处绑成了一个不规则的黑色圆环，她拨弄了一番，显然很满意。

"普洛卓尔呢？"我看到芙拉一个人站在门外，忍不住问。

"她先走一步，去找座位了。如果我们运气好的话，她应该把第一轮饮料也点好了。喏，给你。"她扔给我一个洗衣袋，我很自然地接过，就像我们在老房子楼上长长的走廊里玩传球游戏一样毫不费力，"给你的小礼物。"

我拉开抽绳，立即被臭味熏晕了。

"这味道也太恶心了——简直比其他几包东西还臭。我还以为是斯特兰布莉的伤口让那个箱子味道这么重呢。"

"斯特兰布莉也没让里面的空气变新鲜啊。只不过我稍微帮了点小忙，那帮人就不会对里面的东西过分感兴趣了。难道不成功吗？"她咧嘴一笑，对自己这波操作很是得意，"我趁艾扎德医生不在的时候，抓紧时间和她单独待了一小会儿。不过，那一小会儿也够了。"

"你们谈了些什么？"

"你打开包就知道了。"

我让芙拉先进房间，把门半掩上，然后把包里的东西都翻出来扔到床上。有几件平平无奇的内衣，颜色很普通，让人完全没有仔细检查的冲动，不过它们只是为了掩饰重要物品而放在里面的。重头戏有两个：其一是一个小黑袋子，大约有一副扑克牌那么大，一端突出一块半透明的东西；其二是一个小巧的灰色盒子，别人可能拿它装珠宝首饰或者化妆品，而我现在却觉得它应该有什么见不得人的作用。我先仔细看了看那个黑色的小袋子，把半透明的东西倒在手上。

我立刻就认了出来。

虽然这东西很小，指望靠它发财是不可能的，但它超级酷，制作精美。相比之下，芙拉从特鲁斯科船长那边带过来的所有物品都显得粗制滥造。这是一块望穿石：这是干我们这行的人所知最古老的遗物之一，在每一颗荧石上面都能找到，据说源自第 2 朝。

我轻轻地捏着它，平举到眼前，正对着隔开两个房间的空白墙面。这块石头之前还有一些磨砂质感，而现在完全细腻透明了。在那块小小的长方形范围内，墙壁融化了，我能看到芙拉房里的情况，就像在墙上钻了一个规整的小洞，而且这个洞的位置可以随着石头的角度调整移动。

我又加大力度挤了一下，望穿石一下就让我直接看到了再隔壁一间房间。我不断挤压石头向前透视，目光化为一条隧道，一路延伸到旅馆外面去，望见"无尽港"那炎热黑暗的夜空。再往前，我看见了斯特里扎迪之轮外的宇宙空间，穿过停靠、徘徊在附近的飞船群。目光扫过之处，每艘飞船都成了玻璃质感。有那么一瞬间，飞船的骨架、桅杆、撑杆、甲板、隔间、装甲、坦克，还有忙忙碌碌的船员的骨骼，一切尽收眼底，像蓝图一样迷人。

芙拉说："我把它拿来是为了防止意外，万一我们陷入困境而钱又花完了，我打算把它交易出去，但主要还是为了保证大家的安全。有了它，我们就能轻轻松松互相照应，如果有人遇到了麻烦，其他人很快就能知道了。你从现在开始就一直带着它吧，我自己也有一块，一直放在身边。"

"那你有没有想过，望穿石这种东西虽然看起来人畜无害，但也有可能被他们没收掉？"

"我不觉得。不过，我倒是怀疑过它会被小贼偷走。我也丝毫不觉得我们应该把自己辛苦得来的东西施舍给这帮人。你看看另一个东西吧。更漂亮，但你**肯定不会**将其说成'人畜无害'了。"

我打开盒子的铰链盖。里面放了一块紫色丝绸垫，垫子上嵌着一个半透明的东西。要不是现在这种紧张的时刻，我可能会觉得它是一把玩具手枪，或者搭配晚礼服的新颖小装饰。这把小手枪设计精致，饰以珠宝，通体透明，偶尔有些绯红点缀。

"你是在哪里找到这个东西的？"

"是博萨的东西，藏在她的桌子底下。所以我猜这是她最喜欢的小玩意儿。"

"不会是幽灵族的东西吧？"我一边小心翼翼地问道，一边察言观色。

"放心，不是。但和幽灵族的武器一样珍稀——而且也是威力巨大，有一把就够了。它叫'意志手枪'，我猜应该是第 8 或第 9 朝的产物。跟你直说吧，我原打算把它留下，归为己有。"

"早猜到了。"

"因为我是左撇子，而意志手枪要用肉身拿着才能正常工作，金属臂不行。考虑到这一点，还是你拿着比较好。"

"那你可真是贴心啊。"

"这把枪是一个能量爆破器，有一个能自我更新的能量核心装置。威力设置有好几挡，从微微恼人的刺痛到一击致命都可以自行调节。我们等会儿可以试试看。我想确定一下，它调到哪一挡能致残而不致死。"

"哟，你对杀人不感兴趣了？"

"是不想把问题复杂化了。至少现在是这样。把它拿出来吧，感受一下，我都还没试过呢。"

我把这枚袖珍武器拿了出来。我的手很小，但即便如此，也差点不能用两根手指钩住枪柄。

"为什么叫'意志手枪'啊？"

芙拉微微一笑："你瞄准的时候可要小心了。"

*

马路对面酒吧的台阶从地面街道直指地下，通向一个挖在基岩上的战壕，历史显然已经颇为悠久了。隔间、通道、雅室相互连接，呈几何形状。我在凌辉先生那边喝完酒已经过了很长时间，脑子醒得差不多了，但来到这里还是感觉绕来绕去很是糊涂，如果喝醉了一定更找不到路。

酒吧里没窗户，只有几盏电灯和几株奄奄一息、几近腐烂的光藤粘在天花板和墙壁上，勉强给房间提供照明。角落里有时会放一些小电视，一两个机器人正忙着收拾桌子。这里什么样的客人都有，穿着航天服的船员、一看就腰缠万贯的富商、懒散烂醉的酒鬼，各式各样的人无处不在。甚至还有几个外星人在那里，有些只身坐在椅子上，看看报纸之类的东西；有些聚成一团，和本地人在做什么见不得人的交易。他们的饮料很独特，都是鲜艳的绿色或蓝色。

普洛卓尔找了一间雅室，饮料也都备好了。我和芙拉挤到她身旁。芙拉来的时候穿了衬衫、马甲，外面套了一件大衣，但酒吧里很暖和，她耸耸肩，把大衣脱了，然后将前臂搁在桌子上，金属臂和木头碰撞，发出咔咔声。我和普洛卓尔贴得很近，我把意志手枪塞进外套的内袋，现在感觉它硌在胸前，凸出一块。

"我刚刚呼过苏桐了，然后也呼叫了飞船。"芙拉说，"关于斯特兰布莉目前还没什么新消息——但其实我并没有期待会马上出结果，至少几个小时内是不太可能的。"

普洛卓尔果断一挥手，把啤酒瓶打开，然后像猫咪舔爪一样，不慌不忙地舔了下手掌心。

"秦杜夫说什么了吗？"

"我只和帕拉丁说了两句，叫他要时刻保持警惕，扫描不能停。也让他监督秦杜夫不要懈怠。"

"你有没有提过，可能有别的飞船会来这里？"我问。

"凌辉先生问我们的那艘吗？他们可能不值得我们大惊小怪。"

我反驳："按照凌辉先生的说法，他们很可能是追踪我们的幸存者。"

"这些都只是猜测，除非我们能找到更确切的证据。"芙拉啜了一口啤酒，"我们不能一有风吹草动就吓得要死。飞船之间交火是常有的事，在太虚之境更是如此。不管怎么说，我们在吞噬兽附近都给过他们主动离开的机会了，他们没理由一路跟着我们来斯特里扎迪之轮。更何况，我们已经向他们展现过自己的獠牙了。"

"是，一般是没理由的，除非他们有人员受伤、船体损坏，而这边恰好是最近的停靠港。"我说，"那他们就完全有理由跌跌撞撞来到这里了。我们应该判断他们的计划，以及要确定凌辉先生是否打算为他们提供避难所。然后还得算出他们据此还有多少距离——要飞几天还是几周，这就要看我们把他们伤得多重了。再下一步，我们必须尽一切努力，趁他们还没看到我们的船帆，还没通过各种细节，拼拼凑凑猜到我们是谁之前，赶紧离开这个地方。"

"前提是，我们还没被人家开炮打死。"普洛卓尔说。

"嗯，我们确实要关注一下那艘飞船……如果它真的存在的话……一旦确认属实，就立刻开始关注。"芙拉说，"帕拉丁会第一时间通知我们的，他现在可以尽情扫描，所以但凡有警告，我们都会收得到。"

我明白她的意思。飞船现在停靠在一个星球附近，星球本身就在使用很多强力扫描仪，检测附近宇宙空间的交通情况，所以我们现在自己启动扫描仪，就完全不用担心会暴露自己。

"还有，"我补充道，"应该派一个人去看看苏桐。得带她认一下去旅馆的路，我不想让史尼德领她过来。"

"我们得先去买东西。"芙拉说。"大家都得去。分头购买会方便快速很多。航天服零件是最重要的东西。你和普洛卓尔肯定能淘到一两件便宜货的，我相信你们。"

"那你呢？"我问。

"我感觉飞船上头骨的情况不太好。虽然它还能发送信号，但我们得做好最坏的打算。我去侦察一下当地商品，看看能不能买到我们需要的东西。"就这么决定了——至少芙拉很满意。她放下酒杯，双手一撑从椅子上站了起来，"我们过几个小时在这里碰头，怎么样？大家要时刻保持高度警惕。如果你们发现自己被史尼德或者他的手下跟踪了，必须尽全力甩掉他们。"

我们没说什么正式告别的话，即刻起身离开酒吧，按商量好的路线出发。芙拉穿过马路，很快就完全消失在了来来往往的行人和电车之间。

雨还在不停地下，我和普洛卓尔找了个遮雨棚躲了一会儿。

"我还在担心你会提起篮子掉下去那事。"我说，"还好没有，我真的松了一口气。"

街对面一个差不多的遮雨棚下，有一个男人在点火柴。他不停地翻出一根又一根，划一下，点不着，然后丢弃——但他坚持不懈，以一种执着得奇怪的频率不断地拿出新火柴。划到第 12 还是 13 次的时候，终于点着了。

"我觉得我们最好偷偷跟去，看看她在干什么。"遮雨棚随风起起伏伏，倒下来一半积水，普洛卓尔向旁边跨出一步，"我们最终肯定会需要一个新的头骨，这点毋庸置疑，但买头骨绝对不及买补给或航天服零件一半重要。我猜，我们这位好船长主要就是想找个借口把我俩支开，这样她就好继续干自己的事情了——不管那是什么事情。"

我刚要回答她，两辆电车从我们面前交叉而过。能再次看清的时候，吸引我注意的不是对面那个拿火柴的人，而是芙拉。她从原路返回了，穿过街道，来到我们这一边，走进我们刚离开的酒吧，消失了。普洛卓尔没看见，因为我挡住了她的视线。

一种熟悉的愤怒再次涌上心头。我被骗了，被我自己的妹妹骗了，而谎言对我们双方来说，都有可能造成极大的危险。我感到手指一阵刺痛，指甲里有种毛毛的感觉。我反应过来，我是想起了之前用这双手掐住苏桐脖子的情景，而且当时她完全没有做错什么。

现在，我想象着手里掐住另一个人的脖子。

我放慢呼吸，迫使愤怒消退，就像涡旋系里最古老的恒星一样冷静而衰弱。那些恒星在我们这些人到来之前就早已存在了，我们灭亡之后，它们仍将长期存在；对它们来说，我们所有星球、所有朝代里的疯狂小冒险不过是弹指一瞬间，及不上这些金红色恒星缓慢而深沉呼吸的一瞬间。

我等了好一会儿，确定芙拉不可能再出来了，于是把一只手伸到棚子外面试探了一下。

"雨好像小一点了。"

第十五章

这次购物其实花不了多少力气。需要更换的零部件我们都已经列好了清单,钱多的是,街上卖我们感兴趣商品的小店也随处可见。不过,我们还是要谨慎一些,大手大脚、挥金如土是不行的。讨价还价是必经环节,我们处处揭穿虚高的价格,让不诚实的商人遭受普洛卓尔无情的狂轰滥炸。事实证明,也确实无商不奸。

一圈逛下来,我们买到了四个还算完整的替换头盔,以及不少软管、阀门、调节器、过滤器和氧气再循环器,足以拼凑组装出四套在宇宙空间维持生命的系统设备。虽然这些东西杂乱无章,但我们原来的那套也是乱七八糟的,把新部件装进我们现有的航天服里,丝毫不会有违和感。我们背着租来的沉重的袋子,零件在里面发出丁零当啷的响声。一会儿把袋子还回去,还能把押金拿回来。

我们满载而归,却没多高兴,因为有太多的疑虑侵占了我们的大脑——芙拉行为怪异是为哪般?受损飞船究竟受雇于何人?凌辉先生刨根问底有何深意?但话说回来,我们也没有特别不高兴,我甚至感受到了一种平静的满足,至少我们已经挫败了芙拉的拖延战术。她肯定以为,我们要跑好几趟,花上好几天才能买齐需要的东西。但她忘了,普洛卓尔的坚韧意志和机敏聪慧可不是常人所能比拟的。

离约定时间还有几分钟,所以我们在回酒吧之前,先

第十五章

去了趟旅馆。普洛卓尔急着上卫生间，所以她先赶回房间了，我就在后面拖着行李慢慢从 6 楼爬上 8 楼，沿着走廊来到专门存放物品的房间。走到一半的时候，我就已经汗流浃背了，于是脱下外套，先把门打开一条缝，把衣服扔到自己床上，然后又要下到 6 楼，吭哧吭哧把剩下的东西再往上拖。

我刚沿着原路开始往回走，突然注意到远处靠近楼梯的地方好像有什么东西。楼梯顶上只有一盏灯，很难看清究竟是什么，但我敢确定是一个模糊的身影，正在向 7 楼走。

我的脑中立刻闪出两个选项，我只有一秒钟来做决定：是先去敲门，叫上普洛卓尔一起？还是只身一人，直接去追那个影子？我决定自己去。虽然只是一个身影而已，但直觉告诉我，必须立刻警惕起来，此人行踪鬼鬼祟祟，似乎在行不法之举，而现在正试图偷偷溜下楼梯，避人耳目。我赶紧冲向走廊尽头，来到楼梯间。有一采光井延伸至大厅，台阶绕其分布。我小心翼翼地倚在栏杆上，偷偷向下观望。

"是你！"我大声喊道。那人绕过一个楼梯转角的时候，终于被我看到了——身披斗篷、头戴头罩，身形移动极为缓慢——一切都指向唯一一种可能。"卡特尔先生！"

他不往下走了，头罩抽搐着转向我这边。有那么一瞬间，树枝似的触角或附属器官从头罩里伸了出来。然后，蠕虫族那家伙加速向下跑，还伸出一只触手扒着扶梯。我紧跟其后，两格楼梯一跳，浑身骨头大声抗议，我却完全不顾。

"卡特尔！"我又喊了一声，"不管凌辉先生派你来干什么，你都没有资格来偷窥监视我们！"

那外星人绕过转角的时候，我又瞥见了他的残影，感觉他跑得更快更紧张了。我也加快脚步，一赌气连跳三格楼梯，结果就把脚踝给扭了，翻滚到了 7 楼的楼梯间。我摔得晕头转向，在原地躺了一小会儿，脸和下巴重重搁在破破烂烂的地毯上。论缓冲作用，那地毯还不如一张砂纸。我重新振作起来，当重量落回脚上的时候，还是忍不住疼得抽搐，但我还是忍着痛蹒跚前进。我的脚踝疼得厉害，但显然没有断裂或撕裂，我猜只是轻微扭伤，不是什么持久性损伤。

我并没有打算伤害卡特尔先生——很奇怪，这次他的入侵并没有激起我体内博萨式的愤怒——但我假如没先把那件外套放回房间，可能就会想到用意志手枪给他造成点刺痛感，只要我能研究出威力怎么调到最低挡就行。我一边恨自己怎么就把外套和手枪都扔到了床上，一边继续追赶。我觉得靠自己的能力，至少能抓住这个外星人，把他钉在墙上，让他无处可逃。不过，我为什么没想到像之前那样，也掐住他的脖子呢？可能是因为他没对我撒谎吧，他的行为虽然令人费解，但更像一个待解之谜，而且还没有对我们的飞船和队员们构成直接明确的威胁。我也开始感觉到，博萨式的愤怒也不会不分青红皂白就涌上来，而是带有目的，以及某种奇怪的克制力。

　　有没有一种可能，就是我已经开始学习如何使用愤怒了？就像学习如何挥舞一件新武器一样。

　　我跑到 7 楼和 6 楼中间的位置，就听到电梯抵达的铃声。我很清楚，如果他比我先进了电梯，就再也不可能追上了。我急得大吼："卡特尔！你逃不掉的！"

　　事实当然与这句威胁相去甚远，我只不过是希望能装出一副很自信的样子，期待他会迟疑一下，犹豫时间虽短，但或许就是决定胜负的关键时刻。

　　电梯的摩擦声传入我的耳朵，然后是一阵脚步声，没过一会儿电梯门就关了。马达呼啸，电梯箱开始下降，回到大厅楼层。

　　"啊！不！"我绝望地哀号。但不言而喻，哀号只是徒劳。

　　楼里只有一部电梯，如果我就站在这里等它回来，那等我到了大厅，卡特尔先生肯定早就消失在大街的夜色里了。但我跑不快，跌跌撞撞走楼梯下去也追不上他。

　　忍着脚踝的疼痛，我好不容易来到 6 楼电梯口，恶狠狠地按下按钮，多希望自己会魔法，能让系统突然短路，让电梯中途卡住。这时，我听到楼上传来一阵轻快的脚步声，回头一看 8 层的楼梯间，普洛卓尔突然出现，随意地靠在栏杆上。

　　"是卡特尔。"我上气不接下气，"是他，或者一个跟他长得差不多的人。从我们楼层溜下去了，正在去大厅的路上。"

普洛卓尔看了我一眼，又看了看下面："不是在下去的路上，亲爱的，是已经到了。"

她这么一说，我突然摸不着头脑。电梯分明还在运行啊，而且我知道，从我瞥见他最后一眼开始到现在这么短的时间里，卡特尔先生不可能瞬间走完6层楼梯。我半信半疑地顺着她的目光向下看去，一下就明白了。

我仍在大厅上空的6层楼，向下看去，大厅就是一个由黑白两色瓷砖组成的小广场，宛如长方形万花筒里的图案。一团黑乎乎的东西躺在瓷砖上，我当然立刻就看出那是什么了。但我一开始就从心底里拒绝承认、拒绝接受这件事，就好像只有我接受了，事情才会变成真的一样。一个头罩，一件长袍，一堆破碎的肢体和附属器官摊开撒在地上，就像装着树枝的口袋被撕破了一样。深绿色的黏液慢慢往外流，污染了越来越多的地面。

普洛卓尔从8楼走下来，我多么迫切地希望她能立刻来到我身边。和凌辉先生坐在一起的时候，我虽然尽量表现出对卡特尔先生很亲近的样子，但其实我内心始终对他持中立的态度。而当我发现他站在这里的时候，我的态度已经转变成了强烈的怀疑。但即使是在那时，我也只是希望把他逼到墙角严厉审问，而不是想看到他四仰八叉、支离破碎地躺在楼底。

然后，我突然意识到自己被监视了。

有东西在看我，正好在与我持平的高度，就在我和对面楼梯间当中的位置，悬浮在半空中。是一只眼睛，或者更确切地说，是一只眼球，大小和细节——眼白、血丝、瞳孔、虹膜——都与正常眼球完全一致，整只眼球死死监视着我，一眨不眨。我盯着它，它也盯着我，显然是我更为恐惧震惊——怎么可能不是呢？而对方只能做惊愕状，因为它除了眼球一无所有，没有眼皮，没有面部肌肉，除了表现出持续惊恐错愕的神情外，无法做任何别的表情。

普洛卓尔绕过最后几格台阶，来到我这层的楼梯间。我立刻转过去告诉她，有一双眼睛在盯着我们，请她马上确认一下是不是真的。但我当时已经吓得说不出话来了，只能发出咔咔声，显得很蠢。

"怎么了，安德瑞娜？"

她好像也察觉到了，让我惊恐无比的不只是卡特尔先生之死。我一回头，正好看见眼球开始往下坠落，速度飞快，除了地心引力，或者说是星球上被我们默认为地心引力的向心力，一定还有别的力在起作用，否则绝无可能这么快。它瞬间消失了。

普洛卓尔和我一起趴到栏杆上。

"我猜，他可能是绊了一跤吧。"

"有东西在看我，就在几秒前。"我用力咽了口口水，才继续说下去，"一只眼睛，悬在空中徘徊。"

我本以为她会质疑或反驳我，但没想到，普洛卓尔没有多说什么，只是神情瞬间变得更加严肃了，仿佛我们之前遇到的一切麻烦都只是排练。

"我们最好去看一眼卡特尔先生。你能忍住不吐吗？"

"我尽量。"

再等一班电梯要花的时间和从 6 楼走下去是差不多的。普洛卓尔已经急不可耐了，于是先我一步冲下去。我到的时候，她跪在那只支离破碎的蠕虫旁边，仔细检查。

"我不能确定这是不是卡特尔先生本人。"她小心翼翼地掀开死者的头罩，露出更多的脸部，"但非要赌一把的话，我猜就是他。史尼德向凌辉先生报告了我们的旅馆位置以后，他肯定立刻被派到这里来了。"

眼前的景象太过惨烈了。与我们这些灵长类动物不同，蠕虫族外壳坚硬，内部柔软。摔在地上以后，他最外面的一层壳破了，咸菜绿色的汁液像一锅汤似的渗出来，流淌、漫延到地板上。液体还在往外渗，普洛卓尔不得不保持跪姿向后挪了挪，不然那恶心的液体就要弄脏她的鞋子了。卡特尔先生一条长长的触手已经完全脱落了，末端的钩子还在抽搐，敲打着地板。

两种截然不同的强烈情绪突然涌上心头，使我整个人怔在原地。其一是敬畏，眼前这个完全陌生的外星人，他的生命旅程与我们天差地别，站在他面前，我不禁对生命肃然起敬；其二是揪心，我其实对他深表同情，因为我深信，没有哪条生命就该这样消逝。

我看到那摊绿色汁液当中有个脚印，忍不住说道："你也太不小心了。"

"不是我踩的。"普洛卓尔站起来，抬起脚，给我展示干净的鞋底。

我们就在门房服务台的拐角处，我不禁好奇，怎么都没有人注意到这里发生的事？我走过去几步，看了眼服务台，小电视还在闪光，存放钥匙和信件的分类架立在后面，大饼脸的办事员还在那里，只不过脸朝下趴在一张报纸上。

我走到他身边，轻轻抬起他的头。报纸上沾满了口水，他的眼睛缝隙里透出一丝丝微弱的生命体征。

"他晕过去了。"我对普洛卓尔说，"应该是被什么东西打晕的。"

一股冷风拂过我的后颈，我转身去看。旋转门动了，寒夜的湿气吹进了大厅。芙拉走了进来。

"我们不是说好在酒吧碰面吗？"

"是的。"我冷漠地回答，毫不顾及她的感受，"但是我们遇到了一个小问题，有个蠕虫族的家伙死了。"

"什么东西？"

"卡特尔先生从凌辉先生的宫殿出来，一路跟踪我们。哦，这只是我们的猜测，但是不管了。他在楼上鬼鬼祟祟，我吓了他一跳。然后……就这样了。"我朝尸体的方向摆了下头，相信芙拉很快就会自己看到的，毕竟他就躺在众目睽睽之下。

芙拉瞪大了眼睛，眼睛、鼻子周围的荧光突然亮了起来，就像新画上的迷彩妆。

"你到底对他做什么了？"

"她确实什么都没干。"普洛卓尔说，"这家伙自己摔了一跤，当然也有可能是被人推倒了，但绝对不是安德瑞娜干的。这里还有其他人，打晕了前台那个圆脸办事员。你来的时候，有看到可疑人物跑出来吗？"

"没有。"

芙拉凑过来，和我们一起研究坠楼的蠕虫。这时，两三个住客从房间里出来，站在楼梯间眺望大厅，但芙拉只是给了一个恶狠狠的眼神，所有人就都懂了——不要多管闲事。

她仔细盯着卡特尔，应该也和我一样，对他既厌恶又怜悯。我的妹妹性格强硬，对人也是越来越疏远，但还不至于丧失本性，变得毫无善良与同情之心。

"这事可不妙啊。"她低缓的声音中带着一丝敬畏,"我确实喜欢在有优势的时候主动选择对手,也想知道蠕虫族是怎么回事,但这并不意味着我一门心思想要与之为敌啊。"

"如果他是为了凌辉先生而来,"我说,"那么会是谁杀了他?"

"那个脚印或许能提供线索。"普洛卓尔说。

"卡特尔先生到6楼的时候,电梯响了,我还以为是他按了按钮,让电梯从大厅升上来。但现在看来,会不会是有其他人正好上来?"我瞥了一眼普洛卓尔,又看了看芙拉,"还有一件事情。我都不知道该如何描述。卡特尔先生摔下去以后,我看到了一只眼睛。"

"一只眼睛?"芙拉重复了一遍。

"就飘浮在空中,死死盯着我,然后一下子消失了。这种东西我真的闻所未闻。你听说过类似的事情吗?"

"没有……完全没听说过。"

哼,不是说谎,就是记错了,不过"记错了"是几乎不可能的。我们两个都看过博萨日记里的内容,有一条就提到,她给兰庚沃送了一只灵瞳当礼物,还希望能要回来。我从来不知道灵瞳是什么东西,但那只飘浮在空中的眼睛太诡异了,直觉告诉我,两者之间不可能一点关系也没有。

怒火再次开始翻涌,我的手掌开始出汗,变得滑腻腻的,似乎在对什么暴力行为表示跃跃欲试。现在就和她对质吧,我想,不如一了百了!把所有精心维护的谎言、所有小心翼翼的回避都摆在明面上说出来——让普洛卓尔当仲裁者,做出决断。但是我内心的精明再次压抑住了怒气,理智再次战胜了冲动,我默默松了口气。

我倒要看看,她接下来会如何随机应变。

芙拉退出去,从旋转门那里又进来一遍,然后跪了下来,戳了戳白瓷砖上一块黏黏的东西:"留下脚印的人早就走了。如果卡特尔先生不是自己不小心摔下来的话,我们有理由可以猜测,脚印的主人和把卡特尔先生推下楼梯的是同一个人。"然后,她再次加强了语气说,"我来的时候没看到任何可疑人物。"

第十五章

我从两辆电车之间穿过,然后就直接进来了。满脑子只在想自己该往哪个方向走,根本没注意这个跳蚤市场上来来往往都有些什么人。"

"嗯,我相信你。"我说,"反正你也没有什么好掩饰的,不是吗?"

芙拉盯着我,可能在想着怎么回答。突然旋转门动了,发出吱嘎声,她回不回答瞬间就变得无关紧要了。我们齐刷刷转过头去。对来者的身份,大家心里都一定各自有许多不同的猜测。但我想,或许没人能料到,进来的会是两只蠕虫。他们分别从旋转门的两个隔间里出来,弯腰驼背,头罩垂得低低的,完全盖住了他们神秘的脸。

"站在这儿别动。"其中一人用沙哑的嗓音警告我们,就像一包棍子互相摩擦发出的声音。

"不是我们干的。"我说。

"站着别动,别想跑。"

一个金属器具从他的斗篷里透出闪光,布料褶皱起来,像被一只鸟爪子抓着。另一个人也拿出了一件类似的东西。想都不用想,那肯定就是把武器,于是我缓缓举起双手,做出投降的动作。

"你们为什么杀了卡特尔先生?"

"不是我们杀的。"我尽量让声音听起来坚定一些,但由于紧张,我控制不住颤抖,反而显得像在狡辩,"他一定是带着任务来到了这里,可能是受到了凌辉先生的指派。我还没来得及和他说两句,他就已经摔死了。"

"按我们这里的法律,你们现在犯了罪,将会面临严厉的惩罚。"

"真不是她干的。"普洛卓尔叹了口气,"你们看看这个脚印,是有人踩到你们朋友以后留下的。那人来到这里,把卡特尔先生绊倒,摔出栏杆,然后飞快地逃走了。如果你们愿意的话,可以来检查我们的鞋子。一看就会发现,鞋底花纹并不匹配。"

"坐在桌子旁边那个人昏过去了。"我说,"或许他在被打晕之前看到了什么。"

"离卡特尔先生远点!"

"当然,当然。"芙拉说道。我们走到有椅子和盆栽的墙边,倚了上去。那两个外星人分别走到死者两侧。

"确实另有其人。"第二个人弯腰看了看卡特尔的遗体，但还不至于让斗篷下摆碰到他的残肢和墨绿的脓液，"那人或许才是真凶。"

"但不能就这么赦免了她们。"

"当然，我们还没赦免她们。不过那个不省人事的家伙可能是重要证人。"

至此为止，可能是出于某种奇怪的礼节，他们一直在用我们听得懂的语言交流，但他们突然一下切换过去，开始更快速地交流起来，发出沙沙声和啪啪声，就像刚点燃的篝火。对我们来说，光分辨是谁在说、谁在听都很难。如果按照我们种族的语言，这情况看起来完全就是两人不管对方，粗鲁地在各讲各的。但他们的语言能力和理解能力与我们不同，就像说话与鸭子叫一样，是天壤之别。

接下来，诡异的事情发生了，至今回想起来，我依然起一身鸡皮疙瘩。那两只蠕虫在卡特尔先生尸体上弹动触手，他们的衣服里开始撒下一些细盐一样的颗粒物。起初我很感动，以为他们在举行某种温柔的仪式，以表达对死者的纪念，就像我们一样。我听人说过，鸟儿会把花撒在同类死者的身上，所以我相信，世界上许多物种都应该各自有奇奇怪怪的仪式。然而，事实却完全超出了我狭隘的认知。

尸体开始冒烟，起初只是两三个地方，不一会儿就浓烟滚滚。只过了10到15秒，烟雾就从尸体的每一个角落喷出，甚至那些绝对没有沾到盐状颗粒的地方也在冒烟。烟雾完全吞噬了他，但奇怪的是，没有气味，没有声音，大厅高空也完全没有烟雾聚集，而是一脱离尸体就立刻消散了。待烟雾散尽，尸体就全然不见了，连一点灰白的轮廓都没剩下。黑白相间的地砖和先前一模一样，既没有多出一堆灰，也没有被烧掉一小块。如果卡特尔先生还有留存的痕迹，我觉得，那也不是我们的法医学能够鉴定的，甚至连任何一个宗族群都无法证明他曾经存在过。

第一只蠕虫转过来，用黑洞洞的头罩面对我。

"你和卡特尔先生是什么关系？"

"我……"我结结巴巴。刚刚见证了那么诡异的事情，我发现自己很难思考，就更别说讲话了。"我今天才第一次见他。我们都是今天刚刚认识他的。当时他和凌辉先生在一起，在医院上空的黄金宫殿里。"

第二只蠕虫又问："那你和凌辉先生又是什么关系？"

"又不是我们自愿扯上关系的！"芙拉大吼，"我们在这里靠岸，因为一个朋友病了，得给她找个医院治疗。凌辉先生……不对啊，你们凭什么审问我们？**你们**又是谁？有什么目的？"

"我们有什么目的，那得看甲方和我们做什么生意。"

"你们的到来已经引起了一些人的关注。"另一人说，"你们来自太虚之境，证书很可疑。"

"我想，你们很快就能发现，这个星球的统治者是我们的同类，而不是你们这帮外星人。"我毫不畏惧，"当局已经接受了我们的文件。如果你们有问题，大可以向他们提出来。而且，我们和你们朋友的死没有任何关系。"

"那是谁在地板上留下了脚印？"

"我们怎么知道？"芙拉反问，双手叉腰，直挺挺地站在那只蠕虫面前，"我们刚刚才到这里，并没有主动要求凌辉先生来照顾我们。不管你们和他有什么关系，我们都不想被拖下水。"

"我们确实利益相同，但在某些问题上，也有一些分歧。"

"看上去，卡特尔先生和凌辉先生关系非常亲密。"普洛卓尔说。

那两人慢慢转过身来，让我不禁想起了机械钟上的木制小人，钟声一响，就会转出来。旋转门又开始动了。史尼德的两个手下走进了大厅，人手一把枪。其中一个人径直走到晕倒的店员面前，抓起他的头，重重地摔在报纸上。店员发出一声呻吟，惊醒过来，猛地甩出一条手臂，把小电视打到地上，摔得粉碎。另一个人把所有人聚到一起，开始讲话。

"史莱宝先生，费多尔先生，和你们说了多少次了，你们没有权力随意打探消息。现在你们应该记住了吧？快走，这些都是好人，不许来打扰。她们是凌辉先生的贵客，你们难道不知道吗？"

"卡特尔先生已经死了，他的尸体从高空坠落下来，摔在地板上。这不可能是个意外，一定有凶手，必须严惩。"

"他本来就不该来这里。没得到凌辉先生的允许,他怎么能自己过来?这是这边社会的运作法则。凌辉先生乐意让你们在这个星球上闲逛,但前提是你们要严格遵守他的规定。你们这帮混蛋老是得寸进尺,我最讨厌的就是你们这点了。"他挥舞了一下手枪,"还不快滚!"

两人似乎被说服了,悻悻离开。我问:"你们来干什么?"

"凌辉先生希望各位过去一趟。他打电话给旅馆大厅,但没人接,所以就派我们来看看各位是不是遇到什么麻烦了。"

"你们到得非常及时。"我说。

"嗯,是的。我们确实时刻记着,要竭尽全力为你们提供最好的服务。那么现在,各位能和我们一起走了吗?凌辉先生安排的电车还在外面等着呢。"

*

我们抵达黄金宫殿的时候,他又在泡牛奶浴。距离我们上次见面才过了几个小时,我不禁好奇,他到底有多依赖这种能舒缓痛苦的泡澡?而且,芙拉看到自己的未来如此鲜明地摆在面前,像算命先生所有的卡牌都指向注定的悲剧,一定很不高兴吧。

艾扎德医生也在,满脸尴尬地跪在浴池旁边。凌辉先生伸出一条手臂,让他刮痧。艾扎德身边放了一个打开的黑色医疗箱,他把一些设备和药水拿了出来,放在了金色瓷砖上。他还是穿着那件长长的手术服,一名服务生在旁边为他撑着伞。

"暂时先这样吧,医生。"凌辉先生收回了手臂,"估计我们的客人正急着想知道她们朋友的消息。"

艾扎德收拾好东西,动作流畅地起身,关起黑色箱子,伸手去拿伞——服务生已经把伞收好了,双手端着,水平呈上,就像在授予他古老高贵的佩剑——然后,医生向我、芙拉和普洛卓尔点了点头。

"我之前已经和利琪尔·泰恩聊过了,但可能她的传呼设备出了点问题,没联系上你们。"他指的是苏桐。我们一瞬间愣了一下,但都立刻点了点头,装出对这个名字很熟悉的样子。"我用一个机器人给格雷本做了手术。手术进行得很顺利，我想，她的感染部位应该大致已经清理干净了。"

"大致？"芙拉抓到了关键词。

"请原谅，我们设备有限，药品供应不足，这是无法改变的事实。"

"医生总是对自己很苛刻。"凌辉先生发出了他的气泡音，说完又把头埋进牛奶里。

艾扎德继续说："我已经尽我所能，尝试一切办法了。接下来的几天至关重要。我会严格监测伤口情况。如果一切顺利的话，她就不用截肢了。但我想再强调一遍，我不敢做任何保证。"

"我相信医院确实已经尽力了。"我看了一眼其他人，寻求肯定，"我能问个问题吗，医生？"

凌辉先生还埋在牛奶里。

"请随意提问。"

"还有一个病人——那个女孩，梅瑞克斯，对吧？"

我看见他的表情明显严肃起来。"她怎么了，特拉根？"

"噢，我只是在想，会不会有什么……相似之处，没什么。我的意思是，和你本人之间。凌辉先生说，她患了一种神经系统疾病，这种病对治疗荧光的药物有类似的反应……"

凌辉先生冒出水面，牛奶从他头顶上哗哗流下。他闭着眼睛，慢慢出来，没有表情。

"没有任何相似之处。"艾扎德这是在向我们明示，不必顺着这条思路再深入调查下去了。

"和什么相似啊？"史尼德突然从两个金色屏风隔板之间走了进来。

"没什么，史尼德先生。"艾扎德打起圆场，"我们在聊天气呢。"

史尼德大摇大摆地来到我们身边。他还是穿着之前那件棕色大衣，脸埋在领子里，只露出鼻子和眼睛。他捏了捏鼻子，把擤出来的鼻涕抹在袖子上。

"你们真该听凌辉先生的，住到他安排的地方去，马兰丝船长。旅馆里发生的恐怖事件我已经听说了。"

"史尼德先生，你的鞋子上是不是沾了什么东西？"芙拉问。

史尼德皱了皱眉，抬起右脚，抠出粘在鞋底的一块绿色胶状物。"嗯，你说得对，船长，谢谢提醒啊。肯定是来的路上不小心踩着什么恶心玩意儿了。"

凌辉先生从牛奶浴里出来了，两名服务生赶紧为他披上金色浴袍。

"带客人们到私人区域吧，史尼德先生。我一会儿直接过去。艾扎德医生，你可以回医院去了。你帮了很多忙，谢谢。"

艾扎德转身面向我们，"啪"的一声打开雨伞，准备沿连接走道回医院，临走时说："我会尽量及时给各位传达最新消息的。你们有没有什么想和利琪尔说的？我可以帮忙带个口信。"

"那麻烦告诉她，我们很快就会过去找她。"芙拉说。

"希望如此吧。"他的眼睛死死盯着我。我隐隐约约感觉到，这眼神是一道无声的咒语，很像一句真诚的警告，与其说是威胁，不如说更像是在恳求我们小心。

只要凌辉先生在，我们始终都很危险。我从遇见他的第一刻起就有这种感觉，但在之前，我一直不清楚艾扎德到底在我们之间扮演着什么样的角色。现在，我好像明白一些了。我猜，梅瑞克斯是他的女儿，而艾扎德本人受到了某种胁迫控制。他极力否认自己和那小姑娘之间有什么相似之处，但他苍白的眼睛和长长的脸告诉我，他在撒谎。

我们跟着史尼德来到了先前见到卡特尔先生的地方。这回没有酒，也没有精巧复杂的玻璃装置来满足蠕虫族的需要，只有一个茶缸和几盏小杯子。

"坐吧，各位。"史尼德说，"有新消息了。我敢保证大家听了会高兴的。"

"是什么新消息？"芙拉急着问。

史尼德倒了杯茶，慢悠悠地说："有关那片笼罩在各位头上的阴影——我是说，我们暗指的那片疑云。"

"我不记得我们之前说话有什么暗指。"我说。

"哎哟，别担心，无论如何，疑云迟早会散开的。我是说，那艘发消息说要来寻求帮助的飞船。还记得吧？"

"它怎么了？"

"你们很快就能摆脱这片疑云了。摆脱罪名。用不了多久。"

凌辉先生来了，衣服没换，只穿着浴袍，松松垮垮地束在胸前，身上还是散发着微微的牛奶和稀有香熏的味道。"看来史尼德先生已经开启话题了，我觉得这个问题值得各位注意。我们和之前提到的那艘受损的飞船重新联系了一下——就是为了赏金出动的那艘。我相信，各位对它已经足够熟悉了吧。"

"够。"普洛卓尔说。

"我们来对一下信息。"凌辉先生用拇指和食指小心地捏起茶杯，小啜了一口茶，"几个月前，一个联合会决定采取措施，解决博萨·森奈。它旗下的银行和飞船公司分布在各个星球。听到这里，大家可能会想，这个名字是指某个真实存在的人物，还是所有不法分子的统称。博萨当然也有可能是一群人，他们在整个圣公会里到处游荡，扫荡荧石，掠夺他人，无恶不作，逍遥自在。关于这点，见仁见智，我也没有固定的结论。但我能确定的是，**确实**有飞船和公司利益受损，几乎可以肯定是有人在犯罪。"

"犯罪，真可怕啊。"芙拉轻叹。

"确实可怕，马兰丝船长。很高兴我们在这个问题上达成了一致。"

史尼德突然插话："重点在于，他们受够了。"

"1799年底前，他们遭受了一连串严重的损失。"凌辉先生说，"雷卡摩尔、特鲁斯科等。我们推测，这些正直善良的船长和他们的队员遭遇了暴力行径，损失惨重。不论是联合会还是个人舰队都忍无可忍了，但这又能怪谁呢？于是，反击力量诞生了。一开始，手段是比较温和的。大家想出了一个激励措施，简单来说，就是赏金。选出几位私掠飞船的船长，邀请其参加围猎，并给出行动规定和参与条件。参与者能获得高端装备，联合会还根据他们的一般收入给予补贴。于是，他们开始在各自最喜欢的'猎场'扫荡最厉害的'猎物'。其中有两位，分别叫雷斯特和谢曼。两人本是宿敌，现在却成了好友。他们分别指挥着两艘设计精良、行动快速的飞船——'白寡妇'号和'卡伦特'号，从考斯特碥星出发，最近在我们附近的位置行驶了1000万里格。近期遭遇不幸的是'卡伦特'号——在完全没有主动挑衅的情况下，突然被狠狠地攻击了。而且不是民间交战条款允许的那种只致残不致死的射击，那颗炮弹整个穿透了船体，据说是血洗了飞船。幸存者所剩无几，且各个遍体鳞伤。谢曼船长不幸去世。'白寡妇'号当时就在附近，能稍稍展开救援。但它本身也并非毫发无伤，那场攻击让雷斯特的飞船也付出了惨痛的代价。索具和帆控制装置都坏了，船长本人也受了很重的伤。"

"那您提这件事……到底是为了什么？"我问。

"相信你们也听出来了，整件事情一看就是博萨的手笔。"凌辉先生说，"任何飞船要是碰巧与她在同一片区域飞行，都是倒了大霉。各位自己显然也是如此，但你们却什么也没看见，什么也没听见。虽然我不怀疑你们的说法，但我把这事说出来了以后，大家应该就不难理解为什么……别人产生怀疑也是合情合理的，对吧？请放心，我很享受各位陪在我身边的时光，并且坚信你们是清白的。不过，并不是每个人都能听到各位亲口说的话，所以我们必须顾及一下那些人，让他们也了解真相。刚刚史尼德先生也隐隐提到过了，为大家洗刷罪名的方法很快就会出现。接下来就由你继续说下去吧，S先生。"

史尼德继续介绍："雷斯特那批人受到了严重打击，他们的飞船跌跌撞撞地开过去救援，但速度不够快，没能救下伤者。就像各位需要救治你们可怜的朋友一样，他们也需要我们这边完善的医疗设备。过不了多久，他们就该到了。"

"那他们会不会是遇到什么麻烦了？"芙拉说。

"噢，对了，是有一个问题，"凌辉先生竖起一根手指，"但我们可以帮他们先解决掉一部分。伤得最重的人已经上了子舰，正往这儿送了。但这耗尽了他们所有的燃料。子舰靠近的时候，没有足够的燃料进行反推，一定会飞过头，所以我们要自己派人去拦截。这事不难安排。我希望大家能在30个小时以后会合一次。之后，雷斯特的队伍，包括伤员和得到授权照顾伤员的人，就会来到这里。"

芙拉慢慢地点了点头，说："太好了，他们终于有救了。真为他们高兴。"

"我们也是，马兰丝船长。但对你们一行人来说，这个好消息更值得庆祝，不是吗？在宇宙传呼的过程中会丢失许多细节信息。雷斯特他们到了以后，我们终于可以完整地听到两艘飞船到底发生了什么。你们双方到时候好好聊一聊,我相信,他们马上就能澄清各位当时所处的位置和航线……而且他们路过的时候还能一睹'银灰小姐'号的尊容,或许会很满足吧……这样一来,他们就更愿意为各位洗清嫌疑了。"

"各位一定会很高兴的,对不对?"史尼德问。

"我之前可是完全不知道,我们还必须证明自己的清白。"芙拉没好气地说。

"不用不用,马兰丝船长。只不过这样一来,所有人的无端诽谤都将不攻自破,各位可要抓住机会啊。"凌辉先生往酒杯里又倒了点茶,"舌头长在别人嘴里,流言蜚语还是止不住的……谣言四起……这样对我们之间的公平贸易不利。雷斯特受人景仰,一旦各位的诚信得到了他的认可,所有关注此事的人都会默许各位的品格,承认你们的动机是合理的。之后,贷款会源源不断流向各位的账户,各地银行和港口都会争先恐后主动提供帮助,因为你们的飞船美名远扬,所有人都会有所耳闻的。"

芙拉思考了一会儿,喝了口茶:"听上去很有道理,凌辉先生。我们毫无隐瞒,因此没理由担心。其实,要不是我们燃料也已经耗尽了,我很愿意为雷斯特船长他们提供一些帮助。"

"如此表态,真是慷慨善良啊。"凌辉先生说,"不过不必担心,一切我都安排好了。现在,撇开卡特尔先生的遭遇不谈——你们能把这事抛在脑后的吧?各位对一切还算满意吗?医生告诉我,这两天要密切关注你们的同事。如果我没会错他的意,艾扎德内心对手术结果大概是满意的。"

"很高兴能听到你这么说。"芙拉微笑道,"这么说来,先生对艾扎德医生如此了解,应该已经共事很长时间了吧?"

"可以这么说,随着时间的推移,我们越来越熟悉彼此。就我自己而言,我觉得他的工作态度和专业技能是无价的。"

"他似乎比大多数人都更了解荧光。"

"没错,他个人对此尤为感兴趣。你们私下里有没有聊过你的病情?"

"没,还没找到机会。"

"没事,时间还长呢。我怀疑,你是在一年多前染上的病。如果得到了正确的医治……也就是强力冲洗疗程……"凌辉先生突然停了下来,脸上闪过一丝奇怪的难受,就像一阵牙疼突袭一样,"你今后的日子比我长多了。我们是否可以……借一步……"

"我去拿药。"史尼德赶紧说,"您需要打针吗?新药已经到了。"

"不用……没必要,但麻烦把咬棍拿过来。"

史尼德快速起身,把鼻子探到隔区外面,喊来一名服务生。

"我刚想说……"凌辉先生痛苦地挤出几个字,肩膀上的肌肉在金色的长袍下剧烈颤动着,"我们可以换到一个更……更合适的……"

"是你派出的那只眼睛吗?"我问。

史尼德拿到了凌辉先生的漆盒,把它放到这个大高个面前的桌上,打开盖子,但没取出里面那个缠着绳子的木棍。

"特拉根,你说什么眼睛?"

"卡特尔先生刚摔下去的时候,我发现有一只眼睛在盯着我。我看到它飞速逃跑了。我就是想知道,是不是有人派它来的。"

"是我干的,没错。"凌辉先生咬紧牙关,撑过了一阵痉挛,气喘吁吁地说,"那是一个远程安全监控设备。不必多想,我只是想知道,我的……客人们……是……"他猛地抽了一下,僵在椅子上,拱起脊背,脖子上的肌肉和青筋像一窝虫子一样在蠕动。但即使他眼睛已经翻到天花板上去了,他还是坚持一定要自己去拿咬棍,像抓接力棒一样紧紧攥住它。这次,他没有把棍子放在嘴里,抓在手上似乎已经能让自己好受不少,足以度过最痛苦的时刻了。他渐渐放松下来,叹了一口气——与其说是满足,不如说是解脱——然后把木棍放回盒子里。"区区小事,不足为奇。"他半带微笑,"我敢说,这次发病绝对没有上次严重,上次简直是让各位笑话了。"

"这次不需要打针了吗?"我想起了梅瑞克斯,他曾在这个姑娘身上试过剂量。

"药物有时候可能比疾病本身更伤人,特拉根。所以,如果我觉得自己能靠意志力撑过去,我就尽量不用药。药物疗效也会随着时间的推移越来越差,也就是说,我必须学会自我控制,提前为它完全失效的那天做好准备。这么晚了还让各位过来一趟，实在抱歉。大家一定都很累了，尤其是见了卡特尔先生的遭遇，应该心力交瘁吧。但雷斯特船长的事很重要，我一定要通知你们，所以请见谅。"

"我为你朋友的离世感到很遗憾。"我说。

"你是说卡特尔先生吗？不错，我们之前确实有几次聊得很好，让我大受启发。但我们和蠕虫族之间是永远谈不上友谊的，仅仅是互相有利用价值而已。有时候，利用关系也能发展成亲近，甚至是信任，可能会被误认为是温暖的熟悉感，但这绝不是友情。我们两个物种之间的差别就像太虚之境一样大——嗯，对，甚至比古日和任何一颗恒星之间的距离还要大。我们无法了解他们，在内心深处，他们也永远无法真正了解我们。"他停下来，认真看了看自己仍然颤抖的双手，或许是想起了某些美好的记忆，他的五官变得柔和，就像回忆起了曾经和宠物或至亲在一起时的温馨时光——但可惜宠物丢失，亲人已故。"蠕虫族可不止卡特尔先生一个人，特拉根。要哀悼的话，也得哀悼那些值得的人。"

第十六章

对方执意要送我们回旅馆，我们几番推辞，他们还是热情不减。不过稍做要求，凌辉先生居然立刻允许我们去看望苏桐了，她还在医院里守着，至少是打算守在那里不走。我们到的时候，看见她坐在前台附近的一把椅子上，脸朝下趴着，双臂耷拉在两侧。普洛卓尔轻轻推了她一下，把她唤醒。

"你看起来很忙啊，姐妹。你的工作结束了，走吧。"

"几点了？"苏桐用手撑开打架的眼皮。

"凌晨三点。今晚真是离谱啊，绝对终生难忘。他们先是带我们上楼见了凌辉先生，然后我们在旅馆里和一只蠕虫起了冲突，结果他还死了。现在凌辉又说，有一个幸存的飞船队伍在来找我们的路上。"

"什么幸存者？"苏桐问。但我们还没解释，她就靠自己的理解想通了。"哦，我明白了。总之不是什么好事，对吧？"

"确实不太妙。"我说。

"我猜楼上那帮人在诈我们，试图嗅出蛛丝马迹。"普洛卓尔环顾四周，确定旁边没其他人，"他或许觉得自己猜到了，但还不敢确定。所以他故意向我们提起那艘飞船，但其实他根本没必要这么做啊。要不然，他为什么会这么晚了还硬叫我们去他的浴室，只为了告诉我们30个小时以后才会发生的事情？"

"他到底想干吗？"我问。

"想吓唬我们一下啊，亲爱的。"普洛卓尔说，"编个故事骗骗我们，让我们一紧张，头脑发热，轻举妄动。给我们一点机会，让我们以为抓住了救命稻草，赶紧逃出去。这样他就能确定我们的身份了。"

"如果他觉得我们是……"我降低了音量，"如果他怀疑我们和博萨·森奈有什么关系，为什么不现在就展开围剿？"

"因为他不能确定我们飞船上留了多少人。那才是重头戏，他不会想让大半的赏金白白溜走。如果他给我们剩下的人都戴上手铐，押进监狱，赏金就能全部到手了。他甚至不能确定博萨是不是混在我们几个里面。不过，这牌出得漂亮。告诉我们受损飞船的子舰要来是他赌博的一个环节，现在他应该盯得更紧了。"

"'盯'这个字用得好，就是字面意思，他向旅馆派了只眼睛。"我心有余悸。

普洛卓尔却断言："不是他派的。"

"但他不是自己都承认了吗？"芙拉说。

"所以就更不可能是他了。总之，我刚刚仔细观察过了，他不确定安德瑞娜在说什么。但我觉得，像他这种人，不能容忍任何超出他管辖范围的事情发生。所以，即使那只眼睛不是他的东西，他也硬要认下来。"

"那会是谁的呢？"芙拉开始喃喃自语。

"某个拥有这种东西的人吧，我猜。"我打断了她。

艾扎德医生过来了。他看起来筋疲力尽，脸拉得更长了，鹅卵石般苍白黯淡的眼睛下，阴影更重了，甚至成了青紫色，像被人打了一样。

"你应该去休息一下了，利琪尔。"他朝苏桐点点头，"你对朋友尽心尽力，但目前来说，暂时没办法为她多做些什么了。斯特兰布莉需要休息，接下来，主要是看运气了。"

"她叫格雷本。"我说。

"是——你们是这么告诉我的。但手术后，她恢复了意识，尽管很短暂，而且没有特别清醒。她完全搞不清楚状况，也十分痛苦。我努力向她保证，现在她很安全，朋友就在不远处。我本来想打电话给你的，利琪尔，但后来想了想，你的精力也已经耗尽了，我觉得你和你的朋友一样需要休息。"他顿了顿，抖了抖伞上的水。如果说这次和之前有什么不一样的话，只有那把伞看起来比以前更加松松垮垮了，和它的主人一样显得有些疲惫。"不管怎么说，她坚持表示自己不叫'格雷本'，而是叫'斯特兰布莉'。她还提到了几个我没听过的名字——苏桐、普洛卓尔等等。我……并没有反驳她。按照以往的经验，此时放任病人说胡话，他们一般会开心一点。我相信这些都不是真的，对吗？我只是不小心提到了她愿意被人称呼的名字……"

"你女儿的事，我猜对了，是吗？"我问。

如果说之前他否认了我的猜测，让我有些不确定，那么现在，看着他的犹豫，我的心里就有了答案。

"我们现在走上这条路，都是身不由己，特拉根。噢，我是不是应该叫你……安德瑞娜？"然后他转向我妹妹，"你应该就是阿拉芙拉吧。她对这一点非常执着，说，你把大家拖入了险境，但她对此十分感激。我问起关于马兰丝船长的事，她却显得一脸迷茫、焦虑不安。"

"我就知道这些名字撑不了多久。"普洛卓尔突然放弃了。要不是艾扎德医生已经清晰地认识到我们本性善良，她的这句坦白绝对会给我们造成致命打击。

"你们讨论的事情，我都不会说出去。"艾扎德医生安慰我们，"我不知道你们是谁，也不知道你们为什么要用假名。但我差不多已经猜到了。你们要不就是被通缉的船队，要不就是觉得，自己有可能会被误认为是他们。无论是哪种情况，都必须隐藏自己的真实身份。但这不关我的事。"

"很高兴能听到你这么说。"芙拉说。

"但各位一定要小心了，船长……唔，我们还需要继续装下去吗？"

"或许还是装下去为好。"她说。

"好吧，那——马兰丝船长。我现在主要负责斯特兰布莉……格雷本……的病情，我会竭尽全力。但有时候我也会被叫走，这样的话，就只能让我的员工来回答她的问题。如果她在员工面前胡言乱语，那我也没办法遏制他们的好奇心。同样，我也没能力阻止她的真名传到凌辉先生的耳朵里。他已经开始怀疑了，但还不敢确定，所以没采取行动。可是等受损飞船的子舰到了，一切就可能变得不一样了。而如果他知道了格雷本说过什么，那就肯定天翻地覆了，你们会被逼到高度可疑的境地。我有一个建议，各位想听听吗？"

"请说。"芙拉回答。

"趁还有机会，赶紧走。放弃格雷本。各位把她带到这里来，已经很不容易了。如果不是你们，她肯定早就死了。我见她来时发着高烧，在那种热度下，她撑不过一天，甚至更短。你们已经尽力了。"

"你能保证她的安全吗？"我问。

我本想得到一个委婉的答案，但他却直率得让我吃惊。"不——其实我完全不敢保证。在这里，没有一个人是安全的，这一点你们可能已经渐渐发现了。但如果各位被抓获、受到审讯，甚至遭受更恐怖的事情，那她绝对会更加危险。在阿逝拿到赏金前，他肯定会对你们下毒手。他有多残忍，还需要我描述吗？你们应该已经听说过他患上荧光的故事了吧？但那不是在开玩笑，就是真的。他杀了一个敌人，然后把人吃了下去，结果就这样了。"

"我们不会走的。"芙拉思考了很久，终于还是决定留下。她大受震撼，我们也一样。虽然没人天真地幻想过凌辉先生是那种热情好客、尽善尽美的典范，但我们也从未料到，他会如此厚颜无耻，直截了当告诉我们自己吃过人，所以我们都以为他在开玩笑。一时间，没人能接受这件事。"一定要等她能转移了，我们再一起离开。"

"你们这是在冒巨大的风险。"

"如果我们现在就跑，结果也肯定一样糟糕。这就是他能想到的，而且也是在期待的。我不会让他得逞。"

"这样啊……各位的决心和毅力，以及对受伤朋友的不离不弃实在是让我钦佩。"

我给了他一个紧巴巴的微笑。尽管我很想为这份情谊鼓掌，但我知道，芙拉不想提前离开是另有原因。我还是没有放弃，希望能从妹妹身上看到善良与优点,所以最终选择相信,她依然是把斯特兰布莉的身体健康放在心上的。

"你是凌辉先生的医生。"我平静地说,"他的治疗、注射等等事务都掌握在你的手里。如果他真像你说的那么恐怖,那你为什么不想个办法把他干掉?"

"正因为我是他的医生,我才不会杀他。"他轻轻回答,语气还是那么温柔,"即使我在履行职责的过程中……不小心失误了,即使我能下决心对他翻脸,即使我感觉背叛他利大于弊,我也……唉,这里面的原因很复杂。"

我却完全理解:"无论你给他什么,他总会先拿梅瑞克斯试一遍。"

*

回到旅馆已经接近凌晨4点了。和往常一样,我早就想睡觉了。虽然心里各种各样的疑虑该让我头脑清醒、夜不能寐,支持芙拉和反驳芙拉的念头在脑子里打架,但几天积累下来的担忧和不安使人身心俱疲,困意袭来,难以遏制,我一沾枕头就坠入了深深的、无梦的酣睡,所有苦恼都遗忘了。

房间里就我一个人。普洛卓尔表示想接苏桐的班,继续守夜,而芙拉和苏桐住在隔壁房间。在道晚安之前,我提议芙拉传呼一下帕拉丁,提醒他留意一下子舰的事情,她同意了,也保证有消息会立刻叫醒我。我跟她说,我不想睡太久,最多4个小时。

结果大约过了6个小时,芙拉才来敲我的门,我洗漱穿衣又用了大概半小时。脚还是很痛,踝关节周围肿得厉害,这可能也是我动作慢的一大原因。我小心翼翼地打开卧室的百叶窗,有点犹豫是否要看一看现在的处境,给自己提个醒。世界还在,我们还在,这还真是一个安安静静的奇迹啊。

"无尽港",日当午——这个常年阴暗的地方也终于有了光。也许是又打开了一两块空域,或者灯光的亮度又增加了,总之整个地方都变得更加敞亮,比昨晚少了几分肃杀之气。降水量也变小了。天空中的几块地方还在冒着蒸汽,但比起之前,已经算控制住了,没有暴雨。不过,底下的街道仍然是湿漉漉的,水坑、排水道和水闸里依然有积水,像强反光材料的小碎片一样嵌在道

第十六章

路和小巷里，反射着光线。那些灰色的建筑群也比昨晚看上去更加明显，在我面前呈现出城市特有的几何形状。天空还比较暗，路灯依然开着，之前开着灯的窗户还亮着光。但现在，好歹四周光线改善，我稍稍觉得这个地方似乎也没有那么可怕了。要不是昨天经历的麻烦还历历在目，我感觉，在这个星球上好像也没有那么难熬，甚至还挺愉快。我想到了凌辉先生对黄金的狂热，想到了他四周奢华的环境和训练有素的侍从。我又不禁回忆起了医生说的关于荧光的事，以及它是如何进入凌辉先生体内的，心里就开始泛起一种新的厌恶感。设想凌辉先生上位夺权的历程简直太容易了，根本不需要看什么传记或剪报。无非就是一个强大而危险的人物，从组织犯罪到有效控制整个星球的过程，而现在，他又靠高压恐怖和敲诈勒索实行统治。不用怀疑，上一回银行危机的时候，他必然已经走在通往权力的道路上了。只不过那场大萧条——也就是让普洛卓尔失去全部家当的那次——加速了他上位的速度而已。我敢肯定，是史尼德杀了卡特尔先生，因为史尼德的行动全听凌辉先生指使，而且我已经目睹过一个血债累累的杀手办事有多么心狠手辣。我希望他能离我们远一点，但我更希望能找到什么办法彻底摆脱他的纠缠。

我的脑海中突然闪过一个念头：如果斯特兰布莉死了，那事情不就简单多了？我就会……无事一身轻。我畏缩了，马上意识到这是博萨的思维方式，这念头就是在提醒我，博萨还在我体内阴魂不散。愤怒归愤怒，更重要的是，我发现自己的理性思考已经发生了改变。这不就是她在仁心室里一直让我训练的项目吗？变成一个冷酷、带刺的人。我立刻粉碎了这个想法，像碾碎一只虫子一样毫不犹豫。可想法虽能抹杀，人却回不到原点了。我也知道，这和从一开始就不会产生这种想法不一样，我终究回不去了。

我们乘着电梯下楼。芙拉说："现在重要的是，我们要和昨天一样，继续买东西或者干别的事情，任由凌辉的间谍监视我们，不让他发现任何表明我们慌了神的迹象。"

"那艘子舰还有不到一天就要到了。你明天早上还打算留在这里吗？"

"逃跑就等于自爆，所以不到万不得已，千万不能跑。"

"等我们做好准备了，你觉得他们还会让我们离开这里？"

"就算凌辉这么厉害,他也不能不顾后果地扣留我们。星球间广泛认同的说法是:与诚实的船员过不去,就等于和所有人过不去。"

"除非他们认定了我们不是好人。"我觉得自己必须指出这一点,"你和帕拉丁通过话了吗?"

"嗯,和秦杜夫也聊过了。他们那边一切都好。帕拉丁扫到了一艘子舰,这和凌辉的说法一致。它速度很快,身后几十万里格处有一艘母舰,应该是'白寡妇'号。帕拉丁说,扫描出来的轮廓和我们在沉啸石上看到的影子形状相似。"她向苏桐投去一个后悔的眼神,"我最近一直想向你道歉。我应该对你观察到的帆闪给予更多的信任。"

"没事,你当时也不知道事情会变得这么麻烦啊。"苏桐挠了挠后颈。

"和帕拉丁说话的时候必须小心谨慎。"芙拉继续说,"我们的传呼信号很容易被拦截,所以我措辞很委婉。但我们可能会紧急调用所有船帆和离子,这一点我希望自己当时暗示清楚了。"

"其实不必绕弯子。"我说,"要不是绝对有必要,没有哪个理智清醒的人会想在凌辉先生身边多待一会儿,哪怕一小时。"

电梯降到了大厅,我看到服务台边换了一个人,不过我毫不惊讶。现在是白班,而且我们凌晨回来的时候,那位圆脸老朋友看起来昏头昏脑、身体不适。我们试图从他口中套出他昏迷的原因,但他就是坚称自己对卡特尔先生摔下来的情况毫无印象。尽管我生性多疑,但最后还是选择相信他。普洛卓尔之前告诉过我,有一些神经武器能消除被害人所有的近期记忆。

"我知道,你的任务是向凌辉先生打报告。"芙拉靠在桌子上,对那个新来的店员说,"但这并不妨碍我要求你也向我打报告。卡特尔一直在打探一些我们不是很懂的事情,但要是跟我说,他是最后一个来跟踪我们的人,我倒觉得稀奇。我要你告诉我,有谁来了,有谁走了。任何问题、任何怪事,都得告诉我。如果我对你提供的消息感到满意,就会在箱子里放一枚圜钱——而且我向你保证,面值绝对不会低。"

这个值白班的男店员额头有一绺翘起的头发,神情高度紧张,眼神飘忽不定。我隐约感觉到,他知道前一天晚上发生了麻烦事,希望尽量别把自己卷进去。

"我不敢做任何保证，马兰丝船长。而且我也不会一直在这张办公桌前。你也知道，旅馆不会自己运转起来，我得经常去管洗衣房，晚上还要看厨房……"

"你的意思是，你知道在什么时候应该睁一只眼闭一只眼？"芙拉一笑，"为了活下去，这种策略确实很明智，我懂。但我很讨厌密探，尤其是外星人密探。那谁……他们叫什么名字来着，特拉根？莱宝和雷奇？不管了，差不多吧。反正任何与蠕虫族相关的事情，我都想知道。"为了强调这一要求，她塞给那人一枚 10 块钱的圜钱："这是给你的合作首付。别逼我收回了。"

那小伙子顺势把钱放进了马甲口袋，还不忘向两边警惕地瞥一眼："如果有人想见你们，我该怎么回答？"

"那就告诉他们，要提前预约。"芙拉说。

*

我很难沉下心来采购食品、淡水、新品种的轻型光藤、备用布料和船体材料之类的东西，心思始终放不到这些单调的小事上。但这些都是我们的实际需求，并不会因为凌辉先生的纠缠而消失。我其实挺想坚持要求三个人一起去购物的。一方面是出于安全考虑，另一方面是为了不让芙拉有机会暗地里搞小动作。然而，内心有个冷酷的声音在对我说，任她去，想干什么就干什么，也不是坏事。现在我们还有机会，假设斯特兰布莉身体恢复得够好了，我觉得尽快离开这里是明智的选择。按照芙拉的脾气，在她找到兰庚沃，或者确定他不在这里之前，她一定会想方设法阻挠我们离开。如果我强迫她一起去采购，或许是可以监视着她，但也会妨碍她的进展，最终反而对我们不利。

所以我考虑了一会儿，自告奋勇去头骨商店，看看有没有东西能代替飞船上那个快报废的头骨，又提议她和苏桐看情况随机应变，处理自己的事。她同意了。也许她能感觉到，我的提议背后藏了点小算计，但既然对自己直接有利，又何乐而不为呢？在楼下的酒吧喝完咖啡后，我就自行离开了。

至少，我没有骗人。我只是想去头骨店逛逛，也确实就干了这事。芙拉把自己已经去过的地方列了份清单给我，上面有一些备注，对她测试过的头骨及其可能的适用性做了一些说明。但旅馆附近一站路的距离内，还有十几家类似的商店，我想从头开始，都逛一遍。那些店铺各有各的乌烟瘴气、暗无天日，令人望而却步，毕竟老板过日子不是靠过路的客人。我每走进一家，总能想起"中枢巷"——那时，我常带着芙拉去逛格兰蒂夫人的精品店；到处假装自己是第一次去试头骨，什么都不知道。而事实上，我已经做过了测试，发现自己有与他人的交感神经产生通感的能力，并且我相信，妹妹应该也有同样的天赋。

我猜得没错。一开始，我适应头骨的速度确实比芙拉稍快一些，但她不久就迎头赶上了。我已经接受了这一点。我们虽然都有天赋，但她的能力就是与生俱来比我更强、更敏锐。可惜，用不了多久，我们的能力都将消退。作为姐姐，先退化的应该是我，但是这事也难以预测。唯一可以肯定的是，这种天赋终有一天会消失，这是所有读骨人逃不脱的命运。在极少数情况下，或许可以苟延残喘到30岁，但这样的例外太稀少了。相反，20岁刚出头就能力尽失的案例比比皆是。离开家乡的时候，我已经18岁了，现在离20岁生日只剩下半年，而芙拉也已经18岁了。我没感受到自己的能力有所下降，反而是头骨先快撑不住了。没有一个稳定的基线，我很难评估能力到底有没有衰退。

头骨商的顾客应是年轻人，像我这种"老人"踏进商店，大家只会侧目而视。在他们眼里，我可能是一个理想主义者，希望接受测试，梦想开启新职业；抑或是一个经验丰富的老手，代表某个健全的团队，来测试、采购新头骨。但无论是哪种情况，我出现在那里都不算太奇怪，他们必须认真接待我。而我，则必须尽量克制自己的墨珅陵口音。

比起自家星球，斯特里扎迪之轮的头骨倒是有一个优势：它们从来没在吞噬兽附近，或者靠近文明的地方工作过。由于这个星球哪里都小，又常常断电，很少有文明存在于这里。只有在最佳环境条件下，才能捕捉到部分信号传输。也就是说，我现在有机会找到一个特别好的头骨，不带明显的缺陷或修复的痕迹，里面填满了忽明忽暗的闪烁物，钻孔很少，也没有接触过太多拙劣的交感神经。它应该被安置在绝缘的环境里，配备着高端的、校准过的神经拱盔。很少有店铺会有此等奇货，但我相信能找到，遂访遍各家店铺，坚持要求试用所有的头骨。大多数情况下，商家会要求我交一笔不可退还的定金，以防我损坏了他们的东西。有时候，定金贵得都足以买下货架上的一个低档头骨了。但我腰缠万贯，所以只是稍做抗议——讨价还价还是必需的，毕竟不能让人轻易看出来我很有钱——之后，马上就会把钱拿出来，并不怎么心疼。

独自和这些头骨共处一室，把陌生的神经拱盔戴在头上，总感觉很奇怪，没一个头骨能让我立马决定"就是它了"，尤其是在我长期适应了"复仇者"号上的头骨之后，更觉得其他的都令人难受。好在我对这个行业研究得很透彻，即使是用一个属性特质完全陌生的头骨，我也很清楚如何追寻信号。

不过，即使头骨可用，也不一定次次表现良好；即使表现良好，也不一定有人发送信号，至少在头骨和读骨人都很敏锐的范围内是如此。所以，每当戴上拱盔，开始插入连接线的时候，我都没有对成功抱有太大期望。但有些货我还是会一口回绝的，因为一眼就能看出来，它们并不适合我们的需求。

但是到了第三次，也就是在第三家允许我试用产品的店铺里，有东西出现了，而且比我预期的要强烈得多。

　　是你啊。

我对这种意识倍感熟悉。它曾通过某个头骨对我泄露了一个词——"夜叉"，暴露了对我们飞船的强烈兴趣。它刚进入我的脑海，就开始回头滑走，冲进头骨，迅速从我身边逃开，逃回那个先前就认出我的读骨人脑子里。

我赶紧匆匆忙忙地带着自己的想法追去。

　　我们从来不是"夜叉"号。

无声无息地交流中，双方陷入了停顿。

那你们是谁？

我们是一艘无辜的飞船。你们从太虚之境就开始追我们。我们探测到了你们的帆闪，本想尽力逃跑。但你们穷追不舍，逼我们来到圣公会外缘空间，最后还用帆弹伤了我们一名成员。

伤者是谁？

我试图把这个想法从脑海中排挤出去，但失败了，我没能控制住，斯特旦扎迪之轮的形象已经闪现出来了。在这里，我做不到像在自己的藏骨室里那样，严格控制内心思维。

不错，我们已经猜到你们入港了。你不必为思维控制这个小失误而自责。你们的习性和位置在常规的消息渠道上也早就暴露了。我只想知道，你们还有没有人在母舰上？那艘飞船上的头骨已经很久没有动静了。如果你能告诉我你们成员目前的分布情况，我们船长会很高兴的。或者说，如果没有受重伤、痛苦不堪的话，他绝对高兴得要命。你有听说过我们飞船的伤亡情况吗？

我想起了我们发动攻击之后，我和芙拉窃听他们的传呼，听到了他们绝望的交流。整整一船人，不是已经奄奄一息，就是看清了难逃一死的结局，恐惧、绝望将其笼罩。而且我也知道，这一切都是我们造成的。

这是个意外。我们以为自己瞄准的是空地。在那之前，我们根本不可能知道有另一艘飞船。请相信我，我们没想过要伤害你们任何一个人。

我们遭受到的损失可远远不止人员伤亡啊。你们的准星、穿透力、射速还真是一绝。我们军械师说了，你们用的是水冷线圈炮——正是我们获准围剿的那艘飞船的装备。

你们要围剿的不是我们，这一点你必须明白。确实，我们双方交战了。但本来我们只是想把你们的索具打坏，阻碍你们的追击行动——仅此而已，没想杀人。

说出你的真名。如果想为清白抗争，你为何不肯暴露真名？

你不需要知道我的名字。我们都是读骨人，大家都懂的，保密是这个行业的精髓。

我猜你是女子。我可能猜错了——很有可能——但至少我的脑子分析出的是这个结论。有一对姐妹被卷入了她的天罗地网，两人至少一个有读骨的能力。

我不是……她。

安德瑞娜·尼斯，阿拉芙拉·尼斯——你肯定是其中一个。

不……

但我已经暴露太多了，这样的失误无可挽回。

我觉得你是安德瑞娜，希望以后某一天能见到你吧。还真想看看，到底是什么样的人才能想得出那种恶毒的攻击，一定会给我很大启发。还是说，你对自己的罪行有什么狡辩？

都跟你说了，是意外。

你有自由意志，不必选择现在这种生活。

是生活选择了我。我们不是你想的那样。我们把她杀了。我们杀了博萨·森奈。

哟，承认了，挺坦白的嘛。但至少这不能证明你们和她之间没有联系。

我没想否认这一点。但我可以保证，我们从未想过要伤害你们。事情本不该是这样的。

安德瑞娜·尼斯，你知道吗，我几乎都要相信你了。我当读骨人已经很久了，了解这个奇特行业微妙的方方面面。我觉得，在某种程度上，我已经能够感知说出这些无声文字的人是什么样的性格。你似乎完全相信自己是清白的……非常自信，都快让我怀疑自己的立场了。没错，我都快要相信你了。

　　我告诉你的，都是自己知道的真相。我们利用吞噬兽制造突袭，目的仅仅是打坏你们的船帆。如果当时知道有另一艘飞船存在，我发誓，我们一定会避开它。

　　嘿，会不会是这样：那个念头是阴险的，但你深信不疑地觉得它没什么问题。或许你被骗了，有没有这种可能？

　　不可能，发生了什么我很清楚。所有情况都看得真真切切。我很抱歉——真的很抱歉。在行动中，我也失去过朋友，所以这种痛苦我也能感同身受。请务必相信我，我们绝不会希望让这些恐怖的事情发生在别人身上的。

　　就算是为自家伤员复仇也不例外？

　　是的，也不例外。告诉我——你叫什么名字？我已经承认自己是谁了，所以请你至少也大方一点，稍微分享分享自己的情况吧。

　　大方？安德瑞娜，你们这帮人怎么可能知道什么叫大方？是的，我确实应该告诉你我叫什么，但这个信息对你来说毫无价值，因为我没有什么可隐瞒的。但我觉得，如果你们被大家送到行刑队面前，或者在面临任何处决的时候，脑子里能回想起我的名字，那也是极好的。我叫查斯科，是雷斯特船长所在的'白寡妇'号的读骨人。希望你们的行刑过程越慢越好，这是你们罪有应得。

　　他的话——他无声的语言——让我感受到了一阵切入骨髓的痛。我好不容易才控制住自己，没一下子拔掉头骨连接线。我蜷缩在座位上，浑身颤抖，多希望人生是另一个样子。但我只能留在当下，体会成为所有人仇恨的焦点是一种什么样的感觉。是的，我罪有应得，对方没有带任何个人恩怨。

　　但我还连接着头骨，于是发出一句：

　　我很抱歉，查斯科，不管你信不信吧，我们真的不是故意的。

第十六章

*

就算拔了插头,他的声音、他的判决词也仿佛仍在我脑子里一遍又一遍地回响,挥之不去,那语气就像法庭上的任何一场审判一样,空洞无情。

我对这个头骨的状况很满意,确定它能很好地适用于我们手头的设备,而且价格也在承受范围之内,是时候考虑买下来了。但我现在根本静不下心去想这种务实的事情,更何况我们自己的那个还能用。我整个人仿佛被掏空了,只剩一具又脆又薄的躯壳。我想,站在查斯科的角度,鄙视我这个人是很正常的事情,毕竟他知道的真相有限。

这种状态叫作过度自我反省,我不希望别人出现这种状态。如果能确信对方要么是出于毫无根据的怨恨,要么是推理发生错误,总之就是能确信,对方是由于理由不充分而憎恨自己,那接受被人讨厌这件事情并不难。但如果自己已经冷静下来,审视对方的依据,最后发现人家的仇恨并非无中生有,那接受此事就会难得多——简直难太多了。

我离开了店铺,精神还算镇定,又交了一笔定金,让老板帮忙把那个头骨再保存一两天。踏出店门,我才发现,自己早已失去了继续照着清单购物的欲望。我沿着闪光大道的方向往回走,几乎完全没在意要避开水坑。到了一处,我突然对自己的方向感很自信,看见了几条主干道边岔出去的窄路,觉得是捷径,便自恃聪明抄了进去。这些小路光线更暗,即使在白天也阴沉沉的,灰色的建筑物在我面前晃动,像把钳子一样,似乎越收越紧。我突然意识到自己被跟踪了。虽然只是听到了一串脚步声,但我已经察觉到有人在悄悄跟上来,只要再听一会儿,我就能确定,这不是巧合。

我赶紧拐进一个弯,来到一条狭窄的通道,快走几步,然后转过身来,准备面对尾随的人,同时空出一只手伸进上衣口袋,摸出手枪,上膛,平举,准备开枪。

一个身影进入视野,在我面前停下。是史尼德。不过还能是谁?我觉得自己并不应该感到惊讶。他右手藏在口袋里,左手在面前拨弄着鼻尖上晃动的黏液块,边挖边发出哧哧的擤鼻涕声。他的手指已经被鼻涕染成银白色了,指间挂着恶心的黏液网。擦完，他又随意地把手塞回口袋里。

这是他分散我注意力的手段，对此，我应该有清晰的认识。他右手从口袋里掏出武器，是一把大大的，看起来还有些笨拙的手枪，直接瞄准了我的胸膛。

"呵，这把小东西挺漂亮嘛，在这种空气不怎么清新的地方散步，带出来防身正合适。你是从哪里弄来了这么精致的玩意儿，小姑娘？"

我把意志手枪紧紧攥在手里，但只是对着他的方向，没有刻意瞄准。我只是想证明，我有办法保护自己。突然，一阵强烈的情绪波动涌上头脑。我突然坚定地认为自己很恨史尼德先生，并要对他造成不可逆转的巨大伤害。仇恨的念头瞬间像一股启蒙的力量般涌遍全身，是博萨的影响。我虽然已经逐渐习惯了自己偶然会被她控制，但这下未免也太麻烦了吧。此时此刻，她在我体内的残余力量又找到了新的宣泄途径。我猛地一抽，手臂向上移动，精准地把意志手枪瞄准史尼德先生的眉心。我觉得自己的骨头和肌肉被什么东西锁定了似的，保持瞄准姿势，稳如泰山，整个身体就像一个专业设计的炮台。

在那一刻，史尼德先生本该开枪的。但或许是事发突然，而且我瞄准的精度远超了他的想象，他愣在原地好一会儿，完全失去了主动权。他谨慎地后退了一步，又向右挪了一点，慢慢放下武器。而意志手枪牢牢锁定他的额头，就像有只无形的手在控制、指导我一样。

"你想干什么，史尼德？"我居高临下地问道。

"S先生只是想为你放风，仅此而已，没有伤害你的意思。"

"放风？就是指拿着把枪，在后面鬼鬼祟祟跟踪我？"

"这不是怕你被搭讪，或者被拦住之类的吗？"他的语速变快了，亮出了一口棕色的坏牙，"转进这个拐角之前，我并不知道会发生什么，所以才拿着枪，做好准备。我不是在跟踪你，别误会。"

我还保持着优势，以命令式的语气问道："史尼德，你为什么要杀卡特尔先生？我以为，他是为你和凌辉工作的。"

"这回只能算他倒了大霉，就是这样而已。"他把另一只手从口袋里拿出来，不自然地晃了晃手指，显然紧张得要命，"心急忙慌逃跑的外星人走不来楼梯，事故迟早会发生的。"

"然后你还不小心踩了他一脚。我猜，蠕虫族已经视你为敌人了——史莱宝先生，还有费多尔先生。这可不太明智吧？"

"他们知道该站哪边，才能让自己的利益最大化。如果知道不去打扰某艘飞船对自己有好处的话，他们是绝对不会来犯的。"

"在我看来，他们当时很不高兴啊，史尼德。你刚刚这番话只能让我确定，你确实踩到了自己的猎杀目标，但你还是没告诉我为什么要杀他。"

"他们的想法越界了，那些根本不是他们该做的，小姐，所以得有人让他们清醒一下。这种情况经常发生。但我这么说，不代表承认了这事是我干的。"

我的手指发痒，开始扣动扳机。我觉得自己被分割成了三块，手枪、博萨和我所剩无几的理智争抢着想控制我的自由意志。我很清楚，在由这三方组成的不和谐的"联盟"中，有两个沉默着，它们是同伙，我拔出手枪就是得到了此二者的恩惠。

"我会瞄回来的。"我警告道，试图将手指从扳机上拿下来，同时努力让手臂自由活动起来。终于，在巨大的意志力作用下，我把准星从他头上移开。好险，挪开的一瞬间，我的手指听从了武器的指挥。

一股能量脉冲从枪口处闪过，射出一个粉白色的棒球状物体，打中了一根排水管，将其利落地斩断，连同后面的墙壁也一齐烧毁了。

然后，手枪重新控制了我的手臂，逼我再次瞄准了史尼德先生。那个时候，他应该已经完全相信我没在开玩笑了，举起双手，把自己的手枪挂在大拇指上，跌跌撞撞地向后退去。他的眼睛瞪得大大的，眼里满是恳求，可怜得就像一只挨打的小狗。

我像之前那样，努力劝服自己心平气和，反制博萨。我逼自己想象那些令人愉快的事情：美妙的乐曲、好看的衣服、人间的小确幸[①]和日行一善的满足。我试着用排山倒海式的快乐冲撞自己的大脑，简直到了让人不适的地步，

[①] 小确幸：网络用语，该词来源于村上春树的随笔集《兰格汉斯岛的午后》，由翻译家林少华直译而进入现代汉语。意思是心中隐约期待的小事刚刚好发生在自己身上的那种微小而确实的幸福与满足。

但好歹没有一席之地留给报复和残忍的念头了。

奇迹般地，我感到她的影响渐渐退去。某种巨大而可恶的存在越变越小，就像用瞄准镜调到最大倍数观察它，然后渐渐调小一样。它在缩减，但还不至于完全消失。

有一个遥远的声音轻轻在耳边响起：

面对吧，你并没有想完全摆脱我，不是吗？至少在你发现我很有用的时候，你当然希望我留下。

"你不属于我。"我低声喃喃自语，"你也永远不会成为我的一部分。"

我扣在扳机上的手指又开始发痒。但史尼德先生转过街角以后，手枪好像一下子放弃了对我的控制。手臂瞬间放松了，手指也没有那种忍不住想开火的感觉了。我等了一会儿，听他的脚步声。一开始他还在慢慢走，之后明显匆忙跑了起来。

我确定已经摆脱他了，于是把意志手枪塞回口袋。这把枪真是让我又爱又恨——我多希望把它踩在脚下，又想把它紧紧拥在胸口，仿佛那是爱人送的礼物。

我静静地站了一会儿，收拾收拾心情，尽量镇静下来——我整个身体还在不停地颤抖。

就在这时，我看到巷子尽头有个人在看我。高高瘦瘦，但很黑：只能看到一个剪影。我觉得应该是个男人，但八成不是史尼德的手下，也不是凌辉先生宫殿里的那些穿黑袍的服务生——虽然他的衣服也是深色的。他又打量了我一会儿，这下我敢确定自己就是他特别关注的对象，而且在刚刚与史尼德的整个对峙过程中，他也肯定一直在监视我们。

"兰庚沃！"

虽然没有十足的把握，但我还是大声喊出了这个名字。如果我猜错了，那么这个陌生人肯定莫名其妙，也不会有什么影响；但如果我凭直觉猜对了，那对方就能知道，我早就盯上他了。无论如何，对他都没什么持久伤害。

也许在他听到我喊出这个名字的一瞬间，他有过犹豫——或许转身要跑，但又迟疑了一下，没有付诸行动。光影变换，我看见那人齐肩的头发遮住了一部分脸，但还是捕捉到了一丝特征：显然对方是个年轻男子，长得还行。这张脸触动了我心中某种微弱的、不确切的熟悉感。我感觉仿佛认识他，或至少以前在哪儿见过，但这是不可能的。

"兰庚沃。"我又叫了一遍。这次声音小了一些，是为自己考虑，并没想去照顾他的情绪。

一片寂静中，我听见几声自己的心跳。他徘徊了一会儿，然后把目光从我身上移开，转过身去，定定地站了一会儿，然后消失在我的视线中。

第十七章

快到旅馆的时候，我突然心思一动，转身向医院跑去，满脑子都是想和艾扎德医生说话的冲动。但我又不想被人跟踪，或者至少不想让人觉得跟踪我很容易，于是故意绕了远路，在周围的建筑物之间来回穿梭，溜达了一两分钟，最终才冲到了那片满是泥泞、坑坑洼洼的空地上。医院像一块凹凸不平的软骨似的，悬浮在上空。

没人来迎接我，也没人和我讲话，绳桥和梯子都已经升上去了。

我在底下团团转，左顾右盼，别人要是看到我，一定以为我脖子抽筋了。实在没别的办法了，我鼓起勇气敲了敲从上面荡下来的一条铁链，把它扯下来，整个人挂上去来回摇晃，它才终于发出了信号。

我摇了至少三四次，楼上远远的地方才总算弹开一个木制百叶窗。一个人探出头来，他脑袋圆圆的，脖子细细的，看起来像一根棒棒糖。那人环顾了一圈周围的环境，好不容易才找到我在哪里。

"现在还没到看病时间。"他粗暴地对我吼道。

"那要是我身体不舒服呢？"我吼回去。

"那你就不可能敲得响这口钟。如果你敲不响，就说明你病了；如果敲得响，就肯定身强力壮。"

我细品了一下这个逻辑，感觉确实无懈可击。

第十七章

"那我要是带了个病人来呢?"

"你有吗?"

我环顾四周。

"没有。"

"那就赶紧走吧,等医院开门了再来。"

"什么时候开门?"

"等你走了就开门。快滚,这里不欢迎你来找麻烦。"

"我哪儿也不去。我想找艾扎德谈谈。"说完,我意识到,光凭这句话他肯定不会让我去见医生,于是补充道,"是和凌辉先生有关的事情,非常重要的医学问题。你不会想变成拖延时间的罪人吧?"

"你要是想和凌辉先生聊天,可以自己上去见他。"

"这事和他的医生关系更大一点。"我把一个脚跟用力踩进了泥地里,抬起头,双手插进裤子后袋,"我敢打赌,凌辉先生已经不指望自己能治好了。我不想再给他添麻烦了……但我得告诉艾扎德医生哪些方法已经尝试过了,哪些还没有。这样他才能让凌辉先生避免不必要的失望。"

"你是不是想来兜售什么古怪的药水?"

"这我可判断不了——但艾扎德医生可以。"

我突然感觉有一只手落在了我的肩膀上,瞬间吓得跳了起来。我大部分的注意力确实放在楼上那人身上,但还不至于放松警惕。而在刚才,我却没有感觉到任何有人接近的迹象。意志手枪还在口袋里。现在它又有用武之地了,可我真的不想杀人,所以倒还不如把它留在旅馆里。

一个熟悉的声音突然响起:"我能判断什么?"

我慢慢转过身,之前的假设全部推翻重来。本来以为,偷偷摸摸靠近我的会是史尼德,或者史尼德的手下,也有可能是兰庚沃,结果却是艾扎德医生本人。他在我面前晃来晃去,伞在手里高举着,悠悠旋转,就像在轴承上转动的轮状星球。

"啊,我还以为你在医院里呢。"我说。

艾扎德把那一直背在身上的重重的医疗包放在地上,反正已经沾满污泥了，再多脏几块也没什么区别。"特拉根，是这样，医院之外也会有需要救治的人，我一旦空下来，就会尽可能去帮助那些人。"

我望着他，他脸上的线条仿佛已经深深刻进了皮肤，里面写满了疲惫。如果说和之前有什么不同的话，这些线条仿佛比上次更深、更长，精确地垂直向下，宛如由雨水侵蚀而形成的。

"我猜，你帮不上多少忙吧？"

他眨了眨眼，回避了我的问题："你朋友那边有消息的话，我会第一时间让你知道。我想，这就是你来这里想问的事情吧？"他盯着我，目光如炬，我都怀疑是不是意志手枪让我的精神状态发生了变化，被他看出了端倪。刚才的事让我瞥见了自由意志的真面目——不过是一张薄如蝉翼的面具，一扯就破。面具之下有一个坚定的独立意愿，是欲望和冲动的结合。我本以为自己能控制住它，而实际上远远没有。

"我们能聊两句吗，艾扎德医生？"

他把伞倾斜到身后，对楼上的人大喊："不用担心我——她不会干什么违法的事情。把我的箱子送下来吧。"

"确定吗，医生？"那人反问。

艾扎德的声音既坚定又冷酷："是的——非常确定。"

那人退了回去，百叶窗随之"咔嚓"几声关上了。过了一会儿，一扇比较大的门打开了，一个长得像绞刑架一样的起重机从隐蔽的凹槽里摇了出来，钩子上挂着一个没扶手的容器，就像一口棺材倾斜着吊在上面。它慢慢降到我们身边。

"你想聊什么，特拉根？"艾扎德继续话题。

"你必须想办法摆脱现在的困境啊，先生。不仅是为了你自己，也是为了梅瑞克斯。"

"我不是已经解释过我的困境了吗，特拉根？"

我看着那个箱子继续下降。它的大小只够容纳一个人，所以我很清楚，这次谈话不会持续很久："没错，先生，我能理解，而且我也知道，不管那人是个什么样的怪物，你都有义务照顾他，但总能想出办法的。"

"你这是要谴责我和梅瑞克斯两个人坐以待毙、任人宰割吗？"

"可能你已经想出了一些办法。"我说，"但还不知道该怎么安全地从他身边逃开。斯特里扎迪之轮这个地方，小到无处藏身，而且大部分地区还都在他的掌控之下。即使你鼓起勇气杀了他，也还要担心对方同伙的报复。但现在情况不一样了，有一艘飞船可以带你走。"我看着他放在泥地里的包点了点头。

"你是个好人，也是位好医生。"

"你还完全不了解我。"

"我不需要完全了解你，但我知道你目前的处境极其艰难，而我们能帮你一把。我说这些，还有一个原因，就是出于自己的私心了。我们的飞船上有一张很不错的病床，但没人能真正利用好它。如果你一开始就和我们在一起，那我们的朋友应该早就能痊愈，我们根本不需要来到这个鬼地方。"

"特拉根，如果那些关于你们的风言风语有一半是真的，那我跟你们逃了以后肯定会愧疚自责。"

"可是逃了就自由了。带上梅瑞克斯，一起离开那个家伙。我们会保护你，也会感激你。"

"你们的领导怎么说？我指马兰丝船长。"他故意以夸张的语气说出了这个名字，仿佛就是为了强调它是假的，"她也同意这个提议吗？"

"是的。"我毫不犹豫地撒了个谎，"完全同意。"

箱子重重地落到了我们身边。这个楔形的容器顶头大，尾巴小，真的很像一口棺材，唯一的区别就在于门盖上开了个小窗口。他打开箱子，里面只装得下医生一个人和他的包。艾扎德把包重重地塞进去，顺便带进去一大堆泥土。"那么，特拉根，感谢你的好意——请向马兰丝船长转达我的谢意。但我的逃亡之路还有一块绊脚石。他毕竟是我的病人啊。"

"你有这么多药，先生……"

"每一种他都坚持要在梅瑞克斯身上试验一遍。我骗不了他的，特拉根。即使想到了办法，我的良心也不允许自己这样做。"雨伞太大了，打开的话根本装不进箱子。于是他"啪"的一声把伞收了起来，走了进去，点点头，暂时告别了我，随后便拉紧了门盖。有那么一会儿，我看见他那张长长的脸在窗口后面晃动。我突然感觉自己透过他的眼睛看到了些什么，他似乎打起了盘算。但马上，箱子就升入了高空，进了医院。

*

我回到了旅馆。房间里空空荡荡，不到一分钟我就感到难以忍受。果然，还是酒吧里的热闹温暖更适合我。我于是去了酒吧，买了一瓶酒，稍稍安抚一下紧张的神经，但不至于喝到麻痹迟钝的地步。我打算去找一个隐蔽的角落独自待一会儿。突然，一只短粗的手抓住了我的袖子。我刚要把它拍开，一张嘴忽然凑到我耳边说："你要找的人现在不在，但他觉得你的建议不错，并且说一会儿在马路对面见你。"

我转了个身，轻轻一甩就把那只手甩开了。我一下就认了出来，和我说话的，原来是医院的一名女员工。我还记得有一次，医院里有个机器人在一个决策动作循环中卡住了，她就挥着扫帚敲打那个机器人。她穿着一条邋遢的围裙，门牙上有个缺口，嘴唇上有道疤痕，眼睛瞪得大大的，仿佛目光能绕过我，看到身后的情况。

"噢，对不起，小姐。"她说着后退了一步，"我认错人了，以后会多加注意的，请原谅。"

是对我的手臂多加注意吧？我暗自思忖。很明显，她把我认成芙拉了。酒吧灯光昏暗，认错我们姐妹俩也是很正常的事情，更何况我之前戴了神经拱盔，头发现在还是乱糟糟的。

"没关系。"虽然我不太高兴，但还是笑着对她说，"马兰丝船长派我来看看，确定一下是否一切正常。我想到的和你刚刚说的是同一个人吧？一个高高瘦瘦的男人？"我在脸上做了个手势，比画出兰庚沃的那种发型。

"尽管把他的名字说出来吧，亲爱的——这不是什么秘密。"她眯起眼睛看着我，"你**是**在说卡尔先生，对吧？查布宗·卡尔？"

还好我还没喝到晕晕乎乎，脸上困惑的神情只是一闪而过，应该不至于被对方察觉："啊，没错——就是卡尔先生。"兰庚沃遁逃星际，当然不会使用博萨认得的名字了。

"你们这帮人啊，船长和队员之间都是这样的吗？"她问道。我意识到，她一定是以为芙拉和这个男人之间达成了某种约定，而我起码是其中一个自愿帮忙的中间人。

"只要她能带我们赚到钱，"我挪了挪位置，和她保持一定距离，"她就能在港口随心所欲做任何事情。"

我走到之前想去的角落里，坐下来，边喝酒边沉思，满脑子都是愤怒的盘算与猜测。一时之间发生了太多事情，就像地狱恶魔制造的机器忽然调速器失灵，疯狂运转个不停，仿佛不变成一堆滚烫的残骸誓不罢休。先是联系上了"白寡妇"号的读骨人，又遭到了史尼德的追踪，紧接着又见到了兰庚沃，而且我现在几乎能确定那人就是他。再然后——是这个女人带来的消息，直接证明芙拉在这里充分利用了每一分钟。不过，其实这一点根本不需要什么证明。我知道，她在我们第一次去采购的时候溜回过酒吧，这个女人只是进一步坐实了芙拉的行为而已。我猜，她一直在打听自己"猎物"的消息。毫无疑问，她问话的措辞一定非常巧妙，这种事情她最擅长了。她肯定不会说出自己的想法，直接问兰庚沃在哪里；而是会说，自己正在招募新人，如果最近星球上有新来的能人贤士想找工作的话，她一定会欣然接纳。大量举荐必定蜂拥而至，毕竟这么偏僻的小地方，任何人来，即使是逃犯，都会掀起一阵波澜，人人皆知。芙拉很快就能锁定最有可能是兰庚沃的人，然后开始设置陷阱。

想到这儿，我正好喝完了。我们很晚才从旅馆出发，我又几乎一下午都在购物，现在已是傍晚时分。"无尽港"在经历了短暂的白昼之后，又逐渐回到了惯常的昏暗。旅馆里亮着灯的窗户醒目极了，就像大型单人纸牌游戏里参差排列的扑克牌。8楼的一扇窗户背后，有个人影像木偶一样僵硬地站着，左手垂在身侧，右手插在腰间。她一定是在俯瞰闪光大道，或许正想着即将来赴约的人。我猜她应该没看到我。过了许久，那人转过身去，关上了百叶窗。

几分钟后，我就回到了自己的房间。一路上的时间足够我脱下外套，梳理头发的了。我把意志手枪塞进上衣口袋，关上房门，然后去敲隔壁的门。

只有芙拉一个人在。苏桐回医院去了，急着想从艾扎德医生那边了解斯特兰布莉的最新消息。好险，我们应该差点就撞上了吧？艾扎德会不会和她提到之前与我的谈话，以及我给出的建议？

"你就真放心让苏桐一个人去啊？"

"我也不想让她一个人走啊，但她什么都不肯听。"芙拉说，"我让她带个话，叫普洛卓尔回旅馆，路上顺便收集一点必要物品。等她来了以后我再解释吧。不管怎么说，你回来得比我预想的要早一点。找到合适的头骨了吗？"

"找到一个，应该符合我们的要求。"不知为何，我的语气不免有些粗鲁，"完全买得起，而且安装应该不会遇到什么复杂的问题。如果你愿意的话，我们明天就去把它收下来。现在其他东西也齐了，我们马上乘子舰回程也无妨。我信不过隔壁那间储藏室。如果东西再丢一次，返程就又要推迟，那可就不妙了。"

"如果一切顺利的话——我是指斯特兰布莉——就完全没必要再拖了。我在想，甚至或许明天就可以出发。"

"太好了。"我毫不犹豫地应下来，"我去呼叫一下秦杜夫，让他立刻做准备。"

"不——别急。等我们完全定下来再说，否则留在飞船里的那个倒霉蛋可能就要被搞晕了。另外，我有一些想法。你的意志手枪在身边吗？"

"在的，而且我已经在史尼德身上测试过它了。"

她瞪着我，惊讶又恐惧，甚至还有一点佩服："等等？你干了什么？"

"史尼德在跟踪我。我就拿出手枪，射了一子弹。不过别担心，我没有打中他。"我把枪从口袋里掏出来，看了看，"你怎么不早点告诉我它的功能啊？知道这么危险的话，我肯定会更小心一点，瞄准史尼德身边的其他地方了。"

芙拉从我手里接过枪，小心翼翼地调节了一下握把后面的环形转盘。"还好设置在低挡，要不然的话，你能把整片区域炸出一个大洞来。可能没这么夸张，但造成更大的伤害是肯定的。"

"你把挡位调高了吗？"

"恰恰相反，亲爱的姐姐。我把它调到最低挡了。"说着，她把手枪递回给我，"你是不是感觉，这把枪好像有自己的意志？"

我回忆了一下与史尼德交锋的场景，感觉当时博萨确实差点夺走了我对武器的控制。

"确实。"

"那是个幻觉。唯一控制它的思维只有你自己，而它所能做的，则是突破禁忌和疑虑，压制犹豫不决和猜忌不定，迫使持枪者对最想射杀的人开枪，不给人任何进一步推理的机会。可以把它想象成一种能绕过大脑额叶的武器。如果你喜欢攻击性更强的东西的话……"

"不必了。"我打断她，"如果我想要攻击性更强的武器，那还不如随身带一把幽灵刀。"

她微微一笑，显然戒备了起来。

"好有意思的说法。"

芙拉的床头柜上放着一本电话簿。她拿了起来，走到墙边，用合金手翻开。

我看着她，耸了耸肩。

"你现在想让我干什么呢？"

"不明显吗？来，开枪打这本簿子。这些墙面薄得和纸一样，所以如果子弹穿透了簿子，那也就很可能会穿透墙壁。"

"你到底为什么……兴趣这么浓啊？"

"别问，开枪。"

我扣动了宝石般精致的扳机。枪在我手中轻轻抽动了一下，一道粉白色的火花从枪口飞到了电话簿上，在纸张边缘附近钻出了一个粗糙的、歪歪斜斜的洞，又使后面的墙壁上投射出一道黑乎乎的焦痕，差不多有连字符号大小。

"很好。现在，调高一点。设定盘就是我刚刚调的那个斜面圆环，你也看到了。一次调一个挡。动作轻点。"

"我已经很轻了。"

"再来一次。"

我又开了一枪。这回更有力了。不过，我早就做好了心理准备，瞄得也更准，让火力集中在簿子的中间。同样的火花闪过，但这回，洞眼小了，也整齐了一些，火花还在墙上跳动了一下。

"再调高一挡。你射穿墙壁的话，它就能吸收更多能量。"

我又开了一枪。纸上留下的洞变大了，又在墙上留下了一个拳头大小的焦痕。火焰舔舐到了边缘，但没有烧起来。我想，这一定是因为墙纸太潮湿了，根本烧不起来。

"很好，我觉得应该差不多了。"芙拉点点头。

"我们为什么不直接射穿墙壁？这样，就用不着去猜哪一挡的威力正好合适了。"

"我不想破坏这面墙。今晚晚些时候，我预计会来一位访客，他可能想找我帮忙。我可不想把自己的防御能力那么昭然若揭地摆在人家面前。普洛卓尔到时候会把我要求她收集的东西都带来，能帮上大忙。你也得在自己房间里待着，用我给你的望穿石观察这边的情况。我可能随时会让你开枪打残那个人，要做好准备。"

"希望这次的结果比我们上次的致残攻击好一些。"

芙拉把电话簿换到另一只手里，也就是说，现在她用肉手拿着。"再来一次吧。"

"求你了，别。"我害怕起来。

她张开金属手，挡在电话簿后面，我若开枪必能射中她。

"不会有事的，再开一枪。"

"芙拉，求你别这样。"

"别磨磨叽叽的。你实在不愿意的话，我自己也会想办法再试一枪。我必须确定，这枪会让人无力反抗，但不至于致命。"

"于是你打算以身试险？"

我的手颤颤巍巍，感觉好像被潜意识中的某种压力推到了一边，枪口飘向了芙拉的脑袋。不用怀疑，在这个距离范围内，没有电话簿挡着，我只要随意开一枪就能取她性命。芙拉似乎也意识到了这一点，与我四目相对，两人在无声中交流了一番。我强行靠意志力把枪挪回了该对准的位置，动作有点刻意，就好像我的手臂更愿意把枪口对准她的头一样。

"我不是这个意思。"我弱弱地说。

"当然不会是。开枪吧。得让我确定，我们调到了正确的一挡。"

我保持姿势，瞄准不动，但有某种疯狂、邪恶的冲动战胜了我。我一直在等待决定性时刻的到来，也曾半信半疑地想，它是不是永远不会来了？但现在，这一刻来了：我，拿着手枪，对着妹妹的手。我的心中满是怒火，愤愤不平。但这次，我没把责任完全归咎于博萨。

"你刚刚说有访客。你知道他是谁吗？"

"我也在努力寻找答案。"

"那不如我帮你一把。在这个星球上，他自称查布宗·卡尔，但他的真名叫兰庚沃。"

真是值得赞美啊，她竟把自己的反应控制得如此之好。只是眉毛轻轻一挑，嘴角微微一翘，表示出怀疑。

"那你是怎么知道的？"

"要知道并不难。实际上，我早就知道有这么一个人了。"我清清楚楚地看见，她的脸渐渐呈现出不安的神态，一定是因为我的话直接戳中了她心里的秘密。"其实，在绕吞噬兽飞行之前，我就知道了。你在博萨的私人日记里发现了这个名字，并且意识到，只要能抓住此人，日后必能派上用处。"我说。

"这……我可不觉得你是这种人，倒是更像**她**干出来的事情。"

"她已经离开我了。她企图占领我的大脑，但我是不会让她得逞的。而你呢？你这么做，就像你想要达到某种目的。"

"这话你怎么说得出口？"

"难以启齿吗？那个为了一条圜钱的信息就谎话连篇、欺骗同胞的人，又不是我。"

或许我指责她公然背信弃义有点过分了，但她暂时放过了这句话。

"那你觉得，会是一条什么样的信息？"

"博萨藏圜钱的地方啊，很可能就在太虚之境的某个地方，但从她自己的记录里不太容易找到。而像兰庚沃这样的中间人，完全有可能知道钱的所在，也有可能知识丰富，能破解她的巡航文件或者飞船存储寄存器中的条目编码。

这些东西，即使是帕拉丁也无能为力。不管怎样，你在抓到他之前，是绝对不会善罢甘休的。所以你才千方百计把我们带到这里，还让大家以为，你为了团队放弃自己的意愿。实际上，我们还不是被你牵着鼻子走？就像姜塞利路上的有轨电车一样，永远逃不脱地上的轨道。"

"我没有……"

"闭嘴！"我大吼一声，"别再说谎了，妹妹。别逼我把手枪挡位调到最高！你我之间这种遮遮掩掩、互相说谎的日子你还没有受够吗？从现在起，我们必须完全坦诚相待，否则就彻底决裂吧！"

"是我救了你。"

"没错，但你如果还要点脸，请麻烦别每过5分钟就提醒我一遍。我确实非常感激你。自从你救了我之后，只要我醒着，就没有一刻忘记对你的感激。但这不是你口是心非的借口。想到你对别人撒谎，甚至是对普洛卓尔撒谎，我都还稍稍能忍受一点。但我们姐妹俩一起经历了这么多劫难，你却依然这样，对我也不肯说实话，还当着我的面堂而皇之地搞小动作！你让我怎么不生气？"我摇着头，厌恶和失望不言而喻，"我一直以为你很善良，但你变了。不管是荧光的问题，还是博萨悄悄渗入了你体内，你总在做出让我不理解，并且感到很讨厌的事情。我想要从前那个你，芙拉——那个和我一起逃跑的妹妹。我知道，你的初心还在，但我真的很担心它一步一步溜走。"

两人还僵在原地，她拿着电话簿，我拿着能量手枪。如果这个时候突然有人闯进来，看到这幅场景，想必会摸不着头脑：两个长得几乎一模一样的姐妹——虽然我们都不愿承认，可基因就是这么客观存在的东西——硬邦邦地站在一起，但我俩之间仿佛有一条鸿沟，裂得越来越大，就像两颗处于不同宗族群的星球一般，形同陌路。

"我错了。"芙拉轻轻地说，似乎已经泄了怒火，"我不该用这种方式做这种事情的。我现在明白了。我应该相信你——相信所有人——能明白我知道的事情。"

"怎么突然改变心意了？"我不屑地问道。在我们长期的共同生活中，这种忏悔的表现已经出现过太多次，我都不以为意了。"难道你不知道，这么做已经让所有人都陷入了危险吗？"

"只要我们醒着，只要我们在呼吸，又有哪一刻不在危险之中，安德瑞娜？我们必须拿到那些钱，你难道不明白吗？"

"手头这些钱已经快多得这辈子都花不完了，还要更多干什么？"

"反正不是为了让我们更有钱。我没那么幼稚，你也不会。当然，手上多一点筹码也无妨，但这不是促使我想找到那些东西的主要原因。有些问题还等着我们寻找答案，我们必须揭开真相，而那些赃钱正是其中关键。"她的眼里竟流露出一丝恳求，"承认吧，安德瑞娜，你自己不也沉迷其中吗？我给你看的那道谜题，那些间隔空隙……'影中朝'……你可别告诉我，你从来没有想过这些问题。所有这些都是有内在联系的。"

"别想拖我下水。"我真怕自己也跟着一起陷进去，赶紧逼自己清醒过来。

"但你已经在水里了。"她坚持道，"心里直痒痒，为之辗转反侧，完全跟我一样。这和荧光一点关系都没有。"

"你真的这么肯定吗？你又不是没看到荧光让凌辉变成什么样了。"

"噢，我知道，它确实偶尔会影响到我，或许是我过于纵容它了吧。但也正是它给我带来的渴望驱使我俩当初逃出墨珅陵。你肯定也能感觉到的。或许它没让你变得像我这样醒目，但你绝不能全然否认它的存在。"

"但我是不会撒谎的。"

"对，撒谎是我的错，但我也是为了队员之间的凝聚力着想……"

我赶紧打断了她这种不要脸的想法："你不就是想让我变得和你一样，当面一套，背后一套吗？"

"过去的就让它过去吧。兰庚沃就快抓到了。他今晚一定会来这里。"

"我知道。有人告诉我，他确实想来赴约。我猜，你应该会在某个时间点告诉我，在这一整套计划中，我到底扮演了一个什么样的角色。"

"今晚，当然是今晚。听好——你肯定也同意，这事完全没造成任何伤害吧？"

"哈，这话留着和斯特兰布莉去说吧。"

"其他任何事情你怪我，我也就认了，安德瑞娜，但这事我不服。无论我们打算航行到哪个星球，伪装飞船都是避不开的环节。"

"但事情可能会有不同的结果。"我反驳道。

不过，把斯特兰布莉遭遇的不幸归咎于芙拉，确实是我不厚道了。这种琐事得翻篇了。

于是我主动推进话题："只要你肯保证，谎言到此为止，那这事就算过去了。"

"你也得保证，自己不会把这件事告诉其他人。至少现在不行，我们刚有一点进展，可不能操之过急。你向我发誓，这事天知地知你知我知。那我也可以发誓，不会再对你保有任何秘密。"

"行，那就祈祷不再有秘密吧。"

她咽了一口口水，说："有了兰庚沃以后，大家马上就会发现，我们简直太需要他了。我会……让大家觉得，能找到他完全是因为运气好，而不是刻意设置了陷阱抓人。"

"没错。你还得再有一次好运气，才能承担让博萨的老队员接近我们飞船的后果。"

"那你建议我怎么办？"

"拿把小刀搅碎他的肚肠，并且好好享受这个过程。"

"你还说我铁石心肠。"她意外地很平静，语气中还带点钦佩，反而让我无地自容了，"他从博萨那里逃出来了，就像你一样。谁知道人家最初是为什么被收入博萨门下的？他完全有可能和你一样，无法左右这件事的发生。"她绷紧嘴巴，"够了，这件事就说到这里吧。我们到底还能不能明白对方的想法？你不想让大家怀疑我，我也不想加深你对我的失望，虽然你显然已经对我失望透顶了。"

"我就不该给你这最后一次机会。"

"但是你终究会给的。因为这些年来，我们一直肩并肩，经历了太多事情。假如我们角色互换的话，我也一定会给你这个机会。"她把目光转向能量手枪，我才感觉到枪在我手里越来越重，"来吧，向我开枪。"

"恭敬不如从命。"我说着，扣动了扳机。

"砰"的一声,效果和我们预想的一样。电话簿炸开了,上面又多了一个黑色的洞。剩下的能量脉冲——余量还相当大——重重击打了芙拉的金属手。

她强忍着疼痛,发出一声压抑的喘息,眼里闪着的却似乎是喜悦。虽然她用另一只手抓住簿子,但强大的冲击力足以把它甩出去。芙拉揉了揉人造的前臂和手腕。

"是刺痛感吗?"我冷漠地问道。

片刻之间,她似乎疼得喘不过气来,但马上就振作精神,检查了一下手臂——至少在我看来是毫发未损——然后回答说:"墨珅陵的人告诉我,我的神经系统最终会与手臂的传感机制融为一体,所以我就能感受到外物的温度、质地,也能感受到疼痛。看来他说得没错,特别是关于疼痛这一块。"

"威力够吗?"

芙拉跪下来,把那本可怜的电话簿碎片收拢:"我觉得应该够了。"

"很好。"我把手枪又调高了一挡,"但我们最好再确定一下,不是吗?"

*

大概过了半个小时,普洛卓尔回到了旅馆。她把苏桐转告她要买的东西都带来了,这些都很容易找到,也不贵,只是她懵懵懂懂,完全不知道买来要干什么。

"喏,这个铁臂是我从方圆 1 里格内最便宜的假肢商贩那边买来的,还有这顶脏兮兮的假发,太烂了,我都不屑于用它来逗小狗。"她把这些残破的东西扔到芙拉床上,"为什么要让我去买这些东西?希望你能给我一个合理的解释,亲爱的。我宁愿在水沟里捡破烂都不想去买这些。"

"我会给你解释的。"芙拉说,"到时候边喝边说。你和艾扎德谈过了吗?"

"嗯,他还是不敢做出任何保证。很奇怪,他希望我们一切都好,也就是说,他非常希望我们能在那艘子舰到达之前离开这个星球。但他不会让斯特兰布莉离开自己的视线,除非感染完全消除。这就可能要花上几天,甚至几周的时间,之后他才敢拍胸脯承诺。而子舰明天早上 6 点之前就该到了。"

"只剩不到 12 个小时了。"我说，"假如对方没有偏离航线的话。"

"帕拉丁说，确实没偏。"普洛卓尔回答，"我刚刚联系过他了，得到了最新的扫描定位。如果说有什么跟之前想的不一样的话，也只会比原先预计的更早到一点。他们肯定是咬咬牙，从所剩无几的燃料箱里面又挤出了几滴油。那艘子舰年纪也很大了，体积的话，比我们那艘迷你小舰要大很多。"

"你觉得，会大到可以装得下一个头骨的地步吗？"我问。

"我听说过这种事情。"普洛卓尔一边思考，一边摸着棱角分明的下巴，"但感觉不太现实。子舰上面吵得很，所以如果想要读骨的话，就必须对火箭进行减震。但既然母舰上已经有藏骨室了，那在子舰上多留一点空间也无妨。你问这个干什么？"

"没什么，就是好奇。"

"你们觉得，艾扎德医生对自己现在的工作满意吗？"芙拉问我们两个人。

"我觉得，这不是满不满意的事情。"我赶紧回答，心里很庆幸她没揪着藏骨室的问题刨根问底，"凌辉利用梅瑞克斯把他控制在身边。只要那个小姑娘还在凌辉手里，他就走不了。而且，他还管着一家医院。没错，他确实是一个怪物手下的奴隶，但我觉得他心地善良，对病人很仁慈，也一直希望自己能做得更好。"

"你沿着这条思路，想推测些什么呢？"普洛卓尔问芙拉。

"没什么。只不过我在想，如果我们飞船上能多个医生帮忙，那一切应该就会容易很多吧。但正如你所说的，都只是猜测而已。"她弹开计时器那镶着珠宝的盖子，瞥了一眼时间，"要讨论的事情其实不多，但我刚刚答应说，要和你喝一杯，我想你应该不会拒绝吧。安德瑞娜已经知道自己要扮演什么角色了，你的那部分解释起来比较方便，用不了太多时间的。"

第十八章

我用两指拿着望穿石，感受它粗糙的边缘。我把它举到我的眼前，轻轻地捏了捏，激活了里面看不见的神秘机械装置。

隔壁房间和我这里一样黑，只有几道彩色的光线透过百叶窗洒进来，随着窗外的照明标志和临时围篱一同闪烁变换。不过，有这一点点光已经足够了，我的眼睛已经很好地适应了黑暗的环境。我看清了床上的人，她仰面躺着，乌黑的长发散落在枕头上，头侧向一边，肉身手臂盖在床单下，机械手臂露在外面，起舞的光线正好照到金属的手指和套筒，合金闪着光，一会儿变成宝石红，一会儿变成丁香紫，一会儿又成了青铜绿。

大厅里传来脚步声，不一会儿又停下了。一阵沉寂之后，我听见有人在试门把手，"咔嗒"一声，把手转动，门被推开了，发出一声长长的吱嘎声，在一片寂静中显得有些吵。走廊里的褐色灯光照进房间，盖过了窗外的彩色光线。随后，门又被关上了。

一个人影走到床边，行动偷偷摸摸的，但好像非常自信。那人俯身跪下，和睡着的人持平，伸出一只手，拂了一下乱糟糟的头发。

"马兰丝船长，醒醒，你忘记我们约了要见面吗？"他的声音很温柔，显然十分有教养。隔着墙壁，我几乎快听不见了。

　　他的另一只手上有什么东西在闪闪发光，虽然是轻轻地拿着，但显然有着明确的目的。

　　睡着的人在睡梦中喃喃呓语。那人把她脸上的鬈发完全撩开，脸上透出一丝疑惑，或者说是忧虑。这个表情告诉我，这是他犯错的第一步。他一定是觉得刚刚拨头发的动作太轻了，于是又扯了扯。一整团黑发都挪了位置，滑到枕头上。下面的头发短一些，颜色淡一些，看起来像缠得乱蓬蓬的穗子。

　　兰庚沃保持跪姿，转过身来，小心翼翼地试探着，武器仍然握在另一只手里。他成功摸到了那只人造手和金属套筒。结果它太松了，根本没有固定在人体上，滚到了一边。直到这一刻，他才刚刚开始意识到自己错误的严重性，吓得站了起来，举着武器退到房间一角，双眼紧盯着那个还在睡梦中的人。

　　我小心翼翼，捕捉时机，瞄准，一点都不敢大意。"啪"的一声，我开枪了，子弹的大部分威力在穿墙而过的时候就消耗掉了，打到兰庚沃身上时，只剩下刺痛、灼热感。我瞄准了他拿着武器的手，冲击之下，他疼得大叫一声，丢下了枪。枪"哐当"一声掉在了地板上，这就是芙拉说的信号。还没等兰庚沃有机会去找武器，她就从柜子里跳出来，扑向那个人，从背后将他控制住。

　　"别动。"她命令道，声音响亮而坚定，"感觉到有冰冷的东西抵着你的喉咙了吧？这是幽灵刀，它能干脆利落地把你的脖子切下来，你甚至都不会觉得痒痒，但头已经'砰'地掉在地板上了。"

　　兰庚沃彻底放弃挣扎了。普洛卓尔从床上坐起来，把假发和假臂丢到身后，走到墙边，打开了大灯。灯光冷酷无情地亮起，我们的骗术、假发和手臂瞬间暴露无遗，蠢得连小孩子都骗不到。那顶假发和芙拉的真发大相径庭，太卷、太黑，像块罗网布一样，只不过它透着微微发亮的点点紫色；而那只人造手臂，虽然在尺寸和功能上与芙拉的差不多，但制作显然粗糙多了，而且装饰过分花哨艳俗。

　　望穿石已经完成了使命，我把它装进口袋里，离开房间，来到了走廊上。其他门后面都黑洞洞的，就算我们发出的这阵骚动把其他客人从睡梦中吵醒，他们也都很理智，克制住了自己的好奇心。这些人或许已经从上次卡特尔先生的死亡中吸取了教训。

门没上锁，我直接走进芙拉的房间。普洛卓尔已经收起了兰庚沃的能量手枪，所以加上拿着幽灵刀的芙拉，有两个人在控制着他。

在灯光的照射下，幽灵刀展现出匕首状的幻影，在芙拉的指间舞动。如果我直接盯着它看，幻影就会扭动着从我的视线里消失，让人不禁怀疑芙拉在玩什么愚蠢的扮演游戏；但只要我稍稍移开视线，幽灵刀立刻就会回到如烟似幻的现实中来。

"我只是想……"

"闭嘴。"芙拉左手拿刀抵住他的喉咙，右手把他的右臂顶在他后背，"我让你说话的时候，你再开口。"然后，她朝普洛卓尔点了点头："我们两个看着，他应该耍不出什么花样。如果你觉得现在该去找一下苏桐和斯特兰布莉，那就去吧。"

"我该跟她们说些什么？"

"直接去找艾扎德，问清楚，现在到底能不能转移斯特兰布莉。越早能转移越好，我们应该马上就要离开了。不过谨慎一点——刚刚的事情，一个字都不要提。可不能让凌辉知道我们快要走了。噢，对了，普洛卓尔，你干得很漂亮。"

"非常感谢，船长。只要你肯告诉我，这一切都是怎么发生的，我就不会有一句怨言。"

"据门卫所说，这个人之前试图闯入我的房间。等问出他是谁了以后，我第一个告诉你。"

普洛卓尔把能量手枪递给了芙拉，说："如果我是你，我一定会盯紧他。这人看上去很擅长逃跑。"然后，她撩起兰庚沃的头发，用怀疑的眼光审视了一遍他的脸："我们之前见过面吗，兄弟？"

"我可想不起来了。"

我默默地把他铐了起来。过一会儿，他可以随心所欲地提问，我们也是。不过，一切交谈都得等普洛卓尔走了以后再说。

"我不需要这把枪。"芙拉说，"你留着吧，路上要小心。我一有消息就传呼你，但你要装作一切正常，该干什么就干什么。"

"我们到这里以后，就没发生过什么算得上正常的事情。"普洛卓尔说，"但我会尽力的。你确定你俩能管好他？"

"我和安德瑞娜吗？我觉得优势在我们这边，非常感谢你的关心。"

我冲普洛卓尔点点头，目送她离开，突然感觉自己之前只是不知情的帮凶，而现在完全成了芙拉骗人的同伙。我不禁对自己有些厌恶。

我仔细地听着她的脚步声到了楼梯底下，然后是"叮"的一声，电梯到了——一切恰如其分。

"我真的不喜欢这样。"我说。

"我也不喜欢。"兰庚沃居然先开口了，"感觉好像你们有什么事情瞒着她一样。她知道我是谁吗？你俩很明显是知道的。毕竟你们一直在大肆打听——至少是你，马兰丝船长。如果这就是你的名字，请允许我这么叫你，不过我很怀疑这是个假名。"

芙拉的刀仍然架在他脖子上："那你觉得，我其实是谁呢？"

兰庚沃的脸紧绷起来。我再一次感觉到，这种紧张既陌生又熟悉，从某种意义上来说，我真的很难分析他的感受。"你们开着一艘黑色的飞船来到这里，船上装备很奇怪。你们又是从太虚之境过来的，而那边最近正好发生了点事故。我猜，那艘飞船曾经属于另一个人，而你们害怕别人误以为你们是它之前的主人，因而感到十分焦虑，这完全可以理解。"他冒险挤出一个微笑，由于紧张，这个笑容看起来却像死亡面具的狂笑，"我觉得，我应该认识那艘飞船吧？前船长我或许也认识？你眼里的野性和她很像，但你显然不是她。如果是的话，我的脑袋肯定早就搬家了。"

"你认识博萨·森奈，对吧？"我把这个名字抛了出去，郑重得仿佛在说出一句誓言，因为我知道，她就浅浅地藏在我的皮肤之下，现在这样挑逗她是多么危险的一件事情。

"当然认识。"他很平静，"我在她手下工作过。她那艘飞船，里里外外我都了如指掌。"

"你为什么逃了？"我问。

"因为我能逃，因为她就是个疯子。我知道，我说过的话、做过的事迟早会引起她的怨恨，只不过是时间问题。这事说来话长啊。你真的想坐在这儿，一直拿刀顶着我的喉咙来听我说吗？"

"那你想去哪儿？"芙拉问。

"都行，只要不是这里。我会和你说实话的。我一直待在斯特里扎迪之轮也不安全。一想到博萨会追过来，我就坐立难安。即使我坚信她已经死了，也改变不了我的处境。哦，对了，你们知道赏金的事情吗？"

"赏金的什么事？"我问。

"这都只是一个开始。第一步，他们给装备精良的飞船发放了许可证，就比如像'卡伦特'号和'白寡妇'号这样的私掠飞船，你们肯定已经很熟悉了。没错，我知道你们已经采取行动了，但也不怪你们。除了自卫反击，你们还能怎么办？但他们绝不可能就此收手，肯定还会派出更多的飞船，鼓动各位船长用更加残酷，甚至肆无忌惮的手段对付你们。听说，可能要建立一支有组织、有纪律的中队——一支真正由军队指挥的舰队，他们能调动的飞船和武器比那两位船长的不知要好上几倍。与此同时，银行和联合会也一直用尽手段，收集一切消息，包括派出线人和先遣人员，追查博萨·森奈的任何线索，还有她以前同伙的身份信息。"

"就比如说你。"芙拉说。

"一旦他们知道了我的真名，并且抓住了我，"兰庚沃说，"要么就会直接杀了我，要么就会严刑审问——说不定，比起审问，我还宁可他们直接杀了我。你们到这里的时候，如此大张旗鼓地四处调查……我都以为是他们开始收网了。不过现在看来，你们确实可能是我的克星，但也有可能是我的救星。"

芙拉悄悄地稍微放松了一点幽灵刀，不过，刀离兰庚沃的脖颈还是只有大约一个指甲盖的距离："你觉得大家会欢迎你回到'夜叉'号上去吗？"

"并不觉得。"他小心翼翼地回答，仿佛只要稍有失误，或一点点措辞不当，自己就会被当场击毙，"但你不是她，也不是追捕她的特工。如果你愿意的话，可以把我关在铁笼子里。但求你带我离开这个星球，我定当感激不尽。"

芙拉给了我一个眼神暗示，思索良久，终于说："我们可不是博萨那种货色。我们确实抢夺了她的飞船，但靠的不是她那种方法。你不必成为我们的阶下囚。如果你愿意加入，我会很高兴；如果不愿意，我也不会强迫你。"

我看着妹妹，一言不发，脑子里却出现了很多想法。为了遇到兰庚沃，她已经筹划了整整几个星期，甚至打算为此牺牲友谊和信任的纽带。我倒是认为，如果兰庚沃不愿意和我们一起走，她也不太可能就这么放手的。

"若是我想胆大妄为地拒绝，你们会提什么条件吗？"

"有人跟踪你到这里来吗？"芙拉没有回答，却反问了一句。

"我觉得应该没有。你预计会有吗？"

芙拉点点头："凌辉先生的手下。"

"你们要是没和那位先生打过交道，无异于帮了自己一个大忙。"

"唉，没的选。"我说，"我们和朋友说的话你也都听到了。我们的队友受伤了，必须送她去医院，于是遇到了艾扎德医生。但是从我们接近医院的那一刻起，凌辉就开始跟踪我们了。他想从那笔赏金中分一杯羹，可也必须等到合适的时机再出手，否则如果母舰逃走了，那就是捡了芝麻，丢了西瓜。然后还有史尼德，以及和凌辉混在一起的蠕虫卡特尔先生。史尼德杀了他，就在这个旅馆里。"

芙拉又把刀收回了一点点。

"你了解这些人吗？"

"算是了解一点。艾扎德我见过一两回，他很正直，目前正处在一个进退两难的境地。当然，你们应该知道了他女儿的事。凌辉就是从暴徒白手起家的，一开始平平无奇，后来居然做大做强了，现在算是当地一个犯罪团伙的头目。他看到了机会，并且掌控了合适的关系网络，也就是贿赂、敲诈产业链，目前整个斯特里扎迪之轮的运转都在他的掌控之下。此人极其危险，而且一天比一天更加深不可测。他身边围着一群坏蛋，就比如拉斯帕·史尼德。这种团伙在古日附近的星球上是绝对零容忍的，但在这里，法制没这么完善。"

"嗯，我们已经注意到了。"我说，"那卡特尔呢？他是什么人？"

"我得坦白一件事情。你能把刀稍微拿远点吗？那只蠕虫不是我杀的，是史尼德干的，但我确实吓到了他。"

第十八章

芙拉听了，又欲把刀凑近他的脖子，我及时制止了她。

"听他说完。"

"当时我是想多了解一下，这支对我很感兴趣的船队到底是谁的，于是决定在约定的时间之前，先来旅馆打探打探。很不幸，我和卡特尔先生同时到了。我猜，他可能是想来警告你们，要当心史尼德和凌辉。"

"可他不是和凌辉一伙儿的吗？"我说。

"是，但我觉得，算不上朋友。更有可能的情况是，凌辉手里有能让卡特尔妥协的资本，这些东西很可能会让他在整个蠕虫族里处于不利位置。他不断向卡特尔榨取信息，无疑是想让这只蠕虫自告奋勇来调查你们的身份。蠕虫族有自己独特的一套消息网络，你们也是知道的。博萨·森奈对他们来说也是个问题，就和对我们一样。相反，卡特尔试图联系你。他知道这很冒险，而且史尼德很有可能先到一步，把他干掉。所以，当他发现我在8楼的时候，惊慌失措地逃走了——他一定以为我是史尼德，或者是他的同伙。结果史尼德就在他身后。这我就无能为力了。"

"这一切发生的时候，你在旅馆里？"我很惊讶。

"我躲在7楼，确认安全以后就离开了。"

"我觉得，我们可能见过彼此。"我想起了楼梯间那只飘在空中的眼睛。

他慢慢地点了点头："那个远程监视器吗？如果它让你感觉不舒服了，我很抱歉。那是博萨给我的礼物。之前我在为她服务的时候遭遇了意外，她补偿给我的。说是'礼物'，但其实我也知道，她给我这个，不过就是想确保我一直忠心耿耿地当她的代理人，能为她所用。我承认，在逃离她之后，我发现这件礼物用起来非常方便。"他给了我一个赞赏的微笑："你努力摆脱史尼德的时候，我看到了。你表现出的克制力实在令人钦佩，没当场开枪打死他。"

"我们不喜欢被别人窥探。"芙拉说。

"我也一样。"兰庚沃回答，"这样看来，我们有不少共同之处嘛。"

芙拉把幽灵刀放到床头柜上，就在被炸碎的电话簿旁边。刀在那边一下子消失了，不仅很难看见，而且更难想到，真怕没过一会儿，大家就都完全忘记把它放在那边了。

"我们按兵不动,至少得先等普洛卓尔有消息了再说。"芙拉说,"任何人都不要轻举妄动。迟早能离开这个星球的,不过,得让他们满足我们开的条件。而且在整个过程中,我也不想和凌辉发生任何冲突。我们确实有武器,但毕竟还有一个朋友在他们的医院里,所以莽撞开枪、杀出一条退路是不可行的——虽然我个人挺喜欢这种方式。"

"还能让你名声大振。"兰庚沃说。

她给了一个模棱两可的眼神,算是对这句话的回应,但她没有回击,而是说:"我对我们的名声已经无能为力,以后也不可能再改善它了。关于我们,他们肯定已经形成了自己的看法——在各个星球的人眼里,我们要么是博萨本人,要么就是她的余党,仍忠心耿耿为她效力。我们已经很努力地想展现出自己行为理智,只是采取了自卫行动,结果却误伤了另一艘飞船——这完全就是博萨的做事风格。现在不管我们做什么,无论是好是坏,别人都已经摘不掉有色眼镜了。"芙拉硬挤出一个讽刺的微笑,"她都躺进了坟墓,还是成功设下圈套把我们困住。我们到底是解脱了,还是被诅咒了?我也不知道——至少现在还不知道。但只要还有选择,我就拒绝变成她。她会对自己人展现出仁慈,为他们考虑吗?"

"只有那人对她有用的时候才会。"兰庚沃冷冷地回答。

"斯特兰布莉对我们是很有用,但除此之外,她本身就是我们中的一员——是我们的朋友。不带上她,我们是不会走的。"

我想了想,相信妹妹和兰庚沃之间应该不会互相残杀,至少在这段时间里面不会,于是走到窗前,把百叶窗打开到刚好可以俯视楼下街道的角度。天已经完全黑了,空中飘浮着雨水和蒸汽,就和往常一样。熙熙攘攘的行人从一个酒吧走进另一个酒吧,从一个商店来到另一个商店,有轨电车沿着闪光大道来来往往地行驶着,霓虹灯和广告牌闪耀着,给坟墓般的灰色建筑、黑色水坑和水渠增添了一抹色彩。我又看见了那个努力点火柴的人,一遍又一遍地划着,直到火焰燃起。我的思绪不禁又飘回了那本书和关于"影中朝"的种种猜测里去。

"博萨有没有对你提起过她个人在考虑的问题,兰庚沃?"我问。

"她没有什么选择。"兰庚沃伸手撩开挡住眼睛的头发,"任何人,只要干到我这个位子，都必然要知道她的许多行动秘密。"

"圜钱库存呢？"芙拉问。

"当然知道。她将其称为'守财奴'。是一块纯石头，周围没有力场，所以算不上真正意义上的荧石。或许它曾经是吧，但后来力场失效了。"

我瞥了一眼妹妹。这条消息未免也太具体了一点，我都觉得这几乎不可能是他现场编的故事。

"你真的心甘情愿告诉我们这么多？"我问道。

"我其实什么都没有告诉你们啊。你们猜，宇宙里会有多少块没有力场的石头？就算在圣公会里找一千年，你们也不可能找得到'守财奴'。"

"但你能找到。"我说。

"我们那时经常去。博萨从来不喜欢带着钱走得太远。所以只要她抢到新的钱，我们就会上'守财奴'卸货。"

"它现在被人占领了吗？"芙拉问。

"没有，但它有自己的意志。上面有一个被奴役的机器人脑袋控制着那边的防卫。我知道具体位置。如果你们允许我看海图和浑天仪，我可以立即给你们绘制一条路线，帮你们找到它。如果没有弄错的话，我们现在和'守财奴'应该在古日的同一侧，所以目标离斯特里扎迪之轮不会太远，用不了几个星期就能到。"

"它能认得出我们吗？"我问。

"即使认出来了，还是要输入密码才能进入。"

"现在就告诉我密码。"芙拉命令。

"为了保障人身安全，我还是先保留着吧。等时机成熟的时候，我会告诉你们的，相信我。我自己能不能活下去还得靠它呢。"

"你敢肯定没有忘记吧？"芙拉很不放心。

"不可能忘记的。"兰庚沃笑着保证，语气里不乏得意扬扬，"我对这种事情一直有天赋，所以她才如此坚决，一定要把我抓回去。她的恶意当然是一部分原因，但不是全部，还有一部分是她希望能保全长期利益。要是杀了我，那她就再也不可能找回所有的仓库和藏身之地了。"

听了这话，芙拉若有所思："看来，你我两人，还有**很多**事情要谈。"

兰庚沃的嘴角飞快地闪过一丝紧张的微笑："这样的话，我真心希望能陪你们度过一段美妙而收获满满的时光。"

"噢，我相信你不会让我失望的。"我尽量让这句话听起来不那么刺耳，但还是无可避免地感觉到，芙拉以后会和眼前这个伙伴更加谈得来。

传呼机嗡嗡响起。我拿起听筒，觉得只有可能是苏桐，毕竟普洛卓尔应该还没到医院。

但居然是普洛卓尔呼来的。

"是你吗，亲爱的？"

"是我。"我从她的声音里听出了一丝紧张，知道这并不是什么好兆头，"我们还在旅馆。事情……还都在控制之中。"

"很好，非常好。唉，多希望我这边也能有点好消息啊。我现在和凌辉的人在一起。他们半路袭击了我，我实在逃不掉。"

我打开扬声器，让芙拉也加入交流。

"他们有伤害你吗？"芙拉问。

"没有，船长——小伤，你不注意的话，根本看不出来。他们对我有点粗暴，但朋友之间动作粗暴一点算什么？不管怎么说，他们要带我去见凌辉，还说要让你知道这件事。"

"史尼德跟你们在一起吗？"我问。

"不——那个鼻涕怪不在，只有一些其他人，来来回回出现。不过，凌辉必然是已经决定要耍点手腕了。他把苏桐和斯特兰布莉抓了起来当人质，而且我看来马上也要加入人质的行列了。他说，他非常欢迎你们去找他。"

"那艘子舰不是还没到吗？"我说。

"他等不了了，不管他之前是怎么想的。听着，虽然我没权利代表苏桐和斯特兰布莉说话，但你们两个不许因为想救我而被抓。之前比这更糟糕的困境我都已经摆脱了。去……"

突然"砰"的一声，紧接着是一阵噼里啪啦乱响，随后对面开始摸索，有人捡起了普洛卓尔掉下的听筒。

第十八章

"不许逃,马兰丝船长。"一个厚重、沙哑的声音传来。我猜应该是史尼德或者凌辉手下的执行者。"你不许跑,和你长得很像的那个人也不许,就是你号称和自己没有血缘关系的那个。'哦,不,先生,完全没有。'你是这么说的吧?现在,穿上溜冰鞋,赶紧去医院看看你的朋友。凌辉先生很想和你聊聊天。"

"为什么?"芙拉从我手里抢过听筒。

"因为他喜欢你陪在他身边时那种轻松随和的气氛。把你的新朋友也带来——凌辉先生已经迫不及待地想认识他一下了。"

"替我给凌辉传个话。"芙拉说,"告诉他,我要来了,做好准备。"

"你比我想的要更容易屈服。"那人说。

"噢,你误会我的意思了。"她说着结束了通话,然后转向我们两个人,"我们需要穿上航天服。你去储藏间,把能拼凑起来的东西都拼起来,我去联系帕拉丁。只带我们需要的东西回子舰。"

"其他补给呢?"

"就丢了吧。"

我押送着兰庚沃来到走廊尽头,很庆幸自己还带着意志手枪。然后,我打开储藏间的锁,对他说:"如果你打算和我们一起走,那也需要一套航天服。尽量把东西都穿在身上,然后帮我拿着其余的东西。"

"你们还提前考虑到了我,真是体贴啊。"

"并没有。我们当中可能有一个人会不得不离开队伍,另做打算。不过,这可能是我们最不关心的问题。"我示意他穿上苏桐的航天服,感觉这一套应该比普洛卓尔的更适合他。他穿上了所有部件,留着头盔没戴,就像一个在飞船上待了很久的人一样,轻松自如,很快就弄清了接口,封好了压力密封。虽然对芙拉的两面派作风还是心存顾虑,但我逐渐开始感觉到,让这个人加入我们的团队,应该不是一件坏事。

"你想在你穿衣服的时候,让我拿着武器吗?"他问。

我带着怀疑的目光看着他,都快被逗笑了,心想怎会有人如此幼稚。"然后你就可以朝我开枪了?"

"做梦都不敢想。我们的利益高度一致,所以我倒宁愿向自己开一枪。"

他的语气软了下来,"安德瑞娜,对吧?刚刚通话的时候,那个女人是这么叫你的。"

"一个名字而已。"我穿上航天服,由于只有一只手空着,穿衣服非常困难,简直难以完成。

"她**确实就是**你的妹妹,对不对?她是阿拉芙拉·尼斯。你们就是来自墨珅陵的那两位可敬可叹的姑娘,无意间陷入了博萨之手。"

"你不了解我们。"

"但我了解关于博萨的一切。打探各种消息甚至已经成为我的爱好了。如果情报部门按照特定的线索来追捕我,我只有领先他们一步才有可能不被抓住。"

"这么说,那帮人也应该知道我们是无辜的了。"

"并不——他们只知道,安德瑞娜·尼斯和阿拉芙拉·尼斯是博萨·森奈手里有据可查的受害者,因此他们应该认为你们是归顺了她,成了她的部下,这也是她一贯的习惯。并且这对姐妹,或者其中一个,甚至可能接替了博萨的身份。"

"他们错了。"我淡淡地回答,"她确实抓住了我,这是事实。但时间还没有长到能像改造伊利瑞亚·雷卡摩尔那样改造我。"我踩进靴子,给他一个锐利的眼神,"我猜,你应该知道关于伊利瑞亚的一切。博萨带走雷卡摩尔船长的女儿的时候,你已经在为她工作了吧?你为什么都不做一点什么救救伊利瑞亚?"

"我……并没有纵容她的所作所为。"兰庚沃抓住了一个好时机,向旁边躲开了我的眼神,仿佛我可以从他的眼里读出一些软弱和遗憾,"但不管怎样,她很快就被改造成功了,也算是一种幸运吧。"

"她怎么不索性也把你彻彻底底改造一下呢,兰庚沃?"

他拿起另一个头盔、几只靴子和一件压力航天服:"我们快把这些东西送到阿拉芙拉那边去吧。我有一种感觉,凌辉先生不会有耐心一直等下去。"

*

电梯闸门没有上闩,芙拉用腿把它踢开,我们在沉默中走了出来。除了电梯，周围只有两处光源，一个是黄褐色的照明灯，集中在前台，暗得不能借以阅读；另一个是不断变化的夜间灯光和霓虹灯，透过旋转门的玻璃窗，把柔和的色彩洒在黑白瓷砖上。四下一片寂静，只听见窗户上的阵阵细雨声，潮湿的人行道上重重的脚步声和过往电车的嘎嘎噪声。

我们向旋转门走去。门居然还在转动，这让我非常奇怪，因为通常来说，有人穿过之后不久，它就会停下来。

脸扁塌塌的那个店员脑袋又耷拉在报纸上，就像之前那晚一模一样。芙拉摇了摇头，说："我确实也不喜欢他，但是兰庚沃，你也没必要为了来拜访我们就把他打晕吧？"

她用金属手死死抓住兰庚沃的袖子，就像紧紧抓着一个人质一样。

"不是我干的。"兰庚沃说，"我当时等了好久，终于等到他离开前台，然后我就直接上到顶楼来找你了。"

我走到那个店员身边，把手指伸进他脑袋后面的头发里，一把将他从桌上拽了起来。这脑袋居然直接断开，血咕噜咕噜向下流，发出布丁晃动般黏糊糊的声音，弄得报纸上到处都是。我把他的头按回原处，缓了好久才敢相信眼前的一切。好吧，那就让他恢复到先前安息的状态吧。

"你确定吗？"

"真不是我。"兰庚沃的语气里有一种力量，让我相信他没说谎，"我发誓。他是很讨人厌，也很贪婪，但他没有掺和到这件事情里来。"他转头依次看看我和芙拉，"我为博萨做事的日子已经彻底过去了。虽然自我保护另当别论——如果我觉得她会来找我，为了自保，我是可能会杀人——但这真不是我干的。"

"没事的，兄弟。"一个熟悉的声音响起，我都觉得已经认识这个声音一辈子了。想到之后再也不会听见它了，真是值得庆幸。"不是他干的。不管怎么说，这人接受了凌辉先生的资助。现在继续为他扫清障碍，也是恰逢其时。"

史尼德一直在大厅里，藏在两个盆栽之间的一个阴暗角落暗中观察我们。凭他那套棕色的衣服，融入黑暗并不是什么难事。他带了武器，就是那天在巷子里指着我的那把枪，但这次他不打算冒任何风险。"小姐，但凡你敢动一下，你的两只胳膊就会在你反应过来之前被我全部卸下来。"

"史尼德先生，"兰庚沃说，"我们可以做笔交易。这两位姑娘是你的主要目标，我不是。让我走吧，我会告诉你一切，就在此地，我现在就能告诉你。"

芙拉紧紧攥住他，苏桐航天服的面料都被她抠破了，她咆哮大吼："你出卖不了我们的，你这个阴险的黄鼠狼。"

"让我助你一臂之力吧，史尼德。"兰庚沃坚持继续和他谈判，"我甚至为你准备了一份礼物，能表达我的善意。"

芙拉和史尼德都还没反应过来，他一下就挣脱了出去，用一种奇怪的方式伸出右手，掌心朝着天花板，仿佛是在恳求。然后，他又伸出左手击打自己的后脑勺。

他的右眼弹了出来，落到手上，静静躺在掌心里，完美无瑕，还是那种奇特而固定的惊讶神情，就像我当时看见它在楼梯间盘旋时一样。即使是像我这样已经见过它一次的人，也还是忍不住被牢牢攫住了目光。我都几乎不敢去看兰庚沃的脸，但终究还是瞥了一眼，我所担心的一切全得到了证实——原本安放眼球的位置现在是一个黑黑的眼窝。果然，他拿出这只眼睛并不是靠变戏法。

史尼德仍然端着枪紧紧指着我。我猜，此时他脑子里面一定像慢镜头一样，在一点一点记录发生的怪事，或许还有一种自己被耍了的感觉。

兰庚沃把眼睛抛到空中。

那眼球脱离他的手掌，画出一道弧线，到达最高点后，停在了空中。

它在天花板下方一点点的地方开始盘旋，瞳孔沿着水平方向盯着外面。

史尼德先生陷入纠结，他把枪口从我身上移到眼睛上，想了想又移了回来。突然，那只眼睛向下坠落，到了与他的双眼持平的位置停下，随后向前推进，一路飞快地来到离他的鼻尖不到9英寸的地方，然后开始减速，慢慢向前逼近。

史尼德把枪口重新瞄准那只眼睛，后退了一步，顿了一会儿又退了一步。那只眼睛也随之向前滑动，让他的努力完全白费。而对我来说，这点小插曲已经足够了。我只想把他这个问题解决掉——不能留活口了。我拔出意志手枪，感到自己的手臂锁定了他。这把枪不仅是响应了我消灭史尼德的欲望，而且还强化了这个念头，使其付诸行动，变成一种强制性的、非做不可的，且即将实现的行为。我的手指发痒、刺痛，随即，扣动扳机的感觉变得如呼吸一般自然，毫不经意。就在如此近的距离内，我朝他开枪了。

粉白色的能量弹狠狠击中了他，就像有时候在索具上能看到的静电火一样。史尼德的手枪掉到了地上，身体也随即一下子崩溃瘫倒，只发出一声微弱的呜咽。

我走过去，从他失去生气的手边夺过手枪，扔给了芙拉。

兰庚沃的灵瞳依然飘浮在空中，像一个微型地球仪似的绕着轴转动。对这只眼睛，我有上百个问题想问。它到底来自何方？有什么功能？

"他很有可能不是一个人来的。"兰庚沃说，"其他人应该在外面等着，埋伏在所有可能的逃跑路线上。我派灵瞳先去前面观察一下。"

灵瞳穿过旋转门，冲了出去。我看着史尼德静静地躺在地上，仿佛感觉自己的人生分裂为两个部分：没杀过人的前半生站在我面前，看着杀了人的我。这种割裂感已经无法挽救了。当然，芙拉和其他人之前早就开了杀戒，甚至我们全都在不知不觉中联手屠了"卡伦特"号一飞船的人。然而，除了清醒地接受自己的所作所为之外，我现在满脑子全是一种沉重的庄严感，就仿佛我刚刚在一份法律文件上签下了自己的名字。这份文件将对我今后的日子产生无尽的影响，带来无数的责任，有着无休无止的附录条款，足以重新塑造我的人生，直至死亡。但奇怪的是，在眼前的几分钟甚至几小时里，它却不会对我造成任何作用。

我思忖着：**我是个杀手。以前不是，现在是了。**

兰庚沃举起一只手，这回掌心是垂直的。那只眼睛随即穿过旋转门，飞快地回到他手掌里。他用两指捏住，撩起披落的头发，把眼睛塞回眼窝，就像在做什么稀松平常的事情。

第十九章

凌辉的人聚在绳桥底端,肆无忌惮地招摇着武器。那里的打手多达十几个,我还从未一次性见过这么多。如果他们想找我和芙拉的麻烦,那我们是肯定没有任何逃生机会的。

我和芙拉分别站在兰庚沃两边,慢慢地走到那些人面前。芙拉以她最挑衅的方式扬起下巴,但其实,她手里能够"服人"的东西只有一把史尼德的手枪。

"S先生在哪儿?"其中一个人问道。一个听筒翘在他的衣服口袋外面。他的声音也是那么油腻、沙哑,让我不禁想起了传呼机另一头要求我们去见凌辉的那个人。说话的人个子高高的,下巴像青蛙,额头上有一个深深的凹痕。

"他身体不舒服。"我回答。我们在离绳桥大约20步的地方停了下来,和他们之间只隔了一大片泥地。自从我们离开旅馆后,雨越下越大,医院侧面的"小瀑布"现在已经成了连续不断的褐色脏水"传送带"。"帮忙给凌辉先生传个话,行吗?如果你们肯放了我们的朋友,允许我们自由通过码头,我们以后就绝对不会再来找你们任何麻烦了。"

那人开始笑。这是一种从喉咙里发出的阴笑,起初节奏很慢,后来逐渐走上正轨,变得越来越快,喉结随之开始上下跳动。周围的人被他的情绪感染,也跟着一起笑了起来,但仍然保持着一触即发的紧张状态。我不禁注意到,他们的枪口不仅仅瞄着我们三个人,还时不时会扫一下我们身后的阴影和角落。

"她说不会再来找麻烦,哈哈。"那人弯着腰,仿佛他自找的笑料都让他笑得直不起身子来了。"你搞错了吧,小妹妹。"他已经笑得上气不接下气了,不得不停下来缓一缓,但说这句话的时候却比第一次更加勉强,"麻烦是冲着你来的,不是冲我们。现在,快把你们那些小玩具放下。"

"如果我们不放呢?"芙拉问。

"那就可能会有两种结果。"那人好不容易恢复了呼吸,还有点喘,"第一种,凌辉先生知道这里的情况,他会不开心的,就可能把气撒在你的朋友身上。第二种,他可能直接下令我们开枪杀了你们,就此全面了结。"

芙拉抬头看了看医院:"凌辉在看吗?"

"可以这么说。"

"那我想,他也可以听到我们说话咯?你听到了吗,凌辉?我有话要对你说。我们来的时候,你请我们当你的听众。现在,我也请你当我的听众。"

*

他允许我们最后一次进入他的视线。不过,这次是在医院,而非他的黄金宫殿。来了几个小喽啰,搜了我们的身,解除了武装,粗暴地告知了我们位置,然后才允许我们去"觐见"。

凌辉让人给自己布置出一个小小的接待区,放了一张桌子、几把椅子,还装上了窗帘来保证私密性,几个侍从站在周围,随时准备满足他的各种需求。桌上摆了饮料,还有他那只镀漆的小盒子。他坐的椅子很笨重,显然是他的专用椅子,特意从上面拿下来的。

普洛卓尔和苏桐都被打伤了,但好歹还活着。他允许我们看看斯特兰布莉。见她没有另外受到伤害,我们宽慰了一些。艾扎德医生也在,还有梅瑞克斯。医生说,斯特兰布莉在昏迷间隔之中的清醒时间越来越长了。

"请坐吧。"凌辉招招手,示意我们坐到空椅子上,"要讨论的事情可不少。告诉你们一个消息,那艘子舰已经靠岸了,高兴吧?现在,从'白寡妇'号上下来的伤员正在送来医院的路上，还能自己走路的伤员，以及一些被派来照顾他们的人也在朝这边来了。"

芙拉嘲讽地笑了笑，不过还是按命令坐到了自己的座位上，然后说："你真以为，我们会这么轻易被吓跑？"

"我当时是想测试一下你们的决心到底有多大，现在看来，似乎是测出来了。你们杀了史尼德，实在是考虑不周，可能是绝望之下的最后挣扎吧，但这事让我有充分理由拘留你们。对此，最感激我的应该是雷斯特船长。等他身体好些，足以考虑这些问题的时候，我相信他会非常乐意和我讨论分享赏金的事情。"

"你是在借日子活命，凌辉。钱对你来说，没什么用。那些提出激励措施的银行和联合会迟早将意识到，他们不喜欢你管理星球的方式。"芙拉扬起下巴，"他们也许能容忍一点点违法行为，尤其是在去年银行崩溃之后，确实可能会放松管制。对他们来说你暂时无关痛痒，但这不会持久。好好享受你的牛奶浴吧，还有你喜欢的这种四面环金的感觉。再过一年，你能活着就算是幸运的了。"

凌辉笑了一下，以示宽恕："你现在做出此等判断也是合情合理的。你没有武器，手下也几乎没什么队员。我确信，一年后，你还会活着，还能呼吸。不过那只是因为留着你有用罢了。他们肯定已经把你关在临曦族某个牢房里，还在吭哧吭哧从你嘴里套关于博萨·森奈和'夜叉'号的最后一点信息。无论如何，我可不觉得你会有什么好日子过。那帮人或许会认定你与她关系密切，却从未了解她内心深处的秘密——如此一来，你活着就没用了；又或者他们会认为，你其实就是她现在的化身，因此审讯和酷刑对你无效，毕竟只有真正的疯子才会那么坚毅。除非他们直接用叉子从你的大脑中挖出自己想知道的东西，否则，你是一个字也不肯说的。如果是这样的话，那我得告诉你，很不幸，你超出了他们的能力范围，对他们也就没有用了。"然后，他慢慢将目光转向我，"当然，你肯定也会得到一样的待遇。你也一样可能是博萨。他们得确保不偏爱任何人，不给予任何一个豁免的机会，对你们俩一视同仁。我猜，你们应该会被分别关在不同的星球，在经历一连串苦难之后，各自在痛苦和孤独中死去。"

"你想错了一件事情。"芙拉说，"我来这里，并不是一件武器都没带。"

凌辉咯咯地笑了起来。"你已经被搜过身了,而且这次非常彻底。航天服和装备也是一样。据说你们有幽灵族的东西,我还特地告诉他们要留意。我甚至让他们用望穿石查了一下你的手臂,生怕里面藏了东西。"

"我手臂里没武器。"

"没有吗?"他问道。即使他对现在讨论的话题还稍微有点兴趣,也藏不住自己一副失去耐心的样子。"那你最好给我们讲讲,因为……"

芙拉摸了摸自己的脸,说:"武器藏在我身体里,凌辉,就是我们共同承受的苦难——荧光。"

凌辉似乎有点悲伤,又有点失望,仿佛一直在期待芙拉能说出什么更有新意的东西。

"那么我很遗憾地告诉你,你错了。我已经研究过荧光的所有表现形式。艾扎德医生兢兢业业地给我提供了来自各个世纪的医学文献。关于这种病的记录有很多,病情发展、治疗选择之类的记载也都很全面,而像我这种情况,几乎已经无路可走了。只剩痛苦,你之后自己也会发现的——或者说,可能发现,如果你足够幸运,能活到它发作的那一天。但它对宿主以外的人毫无影响。除非通过不寻常的手段,否则不可能传播。而且,它绝不可能被当作武器使用。"

"噢,你误会我了。"芙拉说,"我了解荧光的性质和机制。它能改变我对事物的看法,让我以一种从未想过的方式思考、行动。而这,就无异于拥有一件实质性的武器。"

"你是说,荧光能让你更加疯狂一点,从而使他人难以预测你的下一步行动?"

芙拉一反常态,温顺地点点头。

"如果你要这么说,那也行吧。"

"似乎有点道理。"凌辉对她的观点表示认同,"荧光会让人更有可能草率行动,跳开事先预谋和分析性思维。但如果是这样的话,你也不过是和我来到了同一起跑线上而已,并没有任何优势,因为我也患了荧光病。我们两个只会一样疯狂、鲁莽,任何这种性格带来的好处都完全……"

凌辉说到一半突然停了下来,他脖子根部附近一块巨大的、墙外扶垛似的肌肉开始抽搐，想说话，却又只能用力做吞咽动作。他盯着芙拉，拼尽全力把五官扭曲成一个微笑，痛苦得像在运输一块肾结石，但其意志力之强，着实肉眼可见。

"不过，你好像确实能对我产生特殊影响，尼斯小姐。我已经注意到两次了，仿佛只要你在我身边，我就会发病。"

"我也注意到了。"芙拉摸了摸自己的脸颊，"我也感觉皮肤下有点刺痛。"

"只是刺痛吗？我可真羡慕你。"

"不必羡慕我。它会恶化的，就像你说的那样。"

"是的，没错。我不想说得太悲观，但正统的治疗方案可能已经救不了你了。"他在椅子上扭来扭去，大块的肌肉上明显出现了痉挛的痕迹，"尽管我说，荧光不能用作武器。但不得不承认，你我两人的孢子群之间可能会互相影响。"

"有人说，聚在一起的光藤越多，它们的光就会越亮。"芙拉回答，"我还以为是心理作用。"

"心理作用？"凌辉在椅子上继续扭动，额头的血管凸了出来，像一条条发光的虫子，宛如被光藤缠绕一般明亮，甚至更亮，"不，我可不这么认为。艾扎德——看来我得要求你为我服务了。把梅瑞克斯带上来，还有药。"

艾扎德朝临床助理们点了点头，然后跪到了凌辉身边，非常温柔地俯身评估病人的状况。"看起来不算太严重，应该能忍过去。"他用充满希望的语气鼓励道，"当然，可以用药，但如果您认为自己可以……"

"我还有很多事情要做。给我打针。"

"每用一剂药，都会加速下一次发作，而且我们的药物供应也不是无限的。这一点，我必须提醒您。"

"别说教了，医生——现在不是说教的时候。"

艾扎德的脸上又显出了长长的垂直沟槽，从眼睛到下巴，把整张脸括了起来。"当然可以。但这次……我们能放过梅瑞克斯吗？就这一次。如果我想过……"

"把她带上来。"

梅瑞克斯被人带到他面前，两支金色注射器也放在小托盘里呈了上来。一

第十九章

开始我还有点不理解，但现在已经完全明白了。两支注射器长得一模一样，里面也装了相同的药物。至于哪支给凌辉用，哪支打在梅瑞克斯身上，完全由凌辉自己定夺。在长期注射这些毫无必要的抗荧光药物的摧残下，梅瑞克斯的身体一天天衰弱。可这一惯例完全能保证艾扎德没有陷害凌辉的机会，所以一直延续了下来。但其实，这仅仅是一个双保险措施而已。即使艾扎德通过某种手段，把毒药放进了其中一支注射器，或者不顾梅瑞克斯的生死，两支都放了毒药，他事后也必然无法逃脱追杀。这个星球相对落后，凌辉的铁腕完全控制了人员出入。挟持艾扎德的女儿是理想的胁迫手段，毕竟如果强迫医生给自己注射同样的药物，他的身体很快就会不行的。

凌辉毫不犹豫地抓起一支注射器扎进手臂，血管早就爆了出来。药物发作，他赶紧伸手去拿装有咬棍的漆盒。

"给她打针，艾扎德医生。"凌辉费尽全力挤出这几个字，表情极端扭曲，"这次我把这个乐趣让给你。"

"请不要逼我。"艾扎德说。

凌辉把牙齿磨得咯咯作响，现在药物完全生效了，他痛苦得几乎说不出话来。"那你是宁愿让史尼德的手下来干？"

"不。"艾扎德屈服了。他握住梅瑞克斯的手臂，她完全没有反抗，甚至没有看艾扎德一眼，即使在他把针头扎进手臂、推进药剂的时候，都完全没有退缩。艾扎德拔出针头，不到一两秒钟，梅瑞克斯立刻陷入了麻痹状态。她翻起白眼，眼眶里只剩一片惨白。艾扎德抚摸着她的手腕，低声恳求她原谅自己，然后转身面向凌辉。两名侍从把梅瑞克斯带到旁边，将她颤抖的身子安放到一个座位上，其中一人帮她支撑住脑袋。

"会过去的。"艾扎德对凌辉说。

凌辉从盒子里取出咬棍，看着艾扎德，点了一下头，然后把棍子塞到自己牙齿之间。棍子一进嘴里，他就立刻合上下巴，将它狠狠咬住，快得就像爬行动物扑食，这个反应仿佛完全是被某种原始的条件反射驱使的。

医生把手伸进手术服，抽出一个黑色袋子，放到桌子上，慢慢展开。里面是六支金色注射器。

正如我们已经看到的那样，抗荧光药物与这种恶疾本身一样残酷。但这些抽搐的痛苦只是暂时的，大概在 10 秒或 20 秒内就能过去。我明显感觉到凌辉的情况有所缓解。显然，最糟糕的时刻已经过去了，至少在下一次发作和下一次用药之前不会更糟。

凌辉的抽搐虽然确实被压制了下来，可另一处怪症却逐渐显现出来。他现在平静了不少，但眼睛却瞪得大大的，短棍还在齿间紧紧地咬着。

艾扎德戴上一次性手套，单手捏住凌辉的下颚。这个动作花了他不少力气。然后他用另一只手抽出咬棍，把它放回盒子里。

"这个东西不戴手套可不能碰。即使戴了，丢弃的时候也要特别小心。"他动作娴熟地摘下手套，裸露的皮肤完全没有直接接触到手套的手指部分，然后把手套丢进盒子里。他关上盖子，扣上小扣子，又把目光转向凌辉，说："我不能把毒药装进注射器，否则梅瑞克斯就危险了，但这并不妨碍我在你这根棍子周围的绳子上涂剧毒。你会一步一步感到麻痹，最终毒素会侵入你的心脏。"他指了指那六支注射器，"当然，这些里面有解药。其中一支针筒里的药物能逆转毒素的影响。选对的话，你至少能挺一段时间，活到能接受合理治疗的时候。之后，除了荧光，就不需要担心其他问题了。噢，说到治疗荧光，恐怕你需要另寻医师了。"

一个穿着长袍的服务生冲上前去，用枪指着艾扎德。在梅瑞克斯旁边的那个人则抓住了她的一撮头发，一把将她扯了起来，动作极其野蛮，小姑娘竟在抽搐的阵痛中还忍不住发出痛苦的喘息。

而凌辉则在来来回回猛晃脑袋，眼睛依然圆睁着。

"他懂的。"艾扎德神情自若地把手枪推开，"能不能活命，就看注射了哪支药。作为你的医生——虽然这个身份可能保不了多久了，但我向你保证，凌辉，你有大约 6 个小时的时间来选择一支正确的注射器。如果超过了这个期限，就算你还没有当场毙命，那也已经不远了，任何解药都无力回天。真的要逝去了，阿逝先生。你想要这样吗？"艾扎德站了起来。"你会允许尼斯姐妹、她们的同伴、她们受伤的朋友，以及我，还有梅瑞克斯，畅通无阻地通过港口的吧？按她们提的任何要求帮助她们，然后我们就要出发了。进了广阔的宇宙空间以后，我会告诉你该用哪支注射器的。当然，如果你愿意的话，也可以抓紧机会自由尝试。或许你会觉得风险不大，值得冒险一试。这就看你自己怎么选择了。至于其他五支药物会对你产生什么影响，我就不说了，自行发挥一下想象力吧。"

毒素的药效明显已经起来了，不过凌辉竟然还有说话的力气，可惜只能憋出一个字：

"你……"

"如果我是你，就不白花这力气了。"艾扎德就连说出这句话，都还是带有医生照顾病人的亲切感，"你现在最需要的就是省点力气。那么，除了我之前提的要求之外，我需要你确保以下安排顺利完成。我要去医院拿走一定数量的药物——够我们近期使用就可以了。还要为尼斯姐妹整个团队提供足够的航天服，包括给梅瑞克斯和斯特兰布莉。别想耍什么花招，别想着说一套做一套。确保我们顺利离开才是符合你最大利益的正确选择，因为我们越早到安全地带，我就能越快告诉你答案，你的命可就全靠这条消息了。这一点，你完全能够想明白吧？"

凌辉努力点了点头，从某种程度上来说，还真是有英雄气概。

"很好。"艾扎德说，"那我想，我们已经达成了共识。"然后他面向芙拉："我们还有安排吗，船长？"

被他突然这么一问，芙拉肯定一瞬间有些措手不及，但随即又恢复了镇静，真不愧是她。"不管有什么……反正他都已经同意了，医生。"

她朝我的方向看了一眼，仿佛在恶狠狠地质问我，但马上又躲开了。除了我，应该没人注意到这个小动作。

"好的。"艾扎德说，"那我们就开始吧。如果我们在没必要的地方一刻也不耽搁，凌辉先生肯定会很感激我们的。"

凌辉瞪着惊恐无比的眼睛看着我们，呼吸越发费力，我仿佛能看见他的嘴唇已经开始略微发青。此时此刻，或许他有千言万语想对我们说吧。

"一支解药，五支毒药。"我看着注射器点了点头，"如果比例倒过来，我想我肯定不会犹豫。"

第二十章

凌辉手下的人虽然很不情愿，但还是乖乖配合了。艾扎德医生得到允许，可以带走一个小型便携式药箱的物资，他把药箱塞得满满的。与此同时，普洛卓尔和芙拉则在做最后的检查，确保航天服能正常使用，帮助我们短途穿越，登上子舰。虽然花了一段时间才从黄金宫殿把想要的东西带了下来，但一切比我预想的要顺利很多。凌辉在自己的宫殿里一定储存了一些航天服部件以备不时之需，因为他随时可能要和手下一起紧急穿越真空地带。我们做完了一切准备工作，其间完全没有受到任何干扰。凌辉的打手拿着刀枪站在我们周围，跃跃欲试，就差凌辉一声令下了。但艾扎德医生的这把豪赌仿佛为我们筑起了一道坚不可摧的屏障，如荧石四周的力场一般无法穿透。如果仇恨可以装在瓶子里保存，那我们已经为自己储备好了一生的"积蓄"。最后几分钟里，我感受到了来自四面八方的厌恶，这是我之前从未有过的体验。

梅瑞克斯穿航天服的时候，艾扎德医生极力安慰她，还给她打了一针新药，抵消之前的药物影响。但梅瑞克斯依然迷迷糊糊，昏昏欲睡，眼睛无精打采的，完全集中不起精神，仿佛意识已经完全和身体脱离了。我十分同情她，不忍心想象她之前遭受的一切折磨。虽然我发誓会尽最大努力挽救她，但那双眼睛背后究竟还残留着多少灵魂，我不愿下定论。我们不敢保证"复仇者"号上有多舒适，或者上了我们的飞船能安全多长时间，但即使是在我们条件最差的时候，也比她在凌辉的魔爪下过的日子要好。

我这样劝说着自己，而在那一刻，我也就真的信了。

除此之外，还有斯特兰布莉的问题。她有意识，但也很懵懂。让她穿上航天服是没希望了，她的伤口处仍垫着厚厚的垫子，缠着绷带，而且，无论如何她都是不可能下床走路的。所以，在和艾扎德医生快速协商一番之后，大家同意像来的时候那样操作，让她躺在箱子里，把她扛出去。装箱的时候，我低声安慰了她几句，暂时没把盖子合上。我不想让她觉得自己是躺在棺材里。

兰庚沃已经穿好了苏桐的衣服，现在再换太麻烦了。于是苏桐和普洛卓尔就用从宫殿里拿下来的零件开始拼凑，而我和芙拉则在四处寻找大小合适的头盔，以便能戴上并让我们安全回到子舰。我们最后提出的要求是拿回自己的武器，又多要了一些，以求保险。那个时候，凌辉已经无力做出口头回应了，但他还是能稍微动一动，表示自己愤怒而无奈的服从。他当时真的非常可怜，我都怀疑6个小时的预估时间会不会过于乐观。不过我想，通往最终状态的路上会有许多"站点"，包括越发无力动弹和越来越深的无意识状态，艾扎德医生应该已经把每一个阶段都考虑进去了。毕竟，像凌辉这种地位的人，不需要留着意识给自己注射。

一切准备就绪，我们可以离开了，此时距离凌辉把咬棍塞进嘴里只过了不到30分钟。临走时，我和芙拉来到他身边。他还在椅子上，几乎整个被卡在里面，结实的肌肉已经完全僵硬，动弹不得。他的手下在他身边询问他的情况，且大惊小怪，极其慌张。可惜，他们完全无法减轻自己主人的不适感，除非在六支注射器里随机抽取一支，但又有谁有胆量这么做呢？

芙拉蹲下身子，与他视线持平。

"我们只不过是想治好斯特兰布莉。当然，我和兰庚沃还有一点私事要处理。但一切向来与你无关。现在呢？看看你自己。"

凌辉拼命想说话，却只能发出空洞的咕噜咕噜声。芙拉隔着手套，用手背擦去他嘴唇上的唾液，就像母亲照顾婴儿一般细致。

她继续说:"好好想想,如果你从一开始就让我们来去自由,现在该多好啊。我觉得,这对你来说应该是个教训。你站错队了,太不自量力了。"然后她停下,站了起来,看了我一眼,继续道:"我们不会再见面了,就此正式告别吧。我是阿拉芙拉·尼斯。我扳倒了博萨,夺下了她的飞船,但这并不代表我就是她那种人。我从未想过要继承她的名字或采用她的行事方式,以后也不会这么干。否则,我恐怕要忙不过来了。"她朝凌辉笑了笑:"但我不得不承认,我在内心深处对她的一种特质隐隐有些钦佩。无论怎样疯狂,她永远会准备好采取必要行动。我也一样,尤其是在自己的生命受到威胁的时候。你犯了一个非常严重的错误——你以为自己比我们强。"

"再见了,凌辉。"我说。

我们把斯特兰布莉推上电梯,兰庚沃和艾扎德负责照顾梅瑞克斯,而苏桐和普洛卓尔举着手枪和挥舞着大刀断后,击退任何进攻。我们乘着电梯来到医院底层,我清楚地看到了通往"无尽港"固定地面的绳桥。把斯特兰布莉运到绳桥下面的几分钟最为漫长而艰难,我们从未感到过自己如此毫无防备地暴露在敌人面前。还有那么一大批打手在下面等着,我真怕他们来找麻烦。好在消息显然已经传了下去,他们退后几步,站在绳桥两侧,并没有妨碍我们。

"最好祈祷凌辉先生能坚持到你们上飞船。"一个下巴长得像青蛙的人开口,"如果他死了,我绝不会让你们任何一个人活过5秒钟。"

"他能挺过6个小时的。"艾扎德说完顿了顿,打开雨伞,"我计算剂量很少出错,而且这次还特别当心。等尼斯船长确定你们报复不了我们了,他就能收到救命的消息。那么现在,各位先生能不能来帮个忙,护送我们到码头?"

"让道!伤员过来了!"一个声音大喊。

一群人穿越泥泞起伏的小土丘,来到医院下方的平地。他们挤作一团,有些穿着航天服,有些则没穿;有的独自行走,有的由人搀扶,还有的紧紧靠在垫着毯子的手推车上。雨水把他们的衣服打得水亮水亮的,斗篷、头罩以及手推车上安装的简易保护装置似乎都围上了一层帷幕。推车的人在湿漉漉的地面上一步一滑。斜坡上,缩在后面的两个人戴着头罩,以一种熟悉的步态向前移动。

我们放慢了速度。我和芙拉一直在斯特兰布莉手推车的两侧,在起起伏伏的地面上慢慢前进,和雷斯特船长的队伍的距离已经缩短了一半——都用不着确认,我一看就知道是他们。

"站住。"一个走路的伤员喝道。他的声音威风凛凛,但很沙哑,感觉此人似乎已经快支撑不住了。"我们知道你们是谁。马上向我们投降!"

他至少和艾扎德一样高,脖子以下的航天服穿得整整齐齐,没戴头盔。我估计,此人差不多有65到70岁,曾经容貌俊朗,颇有贵族气质,而今却双颊凹陷,眼神绝望,额头高高的,皮肤斑斑驳驳,头发乱乱蓬蓬。他的右手拿着一把长筒手枪,已瞄准我们,左手已经断了,袖口处的残肢上随意而粗糙地焊了一坨金属,闪亮而崭新,显然是最近刚装上的。

"没有猜错的话,您应该是雷斯特船长吧?"芙拉问,"我听说,你们受伤了,先生。"

"快投降!"他举着枪,在我们之间来回摇摆,"你们谁是安德瑞娜·尼斯?谁是另一个?"

"我是安德瑞娜。"我接过话头,"我对你们的伤亡感到非常抱歉,雷斯特船长,但我们是不会投降的。"我转头面向绳桥底部的人:"跟他们说!"

长着青蛙下巴的人双手围作喇叭,在雨声中大吼:"他们有凌辉先生的保护,在去往港口的路上不能耽搁。高的那个,艾扎德医生,给凌辉先生下了毒。进不了太空的话,他是不会告诉我们解药是哪一支的。"

那人听着,雨水顺着他的脸颊流下,头发湿漉漉地粘在头皮上,变成了一缕一缕的。他似乎忘记自己已经残疾了,伸出银色的断手,想擦去眼睛上的雨水。

"是真的吗,医生?"

"是真的。我会遵守自己的承诺,但我们必须先离开这里。我对你的伤员感到抱歉——也很遗憾,我不能照顾他们了。但医院一定会尽全力救治他们的。"

人群中走出一个人,显然年轻许多。据我判断,他没有受伤,一直在协助其他人。此人比我稍矮一些,没有穿航天服,而是穿着飞船上常见的上衣、长裤、束腰外套和系带靴,上面沾满了泥巴和雨渍,就好像他在从港口走到这里的路上滑过几跤一样。

"安德瑞娜·尼斯?"他迎着我的目光问道,"我是查斯科。我说过,如果能认识你的话,我会很高兴的。现在我确实很高兴能面对面地跟你讲话。真心希望你和你妹妹因自己的所作所为而被烧死。"

我不敢确定他比我大还是比我小,但我觉得我俩年龄相差应该不会超过3岁。他的脸上一条皱纹也没有,即使我可以看得出,最近的经历在他身上留下了难以掩饰的痕迹,但他身上依然散发着稚嫩的青春活力。他算不上英俊,至少按一般的标准来说不算,但他的五官有一些讨人喜欢的地方,眉宇间透着谦逊和坦诚。在别的情况下——其实只要不是在这种情况下认识——我都可能对他产生好感。我甚至开始责备自己被这种迷人的表象所迷惑了。

我努力将全身心的感情都投入自己的声音和表情中去:"查斯科,我们真的不是故意的。这是一个失误——我们的本心是没有恶意的,只是出现了意外。你必须相信我。"

"我也想啊。"他看着我的脸,"你似乎自己都信了呢。"

"我向你发誓,我们以为自己是在向'白寡妇'号开火,而且只想破坏你们的外围装备,从未想过要攻击'卡伦特'号。我们真不知道它在后面。"

"如果你们当时发射的是葡萄弹,那我们可能就相信你了。但你们用的可是穿透船体的炮弹啊,它们唯一的用途就是破坏和谋杀。这是一种蓄意的、冷血的报复。我们对你们造成的伤害只是轻微的,而你们的回击翻了百倍吧?"

"对雷斯特船长,我很抱歉。"我对着那个高个子男人点了一下头,"真心的,对你们的其他伤员也是。但是像那种伤害……"我开始磕磕巴巴,冒犯的行为已经够多了,我不想再从语言上引起更多,"太空中时常发生各种意外事故,查斯科,即使我们拼尽全力,也很难避免。"

"他不是雷斯特船长。"查斯科温和地说道。

"我听说他活下来了?"

"他是活下来了,要我给你看看吗?这位是腾思勒先生,我们的高级领航员兼控帆大师。他失去了半截手臂,但正如你所说的,这就是太空中时常发生的意外。雷斯特船长在这里。"

我真不该让他领我去手推车那儿，但我还是去了。推车上有一块遮雨篷，由四根直立的杆子支撑着，下面躺着一个盖着毯子的人，被遮得严严实实。在这之前，我只是匆匆地瞥过他一眼，而现在这人却成了我唯一关注的对象。我意识到，毯子下面的人不可能是完整的。原本毯子上应该能映出一个人体轮廓，但现在却有很多缺失的部分，毯子在这些地方凹了下去，垂到手推车的台面上。不过，尚且能看出是人形的。而且，鉴于大家对他照顾有加，这不可能是一具尸体。

"给她看。"一个身材魁梧的人用粗犷的声音下令。他头皮上缠着绷带，胡子拉碴，大概得有一个星期没有刮了。

"她已经看得够多了，应该能明白了。"查斯科说。

"不管了，给她看吧。"

查斯科来到手推车近处的一端，非常小心地把那人头上的毯子掀起来。雷斯特船长躺在那儿，显然已经失去了知觉，这从某种程度上来说还真是上帝对他的怜悯。他烧伤了，仅仅通过看到的这一小部分，我就能知道伤势有多严重。不过，最糟糕的部分我看不见，因为他整个下半张脸都覆盖着一张面具，鼻子以下全都贴得紧紧的。不知是采取了哪种奇怪的保护方式，他的眼睛竟完全没有受损。他闭着眼，我几乎可以说，他看起来很安详。

"不管你信不信我，查斯科，请你告诉他，我们不是他要找的人。还有，一切都是意外。"我说。

"我会转达的。"查斯科一边说，一边把毯子盖回雷斯特船长身上。

他盖毯子的速度还不够快，或者说，是我转移视线的速度还不够快。雷斯特睁开了眼睛。有那么一瞬间，他用一种柔和、迷离的眼光看着我，就像早晨刚刚醒来一样。他似乎既不认识我，也不讨厌我。随后，他把眼睛眯了起来，就好像一个令人不安的想法第一次进入了他的意识。他忽然瞪大了眼睛，努力扭动身体。我相信，在那张面具之下，他无声地高喊出了痛苦和愤怒。

我下意识地与他拉开距离。脚下的地面崎岖不平，我一下跌进泥地，手枪掉了出去。我的膝盖和手掌着地，沾满污泥，雨水冲击着我的后颈。查斯科走上前去，用脚跟把意志手枪踩进泥里，然后伸出手，一把将我拽了起来。我手上的污垢又让他本就脏兮兮的双手变得更加脏污。

"如果真的只是一个意外，"他平静地说，"那么我相信司法程序会公平公正地处理。但我并不觉得他们会宽恕你们。现在你们打算怎么办呢？你们想跑，一直跑，永远不回头，对吗？"

"你想错了。"摔倒起立以后，我还在气喘吁吁，"你错怪**我**了，查斯科。"

艾扎德走了过来，给我撑起了伞，又把空着的一只手搭在我的肩膀上："这些人该去接受治疗了，我们不该多做耽搁，安德瑞娜。"

"你和她们是一伙儿的？"查斯科问他。

"我不希望再在这里过下去了。"

"那你就祈祷她们别深入追问你和凌辉的关系吧。"查斯科说，"我什么都知道，艾扎德医生。来之前，我们有充足的时间做准备，包括了解你的一切。"

这番话突然就让我陷入了不安，但我可不想被卷入他的拖延战术之中。

"我们该走了。"

查斯科转过身，目送我们与"白寡妇"号的大部队擦肩而过，但我们之间已经没有什么可说的了。或者说，我纵然能再提出一百次抗议、一千次辩护、一万次请求他们原谅，但对查斯科来说，事情都不会改变一丝一毫。当然，我想，对那群人中的任何一个人来说，也都是如此。因为那场行动，我们的恶名或许已经永远刻在那块荧石上，又被它的力场进一步牢牢封住。我感觉到博萨在嘲笑我们，笑我们鲁莽又愚蠢，自以为夺走她的飞船之后，就能彻底与她断绝关系。而现在，无论我们说什么、做什么，在别人眼里都完全符合博萨一生惯用的诡计，肯定是她的另一个阴谋。

突然，一个像干树枝摩擦般沙沙的声音传来："阿拉芙拉·尼斯小姐，安德瑞娜·尼斯小姐。"

大部队后方跟着两只爬虫。他们转过身来，任雨点打在斗篷上。只能看见刚毛般竖立着的口器在快速一张一合，附属感觉器官在洞穴般的黑暗头罩里左右移动。

很明显，这两人就是去处理卡特尔先生尸体的那两只蠕虫。芙拉直呼其名：“史莱宝先生，费多尔先生，在离开之前，请允许我们对你们族群的损失表示同情。那是史尼德先生干的，不是我们，你们知道的吧？”

左边那人说：“你们的罪行本身已经得到了赦免，但正是由于你们的煽动，才导致出现了这起犯罪事件。”

"并不是这样。"我反驳道，"我们并没有要求卡特尔与凌辉作对。"

"如果没有你们的出现，也不可能发生这种事情。"另一只蠕虫说。

"我把史尼德杀了。"我把一缕沾满泥巴的头发从脸上撩开，"你们应该已经听说了吧？我杀了那个杀死你们朋友——或者说同事——的人，不管你们觉得卡特尔算你们的什么人吧。这样一来，我们就扯平了。"

"史尼德不过是个杀人工具。"第一个人又说，"那个指使他的人是谁？"

芙拉扬了一下头："他在上面。如果想的话，你可以上去见他。不过，可别指望从他那边得到太多东西。"

"等一下。"我的心猛地一震，"你是不是计划杀了他？那可不行。至少要等我们进入安全空域再说。"

"阿拉芙拉·尼斯，安德瑞娜·尼斯。"

"怎么了？"芙拉应了一声。

"这个和你们在一起的人，兰庚沃。"

兰庚沃向前走了一步。他把头盔抱在手里，正准备扣在航天服的颈环上，不过还没有戴上。他的长发被雨水打湿，贴在头皮上。

"让她们走吧，史莱宝先生。"他向第一只爬虫说，"而且，在她们上飞船离开之前，不要对凌辉下手。"

"你知道很多信息，知识丰富，都是从博萨·森奈那儿获取的。"费多尔先生说。

"你了解的这些事情一旦公之于众，很可能破坏经济稳定。"史莱宝先生补充了一句。

"或许是吧。"兰庚沃随意地耸了耸肩，"我也不知道。她并没有把**所有事情**都告诉我。或许我知道一些圈钱的事，也有可能其实根本什么都不知道。"他向芙拉投去一个充满歉意的眼神，芙拉皱了皱眉，以示回应。兰庚沃接着说:"我知道,你想让我闭嘴,兄弟,想就地开枪打死我,或者采取什么别的手段,但你不能这样做。为此你很不爽,可你必须遵循普通法律法规的约束。即使是在这种混乱的地方也是一样,尤其是现在还有雷斯特船长等一众善良的人在场。所以你必须放我走,也不得不让芙拉和安德瑞娜离开。"

"如果我们可以继续……"艾扎德医生坚持劝我们赶紧动起来。

"尼斯船长,你们可以离开了。"史莱宝说这话时,直指芙拉,"但你们必须停止对'守财奴'的调查。不然,只会招来麻烦。"

芙拉沉默不语。过了一会儿,她居然点点头,说:"确实,我们遇到的麻烦已经够多了,史莱宝先生。我不想再参与其中了。"

"那就祝各位一路顺风吧。"

至此,我们最后看了一眼那两个蠕虫族的人、雷斯特船长的队伍,还有医院。艾扎德催我们赶紧走。虽然我相信,他在计算毒药剂量的时候,尽可能做到了绝对精准,但也可以理解,他不想让这些计算接受太过严格的"考验",所以心里很焦急。走了一会儿,周围全是小巷,我们不得不进去。兰庚沃拿出灵瞳,派它去前方侦察,确保没有哪个脑子不灵光的人躲在某处准备伏击。他对这些小巷非常熟悉,胸有成竹地带领我们穿过,仿佛早就策划并记住了每一条可能的逃跑路线,认得出每一处捷径、死胡同和可能的隐蔽点。转过几道弯,他停了下来,举起手,等着灵瞳飞回手掌心,随后低声下达了另一道命令,让它继续飞到前方,高高悬在小巷的隔墙和屋顶上空。突然,一道猛烈的蓝光一闪而过,一只皮毛烧焦的狗哀嚎着跑远了。

"它能杀人吗?"我问道。

"只有在必要的情况下才会。"兰庚沃转过身去,"大多数时候,它只是用于被动观察或跟踪。多数情况下,它都能看清楚状况,并将信息传递到至少半里格之外,即使是在地下或建筑密集区也可以。其实只要知道前后方情况如何,往往就有足够的优势了,根本不必使用武力。"

"我还真是想不到,博萨居然给了你一个这么好的小玩意儿。你明明完全有机会和她作对。"

"她没有理由怀疑我的忠诚。而且,那只眼睛对她非常有用。你可以想象到它帮了我们多大的忙，尤其是在扫荡荧石的时候——我们可以把它送进任何一个小小的老鼠洞，就没有用不到它的时刻。"

我点了点头，想起了他之前进入芙拉房间的时候，那只眼睛本能够给他带来巨大的优势，或者说，在我开枪射穿墙壁的时候，他其实也可以轻易扭转战局。可能是他没有料到会有埋伏吧，所以才在找到机会部署灵瞳之前，就被打了个措手不及。芙拉把幽灵刀架在他的脖子上以后，他出现任何不愿冒险的想法，我都能理解。

尽管如此，我的心里依然有一个小小的怀疑在悄无声息地生根发芽。

第二十一章

我们毫不费力便到达了港口，穿越真空地带，登上子舰。但凡我们给凌辉多留出一点时间，我猜，他可能就会想到要来破坏我们的小飞船，或者把油箱放空。可他满脑子只想着要把我们和"复仇者"号一网打尽，担心如果对我们的子舰采取任何其他行动，都有可能导致泊在宇宙空间里的那条大鱼溜走，所以行为一直停留在笨拙的挑衅上。凌辉根本不知道，飞船上已经基本没人了，也想不到，仅靠秦杜夫和帕拉丁两个人，很难在没有援助的情况下驾驶飞船。

虽然我们没人受重伤，而且比起离开沉啸石的时候，现在也没多出点可以挥霍的燃料，但芙拉毫不吝啬，把火箭功率开到最大。她猛加油门，子舰的铆钉和船体板在压力下发出不堪重负的呻吟，斯特里扎迪之轮在我们身后"落荒而逃"。就算是我们这些早就习惯了在飞船这个"金属棺材"里被抛来抛去的人，芙拉这么驾驶也是在挑战我们的极限。我们几乎没有时间把自己固定住，明天早上起来，肯定又是满身的乌青。而对艾扎德医生和梅瑞克斯这种太空新手来说，这种强烈的不适感可以说刷新了他们的世界观。再看看兰庚沃，他在一个固定星球上待的时间已经太长了，以至于都忘了火箭巡航这种恶趣味——一阵阵猛烈的推力和让人胃里翻江倒海的失重感并行，简直没有更完美的酷刑。可好歹我们终于离开了凌辉，只要能从他手里换来自由，我相信任何不愉快都是值得的。

"帕拉丁，"芙拉打开了飞船间的传呼频道，"你能扫描到我们吗？"

通用扬声器里传来机器人低沉的声音："我看到你们了，马兰丝船长。秦杜夫先生已经收到通知，知道你们马上就要回来了。他看懂了暗示，做好了准备，随时能启动所有离子推进器并满帆航行。还有没有什么事情需要我转告他？"

"没别的，帕拉丁，目前这样就很好了。还有，你也不用再叫我马兰丝船长了，尼斯船长就可以……"她停了下来，应该是发现自己说错了，赶紧闭嘴，心虚地向四周一瞄，正好撞上了我的目光，于是赶紧躲开，"接下来就按照之前的安排行事，帕拉丁——暂时先这样吧。"

"好的，阿拉芙拉小姐。"

我松开了安全扣，往控制台的栏杆那边靠了靠，说："帕拉丁，这里是安德瑞娜。预计在几个小时之内，星球那边不会派人来追捕我们的，但我希望能确保，我们启航以后，'白寡妇'号方面也没人蠢到想来追杀'猩红女士'……噢，我是说'复仇者'号。"我哆嗦了一下，对自己的口误一笑而过："不好意思，说错了。"

"还有别的事情吗？"芙拉问。

"我已经计算出了各种可能性，安德瑞娜小姐。"帕拉丁说，"情况对我们完全有利。另一艘飞船损坏严重，无法进行追击。即使对方还能升起船帆启动离子，他们也不可能追上来与我们交战了。"

"要确保事情不会发生变化。"我说，"对附近空域的扫描不能停，以防任何其他脑子不好使的家伙想从我们这里分一杯羹。"

"不会的。"兰庚沃就在我身后，"目前斯特里扎迪之轮周围 1 000 里格之内，所有人都应该已经知道医生在注射器上耍的那个小手段了。"

"我猜，应该有不少人并不介意送凌辉下地狱。"我回答。

"当然了，肯定不少。但凌辉身边有一个强大的团伙，不会他一死就立刻分崩离析。一条蛇，就算被砍了头，还是能分泌毒液，给人致命一咬。他的敌人会小心谨慎，尽量避免与他作对导致的后果。更何况，他还有六分之一的概率能活下来呢。如果他或他的手下确信不可能收到艾扎德医生的消息，决定冒险一试，好像成功的概率也没有那么小。医生，你*之前*干得确实漂亮。恭喜你。"

"如果我能逃，我早就动手了。"艾扎德朝我点了下头，"就算不是为了我自己，也是为了梅瑞克斯。对我这样的人来说，毒药本身并不难配制。"

"在我们离开雷斯特船长一行人之前，那个人说了一件奇怪的事情。"兰庚沃突然想起了什么。

"你是说查斯科吗？那个读骨人？"我扭了扭身体，面向坐在过道两侧的兰庚沃和艾扎德医生，"他说的话，我听过就算，不会太在意。毕竟那人满脑子充满了怨恨。你们也看到了，他是怎么看我的。"

"但是……"兰庚沃本想说点什么，但思考了一番，随后又摇了摇头，仿佛他心里想到了什么具体的事情，但又决定就这样让它过去，"你说得没错，安德瑞娜。我们不应该过分纠结于毫无根据的指控。"

芙拉在最后一刻松开了油门，把油箱里所剩无几的燃料省下来，用来与母舰做最后的对接。"还有30分钟。"她说。

"我们现在安全了？"艾扎德问。

芙拉调整了一下回转仪，然后说："除非我们离开这里5000万里格，要不然我永远不会觉得自己安全了。"

"据我估计，从凌辉摄入毒素到现在，应该已经过去90分钟了。就算我有失误，他也还能撑得住，但我不想把他逼得太紧。如果你允许的话，我可以呼叫一下医院吗？"

"现在不行。"

"但我必须这么做。"

"不许。让他再出点汗，你等等再传消息。"

"你的决心让我很钦佩，尼斯船长。但请不要逼我违背自己的承诺。我稍微过一会儿就再来提醒一下你这件事。"艾扎德医生伸出手，安抚他的女儿道："没事的，梅瑞克斯。一切都会好起来的。我们能帮助这群人。"

我深吸一口气："兰庚沃，你还没告诉我们，你是怎么从博萨手里逃走的呢。这事向来没有人能做到，现在正好有空，你何不趁此机会解释一下自己是怎么成功的？"

芙拉恶狠狠地看了我一眼，仿佛在说，我要是对兰庚沃的叙述提出质疑，就等同于对她判断的某些重要环节也表示不认可。

"没什么神秘的。"兰庚沃几乎完全没有思考，即刻脱口而出，"我很乐意给你们大致描述一下整个过程。大家在听的时候应该也会产生疑问。我很期待各位的提问。毕竟，你们根本没有真正了解我。"

"确实不怎么了解。"我回答。

"但我希望，我们互相之间的了解能与时俱增，并最终能建立起基本的信任。我觉得，等大家都上了飞船，建立信任会更加容易一点。到时候各位就能发现，飞船上到处是我走过的痕迹。我对'夜叉'号简直不能再了解了，甚至可以拍着胸脯说，比你们中的一些人还要了解。我在上面待了好几年呢。"

"那你到底是怎么逃出她的手掌心的？"普洛卓尔远远地坐在子舰船尾一个座位上，像在隔空喊话。

"因为我有这个能力。博萨会时不时与外围星球进行交易，虽然不太情愿，但一直以来她不得不以此为生。靠荧石探险和掠夺他人能搜刮到的东西毕竟是有限的，我想各位应该早就意识到这一点了吧。"

"可我们就一直是靠荧石过日子，不也是好好的？"苏桐回答。

"尽管如此，你们还是受到了类似的限制。博萨一直——哦，不，曾经一直很依赖像我这样的代理人，派我去一些她去不了的地方，根据她的需要做买卖。她也很想停止这种依靠，可惜别无选择。"

"她会让所有船员都屈从于自己的意愿。"我说，"你是如何免疫的？"

"对，那些船员确实如此。实际上，他们对博萨又爱又怕。但她不会把那些手段用在要派往各个星球的代理人身上。我们必须有独立思想、自由意志，要不然就不可能完成这份工作。这是她必须铤而走险的一件事。对能和她产生交感神经共鸣的人，也是一样。不过，那些人，她至少能紧紧拴在飞船里，而像我这种就不行了。每次她往我们的口袋里塞满钱，并派我们出去的时候，我都是有机会背叛她的。"

"这她能忍得了？"普拉卓尔说。

"都说了她没有别的选择！"兰庚沃不耐烦地大吼，都快发脾气了，"要么和星球做生意，要么饿死，我们这种人就是她唯一的工具。她把调教手段控制在最低限度，希望我们能和她齐心。满意了，会给出丰厚的奖励；失望了，会有更'丰厚'的惩罚。"

"奖励？"

"她在的时候，我在那艘飞船上享受的简直是国王般的待遇。我有单独的房间、双倍的奖金，能随意指挥别人。她需要建议的时候，会仔细听我的想法。想到自己是个逃犯，上级又是个极端易怒的暴君，就感觉那时的日子还真是美好。不过，我从来没有忤逆过她——一次都没有，我把戏演得很好，从来没给过她任何理由怀疑我的忠心。"他顿了顿，继续说，"曾经有个医生在她手下。那家伙和其他所有人一样胆小怕事。他有一回用药失误，导致离子控制专员死亡。"他朝艾扎德笑了笑："你看，他的药物计算功夫就没艾扎德医生这么到家。"

艾扎德看着他，默默无语。

兰庚沃继续道："博萨不知道这件事，但我知道。我见过他配药时马马虎虎的样子。所以我和他之间悄悄达成了一个协议。我保证不向博萨告密，而作为回报，他给了我对抗精神控制的药物。那是一种酊剂，每天只需要一滴，就能让我抵抗住博萨的调教，更多地恢复一点自由意志。于是我能保持清醒，知道待在那艘飞船上是不会有任何前途的，我迟早会与她立场相背，因触怒她而被杀死。所以我决定，不能再继续躺在那些空头支票上面，坐等死亡的到来了，我必须逃走。"

"逃到斯特里扎迪之轮？"我问道。我想起了从博萨的日记里了解到的情况，感觉能抓出他的把柄。

"不。"他说，"我之前还去过10个星球。如果一直在这种地方待着，我是甩不掉她的。所以我小心翼翼地寻找时机，挑选那种她必须紧急出航，或者随时可能被人发现的危险时刻，这样她就没机会来追杀我了。我会一直等到安全了再出发，然后买通相关人员，从一个星球转移到另一个星球，时刻保持警惕，脑子里面时刻在想，她就在某个地方埋伏着。要是被她抓到，如此考虑欠周的背叛绝对难逃一罚。但似乎，至少在一段时间内，一直有别的事情让她分心……"

"你为什么要留在斯特里扎迪之轮？这边明明离太虚之境这么近。"苏桐问道。

"我在玩一个跳板游戏，结果跳得太远了——跳到了一个难以逃离的星球上。经过这里的飞船比我想象的要少很多，而能带我去临曦族，或者往中心方向走的就更是屈指可数了。你们可能会觉得，一个有手段、有能力的人在路费方面不会遇到困难，但我必须谨慎行事。在这段时间里，等待的日子逐渐从几个星期延长到几个月，我把每一天都当作自己生命的最后一天来珍惜，非常确信博萨已经知道了我的下落，正在来抓我的路上。或者，就算博萨不来，银行和商业联合会那群下定决心要追捕博萨、彻底扳倒她的特工也肯定会来的。资助雷斯特船长一行的，正是这些人。我每天都会仔细观察天空，对每一艘入港的飞船都高度关注……尤其是那些来自太虚之境的可疑船只。"

"你以为自己的末日来了。"我说。

"这是命运的转折点。"兰庚沃侧目，瞥了一眼艾扎德医生，"对我们好几个人来说都是。但能不能告诉我，在这么多分裂的星球里，你们是怎么干掉她的？"

"并不难。"芙拉回答，"她问都没问就拿走了我的东西，我又把它拿回来了而已——还顺便得到了点利息。"

又过了 20 分钟，我们进入了"复仇者"号的可视范围内。芙拉再次启动火箭，减缓靠近速度。然后她让子舰掉了个头，准备从尾部开始对接。当飞船出现在视野中的那一刻，兰庚沃把脸紧紧贴在舷窗上，直勾勾地看着。黑色的船体上竖起一根根索具，呈辐射状发散，就像飞船被钉在索具的焦点上。由于反射光线和角度作美，有些地方在我们面前闪闪发光，宛如太空薄冰的裂纹图案。除此以外，其他部分全都看不见。

"有一说一，这艘飞船已经完全变样了。"兰庚沃感叹道。

"如果你真像刚刚说的那样了解它,那你应该能指出一些不同之处。"我说。

"当然能,这还不简单吗?你们用了一些硬而薄的材料,弱化了它僵硬的线条——我猜,用的应该是油画布或者柏油帆布之类的。金属太笨重,而且飞船原来的规格也已经够了,没必要再加一层盔甲。你们砍掉了一些看起来比较残酷的装饰物,包括钉在外面的那些尸体。这工作可不好做,我一点都不羡慕。"

"你本来就不该羡慕。"普洛卓尔说。

"你们掩饰了飞船真正的武器装备。它的侧翼有两排线圈炮,可在后膛装填,且配有水冷螺线管以帮助它达到最高射速;前后侧还有追击炮。但你们还没有把锯齿也全部隐藏起来的本事,所以它看起来还是像一个全副武装的侵略者,让人很难不产生怀疑。我还要评论一下船帆的布局。你们这波操作,大部分靠的还是罗网布,但同时铺了大面积的普通帆布,转移别人的视线,至少从远处看不出破绽。"我以为他说完了,却没想到他只是想换一口气,"整艘飞船从头至尾长达306英尺,不过你们改装之后可能略有变动。线圈炮台后面是藏骨室,前方稍稍往下的位置则是仁心室,再往前是主控帆室,旁边紧挨着主气闸。不过,我在的时候,这个气闸很少使用。博萨更喜欢让我们穿过对接舱进出。"

"很多飞船的结构布局都差不多。"我表示质疑。

"但有仁心室的可不多。"芙拉顶了我一句。她双手操作着转向喷射器,让子舰倒退着进入对接舱那张敞开的、红光闪烁的大嘴里,就像一条小鱼心甘情愿把自己献给张着血盆大口的怪物当晚餐。

"已经过了两个多小时了。"艾扎德开口说,"我真的应该……"

"还不行。"芙拉一口回绝。

我们连接上了母舰,钳子把子舰夹住。大约过了一两分钟,秦杜夫过来敲了敲外面的船闸。我是第一个出去的。与飞船其他部分连接着的地方都是加了压的,所以不需要戴头盔。我隔着手套紧紧握住秦杜夫那只伤痕累累的大手,真不知道自己应该如何描述,又该从何说起,才能让他了解这一切。"我们带了几位客人回来，秦杜夫。"我想，这样的开场白应该是最好不过的了，"这位高个子是艾扎德医生，身边的女孩是他女儿，叫梅瑞克斯。另一位是兰庚沃，他在这艘飞船之前的船长手下工作过。我们似乎可以信任他。"

"似乎？"秦杜夫抓到了关键词。

"或许，他对我们有用。"我斟酌了一下，"我们要欢迎他，把他视为自己人——至少暂时应该这样。"

兰庚沃从我身后走来。在失重状态下，他依然行动自如，举止自然，在现有环境中丝毫没有表现出任何不安。他轻轻松松，一下就找到了扶手，完全不需要旁人帮忙就进入了"复仇者"号。

"你的疑虑我完全可以理解，安德瑞娜。"他的语气亲密又自信，"这很正常。如果你一点疑问都没有，我才会惊讶呢。但我向你保证，我的过去没有什么可隐瞒的。"

不知道是不是心理作用，我仿佛觉得他说这句话的时候，在"我的"这词上做了轻微的强调，似乎是特意要将自己的历史与艾扎德医生的过去做个对比。

"马上就会见分晓的。"我回答道。然后，我又转向秦杜夫："得给他们几个都各自找一间新房间。至于怎么安排梅瑞克斯，这个问题最好还得听听艾扎德医生的建议。"

"斯特兰布莉怎么还在箱子里？我以为她已经痊愈了。"

"她是快好了。"芙拉断言，"但还需要休养一段时间。仁心室依然是她最好的选择。苏桐，不如你先带艾扎德医生去那边看看吧？他可以把药物放下来，尽快熟悉这个地方。"

"那真是太好了。"艾扎德说，"但我还不能休息，得先解决凌辉的问题。作为一名医生，我会很尽心尽力为你们服务，但请务必允许我先履行未尽的义务啊。"

"你永远都不会再见到那家伙了。"芙拉摇摇头，"无论发生什么事，他再过不久都会没命的。给他下毒的人不就是你吗？现在为什么还要再想着他呢？"

"我曾经是他的医生。"艾扎德说,"对你们,我也会同样尽到医生的职责。"

芙拉转向秦杜夫:"我们的船帆和离子都启动着吧?"

"是的,尼斯小姐。航行很顺利。我让帕拉丁设定了一条远离古日的航线,因为我觉得你应该会想这样走的。"

"你想得没错,秦杜夫。"她大手一摆,颇有气派,"继续航行。我和兰庚沃来讨论接下来的方向。不过,我们待在空间里的时间稍微长一点也无所谓,不用急着登陆星球。"

"我们现在什么都没有。"我轻声反驳,"燃料并不比离开沉啸石的时候多——甚至更少了,因为我们在这里浪费了很多。我们买的东西都还在旅馆里,连一个新的头骨都没能带回来,如果我们自己的这个裂了,完全没有可以用来替换的。我甚至怀疑我们的口粮能不能撑过两个月,更别说撑过你脑子里面想的时间了。"我的声音不知不觉提高了,但我并没有压制它。"我们逃出了凌辉的魔掌,又奇迹般地摆脱了蠕虫族的关注。但按我们现在的状态根本无法追踪荧石,或者去找博萨藏匿钱的地方,甚至你想让我们做的任何事情都干不了。我们完蛋了,芙拉。我们越早接受正义的审判,就越不至于遭受旷日持久的痛苦。"

我原以为自己愤怒的语气可能会激起她的怒气,甚至诱使荧光发作。但她居然心平气和地对我做出了回应,毫无敌意。

"按照通常的衡量标准来看,你说得没错。但既然他们已经宣布我们为逃犯,我们的各种抗议也都一律被无视,那我倒是觉得,他们以为我们是什么样,我们就活成什么样,也没多大坏处。我并不是说想让自己堕落成博萨,染上她的恶习——完全不是。之后我们依然会坚持不干谋杀这种勾当,也不会仅仅为了利益而掠夺他人。不管蠕虫族怎么说,'守财奴'依然是我们的主要目标。那些钱已经算是被偷了,既然如此,我们重新去夺回它们,也没人能来指责我们,说这是偷窃行为。但为了达到这个目的,如果其他飞船上有我们需要的东西……"

我震惊地盯着她,毫不掩饰自己的惊讶。

"你是想说,我们就……去抢?"

"为什么不行呢?那些星球已经对我们做出了裁决。你说对吧,兰庚沃?赏金只是开始,以后肯定还有别的手段,不是吗?"

"我觉得更糟糕的事情一定会来的。"兰庚沃回答,"现在雷斯特一行人可以随意提供证词。他们之前提出要派一个中队来对付你们,这个计划应该马上就会提上日程了。"

"我们已经沦为猎杀目标了。"芙拉说,"我们注定会被猎杀。我们的敌人曾经是博萨·森奈,但现在,古日照耀下的每一艘飞船都有可能是我们的对手。"她的手指蜷缩起来,握成一拳。"我们得拿走自己需要的东西,但态度要温和、克制。对被抢的飞船,不能破坏到无法使用,也不能让对方船员受伤——前提是他们不抵抗。不过,我们必须拿到补给,还有头骨。"

"你终于想清楚了,我很高兴。"我说完顿了顿,又阴暗地、不无讽刺地补充了一句,"尼斯船长。"

芙拉并没有对我刚刚赋予她的称号表示出任何反驳,似乎我这一声船长叫得既合适又及时。她淡淡地回答:"提前思考问题确实是有好处的。"

*

我和芙拉带兰庚沃来到了水晶浑天仪旁边。我仔细观察着他的反应。之前提到过,水晶浑天仪是一个极为罕见而精致的仪器。任何普通的航天员,即使见过再多其他珍贵的物品,若是看到别人拥有这样一件精致的仪器,也必定会流露出欣赏、羡慕和钦佩之情。我虽然不觉得兰庚沃会蠢到表现得好像以前从未见过它一样,但如果他之前其实并不是这艘飞船上的人,在这样的精美好物面前,他的面具完全有可能滑落,哪怕只有一瞬间。然而,并没有。他研究了一会儿浑天仪,无动于衷,完全没有被迷得眼花缭乱。他把手伸向浑天仪,一会儿摸摸玻璃边缘,一会儿摸摸细小的螺纹齿轮,一切举止都显得亲密熟悉,毫无破绽。

"船长要是不够谨慎,它可能早就坏了。"他的声音低低的,充满了尊敬,

"尤其是最近经历了这么多，真是不容易。祝贺祝贺，两位都很明智，没有因粗心或疏忽而损坏了它。就算可以随心所欲、畅通无阻地登陆任何港口，你们也很难找到能替代它的东西。博萨这么暴躁的一个人，居然没毁了它，真是个奇迹。"

"不错。确实是个漂亮的玻璃仪器。"芙拉说，带着她向来不屑一顾的语气，"拥有它固然是件好事，但如果有了海图、星历，以及一个高质量机器人来帮忙规划穿越，它也就不是必需品了。我真正感兴趣的是'守财奴'，以及它的下落。"

"请原谅我的直率。但如果我就这样泄露了消息，不就等于把所有底牌都交出来了吗？"

"是交出了一些，"我说，"但算不上全部。你不是说，你还知道访问代码、密码之类的东西？"

"没错。"

"那就展示一下，让我们有一个良好的开端。告诉帕拉丁一些信息，让他知道该驶向哪里。"芙拉命令道。

兰庚沃叹了口气，双手叉腰，盯着浑天仪看了好久。

"她从来不允许我如此靠近这个仪器，因为没有必要。我是她派出去和人谈判的，不是给她领航的。她把我丢到一个星球上，让我做自己分内的事。实在是没有必要让我知道航线是什么样的，甚至我都不知道飞了多久。"

"你最好知道点**什么东西**。"芙拉威胁道。

"我也不是什么都不知道。这些红色的弹珠是用来标注荧石的，对吧？"他的手轻轻从长杆上的一颗弹珠移到另一颗弹珠，"每个上面都刻有一组星历数字，通过运行轨道来标注识别各个星球。我猜，你们会拿书中的荧石与它们进行互相参照。"

"我做的第一件事就是这个。"芙拉说，"结果发现没一个是'守财奴'。不管是哪个，它们都有力场和各种迹象，而你说过，'守财奴'的力场早就失效了。"

"我说的是，就算它曾经有过，也早就消失了。不过，这些荧石中肯定有一个是冒牌货。或许，你看得还是不够仔细。"

"我们应该去找什么东西？"我问。

兰庚沃捏住一颗弹珠，拧了两下，把它从长杆上面取了下来，记清楚了该在哪里放回去。"其中一颗刻了两次字，有一个比较明显，是假名；另一个刻在更深一层的位置，很难看到，除非本来就知道有字刻在那里。而且即便如此，也很容易把它误认为是玻璃上的瑕疵。"他把手里这颗弹珠放在眼前，用力眯起眼睛，仔细观察，"不是这个，但应该就在附近。现在要做的，就是把它们一个一个全都检查一遍，直到找到刻了两次字的那一颗。不要去管外面的数字，刻在里面的才是'守财奴'真正的星历。"

"你居然知道这个……你到底是怎么知道的？"芙拉问。

"我刚才说，她不让我靠近浑天仪，但这并不代表我不能知道它的一些秘密。我之前提到的那个医生几乎无所不知——在药物的作用下，没多少人能死守住秘密。"他把弹珠放了回去，转向另一颗，在芙拉的默许下把它拧了下来，"也不是这颗，下一个。"

芙拉看了看我，俯身凑到最近的通话设备上，弹开边上的开关："秦杜夫，如果船帆的设置暂时没什么问题的话，麻烦你来控制室一趟，带兰庚沃去看看住哪里合适。"

稍稍沉默一阵之后，秦杜夫的声音噼噼啪啪地传了回来："来了，马上就到。你能找一下艾扎德医生吗？他好像对某些事情感到十分不安。"

"让他再等一会儿。"芙拉说完，关了扬声器，然后对兰庚沃说，"你离开浑天仪吧，我可以亲自检查这些荧石。"

"暂时没我的事了吗？"

"差不多没事了。但既然刚刚秦杜夫提到了艾扎德医生，我想再稍微追问一下你对他的看法。在旅馆里的时候，你说他是个正直的人，顶着难以忍受的条件，辛勤工作。但当时你还不知道自己有可能要和他待在同一艘飞船上。现在你还有什么想要补充的吗？"

"我应该有吗？"

"安德瑞娜，另一艘飞船上那个年轻人，就是和受伤的一行人在一起的那个，他叫什么名字来着？"芙拉问道。

"查斯科。"我回答道，感到如鲠在喉。直到现在，我依然能感受到他的凝视对我造成的杀伤力，他的判决词就像一个冰冷的巴掌，狠狠地甩在我的脸上。

"啊，对。他好像提到一些关于艾扎德医生的事情，不是吗？还说，我们不应该追问太多关于他和凌辉的关系。"芙拉把视线从我身上转回去，又看向兰庚沃，"你还跟安德瑞娜说过，你自己的过去没有什么可隐瞒的，似乎是想和别人形成对比。你说这话的时候，脑子里想的是不是艾扎德？"

兰庚沃似乎在内心与自己激烈辩论了一番，然后才开口回答。

"我不想给那些谣言火上浇油。"

芙拉咬了一下牙，一瞬间，脸上闪过一丝凶狠。

"我建议你最好说出来。"

"等一等。"我举起一只手插话，"情况是透明的，大家都看见了。艾扎德医生是被迫为凌辉工作的，证据就在我们眼前——凌辉抓了梅瑞克斯当人质，医院能运营也全靠他的资助。但这并不意味着医生就是个坏人——他只是做了不得已的事情，只是为了保护病人和女儿。"

兰庚沃沉默了片刻，但好像实在忍不住，一定要说出一些事情。

"如果真有这么简单就好了，安德瑞娜。"

"所以有什么地方不简单？"我问道。

"我刚刚也说了，我不想给那些谣言火上浇油……"

芙拉攥紧了拳头："回答她就行，你个滑头……"

"艾扎德一直是一位优秀的医生，对这一点，我毫不怀疑。我也相信，他的一切行动都只是为了梅瑞克斯和手中的病人好。但凌辉对他的利用远远不止你们看到的那些。"

"细说下去。"芙拉说。

"凌辉需要一个能减缓痛苦的人，但也同样要一个能制造痛苦的人。这样才能提高自己的威望，在必要的时候，还能套出一点信息。难道有人比外科医生更适合转型为刑警吗？"

"不可能。"我一口否认，因为我依稀记得，他对斯特兰布莉的关照有多么无微不至，奉献是多么倾情无私，"他不是那样的人。我们对他挺了解了，知道他有多善良。"

"我没说他不能展示出善良。"兰庚沃回答，"只不过，善良并不是他的全部。"

身后的舱壁框架上传来一阵敲门声，是秦杜夫来领我们的客人去安排住处。芙拉一直等到他把兰庚沃带出视线，才邀请我一起去检查水晶浑天仪。

我俩开始一个接一个地搜弹珠。终于，一个深藏在底层的微小瑕疵出现在我的眼前。我明明已经看到过它几千几万遍了，却从未怀疑过它有多重要。

我将这颗弹珠凑近一只眼睛。这个瑕疵是一个乳白色的图案，飘浮在外层的刻印之下，它有棱有角，虽然形状模糊，但毫无疑问，是文字。

"应该就是这个了。"我说道，心里不禁惊叹，它居然从来都是那么近在咫尺，"我想，我找到'守财奴'了。"

第二十二章

芙拉关上门，走到桌子前，坐到椅子上，系好搭扣，把手肘放到皮革扶手上，把头转向我。她有意无意地歪着脑袋，表情里写满了怀疑。帕拉丁正忙于计算，头上持续亮着红光，映衬着芙拉脸上一闪一闪的柔和荧光。

"先说艾扎德，再讨论'守财奴'。我很担心那个医生啊，安德瑞娜。我们到底带进来了一个什么样的人？"

"别告诉我，你还真信了那家伙的鬼话。"

"兰庚沃没理由撒谎。"

"呵，他理由可充分着呢，尤其是如果他不希望我们对他自己过去的某些事情挖得太仔细的话，就更会想尽办法，故意让我们怀疑艾扎德医生，还有什么比这更好的转移注意力的方法呢？"

"查斯科也有过类似的影射，你当时也在场。"芙拉反驳道。

"那不过就是个影射。查斯科又不是斯特里扎迪之轮的人，所以他知道的一切也不过只是道听途说。当然，艾扎德医生肯定在被逼无奈下做过一些不情愿的事情，但这并不代表他就是一个爱折磨人的怪物。"

"我们现在就和他谈谈。"芙拉斩钉截铁地说，"如果他的过往真的有什么不光彩的事情，那我们就根据自己的判断采取相应措施吧。你了解《圣公会条约》关于宇宙空间法的内容吗？在星球或港口之外，如果有人伪造履历进行交易，危及其船员和飞船的直接利益，则船长可以执行各类惩罚措施；若情况极为紧迫，甚至可以直接驱逐或处决相关人员。"

"那就希望有足够的绳子能把人绑在外面吧。我们谁还没点秘密呢？"

她抿了抿嘴唇，显得有些刻薄："伪造是分程度的——我们撒的那些小谎哪比得上为犯罪集团提供酷刑那么严重？"说完，她眉头一皱，一丝细微的疑虑一闪而过，似乎自己对刚刚说的话都感到不那么信服，"但不管怎么说，我现在最不放心的还是兰庚沃。"

"太好了，我也是。"

"我是说，你明显表现出对他不信任，这让我很担心。我们经历了这么多磨难，我终于找到了自己一直在找的人，你还不允许我体会这种快乐吗？"

"我完全没有这个意思。我也和你一样，很想相信他的说法。但他来找我们的时候，也没有拿着什么光彩照人的履历证明，不是吗？"

"那你期待什么？他可是从博萨·森奈手里逃出去的一名逃犯。博萨难道会给他写一份热情洋溢的推荐信，助他在未来找到好工作吗？"她微微俯视着我，非常缓慢地摇了摇头，"我觉得，你应该能看清大局吧，姐姐？我们并不一定要对这个人有什么好感，也不必对他以前从事的工作给予很高的认可，只要好好利用他就可以了。"她把目光转向帕拉丁，"无论如何，他说的话我们已经检验过一部分了，确实是真的。帕拉丁，你能读出这颗弹珠深层上的刻印吗？把光束集中在外层玻璃下方一点。"

一束红光射向这颗她从控制室带来的红色弹珠，在上面翩翩起舞。芙拉把长杆也一起拿过来了。

"可以读出来，尼斯船长。这段刻印是进行了编码的，不过这种密码已经被我们破解了。在偏心轨道上围绕古日旋转的物体，比如荧石或者吞噬兽，它们轨道参数的既定格式就是这样的，这串编码完全符合。"

"你能将这些数字与任何已知物体匹配起来吗？"

"还未找到匹配项。"帕拉丁头上的灯光闪得更加强烈一些了，"当然，可能是因为轨道在各个朝代的演变过程中发生了转移，但是……我扩大了搜索空间，还是找不到。"

"那就是说，我们彻底失败了。"我说道，不知为何有一种奇怪的解脱感。

"未必。"芙拉不肯放弃，"圣公会里有大约5 000万块小岩石，只有极少一部分被正确记入了期刊和年鉴中。帕拉丁跟我们说的是，它不是一个已经确定下来的星球或荧石，也基本没什么人去过，所以甚至都没有给它取好通用的名字。但这并不意味着这个星体就是不存在的，它完全有可能依然沿着自己的轨道在运行，我们也知道应该去哪里找它。博萨把它留在了水晶浑天仪上，而且有了这串数字，任何剩下的不确定问题应该也能迎刃而解。"

"那它现在在哪里？"我问。

帕拉丁答道："第37宗族群向外1 300万里格，接近所在轨道的向阳侧边缘，离我们现在的位置大约800万里格。"

"我还以为会更远呢。"

"如果太远的话，博萨就不可能像兰庚沃说的那样，经常过去了。"我回答，"如果她不想一次又一次拖着满满一飞船沉甸甸的圜钱飞好几年的话，她就必须做出一个折中的选择。如果那只是一块光秃秃的岩石，没有定居的可能性，也没有关于宝藏的传言，就不存在大的风险，不太可能有人在她离开的时候偶然发现这个地方。毫无疑问，妹妹，就是它了。"

"'守财奴'。"芙拉微笑着轻轻说道，仿佛光是这几个字就有一种罕见的诱惑力。

"需要我把这个名字输入记忆寄存器吗，尼斯船长？"

"等一下。"我举起一只手，"她不是什么尼斯船长，别再这么叫了。她的名字是阿拉芙拉，她对这艘飞船的指挥权并不比我大。"

"帕拉丁，告诉她，你以后要怎么称呼她。"芙拉说。

"我奉命称呼您为尼斯船长，安德瑞娜小姐。同样，我也奉命称呼阿拉芙拉小姐为尼斯船长。"

"什么？"我一脸错愕，本能地起了疑心。

"适度就行了，不用太夸张。"芙拉叹了口气，仿佛她送了我一份礼物，我却无动于衷，"我只是觉得，这样会让事情简单一点而已。我知道，没有什么理由能让我顺理成章地说'这艘飞船就该由我指挥',即使我使用自己的权力,让大家都尽心尽力为我服务,我也会产生一些不安的感觉。所以……"她转动金属手腕,手掌朝天,"我让这个最高权力变成两个人的联合权力。我有我的长处,你也有你的……你也已经展示出来了……非要否认的话,未免太蠢了。"

"我们两个人一起抢夺指挥权,也并没有比一个人抢好到哪里去。"

"但我想,这样你就不会如此激烈地反对了。"她对我笑了笑,手里玩弄着桌子上的磁性镇纸,"这个解决方案并不坏啊,姐姐。再说了,还有谁展现出了这种当领导人的必要气质呢?"

"普洛卓尔……"

"普洛卓尔啊?"我刚打算开口,她就温柔地打断了我,"她是一个优秀而忠诚的朋友。若是没有她,我们根本没办法实现管理。但你真的觉得,她会想要戴上责任的帽子吗?至于其他人……苏桐基本不识字,斯特兰布莉身体还不行,秦杜夫智慧的头脑早在几年前就被搅浑了。而且现在,我们还多了三个人要考虑。别犯傻了,安德瑞娜。这事确实不简单,但如果不是我们尼斯家两姐妹迎难而上,还有谁会带我们脱离险境呢?"

我本该当场拒绝她。如果我拒绝了,后来许许多多的麻烦就都不会发生。但我迟疑了,我沉思、考虑了很久,感觉她的做法倒也不是毫无道理。

"你相信兰庚沃能带我们上'守财奴'?"

"是的……"她明显松了口气,可能是因为我终于把话题从头衔这个问题上引开了吧,"他去过那里,对它有足够的了解。不过,我们不会立刻驶向那里。得先离斯特里扎迪之轮远一点,甩掉所有扫描仪,张开我们黑暗的船帆飞一段距离,然后再掉头去'守财奴'。它是我好不容易拿到的奖励,我可不想给别人指路,让别人找到它。"

"可你甚至都不知道我们需要航行多久。"

"帕拉丁,计算一下去'守财奴'的路线。记得考虑上我刚刚说到的前提条件。"

"报告尼斯船长,计算已完成。如果我们保持方向不变,朝太虚之境航行,在安全离开深层扫描器范围之后立刻转向,且全程满帆前进的话,我们到达'守财奴'需要花……"帕拉丁学着人类的样子做了一个颇有意思的表演，闪烁了一下头顶的灯光，但其实我敢肯定，他已经算出了想要的数字，"49 天到 51 天。"

"7 个星期。"芙拉惊叹道，"只要，7 个星期，它就是我们的了。等甩掉扫描仪、转了弯以后，如果我们把普通帆也全都挂起来，帕拉丁，会不会到得更早一点？"

"额外增加一些光子压力的话，我们可以早 2 天或者 3 天到达，具体要看太阳的情况，船长。"

"那就试试吧。如果我敲断另一条手臂就能让我们早一个小时到那边，我也心甘情愿。我一定要好好看看，自己究竟找到了什么好东西。"

"是'我们'找到的。"我纠正她。

"对，对——那是当然。"她向我投来一道指责的目光，仿佛要把我刺穿，"你会全心全意投身于这项事业吗，姐姐？你必须给我一个准信，不要想什么折中的办法……要毫无疑问。"

"管它是什么呢！"

"你会与我齐心吗，姐姐？在我自己向你承诺之前，我需要先得到你的承诺。还是那句话，没有什么折中的办法。"

我还没来得及给她想要的答案就传来了敲门声。门慢慢打开一条缝，苏桐把脑袋探了进来。她仔细盯着我们看了一会儿，表情里透着审视和怀疑，仿佛她已经靠自己机灵的头脑推断出了我们刚刚谈话的要点。"不好意思，姐妹们。医生好像有点不对劲。他还一直在唠叨注射器的事情。"

"到现在，三四个小时肯定已经过去了。"我说，"我们应该安全了吧？"

"苏桐，"芙拉边说边解开座位上的扣子，"带艾扎德医生去一趟控制室。我去传呼控制台那边见他一面。"

"你直接过去吗？"我问道。

"差不多吧。但我觉得应该先和兰庚沃聊一下，看看他是不是打算松口了。你也去控制室等我，好吗？"

"行，一会儿就去。"我说，"我想和帕拉丁讨论一下之后的航线。还有，如果绕一下那个吞噬兽能帮我们更快溜掉，甩开星球上那帮人的追踪，我们是不是应该再冒险试一试？"

"去吧。"芙拉果断答应了，"毕竟我们现在要共同负责做这些决策。"

她离开了房间。我知道自己只有短短几分钟的时间，于是赶紧把镇纸推到一边，翻出她的那本《凿凿之言》。

这一次，我不再去注意那些厚厚的纸张，也不关注芙拉在描述我们的故事时留下的暗红色字迹。这回，关注的重点在于装订在书页上的封面。封面之下是雷卡摩尔1384年版《万星卷宗》私人副本仅存的一点东西，已经所剩无几了。博萨·森奈早已把之前的内容销毁了，只剩下芙拉从"莫内塔之哀"号的残骸里解放幸存者之后的记载。封面已经非常破旧了，其实在博萨动手破坏之前，它早就已经是这样了。

现在我所担心的是，封面的内侧有一个微弱的重影，有几小片大理石花纹的碎纸粘在上面。

"帕拉丁，"我非常轻地叫了一声，"我觉得这边有一道刻印，已经被抹去了，但我感觉当时写字的时候，笔刻在纸上，留下的痕迹或许足够深了。你能读出写的是什么吗？"

"请把书放到我面前，尼斯船长。"

我把书封举到机器人面前，确定放在了他的光束扫描范围内。"你不必一直叫我尼斯船长。"我跟他说，"叫安德瑞娜小姐就可以了，我不介意的。"

"您是希望我不要称呼您为'尼斯船长'吗？"

"也不算……吧。"我犹犹豫豫，终于降低了声调，给出了回答，"你可以这样称呼我。迈出这一步，我也并不感到羞耻——这种做法没有错，甚至可以说是唯一正确的选择。"话虽这么说，扪心自问的时候，我还是感觉到，自己现在心中充满担忧，很大一部分就是因为羞耻心，"但暂时不要太过分了。你能读出这些痕迹吗？"

"我觉得可以。这可比读弹珠里的刻印简单多了，而且字迹还挺清晰的。"

"告诉我，写的是什么。"

"我还是直接展示给您看吧。请尽量把书拿稳一点，安德瑞娜小姐。"

一道红光射出，在封面上打转。随后光线集中在一点上，我觉得这便是原来写了字的地方。红光微微有些颤抖，但一道整齐的手写献词呈现在了我眼前。

上面赫然写着：

  致伯尔·雷卡摩尔船长：恭祝取得人生第一次指挥权。为兄对此万分骄傲，钦佩与敬爱难以言表。兄长致上。

"有署名吗？"

"没有，安德瑞娜。"

我"啪"的一声把书合上，把它放回原位，压好镇纸。

"他从来没提过自己有兄弟。"我这话既是说给自己听的，又像是说给帕拉丁听的，"但话说回来，他也从来没提过自己为什么要抹掉来自哥哥的献词。这本书对他来说意义重大，但他竟完全不能忍受自己的亲兄弟在封面内侧写字。我猜，他俩之间一定发生了什么非常糟糕的事情。"

"需要我让您的妹妹注意到这段话吗？"

"如果她知道的话，你就不会问这个问题了。"

"您还没有回答我的问题呢，安德瑞娜小姐。"

"那就……算了吧，别告诉她了，暂时先不要说。我相信以后会找到合适的时机的。但现阶段，她要考虑的事情已经太多了。"是呀，真的太多了，她肯定都不会注意到，我心里逐渐开始产生了一种微弱的不安感，虽然还没强烈到能算作一种怀疑，"帕拉丁，这事咱俩先保密，除非她直接问起。关于这段文字和雷卡摩尔有个哥哥这件事，一个字都不要提，也不要说起我俩谈过这件事。明白了吗？"

"明白了，安德瑞娜小姐。"

"抱歉让你陷入这种尴尬的境地，但我不是要求你对她撒谎。只是……不要自己提起就好。这不是很难，对吧？"

"我会尽力的。"

"嗯，好。那我现在最好马上出发去控制室。她可能已经在想我怎么还没到了。"

第二十二章

我到的时候，苏桐、艾扎德医生和芙拉已经围在主传呼控制台边了。医生看起来病恹恹的，这或许是近期心事重重，又持续疲劳，再加上要被迫适应近乎失重的新环境而共同造成的。

芙拉把听筒紧紧握在金属手里。

"啊，安德瑞娜来了，太好了。我们刚刚聊到凌辉现在的困境。艾扎德医生坚持要告诉医院里的人哪支注射器是真的解药。"

"我们就是这样商定好的。"我仿佛感觉到了不祥之兆，但还不确定会发生什么坏事，也不知道会有多坏，"他给过人家承诺的。"

"确实如此，我对此表示尊重。"芙拉点头。

"那就让他把信息传回去吧。"

"艾扎德医生，在我们同意你履行自己的义务之前，我能先问你一些事情吗？"芙拉说，"有一些关于你的谣言。我只是想澄清一下。嗯，可以这么说。"

"不管什么谣言，我们能过会儿再讨论吗？"艾扎德很着急。

"可以是可以，但不如立刻就讨论。现在你还想救人，我可以借此让你赶紧全盘招供。一会儿救完了，我可就没有筹码了。"她的手把听筒握得更紧了，听筒发出吱吱嘎嘎的声音，仿佛快承受不住越来越大的压力了，"你和凌辉的合作条款到底是什么，医生？你乐意和我解释一下吗？"

"这里面需要解释什么？你自己都亲眼看见他是如何对待梅瑞克斯的了。他强迫我为他效力，而我也需要他帮忙维持医院的运转——如果我拒绝了他，那全院的其他医生和病人的日子肯定更加不好过了。"

"但恐怕，不只是这样吧？"芙拉质疑道，"难道不是吗？"

"我不知道你还希望听到我说些什么。我在凌辉手下工作愉不愉快？一点也不愉快。在他面前的每一分钟，我都感到厌恶、恶心。但一切都是为了大局考虑。"

"我听说，你也是他的行刑者。"芙拉说。

听到这话，艾扎德医生表现出了一种奇怪的克制态度。沉默了一两分钟，然后非常平静地说道："我们可以等会儿再讨论吗？先让我告诉他们注射器的事情。"

"让他传消息。"我敦促芙拉。

"没有必要。在这件事情上，我决定免除他任何进一步的责任。他**若要**传递消息，只不过是为了自己的良心。"芙拉说着，手里握得更紧了。终于，听筒承受不住大力的挤压，"咔嚓"一声碎成了好几片，像毁灭的星球碎块一般，一片片掉落下来。"而他实际上并不能这么做，这又完全是另一件事情了。不过，这丝毫不会让医生良好的品格蒙上阴影。哦，我应该说，不会蒙上额外的阴影。"

"不行！"我惊呆了，根本不愿意接受眼前所见的一切。

"你不必这样。"苏桐低声劝告，似乎都不敢提高嗓音批评芙拉的做法。

"我就要这么做。"芙拉反驳，不过完全不带怨恨，"非常有必要。凌辉根本不愿意给我们任何活下去的机会，所以，他自己现在这副模样完全是罪有应得。一想到他会一口气没接上来而憋死，我就非常高兴。"

出人意料的是，我们当中最应该感觉受到冒犯的人，却居然没什么情绪波动。

"你错了，船长。"艾扎德说，语气里透露出来的，与其说是悔恨，倒不如说是遗憾，"你玷污了我的承诺，但这只是我的私事。毫无疑问，如果愿意的话，你完全可以修理一下传呼机，装一个新的，或者用子舰上那个，刚刚完全不过是做了一场戏罢了。再过两个小时，凌辉依然能活着。再过三四个小时，甚至更久，他可能也依然死不了，这取决于他的敌人，而不是注射器。"

芙拉紧握的拳头松开了，留在手里的听筒碎片掉落下来，随着飞船微弱的加速弧线四处飘散。

"不。"她坚定地说道，"他得知道哪个是正确的注射器。"

"没必要。"艾扎德说，"我已经确保万无一失了。所有注射器里装的都是解药，他选哪一支都不会出问题。"

芙拉震惊到几乎发不出声音："你为什么这么做？"

"因为我始终觉得，自己随时可能会死，或者你们会阻止我往回传消息。我无法接受自己害死他，尼斯船长。我必须对自己的病人负责，直到生命的最后一刻。"

"但万一他们不知道要选哪一支……"我刚想表示担心，艾扎德医生就打断了我。

"他们最后肯定会用的,这是人的基本天性,安德瑞娜。到他马上就要断气的时候,就像你妹妹说的那样,放手一搏,把命运交给运气也无妨,因为他不怕再失去什么了。他周围的人也都清楚这一点。"

"不。"芙拉又说了一遍"不",但这次不太像在否定艾扎德的话,而是更像一句卑劣的诅咒,狠狠地咒骂她自己,以及她预计自己将会变成的那种怪物。我猜,她之前是真心希望凌辉死。因为杀了凌辉,她就不会再纠结于自己的命运,能忘记荧光病的发展。

但凌辉会活下去的,而她现在对此却无能为力。

"你对我的怀疑是正确的。"艾扎德发出一声叹息,"我按照他的要求做事,什么事情都做了。如果我不对他言听计从,那梅瑞克斯会更惨,其他所有人也都一样。所以,我成了他的刽子手,任凭他摆布。我能缓解痛苦、阻止死亡,但同样也制造了痛苦和死亡。所以,正如你所说的,我是他的行刑者。但其实,根本用不着问我问题或听信那些谣言,你早都应该猜到了吧?"

"猜到什么?"芙拉厉声喝问,牙齿间飞出一丝唾沫。

"我会让他活着,不是吗?他亲自动手干的事情可比我恶劣多了。我伤人的时候,一直带着同情心,加快速度,使用技巧,尽量减轻对方的痛苦,而他则是肆意砍杀屠宰。我尽可能让痛苦变得短暂,让死亡快些到来,甚至冒险违背命令,而他则试图最大限度地延长痛苦的时间。所以这才是我更大的罪行,尼斯船长。我罪大恶极,不在于替他折磨人。虽然我确实这么干了,也认了,我会带着这份愧疚入土;但我最大的罪恶,是允许他变成现在这个样子。"他脸上僵硬的、长长的条纹缓和了一些,嘴角微微上扬,形成了半个微笑,"但我猜,你已经知道这些了吧。而你打算对此视而不见,因为留着我对你有用,就像我现在这样。"他转身离开。"你们要找我的话,可以去仁心室。我还有个病人要照顾,她还没有完全脱离危险。"

*

那场痛苦难熬的交谈已经过去了一两个小时,但飞船上紧张的气氛仍是丝毫不减。普洛卓尔和我在前往不同房间的路上擦肩而过，我碰了碰她的肘部，温柔而坚定地拦下了她。

"你能腾出点时间陪我聊聊吗，普洛卓尔？"

她的表情复杂起来："你看起来很不安啊，亲爱的。我还以为事情已经在往好的方向发展了。"

"对我们所有人来说，这几天过得都不容易。我刚刚以为能做点善事帮助艾扎德，就发现事情并没有这么简单。结果现在，我们反倒帮一个折磨别人的家伙逃脱了法律的制裁！"

"你觉得折磨别人是他一生的志向吗？我倒没听出这个意思。我感觉更多的是，他漂泊至此，陷得有点太深了。如果他单纯地只是想救自己的女儿，我们也不能太苛求人家呀，对吧？"

"你这话说的，怎么感觉我们好像就应该原谅他，忘记他做过的事情一样？"

"我上过的飞船比你多一两艘。"普洛卓尔说。这种说法还真是非常谦虚委婉。"在那段时间里，我切身体会到了什么叫'永远不要把性命指望在荧石上'。除此之外，如果说我还学到什么事情，那就是，没有人是完美无瑕的。事实上，如果我们对队友过分挑剔，最终会逼得自己活得非常孤独。"她把目光投向飞船外："在世界的某个角落，一定有一群人，个个都没有犯过错。但我可以肯定地说，我们从未见过这样一群人，甚至都没有听说过。"

"雷卡摩尔就是个好人，不是吗？"

"相比之下，是的吧。"她承认了这一点，"但也只是相比之下而言。你有没有问过特里西尔，她背后的文身是怎么回事？我问过，结果一连做了好几个星期的噩梦。还有马蒂斯，就是那个块头大大的、开朗乐呵的马蒂斯。传言不是说，他连一只苍蝇都不忍心伤害吗？他曾经可杀过一个人啊，冷酷无情且一气呵成。"

我想了好久，才回忆起他们的样子，这些人都是我们好久以前的同事。

"他肯定有自己的理由。"

"哦，确实——那人卖给马蒂斯违禁设备，杀了他是对他的惩罚。那件设备让我们损失惨重。当时我们深入了荧石内部，眼睁睁看着马蒂斯的工具在面前坏掉了。他蹲守了两年才再次见到那个人,而在这两年里,他对整个事件几乎只字不提,一直都只是默默地在谋划报复。"

我慢慢地点了点头,想到了普洛卓尔本人,以及她随身携带的生物武器——这个共生体有机物最终让贾欣死得很惨。

"不过,雷卡摩尔的话……"我巧妙地把话题转回自己一开始想提出的那一点,"他没有任何污点,难道不是吗?除了伊利瑞亚那件事……但这也不能说完全就是他的错……他以前从来没做过任何坏事,对吗?"

"你问这个干什么?"

我深吸一口气:"你比我和芙拉更了解他,普洛卓尔,而且和他认识的时间也更长。他有没有向你提到过,他有一个兄弟?"

她脸上的棱角似乎瞬间尖锐了许多,仿佛戴上了一个线条僵硬锋利的讽刺漫画面具。"你看到了什么?为什么会觉得他曾经有个兄弟?"

我坚定住自己的想法,没有让她岔开话题:"所以,到底有没有?"

普洛卓尔稍做沉默,然后回道:"曾经是有一个。"

"什么意思?"

"后来发生了点事情……嗯,就是这个意思。这事坏到让他们断绝兄弟关系了,而且不是单方面断绝。雷卡摩尔……雷卡逼我们保证,永远不要提到那个人,一次也不许提。我们为此都很伤心,但我们依然敬爱雷卡,愿意听他吩咐。"

"告诉我,到底发生了什么?"

"现在还不行,安德瑞娜。"她的眉宇间透出一丝警惕,仿佛在考虑着什么,然后换上一种直接的、怀疑的态度来看待我,"你到底发现了什么,怎么突然这么感兴趣?或者说,你*觉得*自己发现了什么?"

"雷卡摩尔的哥哥在给他的礼物上写了一句话,显然是充满善意的。但雷卡摩尔把它抹掉了——就像要把哥哥,他的骨肉至亲从自己的生命中完全抹去一样。他们之间到底发生了什么,让事情变得如此糟糕?"

"伊利瑞亚,是为了伊利瑞亚。她是雷卡摩尔的女儿,但雷卡的哥哥爱她如同己出。雷卡飞上太空的时候,这个伯伯就会花很多时间陪她。最后,雷卡决定把伊利瑞亚一起带入太空,这样就可以有更多时间和女儿在一起了。布雷斯卡，就是雷卡摩尔的哥哥，他不同意，觉得这太危险了，又是争吵又是恳求，软硬兼施，但都没有什么用，雷卡心意已决。布雷斯卡于是与他断绝关系——冷冷地彻底切断了联系，对他恨之入骨，觉得雷卡简直鲁莽到了残忍的地步。此后，他们就再也没有说过一句话。"

"后来，博萨带走伊利瑞亚的时候……我猜，这个契机也没让他们重归于好。"

"雷卡彻底崩溃了，悲痛欲绝，这也不难理解。他尝试重新联系布雷斯卡，但写的信全都原封不动地退了回来。如果想着哥哥还活着，却依然至死不肯再理睬自己的话，那雷卡的日子简直太难过了。所以他决定，索性把哥哥从生命里完全抹去，就像自己从来只是一个人一样。"

我思考了一下，假如是我要对自己的亲妹妹完全关上心房，那该会有多沉重？芙拉的行为确实让我感到烦人、困惑和愤怒，但我丝毫没有想过希望她彻底消失，而且我甚至怀疑，自己的内心或许都没有产生这种残忍念头的能力吧？

相应地，芙拉心里应该也没有。

"你有见过布雷斯卡吗？"

普洛卓尔的回答直截了当，不给我任何进一步询问的空间："没见过。"

"他应该和雷卡摩尔长得有几分相似吧。如果见到的话，你觉得自己能认出他吗？"

"我从来就记不住人脸，而且自从脑袋里被插了几块铁皮以后，我就更不会认人了。"

可我还是不愿结束话题："如果布雷斯卡还活着，应该也已经听说了弟弟的遭遇。博萨发动进攻以后，整个圣公会里人人都在讨论这件事。就是因为这个，再加上她对特鲁斯科船长下的毒手，大家才最终一致决定团结起来，共同对她采取行动。"

"他肯定知道。"普洛卓尔回答道，表情里显然写满了不情愿，"而且这件事也许还让他的心软下来一点，稍稍改变了对雷卡的看法。"

"因为博萨，布雷斯卡失去了两个亲人。"我说，"先是伊利瑞亚，她几乎已经是他的女儿了。然后又是他的弟弟。"

第二十二章

普洛卓尔眯起眼睛:"你到底想说什么?"

"没什么。"我不想继续在这件事情上做进一步猜测了,就怕多说多错,触动神经——我们船员的集体神经——大家本来就已经够难受的了,"只不过……如果布雷斯卡还活着,并且听说了雷卡摩尔的命运,那他完全有可能非常、非常坚定地想要弄死博萨。"

普洛卓尔慢慢地点了点头,接受了我的说法,不过应该还没完全理解这些推理背后的逻辑是什么,也没有明白最初是什么样令人不安的暗示唆使我说出了这番话。其实那都算不上怀疑,因为产生怀疑需要更加可靠的依据来源,而不是对新人的这种莫名其妙、模糊笼统的不安,或者仅仅是因为看到了一句被抹去的献词就产生的淡淡的焦虑,更何况,我从一开始就不该看到这句话。

"你到底藏了多少秘密啊,亲爱的?肯定不少吧。"普洛卓尔说。

*

芙拉待在房间里,查阅着各种书、表格、写满潦草字迹的日志,评估什么时候是追踪其他弱小飞船的最佳时机。"我们现在的行动方式已经和博萨完全一致了。"她全身心地投入了这项新事业中,满怀着热情,"追人追到荧石附近,一举拿下。当初她不就是这么对我们的吗?只不过,我们会善良一点,只抢自己绝对需要的东西。别人才不会去管真实的我们是什么样子,只会听信流言蜚语,至少一开始是如此。而这一次,这样反而对我们有利。只要一看到我们的船帆,他们就会主动打开船舱,把财宝砸过来,满脑子只希望能避免近距离交战。"

"那事情就会变得很简单了。"我说。

"是,不过我们要创造这样的可能性。"

我沉默了相当长一段时间,终于回应道:"这次冒险,我会合作。我们俩一起来做必要的事情,检查圜钱的库存——当然,前提是它要真实存在——而且我们即使这样做,也完全可以避免与蠕虫族及其同伙进一步为敌。只要你能表现得像刚才说的那样宽宏大量,我就不会做任何事来阻挠你。"

"我们都已经见识、经历了这么多事情,仁义道德对你依然这么重要吗?"

我郑重其事地点了点头:"她在我身上确实留下了痕迹,而且看样子,我是永远消灭不了她了,我已经能接受这件事情了。我身上有博萨的影子,这是她有意为之;而你也一样,因为你必须变成她,才能对付她。之后,你要怎么生活,你自己决定。但我意已决,既然我不能一口气完全消灭她,那就用各种各样的办法遏制她。第一步就是学会宽恕。"我再次点了点头,对上芙拉的目光,紧紧盯住不放,"这是我的计划。至于你想怎么办,就等你自己确定吧。"

芙拉看起来十分满意,但也还有点困惑。

"我觉得自己的立场已经非常清晰了,亲爱的姐姐。"

"哦,还有点别的事情。"我把她的书、文件和镇纸推到一边,腾出一块大空间,准备把讲述"影中朝"的那本书摊开。早在我们远征斯特里扎迪之轮以前,这本书就一直放在她房间里。

我打开书,翻到画着精细手绘图表的那一页,上面的时间线记录了我们熟悉的几个朝代,还有半透明的覆盖层,暗示着我们尚可能存在其他数百个朝代。

"我还以为你已经不考虑这件事了呢。"芙拉说。

"我一直在考虑。有一次,我在'无尽港'的街道上偶然发现一个人在反反复复划火柴,就突然产生了一个想法。"

芙拉带着戒备,饶有兴趣地打量着我,仿佛我在介绍该怎么玩一个新的室内游戏。"说下去。"

"我当时问自己,是不是从一开始,我们看这个问题的角度就错了。我们一直把目光聚焦在那 400 多个'影中朝'身上,疑惑历史记载里为什么毫无相关记录。现在,我知道答案了,或者说,至少我在看到那人划火柴的时候知道了,是问题提得不对。我们应该问,为什么只有那 13 个朝代'划着了火',而剩下的 400 多个没有。"

"我还是不太……"芙拉打算开口。

我没等她说完,直接抢过话头:"之前有空的时候,我曾让帕拉丁计算过朝代重现的间隔。如果没记错的话,应该是 22 000 年稍微多一点。"

"没错。"

"我觉得,或许宇宙里存在某种神秘的东西,芙拉,就在一条长长的轨道上——比我们熟悉的任何东西都要长**很多很多**，完全超出正常范围。按照常规经验来说，一条转一圈需要 22 000 年的轨道或许听起来太过荒谬，但在天体力学的领域内，又有什么是绝对不可能的呢？这只不过就是意味着，有一个东西、一个物体，大部分时间存在于太虚之境的高空，远远地在圣公会所有星球之外。然而，每隔 22 000 年，它就会运行到古日附近，而有时——在很少的机会下——**会发生一些事情**。于是诞生了一个文明，黑暗中出现了一抹亮色，这就是一个新的朝代。"

"然而……大多数情况下，不会发生这种事情。"

"这就是问题所在了。"我赞同芙拉的说法，"还有一件事。我们之前就注意到，在已经观察到的朝代之间，间隔越来越长。这就只可能是因为这个……东西？唉，不管是什么吧。它在点亮文明之窗这事上失败的概率越来越大。就像那个划火柴的人，盒子里的火柴快用完了，而剩下的那些也越来越潮湿，所以越发难以成功。"

"我……很高兴。"芙拉说，"你能在这些古老的著作中有这么重大的发现，真是了不起。不得不说，此中奥秘太有魅力了。你说服我了，或者至少已经快说服我了。"她的神色忽然转为同情，"但这个理论有一个致命的缺点。"

"是什么？"

"找到这个东西是绝无希望的。轨道如此之长，那么这个东西与我们这儿的星球真不知有几光年之远，不可能有任何探测到它的希望。必然是这样的，否则它早就该被发现了。"

"说得没错。如果从这个意义上来看，确实难以找到。"说完，我话锋一转，"但我觉得，也并不像你说的那样绝无可能。我胆子大点，赌一把，今年是几几年？"

"1800 年，你知道的呀。"

"有文字可考的历史向来不是从一个新朝代刚刚开启的时候就同步开始记载的——总会先经历一段动荡时期，之后，星球间的文明才会稳定下来，才能彼此达成协议，记录日期和大事记。但我们可以确信，从我们的第 13 朝开始，到今天不会超过 3 000 年，甚至更短。"我把身子微微前倾，强调自己的观点，

"它就在那里，妹妹，距离下一次进入古日附近的范围，它现在甚至还没走完轨道的六分之一。我希望能找到它。这是我俩协议中你要完成的那一部分——在这件事情上，你要全心全意、坚定不移地与我合作。我们先去找圜钱，然后再追寻我的目标。即使这意味着我们要比世界上任何飞船飞得都要远，也在所不辞。"

"远到等同于自杀？"

"我们会找到解决办法的，不管付出什么代价。"

她的眼神中出现了一种暗暗的钦佩："听起来，我们真是一样地坚决又无情。"

"也许是吧。你会为此感到烦恼吗？"

"完全没有。"芙拉浅浅一笑，仿佛是在取笑我，"事实上，我相当喜欢你这样。但还有一个小问题。你根本不知道从哪里开始找吧？"

"确实不知道。"我没有否认，"但我有充足的时间来考虑这个问题，我还有帕拉丁，而且兰庚沃最终也会帮我们搞清楚所有这些记录的。这也是博萨一直在考虑的事情之一。这艘飞船还有许多秘密没有揭开，她或许已经解决了一半问题呢？这也不是不可能啊。"

"你一想这件事情，就像疯了一样。"芙拉骂了我一句，但她的眼神，与其说是怜悯，倒不如说是佩服，仿佛我的疯狂让我俩更加亲近了。虽然我们各自的目标只是稍有重合，但两姐妹终于再次因对共同事业的狂热而齐心协力。

"或许是吧。但论起疯狂，我还是比不上你对那些圜钱的兴趣。归根结底，我们是被一种类似的好奇心所驱使。你觉得那些圜钱的意义远超交易价值，它们早已不仅仅是货币了，而更像一条线索，能带领我们探寻出文明的隐藏机制。这种机制也深深吸引着我，我并不否认。但我也很想知道第13朝的起源，以及可能致使其消亡的因素。如果把我们现在讨论的事情比作时钟，可以说，你感兴趣的点在于其隐藏的复杂工作原理，齿轮和棘轮的奥秘；而我还想知道是谁制造了这口钟。你的兴趣在于功能性，而我的兴趣在于存在性。"

"你的自我认知非常清晰，这让我很高兴。"芙拉说，"而且听起来，你也挺了解我的。"

第二十二章

帕拉丁突然开口:"船长,很遗憾地告诉您,有一艘飞船正在接近我们。是'白寡妇'号的子舰,速度非常快。"

*

凌辉的存亡并不取决于我们,雷斯特船长一行人肯定发现了这件事,队伍里身体尚可的成员们立马回到重型子舰上,加满了燃料,开始火速追击。在宇宙空间的广阔地带,追得上母舰的只可能是另一艘母舰,而且只有在专家的操作和有利的外部因素互相配合下,才能做到。但是,像我们这样的飞船在星球附近会变得非常脆弱,完全在子舰这种火箭小飞船的追击范围内。子舰能装的燃料不多,耐力也不好,不可能一路追着母舰深入宇宙空间,船长通常可以抓住这一劣势来开展行动。

但现在却不行。追击我们的这艘小飞船虽然个头不大,但是速度快得吓人,装备也十分精良。虽然从技术层面讲,"复仇者"号的武器远多于它,但对方只要打得够准,一炮就能使我们瘫痪,甚至更严重。这场交战会违反所有公认的战争和文明规范,而且也不一定存在先例。互利共赢的前提是双方以礼相待,即使在太空中,这种追击行为也是极其不礼貌的。然而,我想,由于我们没有履行对凌辉的承诺,这也是我们罪有应得。

主传呼机已经无法使用了,于是芙拉上了子舰,试图与追兵讲道理。双方成功交换了信息。她告诉我们,对方的小飞船是由独臂的腾思勒先生指挥的,配有一座大口径追击炮,可以轻易击碎我们的侧翼,摧毁我们的离子发射器,甚至可以完全击穿船体。比起大多数飞船来说,"复仇者"号的装甲十分厚实,但换取这一优势的代价就是船体笨重而巨大。"夜叉"号从前是以隐身、伏击能力超群著名的,而不是因为无懈可击。

芙拉试图劝阻对方不要继续靠近,警告他们说,若是再靠近,自己就要动手了。虽然她会尽力做到只致残、不致死,展示出她曾答应过我的那种宽宏大量,但在一艘子舰身上实现这一点,可要比对付一艘完整的大飞船难得多。如果我们一炮精准击中目标,那对方很可能被打得片甲不留。

这一点，他们完全明白。他们不可能不懂，因为像腾思勒先生这样的老手，对在不对称交战中会发生什么，必然心知肚明。

但他们依然紧追不舍。

既然我想不出其他劝阻手段，就去了藏骨室。我知道，对方子舰上也是有藏骨室的。虽然这种布局不太常见，但在一艘装备精良的重型子舰上还是可行的。而且我确信，"白寡妇"号的读骨人肯定跟着一起来了。

我急急忙忙接上了线。我很清楚，留给我说服他们放弃追击的时间已经所剩无几了，而查斯科就是我唯一的筹码。

我们的头骨一下子就连上了，这可真是世界上最残酷的讽刺。如果我的头骨已经废了，或者当时没能连上查斯科，那就是上天赐予我永恒的善意。但可惜，没有如果。

查斯科？

安德瑞娜·尼斯。真是让人惊讶啊，我还以为你没这么大胆子呢。

那我怎么能连上你？

我们正在协调资源，安德瑞娜，还在传递战术情报。你很快就会看到成果。最好别用传呼机，即使有加密功能也别用。

你和腾思勒先生很熟吗，查斯科？

挺熟的，我很尊重他。他和雷斯特船长不一样。当然，也没人能和雷斯特船长一样。你问这个干什么？

不论你有多大影响力，请尽自己所能说服他放弃此次追击。你们不会有什么好结果的。我们会向你们开火。芙拉是没有耐心等到你们接近的，不会给你们机会用那些厉害的武器。帕拉丁已经在计算开炮方案了。我们击中"卡伦特"号确实是个失误，但可不是因为帕拉丁算错了。

他不会回头的。我太了解这个人了。即使我有能力，我也不会同意他改变主意。雷斯特船长到了医院以后，没撑多久，你也应该能猜到。但腾思勒一直陪着他，直到最后一刻。他发过誓……

第二十二章

交流到这儿，我感受到了。

一声炮响，是我们船尾的线圈炮发出了一声巨响。我仿佛看见炮弹从这边疾驰而去，在宇宙中画出一道曲线，奔向两种可能的命运。要么完全错过目标，要么实现彻底拦截，没有中间选项。我只能希望，这次发射是一种警告策略，是一次校准射击，或者帕拉丁瞄准失误。但我心里早就知道，不存在这些可能。

我尝试对查斯科关上思维的大门，不让他知道接下来会发生什么。

这样不好，安德瑞娜。要么是我太擅长这个游戏了，要么是你的想法过于明显了。

那就是说，你已经知道了？

是的——而且我还得谢谢你最后一丝善意，你不希望我……

有那么一个瞬间，理性思维的细流停止了，但他的思想仍然通过头骨与我连接。我很紧张，仿佛有点知道会发生什么，但我没有能力保护自己不受影响，就像我也没有能力去保护查斯科，让他逃脱必死的命运。

随后，传来他痛苦的尖叫声。

在太空中有各种各样的死法，其中有一些——由于是无痛的，或因见效飞快——几乎算得上仁慈。但是，在一艘濒临死亡的飞船上，因强力的恶意打击而亡，怎么可能算是仁慈呢？那声尖号穿过这由外星遗骸和没有生命的科技组合而成的古老渠道，直通我的脑海，这份冲击超越了我之前在藏骨室里所经历的一切。我赶紧去把插头从头骨里拔出来，不想让那声尖叫把我的灵魂撕成碎片，但可惜速度还不够快，还没来得及把神经拱盔从脑袋上拽下来甩到墙上。

哀号声越来越响。我仿佛感觉自己的世界只剩下尖叫，它只会持续不断地扩大、回荡，不给我留下任何一点理性思考的空间，不给我一点机会表达自己的存在感，我或许永远无法再回忆起自己曾经是谁了，也想不起究竟是什么将我一步步带到了这一刻。就在这时，头骨从头到尾彻底裂成了两半，里面的闪光随之消逝，就像一种文明消亡前最后的光芒，而查斯科已经不在了。

第二十三章

骨之沉寂。

也就是"再也没有头骨了"的意思。藏骨室一度是整艘飞船上最有价值的房间,是收集、传递消息的第三只眼睛,一队人马的命运全都由它决定。而现在,这里瞬间变成了一个毫无用处的废弃空洞。前人特意把它挖凿出来,连窗户都没有开。我连靠近它都感觉难以忍受,更别说进去了。

头骨碎裂的时候,查斯科垂死的思维仿佛还零零星星地渗透在房间里,甚至到了现在都依然在徘徊游荡,而它却已经没有活着的肉体可以回归了。我知道,这么想很不理性,但这种想法丝毫没有因此削弱,仍然胁迫着我,逼我信服。我不能再进到那个房间里去了,就算应该去确认一下头骨是不是真的像看起来那样彻底毁了,我也不愿再回去。幸运的是,我不必亲自去,芙拉担下了这项工作。虽然,我猜,她应该也不会比我更喜欢待在藏骨室,但她还是坚持不懈地试着将插头插入每一个接口,一个个依次测试过来,直到确定头骨真的彻底报废了,才肯收手。

其实最好的选择应该是一声不吭地逃跑,但目前在这个问题上,我们别无他法。没了头骨,我们就和瞎了一样。虽然子舰里还有一个传呼机,可以用它监听来自圣公会所有民用、商用发射器发送的信号和信息,但是,与我们自身困境直接相关的内容是绝对不可能通过这些手段发送的。

第二十三章

我们已经没有办法在不暴露位置的情况下发出信号了，甚至连用扫描仪都成了过分冒险的行为。所以我们不停地跑啊跑，学着之前的样子，在吞噬兽附近拐了弯，只不过这次没有一两艘飞船在后面紧追不舍。在完成这一次航线改变之后，我很确信，我们已经摆脱了所有可能的追捕。

确实如此。我们在观察室里进行了严格的观测，一丁点帆闪都没看见。不管怎么说，那艘子舰也确实是唯一可能追上我们的东西了。我们速度快，颜色暗，虽然船舱里满是圜钱和财宝，但很容易就转过了弯。

我们已经在各个星球和荧石之间航行了很多次。除了新来的几位，大家都已经习惯了那种一连几星期无事可干的闲愁。至少在从沉啸石到斯特里扎迪之轮中间这段时间里，我们一直忙着改造飞船外形。而现在，这项任务已经完成了，只留下一些日常琐事和值班任务：去观察室、练习开炮、做饭洗碗、缝缝补补、巡航系统交叉检查、教学阅读、穿脱装备，一遍一遍，周而复始，甚至连做梦都能梦见这些事情。吃喝拉撒睡，讲讲故事，做做游戏，尽量避免彼此情绪出现大的波动。即使能做的事情都做了，空闲时间还是太多。

当然，最初的几个星期还是有点新奇的，毕竟我们有了新成员。他们适应得怎么样？我们喜欢他们吗？他们又喜不喜欢我们？他们会不会正式加入我们？还是只想做个临时过客？这些问题，我们每个人都必须各自独立思考。

我一直在想，如果没有那些令人不安的小小怀疑，事情该变得有多简单！我很确定，梅瑞克斯是最没有问题的，因为没有任何理由去怀疑关于她的故事的真实性，她的过往肯定和我们听到的一模一样。而她父亲就要另当别论了。艾扎德医生在仁心室已经把事务安排妥当了，药品、器皿摆得井井有条，平时都待在里面不出来，就好像打算在里面书写一段漫长而杰出的职业生涯。或许确实如此吧，因为关于这个人，我唯一不怀疑的一点就是，他是一个优秀、严谨、实干的医生。他把斯特兰布莉从死神手里抢了回来。我们离开斯特里扎迪之轮两星期之后，她尽管身体还很虚弱，但已经能像正常人一样站起来了，还能和大家一起吃饭，甚至开始分担一些非常轻的工作。如果是我自己拿着刀滑倒了，或者发生了什么更严重的情况，我会非常乐意接受他的治疗。但是，他和凌辉的关系，我始终忘不掉。我真的很想知道，他会告诉我们细节吗？还是说，他希望我们永远不要注意到这件事？

　　我们这群人里，没有谁在思想和行为上是纯洁的。这一点，我很清楚。大家都做过一些令自己后悔的事情，或者被逼无奈、不得不做的事情。我曾把刀架在亲妹妹的喉咙上，还差点用意志手枪杀了她。为了逃跑并营救我，芙拉让父亲付出了可怕的代价，加速了他的死亡。如果我想耐着性子列举她的缺点，那事情只会显得更糟糕。但没有人把残忍杀戮视为自己的本职工作，也没有人愿意接受其成为自己人格中一个持续、永恒的部分。我不停地告诉自己，艾扎德医生只是用了一种残忍的手段来抵消另一种。这样劝自己，能解决一两次我的忧虑，再多也就不行了。

　　然后轮到兰庚沃。这个人完全就是另一种"疑难杂症"。如果我在脑海中列出事情发生的顺序，就会感觉一切似乎都很合理。芙拉去寻找这个知道信息的人，她找到了。现在，他就和我们在一起，开始分享这些信息，带领我们去找到"守财奴"。他的故事就像一张非常简单的拼图，图中的碎片由厚厚的木头切割而成，很容易就能拼起来，几乎都容易过头了。一切都很和谐——只是……还有一些剩下的碎片。芙拉没花多大力气就找到了他，似乎太过轻松了。我知道，她问了几个问题，但可能问的时候也没多谨慎。斯特里扎迪之轮这么大，他明明能藏匿其中，而他偏偏自投罗网，落入我们手中，就好像是主动**希望**被我们带走一样。而且，那时在旅馆里，我们把他逼到墙角，看起来马上就要杀了他的时候，他为什么不开枪，或者把灵瞳用作武器来对付我们呢？当时绝对是有机会的。

　　一个好不容易从博萨·森奈手里逃出来的人，为什么还会想要和她的飞船再扯上关系？即使他需要找个方法离开斯特里扎迪之轮，圣公会有这么多船队可选，对一个理性的正常人而言，我们难道不是最差的选项，甚至完全不该被纳入考虑吗？

　　另外，他为什么对我这么熟悉？我们之前从未见过面，而且是完全连见面的可能性都没有的。在我被收入博萨门下之前，兰庚沃早就离开了。

　　然而，当我把这些恼人的细节穿在一起的时候，又不得不用其他细节来平衡一下我的想法——这些细节又确实和他说的故事匹配得上，若不是真的，就很难解释得通了。他对整艘飞船，从外部线条到水晶浑天仪的秘密，全都了如指掌——除了兰庚沃，怎么可能有别人知道这些事情呢？

这个谜题的答案突然出现在我面前，我多希望能把它像吐一块毒药一样吐出来。

但我做不到。

只有兰庚沃能知道兰庚沃知道的事情。

但这并不能证明此人就是兰庚沃。

而是只能说明，他非常善于从另一个人身上偷取记忆。

偷取记忆，或许是在死亡的边缘，不断偷取，深度学习，为了打上另一个人的幌子，不惜铤而走险。

成为兰庚沃。

我讨厌自己有这种想法，可一旦有了，就再也无法摆脱。为了让"那张拼图剩下的碎片全部放进去"，我满脑子只想着要找到一个合理的理由来解释他为什么出现在我们中间。眼前的"兰庚沃"并不是兰庚沃本人——一旦我允许这种想法出现在脑海里，这个问题的答案瞬间就显而易见了。

成为兰庚沃，唯一的动机就是为了潜入我们的飞船。打入内部，偷偷汇报我们的行动方案，引导他人捕获或摧毁我们。

为的就是背叛我们，扳倒我们。

还有谁，会比一个曾经遭受过博萨毒手的人更有动力去追求这样的目的呢？

一切只是假设，还没成定论。我也清楚，自己是通过一种并不可靠的直觉得出这个结果的，而不是靠无可辩驳的推理。这种直觉，在很大程度上，感觉就像那种不可靠的刻板印象，自然而然地会落到从博萨·森奈手里顽强逃脱的幸存者身上。我无法向任何人证明这一点，甚至连自己都说服不了。而且，光凭这样一个毫无根据的理由就采取行动，对任何人都没有好处。即使把这些论据整理一下，我自己也可以用智慧轻易将其推翻。那对芙拉来讲，不就更容易了吗？她可是一个随时准备好用尖锐刻薄的观点来进行反驳的人啊。或许，让真正的兰庚沃重新加入旧船队也挺合适，毕竟现在的船长也已经不是博萨·森奈了。兰庚沃还有其他敌人，而我们能为其提供避难所，可以帮他随时逃脱斯特里扎迪之轮这个看似不错，实则是个"死胡同"的地方。因此，他主动来到我们面前，展示自己，允许我们轻轻松松把他带走，而不做任何抵抗——一切都只不过是为了自身利益罢了。而闉钱，也可能是他考虑的因素之一。他知道钱在哪里，这样一个潜藏的宝库，他是不可能忘记的。在我们身上，他发现了夺回一部分宝藏的可能。为此，他需要这艘飞船。因为若是没有水晶浑天仪，就绝不可能找到"守财奴"。

没错，这样解释也很合理——至少和我自己之前想到的那个版本一样可以说得通，而且应该可以对我的疑虑给出一个相当令人满意的化解方法。我知道，芙拉会提出反驳，以及其他各种各样可能的观点，把我的版本彻底推翻，就像炮弹分散射击，破坏索具，撕得粉碎，留下大洞。更糟糕的是，兰庚沃会想尽各种说法驳倒我阴暗的理论，而且由于芙拉在他身上已经投入了这么多时间和精力，她一定会偏袒兰庚沃的说法，而不会选择相信我。

提出我的观点并不会带来任何好处，只会让事情更糟。怨气会重新开启，我和芙拉之间的隔阂会越来越大。而我是多么希望这种隔阂能够消除，尤其是考虑到我们现在共同担任船长一职，就更应该姐妹齐心。

我只能行动，不断行动，把兰庚沃就当成芙拉所说的那个人。我会强迫自己从合理的角度来看待他。但我发誓，一定会对他保持警惕，暗中观察，默默地等待他露出马脚——只要我还有时间。错误会暴露他的真实本性，给出连芙拉都无法忽视的铁证。

于是，我们继续航行，我继续过着自己的日常生活，就仿佛从未有过任何怀疑和担忧渗入过我的大脑。有那么一段时间里，这种习惯变得根深蒂固，我甚至几乎忘记了自己曾经有理由质疑他。在吞噬兽附近拐弯是此次航行中唯一存在危险的地方，也是唯一需要合作进行快速行动的时刻。过了这一环，再次扬起普通帆，在太阳活动的加持下稍稍提了点速，剩下的旅程就一如往常，平淡如水了——除了在"守财奴"快进入我们的视线范围前一点点的时间内，发生了后面这两件事。

　　就算到了那个时刻，这块石头是否真实存在，仍然值得怀疑——在圣公会的"某个地方"，躺在某本尘封的期刊或破旧的日志中，被人完全遗忘。或许会有某条记录记载着有关一个微小的黑暗星体绕着古日运行的事情，不过，除了弹珠上的刻印，"复仇者"号上没有其他类似的记载。即使我们的飞船遭到劫持——像在斯特里扎迪之轮附近，或者在前往那边的途中那样，被人解除武装，有外人登船——除了这颗弹珠上看起来毫不起眼的细小瑕疵，也不会有任何线索显示"守财奴"存在，或者具体在哪儿。博萨肯定已经把相关信息记在脑子里了，这一点我毫不怀疑，并且在后来那些卑鄙的继承者肉身上，这些记忆肯定也会被一代代传下去，就像一个传家宝，或者说一道诅咒。而且很明显，在所有的秘密中，这一条是她藏得最深的。

　　我坚信，它就在那里。我希望它其实不在，因为没了"守财奴"，妹妹对圈钱病入膏肓式的沉迷就会自动消失。但我的愿望实在太强了，并且觉得茫茫宇宙终将让我事与愿违。事实会证明，"守财奴"是真实存在的。我坚信此事，这是一种深入灵魂的笃定。

　　离开斯特里扎迪之轮 5 个星期之后，根据估算，还有 2 个星期就能到达预想的目的地了。芙拉想将远距离扫描仪的功率调到最高，捕捉前方任何小石头或障碍物的回声。又或者，也有可能完全没有回声——那我将会多么高兴啊。

　　但最终，理智占了上风。强力扫描产生的反向散射可能会暴露我们的位置信息，被任何还在锲而不舍追击的飞船发现。因此，在大家的劝说下，芙拉同意再等一星期，等到扫描仪开在低挡设置能扫到它了再说。

　　这可以说是本次航程中最艰难的一星期了——在这段时间里，大家每天都觉得度日如年，神经被折磨到了极限。我从来没有见过妹妹像那些日子里那样，紧张地期待着一件事的发生。

　　我睡得很差，这对现实并没有任何裨益。噩梦不断袭来，每一次都与查斯科有关。梦里，我又进了藏骨室，头骨还在——有时是坏的，有时还是好的，取决于潜意识的柔性逻辑——我永远在试图劝说查斯科放弃追击。有几次，我梦见自己成功了，他因此幸免于难，我也随之感受到了短暂的、妄想出来的幸福，直到被人叫起来，再次认清醒来时残酷的现实。不过，即使是在梦里，我也有一半的时间在被查斯科的痛苦追逐、折磨着。我会半夜惊醒，清清楚楚地感觉到他仍在身边，不是实体，但有意识。那便不睡了吧，继续睡也是徒劳的。

这种情况下，我会选择静静地躺一会儿。那时，我已经习惯了飞船上的各种噪声。如果我在噩梦中尖叫，醒来后我可能就会听到其他人的嘟囔，抱怨我吵到了他们休息。不过，有一天晚上，正当那个有关查斯科的梦做到尤为生动时，我却被另一个人痛苦的声音吵醒了。

我意识到是有人在抽泣，而且就在附近不远处。

整艘飞船仿佛在沉睡，我摸索着穿上了衣服，走过半明半暗处。苏桐应该在值班，其他人也应该按着同一份排班表，或是休息，或是工作。但我听到的不是苏桐的声音，是一个男人在抽泣，声音的源头在仁心室。

"艾扎德医生？"我接近那扇门，用低沉柔和的语气试探着叫了一声，告诉对方我来了。

他把自己固定在一把椅子上，弯腰趴在磁性办公桌上。药品和仪器通常都是整整齐齐的，今天却乱七八糟地堆在他面前。飞船在航行，所以有一点重力。但很容易想到，他柜子和抽屉里的东西也肯定都乱七八糟的，仿佛处在失重状态，一片混乱。他手里拿着一个注射器，活塞缩在里面，针筒里有半管深绿色的液体。针头已经刺进了他的左臂，我若是再晚来一秒，他就要打下去了。

"安德瑞娜。"他没有特别惊讶，"我不是故意吵醒你的，抱歉。"

他的脸几乎完全转了过去，背对着我。

"你打算干吗，医生？"

他没有移动。针头依然扎在肉里，手指依然按在活塞上。"她在整件事情中都是无辜的。你明白这一点的，对吧？一切的一切都不能怪罪梅瑞克斯。"

我把手慢慢搭在他手上，轻轻地把注射器拿走。针头已经刺破了皮肤，在退出的地方留下一个血点。

"那你现在为什么想自杀？"

他纠结了好久才做出了回答。他稍稍转向我一些，我可以看见他长长的皱纹里满是泪水。

"我的直接义务已经履行完了。你们同事……斯特兰布莉……应该可以完全康复的。无论如何，我已经极尽所能了。但我的能力也不是无限的。至于梅瑞克斯，我觉得她在你们这里会过得很好。我已经能感觉到，她正在逐渐摆脱凌辉的阴影。我多希望自己也能这样啊！"

"你可以的。"我边说边把注射器放回抽屉，这样至少医生就不能将它一把抢过来了，"你也必须摆脱。你是被逼无奈才做了那些坏事的，艾扎德医生。确实，那些事情不可原谅，也没办法洗白，你的一生都将永远背负着这些血债。但我不能站在道德的制高点批评你，说你不该那么做。你唯一真正的罪过在于，你在乎的事情太多了，导致自己被一个恶人牵着鼻子走，任由他把你的善良变成了他作恶的武器。任何一个稍不正直的人可能就会牺牲梅瑞克斯，抛弃医院里的病人，而你并没有这么做。"

"你不知道他让我做了什么。"

"我不在乎。现在不在乎，以后也不会过问。就让那些行为留在你的心里和你的噩梦里吧。你所做的事情已经成了定局，不管我如何评判你，后果都无法改变了。但我要说的是，你是一个好人，只不过被一些不可告人的过去玷污了。我们需要你，这艘飞船上的所有人都需要你。"

他抬起脸看着我，仿佛我的话里藏着一个危险的陷阱、一些凶残的念头，而他很怕自己误入其中。

"希望你真的是这么想的吧，安德瑞娜。我真心希望如此。"

"留下吧，艾扎德医生，就当为了梅瑞克斯。不过也不全是为了她，前方还有……各种麻烦在等着我们。这一点，我很确信。"

"那如果，我就是麻烦的源头呢？"

"我并不觉得会是这样。不过，我们还会考验你的。你的工作并不会随着斯特兰布莉痊愈而结束。"我顿了顿，很高兴——虽然在这种时候感觉高兴实在是诡异反常，但我很高兴能考虑一些除了查斯科和兰庚沃以外的事情，很高兴这个人把烦恼摆在我面前，让我自己的烦心事黯然失色。"如果你想让自己的良心轻松一点——我相信你肯定希望如此——那么就必须全心全意投入这个团队，不断改善我们的情况。"

"他们不喜欢我，尤其是兰庚沃，他会永远讨厌我的。"

"他是你的船长吗，艾扎德医生？"

"不是啊。"他反思道，"我从来没有这么想过。"

"但我是，我才是你的船长——安德瑞娜·尼斯。我对你有信心。不仅是信心，还有……"我突然停了下来，沮丧地摇了摇头，"我本来想说'友情'，但我想，我们或许还没到这一步。"

*

大伙儿聚在厨房里。苏桐早就到了，她面前摆了一个小袋子，看不出里面有什么东西，但都被牢牢磁吸在桌子上。

"我简直不敢相信自己是第一个发现这种现象的人。"苏桐说着望向大家，不过其实主要还是在看芙拉，"但我肯定是第一个，要不然的话，一定早就有人提起了。"

"提起什么？"我问。

苏桐解开了袋子上的绳子，伸手进去。叮叮当当一阵乱响过后，她掏出一枚圜钱，显然是她自己的。她把钱放在大家面前的桌子上。

我仔细看了看这一枚表面上纵横交错的条纹图案，估计它值100块，虽然不足以称为"宝贝"，但要是能塞进自己口袋，也不失为一件好东西。

"然后呢？"斯特兰布莉问道。

"普洛卓尔，"苏桐说，"能不能麻烦你把扫描仪关一下，然后把传呼机的灯也关掉？我已经把朝阳的那几扇百叶窗关上了，但我觉得光线可以再暗一点。"

如果是像苏桐这样礼貌友好地提出要求，普洛卓尔总会高高兴兴地答应。她飘到控制台边，推了一下主开关，把电源切断，嗡嗡声响彻房间。现在，仪器全都暗了，光藤就成了房间里唯一的固定光源。而它们的光非常微弱，因为

第二十三章

光藤蔓延到这间房间时，已经不在最佳状态了，旧品种的斑点和褪色等缺点全都暴露无遗。我们平时不怎么依靠它们作为光源，因为各种设备发出的亮光通常已经足够照明了。剩下的就只有芙拉体内的荧光了，不过它的效果只相当于一小片光藤，对房间的整体亮度没有什么明显的影响。

"这么做是有目的的，对吧？"芙拉问道。

"是的，船长。"苏桐回答，"大家如果盯着桌子，就会发现，它在照着你的脑门。"

圜钱也在发光。清晰可见的表面，尤其是网格状的条纹，散发着淡黄色的光晕，色彩有些清冷、微弱，甚至比不上光藤或芙拉体内的荧光。

"我不知道这种光是从什么时候开始出现的。"苏桐说，"但我觉得不会太久，或许甚至一天都不到。否则，我应该早就发现了，毕竟我经常数钱。而且不只是这一枚，所有这些袋子里面的——我名下的全部圜钱都是如此，都亮着同样的光。不信的话，可以来看看。"

完全没有必要——光线已经穿过袋口照了出来，投射在天花板上，映出一个模模糊糊的黄色斑点。

"我们最好也去检查一下自己的圜钱。"我提议，"如果这种有趣的事情仅仅是发生在苏桐身上……"

"没必要。"芙拉回答，轻松中又带着一丝漫不经心，"这种现象已经很广泛了，我自己的圜钱也是一样。我前几次值班的时候就发现了。"

我尽量保持声音平静："那你应该和大家说点什么啊。"

"没什么可说的，就是些很明显的推理，我相信每个人都有能力推得出。我们飞船上的圜钱和'守财奴'上的产生了感应。就是这样，对吧，兰庚沃？"

"很难说不是。"

"你之前为什么不告诉我们会发生这种事情？"我问。

他的脸微微紧绷起来，仿佛是皮肤猛地缩在了一起："这种现象我以前从来没有见过。我当时在这里工作的时候，确实去过'守财奴'很多次，但是飞船上的钱从来不会放在外面，而是放在离我们这些人很远的地方。一般会装箱藏在船舱里，或者塞在重重的包里。这就是博萨·森奈手下员工的待遇，我们没有工资，也不允许把奖金放在自己房间里。"

"你为她跑腿，而她会为此给你点资金。"我说。

"是的。我们回到圣公会，或者接近的时候，她就会这么做。但接近'守财奴'的时候，从来不会。"

"我想也应该是这样。"普洛卓尔说。

"我和大家一样，也对这事十分好奇。"兰庚沃说，"据我所知，好像还从未有人记录过这种现象。"

"银行持有的圜钱可不少。"我说。

"但显然不能和'守财奴'上的储备相提并论。你们别忘了，这可不仅仅是一个人、在一次人生里完成的工作。几代博萨为此忙碌了不知多久，甚至可能比一些历史最悠久的银行机构存在的时间还要长。而且，银行很少会像博萨·森奈那样一心一意，又残酷无情。"兰庚沃拿起那枚100块的圜钱，仔仔细细地检查了一番，又把它翻转过来。黄色的光芒洒在他的脸上，又洒到他的身后，衬出他那只人造眼睛的暗光。"我能力不够，不能告诉你这意味着什么。"他说着，"咔嗒"一声把圜钱放回磁力桌面，然后用力一滑，把它还给了苏桐，没有让人家等着急，"但我们的工作似乎从未受到过干扰。我们到这儿来，存好圜钱，放完就走。我们一走，这种现象肯定立刻就消退了。否则，飞船上每一枚圜钱都会被污染，就不能用来做交易了。然而，实际上并没有。"

"我不关心这个。"秦杜夫开口了，"圜钱表现出这个样子，就好像它们知道附近有其他圜钱存在。这太不合理了，一点都不正常。"

"在这里就没有正常的事情。"我试图让他放下心来，"所有的一切都不合理，都不正常，从我们夺下她飞船的那一刻起，就已经注定。头骨不是正常的东西，幽灵族的武器不是，吞噬兽也不是。甚至我们驾驶着这艘飞船四处航行，这事本身就很不正常。但我们已经来了，这就是我们需要处理的事情。如果圜钱只是亮起来一点点，没什么其他怪事的话……那么我猜，这对我们来说是个好消息，对兰庚沃来说就更好了。因为这就说明，我们可以开始相信'守财奴'是真实存在的了。"

"我可从来没有怀疑过。"芙拉顶了我一句。

第二十四章

圜钱的金光随着我们前进的脚步越来越亮。飞船上的每一枚钱币，不论面值大小、存放地点，都受到了影响。芙拉甚至带了一枚进藏骨室，那是整艘飞船最安全、最隐秘的地方。据她所说，那枚圜钱和其他的一样，也在闪闪发光。我选择相信她，毕竟在查斯科出事以后，我再也无法鼓起勇气靠近那个头骨碎了满地的废弃房间，不可能自己去证实这个说法。

不过到了这个时候，大家都已经习惯了那种黄色的光芒。虽然我不敢拍着胸脯说所有人都觉得很安心了，但至少兰庚沃向大家保证不会有事的。我劝说自己，圜钱背后的秘密已经够多的了，再加一个也无所谓。

终于到了最后的靠近阶段。直到收帆和发射子舰之前，一切都还非常顺利。那些人与人之间的摩擦——兰庚沃和艾扎德之间的，艾扎德和芙拉之间的，甚至我和芙拉之间的恩恩怨怨，都变得不怎么明显了。兰庚沃这几日的行为完全没有重新引起我的怀疑，我甚至开始反思，自己之前的那些疑虑是不是真的毫无依据。与此同时，艾扎德正在努力适应新角色，做好我们终身聘用的医生。他似乎接纳了我的保证，相信自己的过去并没有什么值得忧虑的。梅瑞克斯显然一天比一天开朗、自信了。现在，她完全摆脱了凌辉的束缚，热忱地表示希望参与飞船上的各种杂务。

斯特兰布莉也逐渐振作了起来。不过，对集体情绪帮助最大的是，大家都沉浸在对揭开奥秘、迎接未来的兴奋期待之中。现在，一切已然唾手可得。

我坐在观察室里，从冷冰冰的几千里格开外观测到了我们的目标，不禁开始怀疑，如此不起眼的星体真能储藏巨量财宝吗？"守财奴"从外观上来看，确实平平无奇，不过我想，这正是重点所在。失去力场以后，大多数荧石都普普通通，无法吸引众人的目光。在古日周围，有数百万颗凹凸不平的小石头绕其运行。就算是其中一部分之上曾有人定居，那也太过久远，早已在圣公会漫长的历史中被人彻底遗忘，任何人类存在的痕迹亦消磨殆尽。在几百万年前，曾经精心装点的城市早就被夷为平地，任何生命活动留下的痕迹早就化作尘埃。有学者提出，在第1、第2朝之前或期间，现存的5000万个星球中，大部分都是有人类定居的，但后来掀起了一场星球大战，好似一起恐怖的大火，波及众多星球。此后，圣公会便失去了往日的繁盛，也难再创辉煌。

而像博萨这种情况，这块隐蔽性极高的石头对她的需求来说，简直再合适不过了。其他飞船就算行驶至其1000里格范围之内，也不一定能嗅到一丝反常的气息。即使有人是在一系列荧石探险中连连受挫，在绝望至深的状态下，看见这样一颗破石头，大概率也会不屑一顾。因为他们知道，在这种地方找到可交易的小东西的可能性微乎其微，上去完全就是浪费燃料和氧气，毫无益处。于是大家都会继续向前航行，把所剩无几的希望寄托在下一颗荧石上，而永远不会意识到，自己曾一度离巨额财富近在咫尺。

但是，我们知道——至少自认为知道。而且，圜钱近期的反应又增添了我们的信心。兰庚沃曾经警告过我们，"守财奴"对其上的宝物有保护机制，因此我们将"复仇者"号停泊在1000里格之外，收起了帆，乘上子舰，开启接下来的冒险。

母舰上留了四个人，秦杜夫、斯特兰布莉、艾扎德和梅瑞克斯，而我、芙拉、普洛卓尔和兰庚沃则负责完成探险。探险团队很小，不过，我们只是想去证实一个传言，并不用破开荧石。

"我记得你说，它会'欢迎'我们一下？"飞了大约100里格以后，芙拉从控制台边转过身来问兰庚沃，"现在时机不错，快把你的故事细细说来。"

第二十四章

"这个地方是由一个机器人脑袋来管理的。我们到了一定距离之内,他就会发现。即使是像我们这么暗的帆,也逃不过他的眼睛。"兰庚沃坐在芙拉后面一排的座椅上,重重向后靠着,"不过,只有到了我们离'守财奴'大约500里格的地方,他才会开始采取行动。"

"采取什么行动?"我问。

"摧毁。上面到处都是线圈炮。你可能看不到,因为它们口径非常小,而且隐藏得很好。但我可以向你保证,绝对是有的,而且都由那个机器人指挥着。它们首先会瞄准子舰发射,然后集中火力向'复仇者'号的各个角落开炮,致其瘫痪。"

"听起来好厉害的样子。"普洛卓尔说,"但你告诉过我们,只要说出一个词,就能让他对我们温柔一点。"

"是的。"

"那么这个词,到底是什么?"芙拉问。

兰庚沃亲切地笑了笑:"严格意义上说,不是一个词。至于到底是什么,我还不想现在就透露。"

有那么一会儿,芙拉把注意力转回了控制台:"兰庚沃,你知道吗,我慢慢开始觉得你我之间的关系并不像我所希望的那么好。"

"他可能根本不知道这个所谓'不是一个词'的词是什么。"普洛卓尔恶狠狠地说,"或许只是在一路骗我们深入,直到最后一刻。毕竟他清楚,要是说自己什么都不知道的话,在这里他就一文不值。"

"大家放心,我保证知道登陆程序。至于我的个人价值……要是没有我,你们能找到这个地方?"

"在我们看见圜钱之前,它不过就是一粒毫无用处的尘土。"我说。

"词是什么?告诉我们!"普洛卓尔命令道。

"还没到时候呢,别介意。博萨对这个阶段的航行非常吹毛求疵,在非常接近之前是不会发出认证信息的。我觉得,这不仅仅是因为要避免使用强信号,以防被外人发现,应该还有别的用意。'守财奴'在准备好开炮以后,才会要求来者报出口令,不会提早。如果你们还没飞到位就传送了信息,反而会被认为是异常行为。你得有耐心，芙拉。"

"别和我说什么'耐心'。告诉我那个词！"

"冒着你会立刻发送口令的风险？那可不行——在一切就绪之前，我是绝对不会说的。你的传呼机有反应了吗？把接收强度调高，开始在中间波段扫频。"

芙拉皱了皱眉，但还是照做了。在她调整表盘的时候，扬声器里突然爆出一阵人声和旋律。我们现在在圣公会外，但是还远远没超过其信号影响范围。如果不继续向外航行的话，要接收到来自古日方向各个星球的播送并不难。新闻广播、戏剧戏曲、体育评论和音乐演奏，以及保持圣公会内部计时和财务安排和谐统一的代码脉冲，什么都有。这一切对我和芙拉来说，都太熟悉了。我们以前经常和父亲坐在一起，收听这类播送，尤其是家里还没买小电视之前，听得就更多了。我回忆起了家的乐趣，循规蹈矩的日常和家庭生活的舒适。不管当时我们的财力和期望有多局限，一切都显得那么温馨。

"那我到底在等什么呢？"芙拉问。

"它来的时候，你自然就会知道。如果可以的话，麻烦把速度降下来一点。"

"只要你开口，我做什么都可以。"她答道，话里话外充满了讽刺的意味。

我们刚刚跨过500里格这道门槛，传呼机就迸出三声尖锐的音调，每一声都很相似。从清晰度来看，可以判断出信号是从很近的地方传来的。

我们齐刷刷地看向兰庚沃。

"这是对方在要求我们遵守进场许可的相关规定。"他稍稍放松了一些，仿佛他自己之前也在怀疑消息的准确性，"'守财奴'把这条信号放在一个相当宽的频率范围内，不过从我们自身角度来说，最好是把表盘调到中央波段。通常会发三道播送，中心频率各不相同。我们必须在最后一道播完一分钟内做出回应。保险起见，最好是假设自己错过了至少一道信号。"

"那……密码是什么，我现在能问了吗？"

"激活扫描仪，向'守财奴'发射六道测距脉冲。只能发六次，当中的间隔要短。不能多发，也不能少发。"

第二十四章

芙拉拨动开关，子舰鼻尖的扫描仪随即向那块岩石发出一连串脉冲信号。在它的能量螺线管通电、放电的时候，我们感受到了六次轻微的震动。

随后，无事发生。我们继续前进。时间一分一秒地过去，兰庚沃和其他所有人一样，处于焦虑紧张的状态之中。在这两分钟里，我甚至都怀疑他连气都没有喘一下。

传呼机再次吱吱嘎嘎地响起，接收到了两个脉冲。

"这是允许我们接近的授权。请继续保持谨慎，尼斯船长。你看到那三个大坑了吗？就是大约排成一线的那几个。在第二个和第三个之间有一个着陆点。你或许也已经发现了，有迹象表明那边是一个入口。"

芙拉启动了反推力装置："它在把我们吸进去。"

"这里有吞噬兽。你应该为此感到庆幸。有了它，在'守财奴'上，行动会方便一些。"

现在我们已经非常接近这个裸露的吞噬兽了，我突然感觉，如果一个人被安全地困在一个星球上——即使这个星球就是眼前这样一块死去的巨石——似乎也没那么恐怖。我终于明白了，人的一生中有许多层次不曾被自己发掘，我一度以为奇异、骇人的事情实则平淡无聊，尤其是与我脑中肆意游荡的疑虑相比，更是不值一提。

我们安全着陆了，并没有被摧毁。就算线圈炮确实存在，而非兰庚沃的臆想，或是错误消息的幻象，我们也没见到它们。但在当时，我们没人觉得有什么重大理由要去怀疑他的诚信问题：圜钱仍在发光，"守财奴"与我们对了话，在他指出的地方也确实有一个着陆点。

这里就算有吞噬兽，那它的威力也不大。"守财奴"的表面引力只及得上墨珅陵的一半，而其直径也仅仅约等于我们老家的四分之一。从前，当古日——还没有那么"古老"的时候——周围的每块岩石上都应有人类定居的时候，它会是什么样的呢？我几乎完全无法想象那时的情景。当下时代，要追踪观测 20 000 多个有人定居的星球，已经够困难的了。而在那时，一整个星球都可以像某个普通人一样寂寂无闻，我会愿意生活在那种"黎明时代"吗？我并不敢下定论。在圣公会，墨珅陵固然不是最繁华、最热闹的地方，但人们依然有可能听说过它的名字，或者至少觉得自己听说过，又或者认识去过那边的人。我私以为，生活在盛极一时的帝国的废墟里，希冀还有人记得曾经的辉煌，也总要好过迷失在芸芸众生之中。

我们一停好子舰，就立马换上航天服，出门开启冒险。大家带下去了一些切割、开凿工具，还有斧头、照明灯之类的，这些东西平均分配给了每一个人，但那只是为了再加一层保险，以防遇到什么麻烦。

芙拉还随身携带了一小袋圜钱。这些钱币已经亮了好几天了，不过就在刚才的几个小时里，亮度明显又增加了一些，光线甚至穿透了袋子，照射到了外边。芙拉时时刻刻袋不离手，已经养成了习惯，会定期检查里面的东西。

"比之前任何时候都更有活力了。"暗黄的光线映着芙拉头盔下的脸。

"守财奴"上没有氧气，所以和大气封锁环绕的星球比起来，进出要方便得多。如果这里真的是博萨的仓库——我都快默认这就是事实了——那么很明显，她没有花过半点力气来布置这个地方，让它看起来像是一个家或者藏身之所，而只是将其看作墙上的一个漏洞，把传家宝托付给了它。她到这边来，存好获得的宝物，或许还会顺手拿走一些钱，金额小到可以忽略不计，以便偶尔在后续商业交易中使用。之后便离开，希望在"守财奴"上待的时间越短越好。我和芙拉的意图——如果我没有误解她的话——是差不多的。我们想要确认这个地方的性质，存一部分自己的圜钱在这儿，拿一点可能会直接用得上的物资，然后离开。这样一次冒险，或许能够满足芙拉的好奇心，又或许满足不了。但无论她满不满意，我觉得，至少要隔几个月，甚至更久，我们才有可能再回来一趟。只要知道它的存在，知道我们已经找到它了，知道以后想来随时可以来，就已经足够了。

我们沿着一条倾斜的隧道走了大约20步。一路上，除了自带的灯和圜钱的亮光以外，没有任何照明。随后，我们来到了一个挺大的房间，里面空空荡荡，只有两件东西值得我们注意。其中，第二件东西是一辆小车。之后我会谈到它，但我必须先来聊聊我们看到的第一件东西。

那是一个基座，从地面一个圆洞中伸了出来，其上布满电线、电缆，好似一株极为茂盛的光藤。电线和电缆全都接入地板，我们有理由推测，它们由此处向外散开，控制着整个"守财奴"上的所有传感器和防御设施。基座顶部有一个玻璃半球闪烁着黯淡的光，仿佛一个巨型镇纸。显然，这是一个机器人——或者应该说是机器人脑袋。从这个意义上来说，他和我们家帕拉丁比起来，谈不上孰优孰劣。区别就在于，帕拉丁舍弃旧身体，换来飞船上其他成员的四肢健全和目光敏锐，他也因而重获新生，不再依赖运动与触觉；而眼前这个可怜的机器人被牢牢地塞在这块岩石上，像瓶子上的软木塞一般，动弹不得。"守财奴"无法自由移动，注定永远只能遵循天体力学的精妙机制不断运行，其他机制无法对其造成影响。他也无法与外界沟通，除非发现了跃入门槛的飞船，他要审问对方"来者何人"，不过这种交流实在是非常有限。而唯一的物理互动方式——如果我们听闻的属实——就是发射线圈炮。不过这只是一个建立在假设上的防御措施，在现实生活中或许永用不到。

我曾一度对他人的穷困嗤之以鼻、漠不关心。在我眼里，机器人不过是之前的时代愚蠢、笨拙的遗物，又算得了什么？年幼的时候，我从来没尊重过帕拉丁。直到经历了痛苦的启蒙，我才意识到自己从前的偏见是多么荒谬。我们本应视机器人为盟友，而不是奴仆。把这样一种存在形式强加于一台会思考的机器——如此残酷、处处受限的存在，毫无解脱、改善的希望，是多么恐怖。与监禁相比，其苦涩程度只多不少。毕竟当所有的希望破灭，即使是最卑微的俘虏也能期待着死亡。这一刻，连死亡都成了一种甜蜜的承诺。

而这个可怜的机器人，却永无超生之日。这种匮乏、守望式的存在是其生命的唯一范畴。就像把一个人关在黑暗的房间里，锁在地板上，只分配一些琐碎杂务，让他度过往后的人生。

"能听见我吗？"我借助常规传呼机问话，"我叫安德瑞娜，这位是芙拉。还有其他两位朋友——普洛卓尔和兰庚沃。机器人，如果你能听懂的话，请快速闪一下灯。如果能帮助你的话，我们很乐意帮忙。"

毫无反应。昏暗的光仍按着之前的节奏在闪。相比之下，帕拉丁脑袋上的灯要亮很多，也显得更有活力。我不禁怀疑，这个机器人的高级思维正在一步步枯萎、削弱。也许，当他不再需要其思维的某些部分，比如语言、陪伴与社交手段时，就能自主舍弃这些功能，也算是赋予自己的一种善意。

"别为他感到太难过。"芙拉说,"都不知道有多少飞船,可能仅仅是因为离得近了一点,就莫名其妙感受了一下那些线圈炮的威力!"

"不是这个机器人的错,是博萨让他这么干的。"我说。

芙拉把那袋圌钱钩到腰带上,取下一把斧头。我紧张起来,以为她要去砍机器人,但她竟然把斧头递给了我。

"你现在很难过,那知道该怎么办了吧?"

闪光变强了。虽仍及不上帕拉丁,但比之前亮得多。

"我觉得他应该是感应到我们了。"我伸出手,隔着手套摸了一下这个玻璃机器人,"你真的能听见吗,机器人?请尽全力快闪一下。"

现在,毫无疑问,这个机器人在某种程度上做出了反应。他发现了我们的存在,也能够理解我们说的话。

"我们能帮到你吗?快闪两次表示肯定,闪一次表示否定。"

灯光闪了两次。

"好。"我说,"很好。我们飞船上有一位女士可以帮你,她叫苏桐。那里还有另一个机器人,叫帕拉丁,苏桐曾经帮过他。我们可以带你离开这个地方……"

灯光突然又闪了一次。

"你不希望这样吗?"

这回,没有反应了。我想,可能是我提问的方式有问题,不太容易做出清晰的回答。我咽了一口口水,再次开始提问。

"我们能帮到你吗?"

可以。

"可以转移你吗?"

不行。

"你想继续待在这儿?"

不是。

"你不想移动,但也不想继续留在这里,是这个意思吗?"

是的。

我回头望了一眼同伴们："那你……你是说，你想让我们摧毁你？"

是的。

是的，是的，是的。

"对不起。"我知道自己快要采取行动了，尽力把自己的情感撇到一边，"我很抱歉，但我完全能理解。你不要为了她让你做的事而责备自己，好吗？这不是你的错，你不该受这种罪。我希望，你能解脱……"

我作势准备挥舞斧头，兰庚沃冒险轻轻地把手放到了上面："我觉得，或许……我们有必要先考虑一下？"

机器人又开始了闪烁：不要，不要，不要。

"我已经答应他了。"

兰庚沃温柔地回应，声音平静，却极具权威感，能轻易把人说服："其实，你还没有——我一直在听。最重要的是，我们不知道这个机器人的连接断开以后会发生什么。而且我敢保证，他不会给我们提供多少线索。绝不能冒这个险，除非先拆了那些线圈炮。为了安全起见，还得让苏桐先仔仔细细把他检查一遍，然后让帕拉丁再检查一遍。"

"这话说得不错。"普洛卓尔赞同，"打碎这个铁皮脑袋或许是能展现出你的仁慈，但他可不见得会对我们手下留情。万一我们的飞船被炸成碎片了呢？"

兰庚沃拿着斧子一转，把它从我手里夺下来，还给了芙拉。

"对不起。"我重复了一遍，但语气已经不一样了。这次，我是为了自己的软弱道歉，而不是为了即将砍向他的勇气。

"你没有做错。"芙拉喃喃地说了一句，就好像我想要，也需要得到她的认可，"让这个人……这个机器人……先这样吧。我们知道，有些事不得不做，但现在不行。"她举起装着圜钱的小袋子："眼下，这才是当务之急，这才是我们此行的目的——我们到这儿来，不是为了帮机器人脱离苦海的。"

隧道里铺着铁轨，在头盔灯强光的照射下，一路延伸到远方。之前提到过，在尽头处有一辆小车，车台又大又平，很长很宽，足够我们整支队伍站在上面；末端有一根直立的金属支柱，面向隧道深处。小车的小轮子靠在铁轨上，支柱上面有一组操作绞盘装置的杠杆和一个手动刹车，就是我们在墨珅陵的电车上看到的那种。

我们仔仔细细研究了一两分钟。不过，像这种设计简单的小车，在操作方面是没什么神秘高深之处的。装了绞盘是为了用缆绳把小车拖回隧道斜坡上方，而装了刹车则是为了让小车在沿着隧道自由向下行驶一段以后，停在想去的地方。

"我们不该信任她留下的任何东西，除非它小得和眼睫毛一样无伤大雅。"普洛卓尔说。

"从现在开始就不会再有陷阱了！"芙拉不知为何非常确信地宣布道，语气完全不容置疑，"这样的安排纯粹是为了实用，好把赃钱搬进搬出。不过我猜，主要是搬进去。"她轻松一跃，跳上小车，双手搭在刹车上，准备松开："让我们一起拿下它，伙计们！都已经走到这一步了，除了惊艳自己，还有什么值得一做？"

"如果乘着它出了隧道以后就再也回不来了，怎么办？"我问。

"那咱们就慢慢走回来，就当这辆车完全不存在。"说完，她怀疑地看了我一眼，"你不会是怕得发抖了吧？"

我隔着头盔面罩笑了笑，努力不再去想那个机器人。"怎么会呢？去搜刮一个已经死了的星际海盗女王私藏的宝藏而已，有什么可抖的？"

"因为你的脑中尚存一丝理智啊，亲爱的。"普洛卓尔凑近我，低声耳语了一句，顺手拍了一下我的背，以示鼓励。

第二十五章

大家登上了小车。由于只有4个人,车上空间十分富余,而且外围有栏杆可以扶着。钻进小车后,头顶距离显然局促了不少,不过只要前方隧道各个维度不变,站直身子还是没问题的。芙拉没再多说什么,直接松开了刹车。小车开始前进,刚开始的一段开得非常平稳。当然,真空环境下是不会有噪声的,只有一阵振动通过车轮和车台传入我们的靴子和航天服,而我们的大脑——至少我的大脑可以——毫不费力地自动把这种振动加工成吱吱嘎嘎的喧嚣声。随着小车逐渐加速,脑袋里的声音也越来越大、越来越尖锐。

"稍微刹一下车。"普洛卓尔提议。

"不行,要再加一点速度。大家都不想在找到宝藏前就浪费掉一半的氧气,不是吗?"

速度不断提升,轰隆隆的振动渐渐平息了下来。现在,我们开得比之前见过的所有电车都要快了,两侧如喉管般可怕的墙壁飞快地向后撤去,我们感觉自己仿佛正在被吞噬。我很好奇,如果突然发现前方是个死胡同,这个破刹车要花多久才能把车停住?到最后,即使是芙拉这样心急的人也不得不谨慎起来,来来回回操作了一番刹车,降低了一点速度,但还不至于让我们完全停下来。渐渐地,隧道趋于平坦,至少在我看来是这样。我们继续向前开了一段，大概有 750 英尺，突然发现前方的情况发生了变化。芙拉用力拉下刹车，速度瞬间降到了轻快漫步的程度，随后稳稳地停了下来。面前的铁轨只剩一辆小车的长度了，我们停在了一个圆形房间的中央。但凡再往前一点，就会一头撞到墙壁上。

大家下了车，脚下的地面坚硬而平坦。这个房间大约宽 22.5 英尺，高 7.5 英尺，形似一个碉堡。

我们的这条铁轨到了尽头，而圆形房间里面居然还有 7 条铁轨，以房间中央为中心向外辐射，各自消失在一个门洞中，倾斜而下，角度比我们来时的隧道稍稍平缓一些。

芙拉打开圜钱袋子，金色的光洒进她的头盔，映在她的脸上。有那么一瞬间，金光甚至盖过了她的荧光。"毋庸置疑，它们比前面更亮了——如果我没搞错的话，还开始跳动了。"

"你从来没和我们说起过会有这些现象，还真是奇怪啊。"普洛卓尔对兰庚沃说。

兰庚沃微笑着回应："你们从来没问过这类问题，也真是奇怪啊。"

我们绕着房间周界走了一圈，把灯探进其他几条隧道查看。这回，没有小车等着我们了，但每条隧道顶部都固定了一个绞盘，安在轨道旁边的平地上，结实的金属缆绳从绞盘上延伸进隧道，绷得紧紧的。

"圜钱肯定藏在这些隧道里。"芙拉说，"出于某种原因，散布在四处。"她张开袋子，在房间里转来转去，仔仔细细盯着那些圜钱样本，仿佛它们的亮度波动能给我们提供指引，告诉我们哪条隧道比较值得探查。"这事谁都猜不准，但我觉得现在还没必要钻下去。从这些绞盘上绳子的紧绷程度来看，她上次送下去的小车肯定还装得满满当当的。我们只需要一次一个，把它们全都拖上来就可以了。"

"她为什么没有卸货？"我问。

"有时候我们来回一趟非常仓促。"兰庚沃回答，"那些只是随意丢下的东西，可能因为她当时急着要去做其他事情——比如去突袭'莫内塔之哀'号之类的。有些时候，一年一次或者更少，她会在这里多待一些时日，我猜应该是来清点、整理战利品吧。但尼斯船长说得很对：那些小车里面很有可能还装着货，随时可以转动绞盘拉上来。"

"要想知道，只有一个办法。"芙拉说着放下袋子，走到顺时针方向第一个门洞那边，在绞盘边做起了准备活动，"安德瑞娜，普洛卓尔，兰庚沃，你们各自也去挑一个，准备开绞。"

"这么着急干什么？"我问。

"因为我想知道答案，现在就要知道。虽然我也懂，小车上的这点东西只不过是她财产的冰山一角，但我必须亲眼看到它们。我们一旦确定自己没白跑一趟，接下来就可以随心所欲地去找剩下的东西了。"她弯腰前倾，握住手柄，使劲哼了一声。这装置刚开始肯定很僵硬，但不久就松动了——毕竟，博萨死前经常来这里——绞盘滚轮带动绳索慢慢向后挪，拖着远处的小车缓缓回到隧道顶端。前进速度很慢，1秒钟可能只能走9英寸，但我坚信，芙拉在拿到战利品之前，是绝不会松懈一丝一毫的。

突然，一种阴险而又莫名其妙的胜负欲充斥了我的头脑：我不是出于姐妹间互帮互助的义务想协助她完成计划，而是决定要快她一步，先把小车拉上来。我快速来到第3条隧道，开始操作绞盘。可能是出于相同或与之密切相关的冲动，兰庚沃和普洛卓尔也分别走到第5和第7条隧道边。刚开始绞动的时候，每个人都发出了用力的哼哼，才让绞盘稍稍松弛一些，进入了拖动货物的单调劳动状态，不过好歹还是可以忍受的。

没人知道这些隧道有多长，但我猜应该不会太长——最多也就几百米——否则，这种人工劳动早就该被更快、更省力的机械操作代替了。

"她为什么要采用这种方式啊？"普洛卓尔气喘吁吁，好不容易才挤出这句话。

"什么方式？"我一下没反应过来。

"像这样，用这些向外散开的隧道把她的财宝四下分散。这地方本来就已经够难找的了，更别说闯进来。为什么她还要把圈钱分开放，这不是给自己徒增麻烦吗？"

"她应该有自己的理由吧。"我回答道，手里的工作没有停，"可能她第一次来的时候，隧道就是这么分布的，而她只不过是利用了一切可用的条件。"

"快看袋子！"兰庚沃突然喊道。

虽说圜钱之前就一直在发光，而现在，即使袋口扎得紧紧的，舞动的金色光芒也简直快溢到外面来了。

"你有什么应该要告诉我们的事情吗，兰庚沃？"芙拉问。

"我从来没离圜钱这么近过——还从来没有走到过这一步。"

"银行一直把钱放在金库里。如果闪成这样，怎么可能从来没有人注意到过？"我说。

"可能银行从来没有像她这样，在一个地方存放这么多圜钱。量不够，所以一直没发现？"普洛卓尔猜测，"又或许，蠕虫族和喀岩族从来没允许他们存到这么多，老是在金额太大之前就把钱拆分了？"

我隔着头盔点点头："可能他们知道会发生什么，所以才这么做。"

"也有可能从未有谁如此富有过。"芙拉说。突然，她兴奋起来："上来了，上来了！伙计们，我可以看到亮光了！"

过了一小会儿，兰庚沃也说："没错，我也看到黄色的光了。胜利在望！"

我望向自己那条隧道，普洛卓尔也肯定做了相同的动作。袋中溢出的光线颜色、跳动节奏都与之前如出一辙，但显然更亮。绞盘手柄每转动一圈，亮度就增加一分。

渐渐地，四人拉的小车都进入了视野。我们一看见，就立马喊出来告诉大家。这些小车是载我们过来那辆的缩小版，底下的轨道也要窄一些，两侧装有栏杆，每一辆上面都堆了许多袋子。同样的黄光不仅从袋子顶部散发出来，还从布料的各个小孔里透出来，活力四射地跳动着。我拉的那辆上至少有50袋，就算装不下2 000多枚圜钱，装1 000枚也是轻轻松松的。即使我现在连一枚圜钱都还没看到，即使完全不知道每一枚的面值是多少，我也毫不怀疑，这绝对是我这辈子见过的最多的钱。然而，我想，这肯定只是博萨全部资产的九牛一毛。她在几代的生命过程中，肯定把这些小车装满又卸空了成千上万次。

我感觉自己的肌肉都快燃烧起来了，但一看见小车，立刻又有一股冲劲涌向全身。最终，还是芙拉第一个把车拉到了隧道顶部，越过门槛，来到水平面。袋子里射出的光照亮了整个房间，所有人都沐浴在这种诡异病态的磷光之中。小车里的东西不太像许多东西堆放、组合在一起，倒是更像一整座火山，在巨大的内部熔岩压力下喷发，留下一片狼藉。

此时，那袋圌钱的光比之前任何时候都更亮了，而且似乎在与那一大堆同频跳动，就像在迎接挑战。

我的小车是第二个拉上来的，兰庚沃和普洛卓尔的两辆紧随其后，几乎同时到达。然而，似乎是某种本能在逼迫着他们，小车还没越过门槛来到水平面，两人却都不约而同地停了下来。

"这些够了。"普洛卓尔说，"数一数有几袋，让你自己得意一下，然后把这些东西放回原处。我有点开始相信，她没有一次把所有的钱都带过来是有原因的。"

芙拉从她那辆小车里捞起一个袋子，解开绳子，在见到光的一瞬间，几乎都被闪得抽搐了一下。光的颜色已经由黄变白，其他袋子里的圌钱即使还有一层布料遮挡，光线也强得令人感到不适了。我觉得自己仿佛置身火炉，每一刻，四周都在变得更亮、更热。

随后，出现了一些声响。最开始注意到的应该是兰庚沃。他伸出手，不以为意地敲了敲头盔，就像传呼机出现故障，发出嗡嗡声或产生静电时大家的本能反应。

我也听到了。那是一种类似哨子发出的啸叫声，不是嗡嗡声或呲呲声，强度和频率都在不断增加，音调的上升和下降呈现出周期性，和圌钱的光线跳动完全同步。

"它们在唱歌。"芙拉提高了嗓门。

啸叫声渐强。我伸手调低了传呼机的增益，普洛卓尔和兰庚沃也做了同样的事。

啸叫声不断。它穿透了我们的航天服，或许也穿透了我们的脑壳，就连调低增益都毫无抑制作用。现在，这声音已经到了恼人的地步，一步步走向令人痛苦的程度。

"这可算不上在唱歌啊，亲爱的。"普洛卓尔说道，"这是在尖叫。"

"把它们放回去！"我大吼一声，立即开始倒转绞盘。小车开始沿着隧道向下滑去，但速度几乎没有比它上升的时候快多少。现在，我基本不用花什么力气来操作手柄，倒不是因为小车的重量对我有利，而是因为绞盘里好像装有某种制动器或调速器，让车无法加速，一直保持上来时的那种龟速。

啸叫声的音调和强度仍在不断攀升。我受头骨影响时，曾感受过令人不安的神秘听觉现象，但这种噪声与之完全不同。它是一种合唱——绝非单一音调，而是大合奏，整体效果因而得以增强、不断回荡。尽管我知道，这声音是由一大堆金属圜钱产生的，而钱不会有任何知觉或感觉，但我无法反驳普洛卓尔的观点。在我看来，这绝不是歌声，而是一种巨大而可怕的哀嚎，是对痛苦和不幸的集中表达，带有世间一切悲伤、后悔和绝望的色彩——以及，最重要的，痛苦。这痛苦的含量超过了宇宙本应承受的一切，全都聚集在这间房间里，就挤在这几堆圜钱之中。

现在，啸叫声到了难以忍受的地步。兰庚沃把绞盘抛弃在一边，跪倒在地。普洛卓尔仍在尽力想把小车快点送回隧道底部，但她那辆和我的一样，也只是在慢慢吞吞地爬着，根本无法消除我们释放出的圜钱集体效应。芙拉也开始倒转绞盘了，但她那辆小车似乎卡在了平面轨道上。

大概只过了几秒，啸叫声就将我们的清醒意识从大脑里面排挤了出去——只有几秒，甚至还不到——我跟跟跄跄回到工具旁边，寻找能切断绞盘上的绳子的东西，努力想将痛苦和绝望感拒之门外。这是我唯一能想到的办法了。只要能让这些圜钱互相远离，什么工具都可以。

可我立刻就发现，那堆工具全都派不上用场：火焰切割器需要一分钟的时间才能启动；钻石钳子要连接液压泵才能用，而现在条件也不允许；锯子和刀片或许能切断绳子，但光是前期准备工作就要花上几分钟，而且切割工作也必须耐下性子，慢慢完成。对我们眼下这种需求来说，都不够快速，也不够可靠。

"芙拉！"我在啸叫声的喧嚣中喊出了她的名字，"幽灵刀！你肯定带了幽灵刀！对不对！"

她回过头来看着我，脸上流露出一种木讷的费解，仿佛我提出的事情奇怪又陌生，完全超出了她的理解思维。肯定有什么东西，不管是荧光还是啸叫声带来的精神压力，已经使她注意力涣散了。

"幽灵刀！"我又喊了一声。

她终于恍然大悟，从卡住的小车旁边退了下来，慢慢伸出手，小心翼翼地从航天服袖子里抽出一样东西。这玩意儿对她来说没有用，只是此时此刻在她的位置上没用。于是，她把刀丢在地上，朝我的方向用力踢了一脚。

幽灵刀在地板上飞速滑过，一圈圈团团转。当然，我也只有把眼睛转向别处才能看见，而且必须转移注意力。也就是说，为了记住它的存在、它的锋利、它的危险，我必须首先忘记它的存在。

我往旁边跨出一步，给它让路。它旋转着停了下来，我于是伸手去抓刀柄，或者说去摸我认为刀柄所在的位置，眼睛还在特意看向别处，就是不直接去看其大致所在的位置。我收拢手指。如果不幸判断失误，把手放在了刀刃上，那肯定要坏事了，马上会有一种冷冷脆脆的感觉——手指直接从指关节处分离出去。

所幸，没有犯错。我捏到了刀柄，举起刀刃，俯身探向绞盘外面，砍向紧绷的缆绳。

效果立竿见影。不论之前有何制动机制让车减速，现在都没用了。小车满载着发着光、尖声唱着歌的圜钱，一路加速向下冲。金光的颜色慢慢暗淡下来，变成棕褐色，随后，黑暗再次笼罩了四周——至少我的这条隧道上已是一片漆黑。

我随后来到兰庚沃的小车旁，切断了他那条绳子。兰庚沃依然倒地不起，双手抱着头盔，痛苦地扭来扭去。这啸叫声确实也让我觉得很难受，但看上去，他的痛苦似乎远超于我。我想，会不会是他那只灵瞳的神经机制在从中作梗，给了啸叫声攻入大脑的额外途径，从而进一步加强了噪声的效果？我目送着那辆小车载着光芒万丈的圜钱渐渐远去，直到它完全离开我的视线，然后才去找普洛卓尔。她接过幽灵刀，然后打了个手势——毕竟她已经痛苦得无法说话了——示意我应该去帮助芙拉。

她那辆小车仍然卡在轨道的水平面部分。芙拉站在车后面向前倾斜，人都快钻进车里了，我也照着做。我俩使出浑身解数，车子终于动了起来。动起来了以后，事情就变得容易了不少。我们把它弄到隧道边缘，缆绳随之紧绷了起来。此时，普洛卓尔已经切断了自己的绳子，带着幽灵刀来到我们身边，一下砍断了扯着这辆车的缆绳。这下，四辆小车终于全都搞定了，我们目送它一路轰隆隆地冲向隧道底部。

金光已然褪去，但芙拉小袋子里的圜钱还在"熊熊燃烧"，而且我感觉，啸叫声丝毫未减。或许，在让圜钱接近的过程中，我们打开了潘多拉的魔盒，现在已经覆水难收。

"你们看一下……"芙拉努力想说话，实在做不到，只能朝着兰庚沃的方向点点头，他还在地上扭曲蠕动。

我突然感受到一下撞击，那时我刚刚朝他的方向迈出一步。这是一个无声的撞击，通过室内建筑结构传了过来。几秒钟后，紧接着出现了第二、第三下撞击。我立刻反应过来，是小车撞到了墙。不久，第四下，也就是最后一下撞击也传了过来。

啸叫声停了下来。但准确来说，它没有完全消失，也没有退出我们的听觉范围，只是减弱了而已，就像被关到了一扇门外。

芙拉袋子里的圜钱瞬间暗了下去。

我走到兰庚沃身边，拉着他站了起来，扶着他立稳，确保他找回平衡点才敢松手。

"你还好吗？"

"可以。"他回答，"我想应该没事了。刚刚发生了什么？你们搞清楚了吗？"

"只知道声音停了。"

芙拉弯腰捡起袋子，然后和普洛卓尔一起向我们走来。现在，房间里唯一的光源就只剩我们的头盔灯了，灯光是温暖舒适的黄铜色，而不是之前那种令人寒毛直竖的金黄色。芙拉彻底打开袋子，取出一枚圜钱。

"它们恢复以前的样子了。"听起来，她并没有多确信，而更像是在提出这一观点，等待我们确认；更像是一种尚未可知的期望，而不是预料之内的事实。

"让我看看。"普洛卓尔接过芙拉手里的圜钱。

她把钱拿在手里,翻来覆去仔细检查了一番。

"我们的行动还算及时。"芙拉说,"某些事情,或者说某种反应刚刚开始,好在被我们及时打断了。每条隧道底部都应该有一堆圜钱,但目前还没造成什么伤害。说明摧毁它们没那么容易。"

"快看这枚圜钱。"普洛卓尔拿着它凑近面罩,"都来看,看仔细。"

所有人都凑上前去。圜钱现在又变得暗淡无光了,没有再像之前那样闪烁,但没有完全恢复到从前的状态。它表面上纵横交错的条纹图案在一刻不停地躁动变换。按照我们的习惯,这些条纹代表着钱的面值。而现在,它们一会儿出现,一会儿消失,根本无法判定其价值。

"肯定发生了什么事情。"兰庚沃说,"或者说,正在发生。"

普洛卓尔从芙拉的袋子里又拿出一枚圜钱。它的表面也出现了相同的现象。我也去捞出一枚,完全一致。

"最好能让它停下来。"我说,"要不然,这些钱就完全没有价值了。"

"可以大胆猜测一下,这种变化应该不仅限于袋子里的这些钱。"兰庚沃说,"房间里的所有圜钱,应该都受到了影响。而且不仅是刚才那些,不只是我们看到的。肯定还有其他很多,数不胜数,所有藏在隧道底部的圜钱一定都在经历着这样的变化。"

"不可能!"芙拉说,"我不接受!这不是我们干的!我们只不过是把圜钱集中到了一块儿。数量可能是超过了每一家银行的储蓄量,但博萨把它们存在这里已经有好几个世纪了,隧道底部的那些也聚在一起,为什么没有发生同样的反应?"

我真没想故意拆她的台,但总得有人说出真相吧。"我们并不知道隧道下面有什么,妹妹,甚至连兰庚沃都不知道。我们唯一知道的就是,她把所有的圜钱都分开存在独立的金库里,而隧道呈辐射状散开,金库在其底部,就和这个房间的分布一样。整个'守财奴'上可能四处布满了次级金库,为的就是确保不要在同一处堆积太多圜钱。"

"不可能。"芙拉又说了一句，但信念感显然减弱了不少，"这不是我们干的，不是我们的错。"

"等一下！"普洛卓尔突然急促地喊了一句。

"怎么了？"我问。

"图案变化慢下来了。"她还是把圜钱凑得离脸很近，表情里写满了好奇与担忧，"我猜，它应该要开始渐渐消停下来了，最终是会回到固定面值的状态的。"

我紧盯住圜钱，迫切希望普洛卓尔的猜测是正确的。是真的！我也发现了。变换速度显然放缓了，而且变换过后，一种特定的条纹模式逐渐确立下来，变得清晰。

"她说得没错。"兰庚沃说，"它们又稳定下来了，面值也又固定了。"

"所有都是吗？"

芙拉嘴巴张得大大的，满怀期待地翻开袋子："是真的！"她检查了好久，终于回答道："所有都是。圜钱没事了，都安定下来了。"

普洛卓尔手里那枚圜钱已经完全停止了变换，但她依然把它捧在面前，疑云似乎依然笼罩着她棱角分明的脸。"恢复稳定了，不错。"她说着，用目光锁定芙拉，"你把它们带过来之前，有没有记录过每一枚的面值？"

"没有。"我妹妹回答，"我只不过是……没有。它们肯定恢复到原来的面值了，不可能改变的。"

"我也不是想故意和你作对，亲爱的。但问题是，如果没有统计过的话，就不可能明确知道它们之前值多少钱。"

"里面有一枚值50块钱的，我记得其中一枚肯定是。"

普洛卓尔接过袋子，快速翻找起来。这么多年以来，她一直是飞船上读面值最快、目光最为敏锐的人。"你确定吗，芙拉？里面没有50块钱的。"

"我发誓没记错。"

"也就是说，面值全乱了。"兰庚沃的语气中带着崇敬，或许他也是头一回目睹如此罕见而奇妙的现象，"那么我敢打赌，所有的钱，'守财奴'上的每一枚圜钱，面值都乱了。"他轻轻地、绝望地笑了一声，"但不管怎么说，这并不代表钱失去价值了。据我们目前所知,原先面值低的可能现在变高了。但不同的……当然,不管这个藏宝库里原先圜钱的总价值是多少……可以肯定,现在已经不一样了。必须清点一下。"

"如果……"我刚想说点什么,就觉得应该赶紧掐断这个想法,不能让它开花结果。但这个阴暗、可怕的想法已经开始生根发芽了。

"如果什么?"芙拉问。

我忍住了,没有直接回答。我不想把脑子里的东西和盘托出,但大家迟早都会想到这个问题。

"如果不只是这些圜钱变了呢?"我几乎是结结巴巴地逼自己说出了这几个字,"如果是每一枚,所有地方,圣公会里每一个角落的圜钱都变了,那会怎样?"

"不可能。"芙拉直截了当地否定了我。

"你说不可能,是因为你有理由反驳我?还是仅仅因为你不喜欢这个想法?"

"总会知道的。"兰庚沃说,"而且用不了太久,很快就能知道了。像这样的事情……每一枚圜钱的面值都发生变化?本就不该发生,但如果真的发生了……我们肯定能知道,而且会很快。"

普洛卓尔毫不客气地把圜钱袋子塞还给芙拉。"这是你的战利品,亲爱的——不论真假。我们现在为什么不马上回到飞船上,好好睡一觉,忘记恐惧?"

"不可能全都变了的。不可能全都变了的。"芙拉不停地重复着这句话,仿佛念念咒语、做做祷告,就能使愿望变成现实。

*

我们把最大的那辆车沿着第一条轨道的斜坡绞了回去,路上又看到了那个沉默的机器人,我没有勇气——直到现在,依然没有勇气——去杀死他。几分钟后,我们回到了子舰上,开始回程。芙拉在操作控制台的时候,顺便打开了常规传呼机，把增益调至很高，高到圣公会 20 000 多个星球里的喋喋不休和胡言乱语都能被接收到。窗外的壮丽宏伟，我们也能尽收眼底：古日光芒万丈，各种紫红的色调间糅错杂，一切我们熟悉的、亲切的、选择抛在身后的，都沐浴在流光溢彩之中。

芙拉操作传呼机表盘，扬声器时不时发出刺啦刺啦的声音——说话声、宣告声、欢笑声、音乐声、体育评论员歇斯底里的嘶吼声、电报代码的颤音与脉冲声、银行和金融机构在圣公会内部空间的窃窃私语声。

"没事了。"芙拉坐在椅子上，转身看向我们，"不管之前发生了什么……什么事情，已经过去半个小时了。这些频道都没报道任何怪事，一切照常。"随后，她又调了一下表盘，一个词冒了出来，所有人瞬间感到不寒而栗。

"圈钱。"

但她已经调过头了，错过了那个频道，再加上竞争信号不少，几乎没有希望再次锁定发送那个词的频道了。她又把表盘往回拨了一点。声音模式发生了略微的变化：戏剧和音乐广播遭到打断，体育评论被踢出频道，电报代码的声音越发尖锐，不断重复："圣公会所有星球注意，这条信息不是常规信号，请立刻查明情况并回复！"

随之附上了几个词语——但其实只有一个：

圈钱。
圈钱，圈钱。
圈钱，圈钱，所有圈钱。

异常情况报告不断，有关动荡与混乱的谣言四起。银行和商会劝大家冷静，市民被人督促着照常营业，高层组织反复承诺，已经在对事情进行紧急调查了，相信很快就能恢复正常。

"我没想把事情搞成这样。"芙拉淡淡地对我说，显然只想说给我一个人听，就好像我有能力切断那一整条让我们沦落至此的行动链，"我只是想知道真相，我真的很**需要**知道。"

第二十五章

普洛卓尔和兰庚沃在一旁看着，一言不发。我回答："你要这么想，现在没有什么事情是可以保证的了。如果圜钱面值真的已经全盘打乱，那之后的生活可能就与先前毫无连续性可言了。账目清点完了以后，有钱人可能依然十分富有，但不是所有的有钱人都会这样，部分人可能财富尽失，再难回到从前。有些财富，如果是体现在少数几枚高面值的圜钱上……那它们很有可能一夜之间蒸发消失。同时，一些底层人民，昨天可能还很穷，口袋里只剩最后一枚圜钱了，突然一下就变得和我们在墨珅陵的时候一样富有，甚至更有钱。"

芙拉咽了一口口水："他们说，他们会把事情处理好的。"

"那你还指望他们能说些什么？现在，银行说的话就是避免圣公会完全陷入混乱的最后一层屏障。但是我可以打赌，他们知道的并不比我们多。他们也在努力寻找答案。"

"蠕虫族的人会知道的，那帮外星人肯定知道发生了什么。"芙拉的心里尚存一丝希望。

"他们或许知道发生了什么吧。"我轻轻地纠正她，"但这并不代表他们有能力让一切重回正轨。面对现实吧，芙拉。你想把事情闹大，嗯，你成功了。不管我们接下来要面临什么……在这件事面前，以前所有的金融风暴都不过是夏日里一阵惬意的微风。"

她还在转动表盘，嘈杂、急迫、恐慌的声音持续不断。不过，一片喧嚣中出现了空隙，时不时输出咝咝声和噼啪声，频率降为零——一些电台停播了。

"不可能，不可能就这样结束的。"芙拉说。

大家沉默良久，最后还是普洛卓尔忍不住开了口："或许确实没有就此结束，亲爱的。但我敢肯定，绝对不会是什么好事。"

芙拉的双手抖个不停，甚至都无法进行最后的飞船对接。我稍做提议，她便从控制椅上下来，换我上去，把子舰掉头，倒着开进"复仇者"号，完成了操作。不一会儿，苏桐和秦杜夫就帮子舰做好停泊并固定好了，我们自由飘浮着回到飞船上，脱了航天服。在大家齐聚厨房之前，所有人都一言不发。艾扎德医生和梅瑞克斯已经等在餐桌旁了，大大的磁性啤酒杯就吸在面前，但看起来他们并没有开喝。两人脸上写满了忐忑不安。传呼机已经修好了，斯特兰布莉在控制台前，隔一小段时间就转一下表盘，机器里传出一阵阵静电噪声。

"一开始我们还以为是古日波动，出现了太阳风暴。"她看起来并不比旁边两位苦瓜脸开心多少，"所以淹没了信号传送。但其实不是这样，对不对？电台沉默前，我们捕捉到了一些片段，听到有人说，圜钱失控了，并且不是一两个，而是全都疯了一样，无一幸免。突然一下子，就没人能确定它们的价值了。我虽然算不上那种最精明的人……"

"是我们干的。"芙拉带着某种自信高傲的姿态，宣告这一非凡事迹的主权，"我们在'守财奴'上干的就是这事，是我们开启的。哦，不，应该说，是我开启的。我不会躲在幕后，装作什么事情都没有发生过。我就是那个一定要知道真相的人。"

"是的咯，你现在可不就知道了嘛！"我说，声音小得像蚊子。

我本以为她会像小时候那样爆发，毕竟这些年来她已经和我吵了不知多少次了，但她居然只是点点头，以一种悲哀而无奈的眼神看向我，表示赞同。"没错，我是知道了。而且，从某种角度来说，我并不后悔。我得到了一半的答案，不是吗？不管圜钱是什么，或者曾经是什么，它从来不该被拿来当钱用。而就是因为我们把它们拿来做了这种用途……"她打了个哆嗦，"我忘不掉那种尖叫声。像那样把它们聚到一起，我不知道这对它们来说是一种善意还是残忍。但我知道，我的工作还没有结束。我已经……打开了一扇门，就像撕开了一个伤口一样。这个伤口之大、之深、历史之久远，甚至远超圣公会本身。现在，我必须把错误纠正过来。"

苏桐缓缓靠向斯特兰布莉："过几天就能知道，事情到底是不是像我们所担心的那样。"

"所有的朝代都终有一天会结束。"我想起了雷卡摩尔。他很确信，古日的存在不会是永恒的，我们拥有古日并不一定比前人拥有的上一个古日更长久。"或许这就是宇宙生生灭灭的方式吧。我们挣脱星球的束缚，设定历法，创建文明，四处寻找圜钱，建立小小的帝国，并以此为傲。然后某一天，因为有人在同一个地方放了太多圜钱，一切就开始崩溃。"

"可千万别就这么结束了。"秦杜夫打开酒罐，哀怨地盯着里面的酒，"我

第二十五章

还没看够这个世界呢。"他抬起头来，眼里充满热切的希望："我现在要不要去把帆扬起来，准备好离子推进器，芙拉船长？"

"好的。"芙拉用力点点头，就好像立刻离开"守财奴"是世界上最能让她高兴的事了，"不管发生了什么，我都不想再待在这些是是非非的旋涡中心了。赶紧让飞船加速吧，秦杜夫——越快越好。"

"我去帮帮他。"兰庚沃自告奋勇，但又马上补了一句，"如果你们允许的话。"

"当然欢迎。"我和芙拉还没开口，秦杜夫就抢先一步应了下来。"我猜，我不必再教你一遍怎么用索具了，对吧，兰先生？"

"我相信自己能帮得上一点忙的。"兰庚沃回答。

我目送两人离开厨房。一两分钟后，耳边就传来了声音，表明控帆装置启动了：低沉的嗡嗡声、砰砰声和呜呜声此起彼伏，这是武器和绞盘开始工作了。我们目前离"守财奴"还很近，所以秦杜夫在扬帆的时候会十分小心。不过与此同时，我猜所有人都和芙拉一样，迫切希望能尽快离开这个鬼地方。我对圜钱的神秘机制一无所知，根本想不通它们是怎么跨越如此之长的距离，在整个圣公会内部互相交流的。但不难推测，应该存在传播延迟，也就是说，远处的星球受到影响的时间会有滞后。若果真如此，那么努力一下，还是有可能计算出影响的源头的。

"我们到底开启了什么东西啊？"我自言自语地发问。对眼前发生的一切，不论是规模之大还是怪异之深，我仍感到十分困惑。但毫无疑问，我们已经深陷在这个旋涡之中，无法脱身。我感觉自己仿佛想从山坡上摘下一朵花，却意外引发了一场山体滑坡。"混乱是必然会发生的，甚至不仅仅是混乱。一些星球之间本身就存在恩怨，不是吗？新仇旧怨、明争暗斗，一切都会以此为契机，浮出水面。就算是发动了战争，我也不会太过惊讶。"

"只要不是大规模战争就好。"普洛卓尔说。

"我个人觉得，应该不会就此结束。"艾扎德医生把手搭在梅瑞克斯手腕上，仿佛特地要把这句保证传递给她，就像传递给我们每一个人一样，"困难时期无可避免，这一点我丝毫不怀疑。必然会出现一个大调整，可能需要花上几个月甚至几年的时间。但各个星球终将会找到解决方法的。从某种程度上来说，财富会重新分配，在此过程中免不了痛苦。对某些人来说，痛苦和荣耀并存，正义与否毫无区别。至于战争，或许会爆发吧，就像安德瑞娜预测的那样。但是，确保星球上存在生命的机构和机制还将继续运作。既得利益者太多了——包括那些外星朋友——他们不会让秩序崩塌的。"他停了下来，转动长长的脸，依次看向我们每一个人，"但我要很确信地告诉大家一件事。"

"是什么？"兰庚沃说。

"到目前为止，所有和芙拉结下梁子的敌人，肯定会认为此次事件与她有关。他们想发泄在芙拉身上——包括我们所有人身上的怒火，会让我们之前经历的所有艰难困苦都显得像小打小闹。从某些角度来说，这就是一场战争，这是我深思熟虑后得到的结果。并且战争双方严重不对等，对方是各个星球的无数既得利益者，他们将联手对付形单影只的我们。"

"来啊，让他们试试啊。"芙拉攥紧拳头，指间发出咯咯的响声，"我们会做好准备，等他们来的。"

"拜托，我们已经在逃跑了。"我暗暗叫苦，而飞船也发出了一声低沉的咕噜，告诉我们，扬起的船帆所承受的负荷正在不断增大。

"不。"她听到了我的话，却毫不理会，"我们是在继续前进，这不是一个概念。我们来到这里，学到了一些新的东西，这才是我们所做的事情。学到的东西或许出乎了我们的意料，但没有办法，该是怎样就是怎样。这就是我安排的一部分，你已经尽心尽力帮我实现了，现在轮到我帮你了。"

"所以，接下来要干什么呢？"艾扎德温柔地问。

"我答应过安德瑞娜，如果她帮我找到'守财奴'，那我也会在她想做的事情上给予合作。'守财奴'是我想找的，而在茫茫宇宙中的某处，也有安德瑞娜想找的东西。"她的嘴角微微上扬，露出若隐若现的笑意，"或者说，她觉得自己应该去找找。"

"也许现在不是时候。"我冒昧地说了一句。

"哦，不，现在正是时候。"芙拉说，"不管你那东西在哪里，都有很长一段路要走。考虑到圣公会应该不太欢迎我们，至少短期内不会欢迎，要是我们能拿到一两件战利品作为补给的话，就还不错。"

"什么？我还是没听懂。"艾扎德说。

"不止你一个人没听懂，医生。"苏桐摇了摇头。

"宇宙中存在着一种东西。"我依次望向大家。虽然我和芙拉之间有协议，但我感觉，这似乎是获得大家长期共情与支持的唯一机会了。"它和我们的朝代之间存在着某种联系。各个朝代是如何开启的？以及另一个同样重要的问题是，朝代没有开启的时候，发生了什么？这都与我说的那个东西有关。它在一条轨道上运行，这条轨道很长很长，但它目前离古日应该不会太远。我想，我们或许有机会能锁定它。"

"锁定以后呢？"苏桐问。

"我也不知道。我甚至不知道该往哪里去找，会航行多远。即使它在我们的航行范围之内，即使我们能一直驾驶飞船探索星际，开一辈子，我也不知道该怎么办。"

"如果不行呢？"艾扎德问。

"我会想出办法的。"

医生向我投来同情的目光："听起来，这似乎是一个此生无望完成的事业。"

"或许是吧。"我深思熟虑了一番，严肃地回答道，"但是，对这艘飞船上的各项纪录和博萨的私人日记，帕拉丁几乎是连皮毛都还未能触及。我们不知道博萨这么多年以来到底收集了多少信息，或许连她自己都没有意识到自己身上藏了什么秘密。我们必须去看看。这就是我想说的。而且现在我们开启了新世界的大门，在这种情况下，真相更是比以往任何时候都更加重要。"我深吸了一口气，沉下肩膀，十指交叉放在面前："或许一切都将像你说的那样，灰飞烟灭。但有件事情大家是明确知道的，那就是在我们之前有 12 个朝代，而它们无一例外都走向了终结。我一想到这事就感到害怕，我猜，所有人也都会为此感到恐惧吧。"我向芙拉投去一个意味深长的眼神。"我知道，伯尔·雷卡摩尔也为此忧心忡忡。但没有哪条法律规定，我们就只能听天由命。如果有什么东西能解释各个朝代的来历，或许也就能帮我们维持朝代的生命。"

"你愿意全心全意为此付出吗？"艾扎德问芙拉。

"我们启程探险，最初是为了挽救我们自己的家庭。"沉思片刻之后，芙拉回答道，"不是为了拯救一个文明。"然后，她耸了耸肩："不过，计划总是在变的。"她伸出冰冷的金属手，握住我的手："我会和她站在一起。或许这个事业无望完成，但我们会不断去追寻。"

"那我们其他人在你俩这小游戏里有发言权吗？"苏桐问。

"要想离队的话，早在斯特里扎迪之轮的港口就该走了，过时不候。"芙拉的语气高傲而霸道，"再说了，我们现在可是同谋。我们要是上了圣公会内任何一个法庭，你们难道觉得会有谁能得到公平的听证吗？即使圈钱没出问题，这也是不可能的。用脚指头想想都知道，现在出了这事，更不会有任何改观。我们都卷进来了，伙计们，没人走得了。"她把我的手捏得更紧了。这是一个宣誓姐妹情深的姿态，至少看起来是这样，但在她强大的握力之下，我感觉手上的骨头开始咔咔跳动。她到底是故意想弄疼我，还是只是被一时激情冲昏了头脑，意识不到自己在干什么？我不敢猜测。

所幸，秦杜夫正巧在这时回来了，他把头探进了厨房，说："我们先靠这些帆布航行几千里格。一旦出了这段距离，我就把剩下的帆全都装上。"

"谢谢。"芙拉表示了感谢，松开了手，准备离开厨房，"我和帕拉丁会继续关注传输信号。如果你们要找我的话，可以来我房间。"

我把手伸到桌子下面，悄悄揉了揉被她捏出的乌青。芙拉走了。我觉得她关于我俩对船长室的共同所有权问题描述有误，本想纠正她一下，但经过了一番深思熟虑，我决定还是另找时机，最好等到旁边没人再说。毕竟，我们刚刚达成统一战线，而且我相信她是真诚的，是真心实意想满足我的要求，我不想破坏这一碰就碎的和谐氛围——不管我个人对此的信心有多脆弱。

算了，就这样吧，我想。就这样吧。

"安德瑞娜小姐？"秦杜夫轻轻叫了我一声，指关节顶在嘴唇上，"我能和你说句话吗？毕竟，你妹妹看起来很忙的样子。"

我笑了笑，心中没什么疑虑。

"当然可以了，秦杜夫。"

我让艾扎德、梅瑞克斯、苏桐和斯特兰布莉各忙各的去，然后跟着秦杜夫来到飞船的一个角落。秦杜夫一反常态，仿佛内心复杂，但我相信他会直截了当、简简单单地把事情告诉我。这个人基本上是做不到隐瞒重要事实的。如果是他告诉我们，船帆已经成功张了起来，飞船正在顺利朝着远离"守财奴"的方向前进，那我根本不会怀疑这事的真实性。

那么，到底是什么事情需要我特别关注？

我马上就明白了。

兰庚沃在一个控帆台边等着，双臂交叉放在胸前，看上去漫无目的、心不在焉，就像在电车站打发时间，等车来。

"秦杜夫，怎么了？"

"小姐，是我让他在这儿等的，他就照做了。"

"那你为什么让他在这儿等着？"

"你自己告诉她。"秦杜夫看向兰庚沃，语气里更多的是威胁，而非鼓励，"你先告诉她你干了什么，然后我再说我对此的看法。"

这一刻，我全然忘记了手上的疼痛，只觉得脖颈发麻，一股强烈的寒意顺着脊柱而下，似一条冰虫钻入我体内。"兰庚沃，告诉我，发生了什么？"

"秦杜夫先生似乎……"兰庚沃停了下来，做了个痛苦的表情，仿佛明知道走错了路，却只能在错误的道路上越走越远，"他认为我做了一些不太妥当的事情。"

"具体点。"秦杜夫敦促道。

"他认为，我在操作控帆装置的时候，故意偏离航线。"

"那你是在这么做吗？"

兰庚沃用那只肉眼瞟了一下秦杜夫，又看向我。与此同时，那只灵瞳闪烁着某种不容置疑的平静。"我没有。不过，我可以理解为什么他会产生这种想法。这只不过是因为——哦，我说这话并没有任何不尊重你们的意思——这艘飞船上，没人能比我更懂如何调整船帆、利用风力。帆挂得很好，这都是秦杜夫的功劳。但我经过这个控帆台的时候，突然想起，之前我们总是调整舷门防喷器的压力，好让飞船转向的时候更精准一些。我一时没忍住，下意识地就这样操作了。"他松开双臂，在控帆装置上打了个手势，"应变仪已经失灵好几年了。如果你们信它，那飞船就会偏航一到两度。"

"飞船没有偏航。"秦杜夫反驳。

"确实没有，但这是因为你，还有帕拉丁，会在其他地方进行大量微调，从而抵消这个错误。飞船接下来也会航行得很好，就像之前一样，这都是你的功劳。但其实，按照它的性能，航行表现应该不止如此……"

我仔细品了品他的话，又觉察到了那种看似合理的巧妙诡辩。我早就发现了，兰庚沃特别擅长这一套，他总能毫不费力地打消别人的顾虑，轻轻松松地洗清自己的嫌疑。

但我不动声色，转向我们的控离子大师："没事的，秦杜夫。兰庚沃先生之前就和我表达过，他在担心类似的事情。他说，等哪天合适的时候，想看看飞船应变仪的校准情况。是我的问题，我忘了和大家说了。"我不想让秦杜夫感到挫败，于是又补充了一句："不过，你质疑他的行为，这是对的。有新人加入，我们固然需要尊重他们，但同时也必须保持谨慎。"说完，我把目光紧紧聚焦在兰庚沃身上："这事不会让你对秦杜夫产生恶意吧？"

在那一瞬间，兰庚沃肯定在估算自己的处境。我能清楚地感受到，他的大脑在飞速旋转，就像一个上过了头的发条，从险些暴露到获得救赎——纵使情况千钧一发，都在飞速转个不停。

"我完全能理解他的反应。我没提前和他打招呼，真是太蠢了。"

秦杜夫哼了一声，似乎心情好了一些，而至于好了多少，能维持多久，我可说不准。

"那我想，我该继续干活了。"

"别放在心上，秦杜夫。"我碰了碰他的袖子，表示友好，安慰道，"你没有造成任何伤害。恰恰相反，你做得很对。"

秦杜夫走了。我等了很久，直到他完全消失在视野中，又多等了一会儿，确保这块区域内只剩下我和兰庚沃。四周的船体吱嘎吱嘎地发出呻吟，像一只晚餐吃得太饱的怪物。除此之外，就没有什么杂音了。我们离厨房很远，就算传呼机还在接收来自圣公会各处的广播报道，我们也听不见。

"所以，怎么说？"兰庚沃终于还是忍不住开口了。

第二十五章

"我知道你是谁。"我回答。

"我从来没有掩藏过任何秘密。"

"不，我是说你的真实身份，不是被你偷了名字的这个人的身份。你不是兰庚沃。你很了解这个人，对博萨·森奈和这艘飞船也了解颇多，但这并不代表你就能完全变成他。我的猜想是，你比我们先找到了兰庚沃，从他那里偷取到了很多信息——也许是通过严刑逼供，或者更骇人的手段——然后取代了他的身份。"

他点了点头，表示钦佩，或许是因为佩服我大胆猜测的勇气，而不是因为我猜对了。

"那么……我到底是谁呢？"

"你是伯尔·雷卡摩尔的哥哥——布雷斯卡·雷卡摩尔。你来的目的，是想打入博萨·森奈的团队内部，暴露我们，从而为你弟弟报仇。"我歪头看了一眼控帆装置。"我不知道秦杜夫抓到你在干什么，但我不介意猜一下。你是在试图启动帆闪吧？"

他的表情很复杂，似乎被逗乐了，一种饶有趣味的感觉一闪而过，但这种神情瞬间就消失了，就像帆闪本身一样转瞬即逝。

"那我为什么要这么做呢？"

"因为你用不了其他发射信号的方法。即使你有读骨的能力，头骨也已经坏了；冒险使用传呼机，那更是不可能的。这么做，你立马就会被抓个现行，即使我们没发现，帕拉丁也不可能放过你。但，如果是通过帆闪，给你的老板发一个事先商定好的密码呢？完美！不过当然，在确定'守财奴'的性质之前，你不能贸然传递这个信号。而现在你已经确定了，于是果断开始了行动。"

"你好像很有把握。"

"我不是偶然得出这个结论的。我了解你，布雷斯卡。你身上有太多伯尔的影子，就算戴了灵瞳也掩饰不了。我可真佩服你，为了这个小玩具愿意牺牲一只完好的肉眼，这代价着实不小啊。"

过了许久，他仿佛终于想通了、放弃了。最后一层屏障倒塌，眼前这人终于从极端疲惫中解脱了："也不是没有回报。"

"你不愿意承认自己是谁吗？"

"再怎么努力否认也不会有结果的。"

"普洛卓尔没想到我这一层,算你走运。不过到时候,她或许也能想到。"

"有区别吗?你肯定已经决定在你妹妹面前告我的状了吧?"

"我别无选择。我刚刚让秦杜夫离开,只是因为想和你单独聊聊,验证一下自己的猜想。当一切事实都摆在面前的时候,芙拉自然会看清你的真面目。她非常希望你就是兰庚沃,但还不至于被胜利成果蒙蔽了双眼,对真相视而不见,虽然这肯定会让她痛苦不堪。"

"你夸张了,我对她可没这么大价值。我已经带她找到'守财奴'了,接下来我还有什么用呢?"

"她会杀了你的。我妹妹虽然不是生来就嗜血如命,但她体内存在一些不好的东西,我也一样。"

"我知道,她患了荧光,你身体里还有博萨留下的痕迹。我不想和你们中的任何一个作对。"

"你要是觉得我已经变成博萨了,那不如趁着灵瞳还能工作,现在立刻向我复仇。"

"啊……"他显得有些小心翼翼,"但你不是博萨,不完全是。根据我这几天的体会,你身上虽然确实有她的影子。她希望你能成为下一代继承人,变成供她灵魂寄居的肉身实体,但在这一点上她失败了。我明白,博萨·森奈已经死了,我彻底失去了复仇的机会。"

我皱起眉头:"既然是这样的话……那你的目的是什么?"

"刚开始,事情的表象看上去就和传言一样。我希望能找到你们,然后杀了你们。哦,我是指博萨。后来,我渐渐知道,她已经死了。可问题是,在达成这一理解的过程中,我仿佛掘了一个洞,自己跳了进去。"他伸手摸了摸自己的衣领,就像在摆弄一件怎么穿都感觉怪怪的演出服,"我发现,要把这个伪装卸下来,没那么容易。"

"但你刚刚依然试图借助帆闪暴露我们。"

"不,我是在努力拯救你们两个。我的立场——修正观念以后的立场——是非常明确的。我了解了你们是谁,也知道了你们是如何走到这一步的。但我的老板不一样,他们可不像我这么确信博萨已经死了。你们后来的所作所为,虽然我毫不怀疑初衷是好的,但我很担心,你们这么盲目下去只会让事情更乱。"

"我们现在麻烦有多大,不用解释,明眼人都知道了。"说完,我突然意识到他最开始的那句话有点怪,"等等,你说'拯救我们两个'是什么意思?"

"我是说,我会尽自己的最大努力,让你们两个人活下去。只要他们知道我还在飞船上,就不会试图来摧毁。如果有能力,他们会进行追踪,实施抓捕,但若某个行动可能导致我死亡,他们就不会冒这个险。这就是我发送帆闪的本意,我只是想告诉他们,我还活着。"

"我可不想被抓住,布雷斯卡。芙拉也是。他们不会公平对待我们的。"我特地给声音里加上一丝警告的味道。

"如果有我出面做证,你们活下去的机会就会大一点。我的老板们会相信博萨·森奈真的死了,也会相信她对你造成的影响不足为惧——哦,我到时候应该补充一下,是对你们两个。鉴于当时环境如此紧迫,你们的行为完全可以理解。我想,拘留一段时间是无可避免的,毕竟他们要彻彻底底审讯你们一番。但审讯结束后,他们肯定能明白,你们和我可怜的弟弟、特鲁斯科,还有伊利瑞亚一样,都是受害者。"

"然后呢?"

"然后他们应该会对你们进行一些调理。帮芙拉清除体内的荧光,帮你消除残余的心理调教影响。最坏的情况也就是判处你们稍稍监禁一小段时间,然后助你们康复。"他的语气十分坚定,"但绝对不会判死刑的。不会对你们实施恐怖手段,不会有痛苦,不会有残害。如果你们让他们以为我已经被害死了,他们绝对能轻轻松松想出办法,让你们惨死一万次。可只要我活着,这种事情就不会发生。"

"所以我们就得让你活着?"

"这并不难,只要让我继续扮演这个角色就可以了,我都已经适应了。"

我缓缓地点了点头:"继续装兰庚沃。"

"这是最简单的方法,安德瑞娜,也是唯一合乎逻辑的决定。"

"真那么合乎逻辑吗？你确定我妹妹能轻松理解你的观点？"

他匆匆一笑，仿佛知道自己离犯下致命错误只有一步之遥。"不……我觉得把芙拉牵扯进来不太明智，至少现在还不能。你比她头脑冷静，更能顾全大局。芙拉她……有点反复无常。她那脾气，大家都知道。"

"我不会和她撒谎的。"

他给了我一个表情，显然很怀疑。毕竟我和妹妹之间的背叛、反背叛、谎话连篇、互相隐瞒实在太过明显，是个人都看得出来。但最后，他还是选择相信我的话。

"你不必特意撒谎。她没有理由怀疑我，我也不会给她怀疑的机会。我能演得很好。你就继续探索吧……不得不说，我对此也很感兴趣，而且我相信伯尔也会觉得很有意思。我会彻底融入兰庚沃这个角色的，甚至能让你忘记今天这场对话。"

"就这么简单？"

"就这么简单。"

"但从今以后，我很容易就能发现，你一有机会就会向你老板发信号，而每发一次，他们就会离我们更近一点。"

"只要他们知道我还活着，还在收集情报，就不会追得太紧。"

我看了一眼控帆装置，思考着它现在被赋予的另一个用途。虽然不会常用于发射信号，但也足以满足他的需求了，而每每"不正当"地使用一次，我们暴露的风险就增加一分，这反过来又会导致我自己受到牵连。

"你这不是在叫我成为自己飞船的叛徒吗，布雷斯卡？出卖大家，出卖'复仇者'号，出卖自己的亲妹妹。"

"不。"他轻轻地回答道，"都不是。我是在叫你与我共谋，为他们换来救赎。归根到底，这就是一个非常直接的问题：你对妹妹的爱够不够深沉，愿不愿意拯救她？"

我立刻点头，给予了答复。可这个问题如此深奥，我怎么都没有再多深思一下呢？

致 谢

首先，本人要向夫人致以深深的爱意与感谢。在本部小说漫长的创作过程中，她始终对本人保持包容的态度。尤其值得一提的是，她多次阅读初期文稿，并给予点评，对写作的推进起到了重要作用。在创作中期，本人的朋友兼同事保罗·麦考利（Paul McAuley）热心相助，用心评阅，提供大量反馈，使我受益匪浅。最终出版的版本中或许仍存在缺点与不足，他们不应对此承担任何责任，但无疑是他们的帮助与指导使本人最后能展现出较好的成果。

"'复仇者'号"系列小说得以出版，最需要感谢的是英国 Orion 出版社和美国 Orbit 出版社团队的辛勤付出。吉利安·雷德费恩（Gillian Redfearn）自始至终与书中的尼斯姐妹心心相印，对故事的发展有深刻的理解，本人虽为作者，有时甚至也感到自愧不如。若是没有她的独到见解，小说将逊色不少。此外，还需要感谢阿比盖尔·南森（Abigail Nathan），正是由于她对文本的仔细阅读，本人才得以避免大量尴尬的错误（而且不止一次）；感谢克雷格·莱纳尔（Craig Leyenaar）理解了我的编辑提出的建议。在美国，多亏了布雷特·海德（Brit Hvide）的热心推广，这本书才获得了大量读者，任何作家都不会视之为理所当然。同时，也要感谢所有参与该系列小说制作、设计和营销的工作人员——本人衷心感谢各位的辛勤付出。

另外，本人对加德纳·多佐斯（Gardner Dozois）感到多有亏欠。多佐斯先生于 2018 年驾鹤西去，虽未能参与小说创作，但他是第一位关注到本人作品的美国编辑。自关注之后的几十年里，他对本人的短篇小说给予持续认可，可谓意义重大。"'复仇者'号"系列小说按照原先计划，应是一系列前后相接的短篇小说合集，但可惜计划未能付诸实践。本人诚心希望，若计划成真，亦可获得加德纳的支持。

最后，还需要感谢本人的经纪人罗伯特·卡比（Robert Kirby）。在20年的写作过程中，他时刻敦促我保持正轨，不断进步。世间难再有更好的支持者。

最后的最后——哈哈，这次是**真**的最后了——本人要向所有与芙拉、安德瑞娜一路同行的读者致以诚挚的敬意。一路走来，或许时常陷入出乎意料的境地，可各位仍希望尼斯姐妹能永远坚守在"复仇者"号上，即使这艘飞船并没有那么完美……

阿拉斯泰尔·雷诺兹（Alastair Reynolds）

2018年9月于南威尔士